OSCAR PILL L'Allié Des Ténèbres

어둠의 동맹

오스카 필 4 어둠의 동맹

펴낸날 | 2013년 12월 13일 초판 1쇄

지 은 이 | 엘리 앤더슨
옮 긴 이 | 이세진
펴 낸 이 | 이태권
책임편집 | 곽지희
책임미술 | 정혜미
펴 낸 곳 | (주)태일소담
　　　　　서울시 성북구 성북동 178-2 (우)136-020
　　　　　전화 | 745-8566~7 팩스 | 747-3238
　　　　　e-mail | sodam@dreamsodam.co.kr
　　　　　등록번호 | 제2-42호(1979년 11월 14일)
　　　　　홈페이지 | www.dreamsodam.co.kr

ISBN 978-89-7381-724-5 04860
　　　 978-89-7381-644-6 (세트)

이 도서의 국립중앙도서관 출판시도서목록(CIP)은 서지정보유통지원시스템 홈페이지
(http://seoji.nl.go.kr)와 국가자료공동목록시스템(http://www.nl.go.kr/kolisnet)에서
이용하실 수 있습니다.(CIP제어번호: CIP2013025573)

● 책값은 뒤표지에 있습니다.
● 잘못된 책은 구입하신 곳에서 교환해드립니다.

OSCAR PILL L'Allié Des Ténèbres

어둠의 동맹

엘리 앤더슨 지음
이세진 옮김

소담출판사

이 불한당들의 세계에 새로이 합류한 라파엘과 베이비레드에게,

오스카가 그들을 살펴주기를.

차례

제1부
약속

독일 하이델베르크,

12월 6일

미리암 쇼뱅은 오후 4시 35분에 연구소를 떠났다.

3분 전에 동료가 미리암에게 엄포를 놓았다. 이미 족히 열 번은 되풀이한 말이었다.

"이제 그만 들어가. 괜찮다니까. 너, 얼굴이 너무 안 좋아. 진짜 피곤해 보인다고. 얼굴이 완전 누렇게 떴어. 우리한테 맡기고 가도 돼."

"이 유전자 지도를 꼭 완성해야 돼. 학회가 2주밖에 안 남았어."

보호모를 착용한 미리암이 무균실에서 기운 없이 대꾸했다.

"내가 알아서 할게. 내가 맡은 배열 측정은 끝났어. 그러니까 제발 좀 들어가! 너한테 이상한 바이러스 같은 거 옮기 싫거든? 이 빌어먹을 연구소엔 이미 바이러스가 충분히 넘쳐난다고!"

결국 미리암은 마지못해 그러겠다고 했다. 확실히 백 미터 달리기에서 올림픽 신기록을 세울 컨디션은 아니었지만, 그렇다고 해서 연구소에 붙어 있지 못할 정도도 아니었다. 어쨌든 심신이 묘하게 피곤한 것만은 분명했다.

미리암은 자신의 승용차를 몰아 하이델베르크 강을 건넜다. 마트에 잠깐 들러 포장된 초밥을 사고 최대한 빨리 집이 있는 북쪽 구역으로 돌아갈 참이었다.

문득 백미러를 흘끗 쳐다본 그녀는 큰 충격을 받았다.

동료의 말대로였다. 얼굴이 말이 아니었다. 밀랍처럼 창백한 안색도 그랬지만 피부 상태는 가히 충격적이었다. 눈 밑은 푹 꺼지고 눈가에 주름이 자글자글했다. 뺨과 이마에도 깊은 주름이 파여 있었다.

"뭐야…… 어떻게 된 거지?"

미리암은 순간적으로 불안했다. 그러나 이내 백미러에 비친 자신의 심란한 모습에서 벗어났다. 한 손으로 핸들을 잡고 다른 손으로 티셔츠 소매를 잡아당겨 반들반들한 백미러 표면을 대충이라도 닦으려 했다. 하지만 곧 포기했다. 교통량이 많은 도로에서 이러고 있을 수는 없다. 미리암은 다른 자동차들을 바라보았다. 앞 차창이 더러워서 그런지 시야가 흐릿했다. 차들이 온통 안개에 싸인 듯 보였다. 아무래도 연구소에서 스크린을 너무 오래 들여다본 탓에 눈에 문제가 생긴 모양이다. 자동차 한 대가 빵빵 경적을 울리며 그녀의 차 앞을 아슬아슬하게 지나갔다.

"당신 뭐야! 차 하나도 빨리빨리 못 세우면서, 운전은 왜 해!"

미리암은 숨을 크게 들이마셨다. 분하지만 그 운전자 말이 옳았다. 그녀는 멈춤 표지판을 인식하는 데 한참이 걸렸을 뿐 아니라 반응 속도도 현저히 떨어졌다. 브레이크를 늦게 밟아도 너무 늦게 밟았다. 연구소 동료가 그녀를 쫓아내듯 얼른 퇴근시킨 것은 백번 잘한 일이었다.

그녀는 주의를 한껏 곤두세우며 마트까지 차를 몰았다. 어찌나 긴장했던지, 거우 도착했을 때에는 온몸에 경련이 날 지경이었다.

차 문을 열고 발을 땅에 내딛는 순간, 낡고 녹슨 기계를 꺼내서 펼치듯 몸에서 두둑 소리가 났다. 한순간이지만 초밥이고 뭐고 그냥 집으로 돌아갈까 하는 생각이 들었다. 계속 망설이면서 그녀는 마트의 자동문까지 걸어갔다.

플라스틱 장바구니 하나도 천근만근 무겁게 느껴졌다. 장바구니를 든 그녀는 맥없이 마트 통로를 걸었다. 관절이 말을 안 듣고 갑자기 척추가 뻣뻣하니 경직된 탓에 신음이 절로 나왔다. 미리암은 가쁜 숨을 고르려고 잠시 벽에 기댔다. 가급적 상체를 곧추세우려 했지만 목덜미와 어깨가 이상하게 자꾸만 처졌다. 고양이 배설용 모래 봉지에 손을 뻗는 순간, 그녀의 몸짓과 시선이 경직되었다. 자신의 손을 바라본 미리암은 경악했다.

쭈글쭈글하고 손가락 마디마디가 기형적으로 불거진 손, 갈색 반점들로 얼룩진 손.

머리채 한 가닥이 이마로 흘러내렸지만, 미리암은 도저히 자기 것이라고는 믿을 수 없는 그 '새하얀' 머리를 뒤로 넘길 기운조차 없었다.

그녀는 장바구니를 내려놓고 겨우겨우 계산대로 걸어갔다. 이상하게 살이 쭉 빠지고 연약하게 변한 다리가 후들거렸다. 발에 무슨 문제가 있는지 운동화도 평소보다 작고 괴상한 모양으로 보였다.

이때 한 남자가 얼른 옆으로 비키며 어린 아들을 자기 쪽으로 끌어당겼다. 아이가 쌜쭉한 표정을 지었다.

"왜요? 우리가 먼저 왔잖아요?"

"연세 많은 할머니잖니. 노인분께 양보를 해야지."

아버지가 아이에게 조그맣게 속삭였다.

'연세 많은 할머니라니……'

미리암은 자신의 귀를 믿을 수가 없었다. 그녀는 계산대의 컨베이어 벨트 가장자리를 움켜잡고 계산원 앞으로 지나갔다. 계산원 여자가 미리암 쪽으로 몸을 내밀었다.

"괜찮으세요, 부인?"

미리암은 계산원을 무시하고 초인적인 노력을 발휘하여 광고판 옆에 있는 거울로 다가갔다. 그녀가 나지막하게 내지른 비명은 어느새 고통스러운 신음으로 변했다.

나이를 짐작할 수 없는, 아무리 봐도 백 살은 됐을 것 같은 이 여자는 누구지? 미리암은 푹 꺼진 얼굴을 향해 앙상한 손을 들었다. 갈퀴 같은 집게손가락으로 생기 없고 주름진 피부, 듬성듬성한 눈썹, 숱이 많이 빠진 머리를 어루만졌다. 아까의 그 아버지와 아이가 다가왔다.

"할머니, 저희가 도와드릴까요?"

미리암은 대답하고 싶었다. 무슨 말이라도 하고 싶었다. 이름과 주소를 밝히고 남자 친구 프랑수아나 연구소에 전화를 걸어달라고 부탁하고 싶었다. 하지만 모든 것은 저 멀리 달아나버렸다. 사람들의 이름은 물론 자기 이름도, 그 어떤 지명도 생각나지 않았다. 그날 아침에 있었던 일이나 어제 있었던 일도. 지난주나 올해 있었던 일도. 이곳이 어디인지, 어디로 가려고 했는지……. 어디서 나가겠다는 건데? 누군가가 그녀의 머리를 열고 내용물을 깡그리 비워버린 것처럼 머릿속은 완전한 백지 상태였다. 뇌가 녹아버린 것 같았다.

그녀의 몸뚱이가 제멋대로 움직였다. 미리암은 끈을 하나씩 놓아버릴 때마다 앞으로 넘어가는 꼭두각시 인형처럼 홱홱 주저앉았다.

아이가 놀란 눈으로 아버지를 쳐다봤다.

계산원 여자가 벌벌 떨며 옆에 있던 수화기를 들어 다급하게 몇 마디 뱉었다. 계산대에 줄을 섰던 사람들이 미리암에게 몰려들었다. 아이 아버지가 미리암의 팔을 잡고 부축하려 했다. 손이 닿자마자 그는 이미 약해진 근육이 밧줄처럼 꼬이고 퍼석한 피부가 부스러지는 것을 느꼈다. 아이 아버지는 질겁하며 다른 사람들처럼 뒤로 물러났다.

미리암은 낡은 천 뭉텅이처럼 바닥에 쭈그려 앉았다. 그녀의 얼굴이 신체의 나머지 부분과 마찬가지로 바싹 말라 부서져 내리는 모습을 보면서도, 사람들은 자기 눈을 믿을 수가 없었다. 상상조차 할 수 없는 이 광경에 모두들 아무 말도 못하고 입만 떡 벌린 채 뒷걸음질 쳤다.

마트 문이 활짝 열리면서 한 젊은이가 작은 개를 안고 들어왔다. 바람이 회오리치며 이제는 먼지 더미에 지나지 않는 미리암의 육신을 휩쓸고 갔다.

개는 주인의 품에서 폴짝 내려와 웅크린 자세의 유골 쪽으로 좋아라 뛰어갔다. 개는 왈왈 짖으며 고인이 된 미리암의 손에서 손가락뼈 하나를 악착같이 뜯어내고는 어안이 벙벙한 주인에게 그 뼈다귀를 자랑스레 가져갔다.

미국 워싱턴,
같은 날 오후 11시 34분,

빛이 서서히 어둠을 몰아내고 스크린이 돌돌 말리며 천장으로 들어갔다.

"이상입니다."

미 육군 대장은 그렇게만 말했다.

"이게 다요?" 키가 크고 날씬한 유색 인종 사내가 물었다. "이 정도면 이미 충분한데, 더는 없었으면 좋겠소만." 이 말을 하는 그의 표정은 진지했다.

"애석하게도 이게 다가 아닙니다, 대통령 각하. 오늘 올라온 동영상이 두 개 더 있습니다."

"동일한 현상인가요?"

하얀 블라우스 차림의 여자가 걱정스럽게 물었다.

"더 나쁩니다."

대통령은 그에게 계속 말해보라고 했다. 군복을 단정하게 차려입은 키 작은 사내는 초조하게 말을 이었다.

"두 번째 동영상은 런던의 한 식당 감시 카메라에 찍힌 것입니다. 마이클 해리스, 37세, 사망 원인은…… 극저온 현상입니다."

"극저온 현상?"

"체온이 급격하게 떨어진 거죠. 사망자의 피부가 유리처럼 깨져서 산산조각 났습니다. 피는 얼어붙었고요. 대단히 놀라운 일입니다."

좌중에 침묵이 감돌았다.

"세 번째 동영상은?"

걸걸한 저음의 목소리가 중후하게 울렸다. 일단 한번 들으면 아무리 많은 사람들 속에서도 틀림없이 알아들을 수 있는 목소리였다. 초록색으로 칼라 가두리를 댄 검은 정장 차림의 윈스턴 브레이브가 의자에서 몸을 일으키며 흑옥처럼 검은 머리를 뒤로 넘겼다. 미 육군 대장은 그의 강한 존재감에 기가 눌린 듯 침을 꿀꺽 삼켰다.

"피츠버그에서 찍혔습니다. 해럴드 케인 교수가 감염성 쇼크로 사망했습니다. 열 가지 감염이 동시에 발생했지요. 불과 몇 초 사이에 말입니다."

브레이브와 대통령이 걱정스러운 시선을 주고받았다.

"이들은 누굽니까?" 브레이브가 물었다.

"유전 공학자들이에요. 유전자 치료의 희망을 온전히 짊어지고 있다고 해도 과언이 아닌 뛰어난 학자들이죠." 하얀 블라우스를 입은 여자가 대답했다.

"미래의 치료 방법이죠. 우리 정부는 유전자 치료에 엄청난 노력을 기울이고 있습니다. 돈도 많이 들이고요." 미 육군 대장이 덧붙였다.

윈스턴 브레이브는 탁자 반대편 끝에 앉은, 트레이드 마크나 다름없는 빨간 안경을 쓴 연회색 머리 노부인에게로 고개를 돌렸다.

위더스 부인은 3미터 두께의 콘크리트와 강철로 이루어진 벽을 주시했다. 그녀는 하늘, 나무 그리고 펜타곤★ 안의 이 간소한 방 위에 얹혀 있을 스물다섯 개 층을 머릿속에 그려보려 했다. 여동생과 함께 에펠탑을 그대로 본뜬 탑 꼭대기에서 살아온 그녀에게 이 지하실은 너무 갑갑했다. 이제 곧 여든이 될 그녀가 지하 80미터에 내려와 있다니……. 그녀에게 다가올 미래를 암시하는 전조일까? 그녀는 한숨을 쉬며 음울한 생각을 얼른 치워버렸다.

"베레니스?"

"윈스턴?"

★ 미국의 국방부를 달리 이르는 말로, 건물이 오각형이어서 붙여진 이름이다.

"무슨 생각을 하시오?"

위더스 부인은 무릎에 얌전히 포갠 두 손을 올려놓았다.

"그야 물론 유전자 변형에 대해서 생각하고 있지요. 급격한 세포 노화가 갑작스러운 생체 분해를 동반하는 매우 흥미로운 사례로군요. 게다가 장군께서 체온 조절 기능에 이상이 생긴 사례에 대해서도 말씀하셨잖아요? 세 번째 사례 역시 면역 체계가 말을 듣지 않았을 거라 추측되네요. 굉장히 흥미롭군요."

"바로 그거예요. 마지막 피해자의 혈액 세포의 수는 정상이었지만, 그 세포들은 신체를 외부 침입에서 보호하는 역할을 전혀 하지 못했어요. 하지만 우리는 이런 현상에 어떻게 손을 써야 할지 모르고요." 블라우스 차림의 여자가 말했다.

"뾰족한 수가 없어요. 이런 일에 손쓸 방법은 아무것도 없죠. 이건 다 네 번째 우주 제네티스에서 일어난 일이니까요." 위더스 부인이 불안한 미소를 띠고 대답했다.

블라우스 차림의 여자와 대통령 자문은 동시에 낯빛이 새하얗게 변했다.

"그의 짓이 맞습니까?" 윈스턴 브레이브가 그 어느 때보다 심각한 목소리로 물었다.

"안타깝지만 그래요. 어떤 약품, 어떤 성분, 어떤 무기를 동원해도 이같은 유전자 붕괴는 막을 수 없죠. 그의 소행이 명백해요." 위더스 부인이 단언했다.

윈스턴 브레이브는 잠시 눈을 감고 상상할 수 없는 일이 일어났을 가능성을 검토했다. 그들이 2년 전에 만든 함정에서도 놈은 이렇게 빠져나간 걸까? 놈은 당해낼 자가 없다는 아스클레피오스의 지팡이를 상대하고도 살아남아 어둠과 침묵 속에 웅크리고 이쪽의 경계심이 무뎌지기를 기다렸을까? 모든 것을 다시 해야 했다. 하지만 지금은 탄식만 하고 앉아 있을 때가 아니었다. 전에 없이 거센 싸움이 본격적으로 일어날 터였다.

"어둠의 왕자를 두고 하시는 말씀이신 거죠?" 대통령이 물었다.

두 명의 저명한 메디쿠스가 시인했다.

"안됐지만 그렇게 볼 이유가 또 있습니다."

그렇게 말하고 대통령은 리모컨 버튼을 눌렀다. 천장에서 다시 스크린이 내려오고 실내의 조명이 어두워졌다.

처음에는 무슨 소리만 났다. 숨소리였다. 그다음에는 마찰음 같은 잡음이 들리기 시작했다.

이윽고 흐릿한 형체가 붉은 후광 속에 나타났다. 위압적인 그 사내의 얼굴은 두건의 그늘에 가려 보이지 않았다. 그는 손으로 왼쪽 관자놀이를 잠깐 긁적대더니 다시 팔을 내렸다.

"이건 어디서 찍은 겁니까?" 브레이브가 물었다.

"내 컴퓨터 모니터에 뜨더군요. 대통령 집무실 컴퓨터 말입니다. 지금으로부터 몇 시간 전에요. 그자가 백악관 정보 시스템에 침입한 겁니다. 일단 잘 들어보십시오." 대통령이 말했다.

음성이 들리기 시작했다.

"대통령……."

"이게 무슨……."

"예고도 없이 찾아와서 미안하게 됐군."

문들이 벌컥 열리는 소리, 대통령 집무실에서 사람들이 웅성대는 소리가 배경음으로 들렸다.

"어떻게 이런 일이 있지? 맙소사! 뭐라도 좀 해봐, 쿠커버그!" 어떤 남자가 외치는 소리가 들렸다.

"불가능해요, 시스템이 말을 듣지 않아요!"

"매트, 끊지 마라! 저자가 뭐라고 하는지 한번 들어보겠다." 대통령이 차분하게 명령했다.

"참으로 현명한 생각이오. 당신에게 말을 걸 기회를 참으로 오랫동안 기다려왔소. 잠시만 내 이야기를 들어주겠소?"

타원형 집무실을 둘러싸고 혼비백산하는 대통령의 측근들을 구경하며 즐거워하는 기색이 역력한 목소리로 스카스데일이 말했다.

"원하는 게 뭐요?"

"일단, 미국과 다른 각국의 명석한 유전 공학자들에게 일어난 일을 진심으로 유감스럽게 생각한다고 말하고 싶소. 정말이지, 그렇게 참혹한 최후라니! 게다가 너무 급작스럽기도 하고……. 대통령께서도 무척 속이 상하셨을 거요."

대통령 주변에서 또 무슨 소리가 울려 퍼졌다.

"정보 보안 전문가들에게 내 위치를 알아내려는 건 괜한 시간 낭비라고 전해주시오. 쓸데없는 짓이오."

스카스데일이 킬킬 웃으며 말했다.

"나도 시간 낭비는 하고 싶지 않소. 본론으로 들어가시오."

스카스데일이 요란하게 숨을 몰아쉬었다. 그의 목소리가 신경질적으로 변했다.

"본론? 그러지. 이건 어떨까? 나는 생명이 존재하는 그 어디에서든 그 생명을 영원히 소멸시킬 수 있소. 이 정도면 당신이 생각하는 대답이 되겠소?"

스카스데일은 성질을 내며 주먹으로 탁자를 내리쳤다.

"모든 인류는 내 앞에 머리를 조아려야 해. 그 유전학자들과 똑같은 꼴이 되고 싶지 않다면 말이야. 당신에게 엿새를 주겠소. 온 세계에 그들을 대표할 수 있는 사람은 단 한 명, 바로 이 어둠의 왕자뿐이라고 알리시오. 그리고 이제부터 당신의 몸과 마음은 모두 내 것이오. 기한은 정확히 엿새, 단 1초도 더 줄 수 없소. 엿새 후에 백악관 가장 높은 곳에 항복의 표시로 깃발을 게양하시오. 나의 고유색을 따라 가장자리에 붉은색을 두른 검정색 깃발을 게양하면 될 거요. 그 후에 온 세상은 나의 권력이 얼마나 막강하며 나를 거스르는 자가 어떤 대가를 치르는지 알게 되겠지."

붉은 섬광이 번쩍 일어나더니 동영상이 사라졌다. 대통령의 컴퓨터 모니터에는 아무 일도 없었다는 듯이 다시 성조기 이미지가 떴다.

동영상은 그걸로 끝이었다. 무거운 침묵이 내려앉은 회의실의 조명이 다시 밝아졌다.

"이렇게 우리를 위협하는 미친놈은 이놈이 처음도 아니잖습니까." 대통령 자문이 말했다.

"제 말 들으세요. 이자의 광기는 워낙 오래된 데다 극도로 위험해요. 남들이 생각만 하는 짓도 얼마든지 저지를 수 있는 인간이죠." 위더스 부인이 부드럽게 말했다.

"여러분이 그를 막을 수 있습니까?" 대통령이 희망을 품고 말했다.

"스카스데일의 만행을 막기 위해 우리가 전 세계 모든 인류의 네 번째 우주로 들어갈 수는 없지요." 메디쿠스들의 그랜드 마스터가 나직하게 말했다.

대통령은 자리에서 일어나 셔츠 소매를 접으면서 초조하게 방 안을 성큼성큼 돌아다녔다. 분하고 화가 나서 참기가 어려운 듯했다.

"그 말대로라면 이제 난 모든 언론 매체들을 만나서 그…… 어둠의 왕자에게 이 나라의 통수권을 넘긴다고 선언해야 하는 거요?"

블라우스 차림의 여자가 드디어 충격에서 정신을 수습하고 나섰다.

"꼭 그러실 필요는 없지요."

모두가 일제히 그녀를 쳐다보았다.

"어쩌면 한 줄기 희망이 남았을지도……."

"질질 끌지 말고 말해보시오, 맬러리." 대통령이 재촉했다.

"기드온 노블이 있습니다."

1

미국 플리전트빌,

12월 7일

"비올레트, 도대체 어디로 날 끌고 가는 건데? 난 진짜……."

소녀는 그의 입술을 집게손가락으로 막고는 두 손을 모았다.

"오스카, 너 나하고 약속했잖아!"

오스카는 한숨을 쉬고 주위를 두리번거렸다. 그는 이제 열여섯 살, 그것도 그의 생일인 12월 7일 오늘, 한 치 어림없는 만 열여섯 살이 되었다. 그런데 아직도 누나의 괴짜 행각을 막지 못하고 질질 끌려 다니곤 했다.

"이불은 왜 들고 가? 이건 또 뭔데?" 오스카가 물었다.

그들 남매는 이미 킬데어 스트리트 한복판에 나와 있었다. 추위가 매서웠다.

"내 생일 선물을 망칠 셈이야? 잘 들어, 바르트가 아까도 그랬단 말이야. 아무 말도 하지 말라고, 내가 일단 입을 열면 다 불어버리게 될 거라고 그랬어. 나도 다 얘기해버리고 싶어서 안달이 나지만, 그럼 재미가 하나도 없을걸? 그러니까 난 아무 말도 안 할 거야. 잘 따라오고 있는 거지?"

오스카는 누나의 이상한 논리와 매혹적인 보랏빛 눈, 그 어느 쪽에도 저항할 수 없었다. 지난 2년간 눈부시게 성장한 그는 185센티미터의 장신이 되었기에 비올레트는 이제 남동생의 허리까지밖에 오지 않았다. 불꽃처럼 붉은 머리칼이 광대뼈가 도드라지는 그녀의 역삼각형 얼굴을 감싸고 내려와 어깨에서 가볍게 물결치고 있었다. 비올레트는 한 걸음 한 걸음 허공을 내딛는 무용수처럼 우아하고 아련한 자태를 지니고 있었다. 알록달록하니 우스꽝스러운 옷차림을 하고 있어도 왠지 근사해 보였다.

"알았어, 그럼 조금 빨리 했으면 좋겠어. 지금 저녁 7시거든? 게다가 모두 누나를 쳐다볼 거야."

"그 사람들이 내 생일 선물이 뭔지 알아맞힐까?"

"아냐, 아냐, 아무도 우릴 안 볼 거야. 자, 빨리 가자! 어딜 가는지는 모르겠지만 가보자고."

그렇게 말하고 오스카는 비올레트를 가로등에서 멀리 끌고 갔다.

잠시 후, 그들은 오말리 가족이 1층에 사는 작은 벽돌 건물 앞에 도착했다. 그들은 마당을 가로질러 알리바바의 동굴도 울고 갈 정도로 온갖 물건으로 가득 찬 헛간에 들어갔다. 헛간에는 바퀴 없는 자전거들, 정체불명의 사탕 과자들, 이제 막 시들기 시작한 화분들, 합성수지 마네킹에 걸쳐놓은 각종 제복들, 낙엽을 가득 담은 자루들이 쌓여 있었다.

그 옆에 "앙상한 겨울 나무가 보기 싫다고요? 작년도 낙엽을 저렴한 가격에 드립니다!"라고 적힌 작은 포스터가 보였다. 그 밖에도 희한한 각종 연장, 단 하나의 거리도 제대로 나와 있지 않은 플리전트빌의 지도들 등 온갖 것들이 그득했다. 그 헛간에선 뭐든지 찾을 수 있었다. 쓸모는 없지만 자질구레한 선물로 적합한 모든 것이 이곳에 있었다.

"뭐야? 제레미가 시장을 다시 열었어? 지금은 동계 휴무 중인 줄 알았는데……."

"여기엔 봄, 여름, 가을, 겨울이 다 모여 있어, 봐봐!"

비올레트는 동생 손을 잡고 반대쪽 끝으로 끌고 갔다. 그곳에는 나뭇가지와 말린 꽃을 엮어서 만들고 수십 개의 술 장식을 주렁주렁 늘어뜨린 샹들리에가 걸려 있었다.

"이런, 빛이 없잖아! 당장 손을 봐야겠군."

비올레트는 분하다는 듯 외치고는 스카프 속에 손을 넣어 금빛 원을 두른 M자 펜던트를 꺼냈다. 그녀의 펜던트에는 특이한 점이 있었다. M자 안에 또 다른 옥색 고리가 있었던 것이다. 그건 트랜스유니버설 메디쿠스만이 가질 수 있는 펜던트였다.

비올레트는 메디쿠스의 능력을 발견함과 동시에 그녀만의 독자적인 이 힘도 발견했다. 지금은 사라진 줄 알았던 그 특별한 메디쿠스들처럼, 비올레트에게는 우주들의 트로피를 순차적으로 가져오지 않아도 이 우주에서 저 우주로 건너갈 수 있는 재주가 있었다. 이 소녀가 다른 능력들도 계발하기를, 위더스 부인 그리고 누구보다 안나 마리아 룸피니가 간절히 바라고 있었다.

"더는 기다릴 수 없어요. 우리의 예쁜 몽상가 아가씨를 겁주지 않게 조심하면서 잠재된 능력을 깨워야만 해요." 룸피니 백작 부인은 그렇게 선언했었다.

괴짜 중의 괴짜 비올레트와 기세 좋고 활기 넘치는 백작 부인은 서로 통하는 데가 있었기 때문에 금세 서로를 좋아하게 되었다. 그래서 비올레트는 수시로 백작 부인의 집을 방문했고, 백작 부인은 티를 내지 않으면서도 비올레트의 기묘한 능력들을 끌어냈다. 이렇듯 백작 부인은 명민한 수완가의 면모를 드러냈었다.

비올레트가 샹들리에를 향해 펜던트를 내밀었다. 술 장식들이 반딧불이 떼처럼 빛났다. 부드러운 빛이 황갈색과 금색으로 헛간을 물들였다.

"누나, 뭐 하는 거야?! 누가 보면 어쩌려고! 신체 밖에서 능력을 사용하면 안 되는 거 알잖아!"

외부 세상에서 마법을 쓰면 위험하고 성공률이 떨어질 수도 있다는 사실을 모르는 메디쿠스는 없었다. 사실 오스카도 자주 규칙을 어기는 편이긴 했다. 특히 2년 전 파리에서는 어쩔 수가 없었다. 그는 이제 많이 자랐고 날쌔고 탄탄하던 몸은 어엿한 청년의 몸이 되었지만, 규범과 명령이라면 치를 떠는 기질은 나이가 먹어도 변하지 않았다. 오스카는 자기가 겪게 될 위험 따위에는 아랑곳하지 않았지만 누나에 대해서는 걱정이 앞섰다.

비올레트는 활짝 웃으며 동생의 말을 무시했다. 그녀는 동생을 닫집 달린 침대에 억지로 앉히고 자기도 그 옆에 나란히 앉았다.

"이것 봐." 비올레트가 이상할 정도로 큰 소리로 말했다.

"됐어, 나 귀 안 먹었거든? 이웃 사람들이 듣겠다."

비올레트는 이불을 펼쳐서 동생과 함께 덮었다. 그들을 둘러싼 어둠은 비올레트의 펜던트에서 뿜어져 나오는 빛에 금방 물러났다. 펜던트 문자가 서서히 떠오르며 이불을 들어 올려 그들의 머리 위에 텐트처럼 드리웠다.

"그래, 이제 뭐 할 건데?" 오스카는 한숨을 쉬었다.

비올레트가 펜던트를 빤히 쳐다봤다. 문자는 찬란한 빛을 발산하고 있었고 이불 속은 한여름 대낮처럼 환했다. 오스카는 누나의 힘에 새삼 감탄했다. 눈빛 하나로 펜던트를 다루는 메디쿠스는 이제까지 본 적이 없었으니까.

비올레트가 감격에 젖은 목소리로 말했다.

"이게 나의 첫 번째 선물이야. 언제나 너에게 햇살이 비추기를……. 난 네 생일에 비 오는 거 싫거든. 그리고 이렇게 하면 네 생일이 저물어 가는 게 아니라 이제 막 시작되는 것 같잖아. 다시 해가 떠올랐으니까."

오스카는 미소를 지었다. 누군가 그에게 생일 선물로 뭘 원하느냐고 묻는다면, 그는 지금 당장이라도 대답할 수 있었을 것이다. 두 번 생각할 것도 없이 누나가 시인의 마음을 영영 잃지 않기를 바랐을 테니까.

"고마워, 정말 멋진 선물이야."

"기다려, 이게 다가 아니야."

"그래? 이번엔 또 뭐가 뚝 떨어지려나?"

"아무것도 안 떨어져."

그렇게 말하며 비올레트는 리본 대신 꽃을 엮어 묶은 상자 하나를 내밀었다.

"이건 또 뭔데?"

오스카는 기쁘면서도 경계심이 들었다. 그는 인상을 쓰고 상자를 꽉 붙들었다. 상자가 들썩거리고 있었기 때문이다. 매듭을 풀자마자 뚜껑이 용수철이라도 달린 듯 튀어 올랐다. 눈가에 초콜릿색 점이 있는 스플랫의 사랑스러운 머리통이 쏙 나왔다. 스플랫은 자기 몸집만 한 봉투를 입에 문 채 미꾸라지처럼 이리저리 꼼지락대고 있었다. 2년 전 필집안에 살게 된 이후로 요 녀석은 1센티미터도 더 자라지 않았다. 왕성한 에너지도 여전했다. 스플랫은 주인의 목에 냉큼 달려들어 풀오버 목언저리에 봉투를 내려놓았다. 오스카는 마구 핥아대려는 스플랫을 피하며 봉투를 열었다. 그 안에는 뻣뻣해진 옛날 사진 한 장이 있었다. 보랏빛 눈동자를 보건대, 사진 속 아름다운 갈색 머리 여인은 비올레트와 분명히 피를 나눈 사이였다. 한 남자가 미소를 지으며 그녀의 둥그런 배를 어루만지고 있었다. 한껏 부푼 배는 머지않아 경사가 있을 것을 암시하고 있었다.

오스카는 자신이 배 속에 있을 무렵 찍은 부모님의 사진을 집중해서 들여다보았다.

"왜 여태까지는 이 사진을 보여주지 않은 거야?"

오스카는 약간 책망하는 말투로 물었다. 운명이 그에게서 데려간 아버지를 누나가 더 멀리 끌고 가기라도 한 것처럼.

"나도 이 사진에 대해서 몰랐어, 오늘 아침까지는. 난…… 이게 엄마의 선물이라고 생각해."

오스카는 사진을 안주머니에 넣었다. 그는 누나에게 따진 것을 서툴게나마 사과했다.

"미안해, 그리고 고마워. 이렇게 근사한 생일은 처음이야. 뭐든지 두 배네. 해도 두 번 보고, 선물도 두 번 받고……."

"어, 아닌데, 선물은 세 개인데."

"나 참, 세 번째 선물은 내년 생일로 미뤄두지 그래?"

"이게 마지막 선물이야. 자, 눈을 감아봐, 진짜 꼭 감아야 한다?"

비올레트가 이불 텐트 밖으로 나갔다. 그녀는 오스카와 이불을 사이에 두고 속삭였다.

"이제 꿈을 꾸는 거야. 너에겐 꿈이 필요해."

누나가 이불을 지그시 누르는 바람에 오스카는 침대에 드러누웠지만 안주머니의 사진에서 손을 놓지 않았다. 이불 속의 빛이 은은하고 포근하게 변했다. 오스카는 눈을 감고 주위의 온기와 뇌리를 스치는 잡다한 생각에 휩싸였다. 펜던트가 서서히 올라가면서 이불을 천장까지 걷어 올렸다.

"생일 축하한다, 친구야!"

오스카는 목소리의 주인공을 금세 알 수 있었다. 눈을 뜨자, 제레미 오말리의 얼굴이 바로 옆에 있었다.

"생일 축하해!"

외침, 아니 차라리 함성이 터졌다고 해야겠다. 갑자기 레이저 광선들이 제레미의 시장을 이리저리 가로지르고 사방에 숨겨진 스피커에서 음악이 울려 퍼졌다. 오스카는 좀비처럼 벌떡 일어났다. 물건들 틈에서 수십 명이 고개를 내밀었다. 놀랍게도 온 동네 친구, 학교 친구가 다 그곳에 와 있었다. 함께 모험하며 각별한 관계를 맺어온 메디쿠스 친구들도 모두 와 있었다. 오스카는 놀랄 틈도 없었다. 여자아이들이 우르르 달려와 그를 춤추는 곳으로 끌고 갔으니까. 다른 아이들도 춤을 추려고 막 나서는 참이었다. 여자아이들은 극성팬처럼 소리를 지르며 오스카의 옷을 잡아끌려 했다.

불꽃 같은 빨간 머리를 어중간하게 기른 여자아이가 외쳤다.

"내가 먼저야, 생일 축하해, 우리 오스카!"

발랑틴은 다른 아이들을 밀치고 오스카의 목을 끌어안았다. 그러는 동안에도 오스카는 고막이 찢어질 듯한 최신 유행곡에 맞춰 춤을 추는 아이들의 재미있어하는 시선—약간의 질투도 섞인—을 받으며 셔츠가 벗겨지지 않도록 안간힘을 쓰고 있었다. 제레미가 마이크를 잡았다.

"알려드립니다, 저기 뷔페 오른쪽에 마련된 이상한 요리는 체리 아줌마 작품이니까 조심하세요. 아줌마 요리를 먹어본 사람들에겐 더 이상 말할 필요가 없을 테고, 그렇지 않은 사람들은 무조건 내 말을 믿으세요. 안 먹는 게 좋을 겁니다!"

에이든 스펜서가 체리 아줌마의 요리를 향해 다가오는 사람들을 가로막았다.

"제발, 제발 그만둬요. 여러분이 이거 먹고 병나면 생일 파티를 망친다고요!"

매년 키가 쑥쑥 자라며 뛰어난 체력을 과시하는 샐리 벙커가 에이든을 밀치고 대신 그 자리에 섰다.

"자, 물러서세요! 분명히 왼쪽으로 비키라고 했습니다. 여긴 위험해요!"

아이들이 즉시 샐리의 명령에 따랐다. 샐리는 에이든을 보고 말했다.

"봤지? 일을 이렇게 해야지. 알았어?"

에이든은 사람들이 비웃을까 봐 손에 잡히는 아무 잔이나 들고 플라스틱으로 만든 가짜 종려나무 뒤로 가냘프고 연약한 몸을 숨겼다.

바닥에서, 종이 박스 위에서, 궤짝 위에서, 탁자 위에서 모두가 몸을 흔들었다. 음악에 맞추어 남녀가 쌍을 이루고 춤을 추는 모습이 현란한 레이저 불빛과 자외선 조명을 받아 우스꽝스럽게 보였다. 격렬하게 춤을 추다가, 헛간의 어두운 구석으로 슬쩍 사라지는 아이들도 있었다. 발랑틴은 로렌스를 춤추는 무리 속으로 끌어들이는 데 성공했다. 로렌스는 음악의 리듬이나 자신을 보고 소리를 지르는 구경꾼들에게 아랑 곳하지 않고, 방금 태엽을 감아 내려놓은 움직이는 인형처럼 뻣뻣하고 이상한 춤을 추었다.

고딕 스타일로 차려입은 열일곱 살 소년 스티비가 시디플레이어를 차지한 제레미에게 다가갔다. 그는 제레미에게 고개를 내밀고 큰 소리 로 물었다.

"저기 춤추는 빨간 머리 여자애 알아?"

"응, 나랑 엄청 친한 앤데, 왜?"

"나 좀 소개해줘."

제레미는 스티비를 처다보지도 않고 헤드폰을 쓴 채 음반들을 뒤지 며 대꾸했다.

"미리 말해두는데 쟤 성깔 장난 아니다. 여자애가 차분한 데라곤 없 어. 가끔은 아주 과격해진다고."

"상관없어. 소개해주라." 발랑틴에게 홀딱 반한 스티비가 말했다.

"정 원한다면 그러지 뭐. 하지만 제임스가 뭐라고 할지 모르겠다."

"제임스? 골든 크라운 고등학교의 제임스?"

제레미는 거짓말을 천연덕스럽게도 해댔다.

"그래, 쿵푸 3단 제임스. 몰랐어?"

"아……. 그럼 좀 그렇네."

"맞아, 좀 그렇지. 그래도 시도는 해볼 수 있잖아."

"됐어, 그냥 마음 접을래."

스티비는 씁쓸한 마음으로 자리를 떠났다. 발랑틴은 제레미와 눈이 마주치자 볼륨을 높이라는 신호를 보냈다. 쩌렁쩌렁한 사운드에 벽이 울렸다. 제레미는 윙크를 했고 발랑틴은 환호성으로 화답했다. 발랑틴은 비올레트와 오스카 사이에서 열심히 엉덩이를 흔들어댔다. 비올레트는 바르트와 정통 댄스를 어설프게 시도하는 중이었고 오스카는 건장한 상체를 흔들며 춤을 추었다. 제레미는 발랑틴이 이미 자기 여자친구라는 듯 사랑스럽게 바라보았다.

여느 때보다 고압적인 아이리스 플록하트의 목소리는 다행히 음악 소리에 묻혀 들리지 않았다. 그래서 아이리스는 보는 사람마다 붙잡아 귀에 대고 고함을 질러야 했다.

"밤 10시 이후에 이러는 건 야간 소음이거든! 그 어떤 경우라도 난 야간 소음은 못 참아!"

"아이고, 이제 경찰 노릇까지 하려고?" 로넌 모스의 여동생 캐리가 빈정댔다.

"밤 10시 1분이 되면 전원 귀가하라고!" 아이리스는 덮개가 터진 헌 소파에 앉으며 딱 잘라 말했다.

펑크스타일 머리의 스티비는 아까 점찍었던 발랑틴의 존재는 벌써 잊어버리고 깐깐한 여자 집사 같은 복장에 머리를 총총 땋은 이 소녀에게 접근했다.

"지금은 7시 32분이고 아직 너와 내가 춤출 시간은 충분해."

아이리스의 눈동자만이 반응을 보였다. 스티비는 미소를 지으며 아이리스의 목덜미에 피어싱을 한 입술을 가까이 가져갔다. 그러자 아이리스는 소파 용수철처럼 벌떡 일어났다. 그녀는 손으로 자신의 목을 한번 만져보더니 스티비를 위협하듯 삿대질을 했다.

"너!"

"왜?"

"제법 맘에 드는데? 자, 춤추자."

아이리스는 스티비의 귀를 잡아당겨 무대로 끌고 갔다.

캐리와 옆에 있던 두 소년이 웃음을 터뜨렸다. 갑자기 군중이 양쪽으로 쫙 갈라지며 춤을 멈췄다. 영문을 모르는 오스카는 그 순간, 등 뒤에서 들려온 목소리에 움찔했다.

"오늘이 그 눈엣가시 같은 놈 생일이라며? 그래서 우린 초대하지 않은 건가?"

오스카는 그냥 고개만 돌렸다. 로넌 모스의 얼굴은 여드름 흉터 때문에 더욱더 고약해 보였다. 모스는 그와 키가 같았지만 훨씬 더 체구가 우람했다. 오스카가 육상 선수 타입이라면 모스는 역도 선수와 비슷했다. 모스의 뒤에는 땅딸보 콜 도허티가 건들거리고 있었고, 평소보다 더 비실비실해 보이는 그레이엄 노턴은 금방이라도 휘청거릴 것 같았다. 제일 뒤에 지미 베이츠도 막 등장한 참이었다. 그는 뭔가를 깨작깨작 먹으면서 이 광경을 주시하고 있었다. 지미는 고양이 같은 날렵한 몸동작, 검은 생머리에 가려진 검은 눈 덕분에 신비로운 분위기를 풍겼다. 그리고 다른 남자아이들과는 비교도 안 될 만큼 매력이 넘쳤다. 지미에게 매료된 여자들은 시선을 다른 데로 돌리지 못했다.

하지만 오스카의 기분이 나빠진 진짜 이유는 이 패거리들이 아닌 듯했다. 진짜 위험인물은 모스 뒤편에 서 있었다. 모스의 어깨를 짚은 우아한 손, 치렁치렁 늘어뜨린 짙은 색의 금발. 그 누구에게서도 볼 수 없는 금빛 광채가 어린 눈동자.

틸라가 모스의 어깨에서 천천히 손을 내리고 오스카에게 다가왔다. 딱 붙는 청바지와 몸에 맞춘 검정색 파카 차림이었다. 오스카는 입을 꾹 다물고 셔츠 단추를 다시 제대로 채우면서 틸라의 눈을 똑바로 봤다.

그때 제레미가 마이크에 대고 말했다.

"뒤쪽에 계신 분들에게 부탁 좀 하려고 볼륨을 낮췄습니다. 거기, 환기 좀 해주세요. 얼간이 냄새가 진동을 하네요. 아, 죄송합니다. 빠뜨린 게 있네요. 얼간이 냄새뿐만 아니라 공주병 냄새도 나잖아요."

모스가 포악하게 비틀린 미소를 지으며 디제이에게 다가가자, 모스만큼 체격이 좋은 청년이 그 앞을 가로막았다.

"어디 가는 거야? 여기서 넌 불청객이라고. 나가는 문은 저기야." 바르트가 이를 악물고 말했다.

오스카와 바르트가 세 사람을 마주 보고 섰다. 모스, 도허티, 노턴은 잠시 주저했다. 지미 베이츠는 여전히 실실 쪼개며 구경만 하고 있었다. 굽 높은 부츠를 신고 있었지만, 틸라는 이 긴장된 순간을 틈타 날렵하게 오스카에게 슬쩍 접근했다.

"정말 근사한 파티네. 날 따돌리고 싶을 정도로 날 싫어하는 거야?"

"너희가 오기 전까지는 근사한 파티였지. 너의…… '남자 친구'와 네가 나타나기 전까진."

오스카는 모스를 험악하게 노려보았다. 이제 모스와 틸라의 관계를 모르는 사람은 아무도 없었다. 하물며 오스카라고 왜 모르겠는가. 베르사유 궁의 정원에서 쓰라린 배신을 맛보았는데도 틸라에 대한 그의 감정은 여전히 혼란스러웠다. 그는 자책하고, 자신의 약한 마음을 질책했다. 그래도 어쩔 수 없었다. 비록 때로는 오늘 저녁처럼 자존심을 지키고 싶은 마음이 더 앞섰지만 말이다.

틸라는 잠시 시선을 아래로 떨어뜨렸다가 다시 오스카의 눈을 쳐다보았다.

"누구나 생각은 바뀔 수 있어. 누구나…… 실수할 수 있지."

"실수라면 나도 이미 해봤지. 2년 전에 말이야. 그 정도 했으면 됐다고 생각하는데."

모스가 저쪽으로 가더니 무릎으로 탁자 하나를 뒤집어엎었다. 유리
잔과 샌드위치 쟁반들이 와장창 박살 났다. 에이든이 나섰다.

"뭐 하는 짓이야! 너도 똑같이 해줄까?"

모스는 한 손으로 에이든을 밀쳤다. 에이든은 그대로 벽에 나가떨어
졌다.

"탁자보다 약해빠진 놈이 까불기는." 모스가 심술궂게 웃었다.

오스카와 바르트가 자리를 박차고 나가 모스를 홱 밀었다. 모스의 졸
개들도 가만히 있지 않았다. 후끈 달아오른 분위기 속에서 다른 사내아
이들도 오스카와 바르트 편에 붙었다.

"그래, 패배자들밖에 없는데 상대해서 뭐하겠어. 가자." 모스가 침착
하게 말했다.

그는 틸라의 허리에 팔을 둘렀다. 틸라는 오스카에게서 시선을 떼지
못한 채 허리를 틀어 모스의 손길을 뿌리쳤다. 가증스러운 두 단짝 친
구 섀도와 바비가 틸라의 뒤를 졸졸 따라갔다. 늘 그렇듯 그 애들은 따
분하게, 아니 어쩌면 예전보다 더욱 형편없게―어리석음과 질투는 세
월이 갈수록 심각해지는 법이므로―보였다. 제레미가 다시 볼륨을 높
였다. 불청객들은 손님들을 밀치며 드디어 그곳을 떠났다. 지미 베이츠
는 마시던 잔을 비우고 자신을 홀린 듯 바라보는 한 소녀의 뺨을 슬쩍
어루만진 뒤 그곳에서 나갔다.

긴장이 풀리면서 틸라와 모스 패거리가 등장하기 이전의 분위기가
거의 되살아났다. 그 패거리의 불쾌한 인상이 아직 다 가시지 않은 무
렵, 비올레트가 한 손을 자기 가슴에 올렸다.

"괜찮아?" 바르트가 걱정했다.

"그렇구나, 내가 아직도 널 너무 좋아하는구나. 막 애가 타는 기분이 랄까."

바르트가 오랜 기다림을 끝내고 비올레트와 서로의 마음을 확인한 지도 이제 2년이 됐다. 하지만 비올레트에 대한 그의 마음은 맨 처음과 조금도 다르지 않았다.

"그런 말이 어디 있어? '너무' 사랑하는 건 없어. 아무리 사랑해도 지나치지 않다고."

"아, 안 돼!" 비올레트가 갑자기 소리를 질렀다. "아, 바르트, 네 말이 맞아. 그런데 지금 이건 내 펜던트에게 한 말이야. 저기, 아주 잠깐만 기다려줄래? 널 정말 정말 좋아하는 아까 그 마음으로 금방 되돌아올게, 알았지?"

비올레트는 구석에 가서 웃옷의 옷깃을 살짝 벌려보았다. 펜던트가 범상치 않게 빛나다가 말다가 했다.

"귀여운 펜던트야, 참 예쁘다. 하지만 네가 무슨 말을 하려는 건지 모르겠어."

"내 펜던트와 같은 말을 하는 거겠지. 소집 명령이야." 샐리가 대꾸했다.

에이든과 아이리스도 그들에게 다가왔다.

"그게 아니면 그랜드 마스터가 그만 좀 떠들라고 우릴 타이르시려는 거겠지. 우리를 데리러 경찰서에 오고 싶진 않으실 테니." 아이리스가 한마디 했다.

"브레이브 씨는 우리가 고성방가를 하든 말든 전혀 상관 안 하실걸. 내 생각엔 모두 될 수 있는 대로 빨리 모이라는 신호 같아." 에이든이 말했다.

"내일 방과 후에 모두 쿠미데스 서클로 가자." 샐리가 제안했다.

"아니, 당장 가자. 아직 그렇게 늦은 시간은 아니야. 지금이라도 쿠미데스 서클에 갈 수 있어." 눈살을 찌푸린 아이리스가 자기 펜던트를 주시하면서 말했다.

"무슨 일이야? 나 몰래 또 무슨 깜짝 선물이라도 준비해?"

모두 어색하고 당황한 표정으로 오스카를 돌아보았다. 오스카는 샐리의 풀오버 속에서 비치는 펜던트 특유의 빛을 금세 알아보았다. 자기 펜던트만 빛나지 않는다는 것을 확인하기 위해 굳이 주머니를 뒤져볼 필요는 없었다. 에이든이 친구의 어깨에 다정하게 손을 얹었다.

"우리도 안타까워, 오스카, 우리도 정말⋯⋯."

"괜찮아, 걱정하지 마. 잘되겠지." 오스카는 그렇게 대답했지만 씁쓸한 기분을 어쩔 수 없었다.

"굳이 말하자면 네가 다 초래한 일이니까 너도 할 말은 없지⋯⋯." 아이리스가 끼어들었다.

"그래, 됐어. 구구절절 따지고 싶으면 가면서 하든가." 샐리가 아이리스의 말을 끊고 출구 쪽으로 밀었다.

"넌 일부러 그러는 거야, 뭐야?" 에이든도 아이리스의 귀에 대고 한소리 했다.

"오스카도 자기가 잘못했다는 걸 알아야 하잖아, 그러니까⋯⋯."

"그래 너 잘났다, 잘났어, 퍽이나 격려가 되겠다. 샐리 말이 맞아, 빨리 가기나 해."

"내 펜던트 가질래? 이걸 갖고 가면 되잖아. 난 여기 있어도 돼." 비올레트가 오스카에게 말했다.

오스카가 미소를 지었다.

"아냐, 그렇게 해선 안 된다고 생각해."

비올레트는 동생을 정답게 끌어안았다.

"내가 다녀와서 전부 다 얘기해줄게. 좋은 일이 아니면, 내가 근사하게 지어내서 말해줄게. 괜찮은 생각이지?"

"응, 아주 좋아."

메디쿠스들이 나가는 모습을 바라보는 오스카의 얼굴은 슬프고 침울했다.

2

"몇 시에 그들을 소집했는데요?"

윈스턴 브레이브는 쿠미데스 서클 3층의 집무실 창밖을 걱정스러운 눈길로 내다보았다. 정원 저 멀리서 끊임없이 꼼지락대며 모습을 바꾸는 수풀을 보고 있자니, 기사단과 이 세상이 참으로 연약하다는 생각이 새삼 들었다. 그는 이런 우울한 생각을 뿌리치며 저고리에 달린 에메랄드 빛 벨벳 깃의 매무새를 가다듬고 베레니스 위더스에게 고개를 돌렸다. 겨울 오후의 희미한 빛이 노부인의 얼굴에 떨어지며 눈가, 이마, 입가의 깊은 주름을 드러냈다. 위더스 부인도 몹시 피곤했다. 새로운 싸움이 임박했건만 그녀는 약해져 있었다. 인류의 미래는 하루가 다르게 어두워졌고 그 어둠은 계절의 흐름과 무관했다. 버텨야만 했다. 최악의 사태는 아직 일어나지도 않았다. 그래도 브레이브는 위더스 부인을 세상 그 어떤 사람보다 믿었다.

위더스 부인은 브레이브의 생각을 읽기라도 한 듯 어깨를 폈다. 브레이브가 그녀 옆으로 와서 안락의자에 앉았다. 그들은 메디쿠스들의 무기들이 숨어 있는 거대한 책상을 마주 보고 있었다.

"잠시 후면 그 아이들이 여기로 올 거요."

"왜 서재로 부르지 않고……."

"아니, 불멸회에 심려를 끼치고 싶지 않소. 그들의 도움을 구할 생각도 없소. 아직은 때가 아니오. 더욱이 당신이 위원회에 마땅히 알려야 한다고 생각하는 바에 대해서 미리 얘기를 나누고 싶던 참이오."

"윈스턴, 진실을 말하세요. 우리를 노리는 위험에 대해서라면 그 무엇이든 감추어선 안 돼요."

"진실을…… 모두에게?"

위더스 부인이 한숨을 쉬며 말했다.

"어쩌면 당신이 옳을지도 모르죠. 비록 나는 그렇게 생각하고 싶지 않지만……."

"나도 그렇게 생각하고 싶진 않소. 하지만 어떤 것에도 마음을 놓아선 안 됩니다. 외부의 적을 상대하느라 정신없을 때 내부의 적에게 당할 수도 있는 법이오."

위더스 부인이 일어났다.

"윈스턴, 시간이 얼마 안 남아서 하는 말인데……."

그녀는 말을 하다 말고 잽싸게 문 쪽으로 다가갔다. 그리고 문고리를 잡고 주저하다가 그랜드 마스터를 쳐다보았다. 그랜드 마스터도 자리에서 일어나 저만치 걸어갔다. 그는 돌아서서 큼지막한 손으로 주먹을 꼭 쥐고 뒷짐을 졌다. 위더스 부인은 그랜드 마스터의 긴장감을 느꼈다. 그녀는 크게 숨을 들이마시고 문을 열었다.

몇 발짝 걸어 들어온 청년이 대기 자세를 취했다.

집무실 안쪽에서 윈스턴 브레이브는 꼼짝하지 않고도 존재감을 발산했다. 이윽고 그의 한 손이 가까이 있던 의자의 나무 등받이에 새겨진 M을 꽉 쥐었다. 문자 안에 박힌 에메랄드가 그의 손바닥을 관통할 만큼 강렬한 빛을 뿜었다.

"네가 여기 올 수 있었던 건 오직 한 가지 이유에서다. 평소 내가 높이 평가하는 위더스 부인이 널 불러야 한다고 강력하게 주장하셨기 때문이지."

그렇게 말하며 브레이브는 위더스 부인 쪽을 살짝 돌아보았다.

"저도 알아요. 고맙습니다, 그랜드 마스터." 오스카는 목이 메었다.

5분 전, 쿠미데스 서클의 철창 대문을 밀고 들어오면서 오스카는 만감이 교차했다. 2년 만에 처음으로 이 집 문이 그가 펜던트를 갖다 대자 아무 저항 없이 열렸다. 기쁘기도 하고 심란하기도 했지만 한 발 한 발 내딛을 때마다 오히려 마음이 차분해졌다. 모든 것이 새록새록 떠올랐다. 그가 발견한 능력들, 체리 아줌마와 제리 아저씨의 얼굴, 심지어 깐깐한 집사 본즈의 얼굴까지도. 서재의 비밀, 불멸회의 마법, 발랑틴과 로렌스와 어울려 신 나게 웃었던 일들. 그랜드 마스터의 신뢰, 오스카의 펜던트와 이어진 그의 펜던트. 하지만 셀레니아와 로다의 흉상과 호수에서 튀어나와 울부짖던 그들의 추악한 모습을 떠올리지 않을 수 없었다. 과오, 배신, 추방의 쓴맛도. 윈스턴 브레이브는 그 쓴맛밖에 간직하지 않고 있는 듯 보였다.

"뭐가 고맙다는 거냐? 나는 아직 널 용서한 게 아니다."

오스카는 심호흡을 하고 위더스 부인의 신뢰 어린 태도에 힘입어 이렇게 말했다.

"제가 편지를 올렸습니다만……."

"네 편지는 읽지 않았다." 브레이브가 내뱉었다.

그랜드 마스터가 돌아섰다. 오스카는 그랜드 마스터가 2년 전에 드러낸 무서운 분노를 기억하고 있었다. 그는 완강하고 냉랭한 푸대접을 감수해야 했다. 그건 오스카가 치러야 할 몫이었다. 그는 이미 마음의 준비를 하고 있었다.

"저희 아버지가 쓴 편지도 함께 보냈습니다만……."

"나는 그 편지에 개의치 않는다."

"저도 말 좀 하겠습니다!"

오스카는 거의 고함을 지르다시피 말했다. 2년간 속으로만 곱씹은 말들이 저절로 터져 나왔다.

"제게 변명할 기회를 단 한 번이라도 주셨습니까? 아버지의 편지에는 우리 가족에게 닥친 위험이나 음모, 알프레드 보든에 대한 얘기가 있었습니다. 아버지가 직접 그랜드 마스터와 웜의 이름을 언급했고요. 제가 찾아갔을 때 웜이 먼저 호수 얘기를 꺼냈습니다."

브레이브가 폭발했다.

"너는 너밖에 모르는 놈, 자제력도 없고 남을 존중할 줄도 모르는 녀석이야. 그러니까 감히 규칙을 깨고 남의 사생활을 파헤친 거겠지. 너는 네 발로 금지된 곳에 갔어. 넌 양심 따윈 없는 놈이다, 오스카 필."

그의 말이 단두대의 칼날처럼 무섭게 떨어졌다. 오스카는 이 공격에 정신을 차릴 수 없었다.

"저는 찾고 있었을 뿐입니다. 알고 싶었어요. 알아야만 했어요. 언젠간 알게 되겠죠." 오스카는 설득력 없이 이렇게만 대꾸했다.

"앞뒤 구별 못하고 아무거나 믿을 정도로 눈이 멀었던 게지."

오스카는 브레이브의 눈을 똑바로 쳐다보며 말했다.

"전 이제 아무것도 믿지 않습니다. 아무도요. 그래도 계속 추적하고 알아낼 겁니다, 그랜드 마스터."

"최소한 거짓말은 하지 않는군." 그랜드 마스터는 경멸하듯 말했다.

그가 오스카에게 다가갔다. 오스카는 이제 많이 컸고 무시할 수 없는 존재로 성장했다. 하지만 윈스턴 브레이브는 여전히 오스카보다 머리 하나가 더 컸고, 소년을 상대하는 거인의 풍모를 지녔다.

"네 아버지에게는 너에게 부족한 장점들이 참으로 많았지."

그는 잔인하게 정곡을 찌르는 말을 느릿느릿 힘주어 뱉었다.

오스카는 아무 말도 하지 않았지만 속에선 분노가 부글부글 끓어올랐다. 아버지는 어머니에게 보낸 마지막 편지에서 기사단과 지도자들을 절대적으로 믿어야 한다고 했다. 하지만 오스카는 바로 그 지도자들이 아버지를 구해주지 않았다는 사실을 결코 잊을 수 없었다. 아버지를 구하려고 시도는 해봤을까?

"안타깝게도 나는 네 아버지의 끔찍한 결심을 막지 못했다. 너무 뛰어난 사람이라서 오히려 화를 입었다고나 할까. 넌 네 아버지와 비교도 안 되는 녀석이지만 아버지와 비슷한 운명에 처할지도 모르겠구나. 조심해라, 오스카 필. 이제 가거라. 다시는 오지 마라."

오스카는 잠시 그랜드 마스터와 기 싸움을 하다가 체념했다. 그제야 위더스 부인이 나섰다.

"윈스턴, 내가 당신에게 허물없이 말하는 건 다른 사람들이 없는 자리에서만이죠. 비록 지금은 우리 말고 다른 사람도 있지만, 이렇게 말하지 않을 수 없네요. 공정하기로 이름난 당신이 오늘은 왜 이렇게 편파적인가요? 개인적인 상처에 휘둘리지 마요. 이 아이에게 한 번 더 기회를 주세요."

위더스 부인은 브레이브를 달래거나 회유하려는 기색 없이 닭닭하게 말했다. 그녀는 자기가 높이 평가하고—심지어 탄복해 마지않는—이 사내가 어떤 말을 귀담아듣는지, 어떤 식으로 얘기해야 그의 마음을 움직일 수 있는지 잘 알고 있었다. 하지만 오늘도 그 방법이 통할까?

"저도 다른 친구들과 함께 네 번째 우주에 가게 해주세요. 어제 친구들이 소환됐죠. 저는 그 애들이 쿠미데스 서클로 가는 모습을 지켜보기만 했어요. 그들이 이미 떠날 날을 받았다는 것도 알고 있어요." 오스카가 애원했다.

"그들의 트로피 캘린더가 그렇게 정했으니까."

"제 캘린더도 그랬을 텐데요."

"네 펜던트가 알려주더냐?"

오스카는 대답하지 않았다. 애초에 펜던트끼리 이어진 사이이니, 그 답은 그랜드 마스터가 누구보다 잘 알고 있을 터였다. 오스카는 포기하지 않았다.

"그랜드 마스터는 모든 메디쿠스들을 긴급히 필요로 하시죠. 전 이제 어린애가 아니고 지금 세상에 무슨 일이 일어나는지 알아요. 많은 사람과 동물이 전염병에 시달리고 있죠. 돼지 독감, 조류 독감, 신종 플루 같은……. 물론 다 파톨로구스들의 소행이에요. 다른 사람들은 몰라도 우리는 진실을 알죠. 그 증거로 이런 전염병들은 갑자기 나타났다 갑자기 물러나요. 과학은 딱히 손을 쓰지도 못하고 있는데 말이에요. 전 세계 곳곳에서 우리 기사단이 애쓰고 있기 때문이죠."

오스카는 위더스 부인에게 확인을 요구하듯 말했다.

"맞게 보았다. 지난 1년간 우리가 싸우지 않은 날은 단 하루도 없었지." 오스카의 멘토인 노부인이 말했다.

그랜드 마스터는 성큼성큼 창가로 걸어갔다. 그는 위더스 부인의 수작을 모르지 않았다. 그녀는 계속 오스카를 두둔해왔다. 그랜드 마스터는 말없이 그냥 서 있었다. 시간도 그의 결정을 기다리며 멈춘 듯했다. 오스카는 심장이 두근대다 못해 터질 것 같았다. 위더스 부인조차 인내심을 잃었다.

"윈스턴, 너무 그러지 마요. 말을 하세요."

자동차 소리가 침묵을 깨뜨렸다. 브레이브는 창밖에서 벌어진 일에 정신이 팔린 듯했다. 그는 잠시 집중하더니 뒤로 돌아섰다. 결심이 선 표정, 입가에 희미하게 감도는 미소는 결과를 이미 말해주고 있었다.

"오스카 필, 네가 그런 생각을 하다니 희한하구나. 세상은 너 없이도 잘 돌아갈 수 있다. 너도 네 번째 트로피 없이 얼마든지 잘 살 수 있고. 난 허락하지 않겠다."

플레처 웜은 쿠미데스 서클의 요리사 체리를 쳐다보지도 않은 채 외투와 장식 달린 지팡이만 불쑥 내밀어 맡기고 계단을 성큼성큼 올라갔다. 그를 경멸하는 체리는 그의 물건에 무슨 독이라도 묻은 양 손끝으로 마지못해 받았다.

그는 소리도 내지 않고 셀레니아와 로다의 흉상 앞을 지나갔다. 두 동상은 눈을 감고 부동자세를 지켰다. 웜이 차이나 칼라의 매무새를 고치고 집무실 문을 노크하려는 순간, 그랜드 마스터의 호통이 울려 퍼졌다.

"알아듣게 말했을 텐데! 내 결심은 바뀌지 않는다!"

무거운 침묵이 몇 초 흘렀다. 문이 벌컥 열렸다. 웜의 눈앞에 필가의 애송이가 나타났다.

웜은 상대방의 심리 상태를 감지하는 비상한 재주가 있었다. 이 재주 덕에 상대의 자세, 몸짓, 입술의 떨림, 눈의 깜박임 같은 세부 사항을 금세 파악해서 재빨리 그 상대를 자기 뜻대로 이용하곤 했다. 그리고 지금 이 청년의 분노는 대단한 심리학자나 관상가가 아니어도 충분히 짐작할 수 있었다. 분노…… 그리고 좌절. 어쩌면 모욕감까지도. 그랜드 마스터와 오스카 필의 노골적인 갈등이라? 그에겐 더없이 좋은 일이었다.

어쨌거나 윈스턴 브레이브와 관련된 모든 갈등은 언제고 그에게 유리하게 작용할 터였다. 적의 적을 이용하여 적을 칠 수 있을지도 모를 일이었다. 삶은 연속적인 고리들로 이루어져 있고 웜은 그 고리들로 수작을 부리는 걸 좋아했다. 운이 따를 때에는 고리들의 수와 순서까지 그가 결정할 수 있었다.

그는 옆으로 길게 찢어진 회색 눈으로 오스카를 쏘아보았다. 오스카도 꼼짝하지 않았다. 두 사람이 마주 본 시간은 얼마 되지 않았지만, 웜의 입가에 슬며시 미소가 떠오르기엔 충분했다. 그는 지금 막 오스카의 마지막 심정까지 읽어낸 참이었다. 그 감정은 '반항심'이었다. 웜은 어마어마한 반항의 씨앗을 보았다.

그는 오스카가 자기 앞을 지나 계단 아래까지 내려갈 때까지 잠시 기다렸다가 입을 열었다.

"베레니스, 윈스턴."

웜은 누구를 만나든 상대의 이름을 부를 뿐 인사말을 건네거나 예의를 차리는 법이 없었다. 위더스 부인은 고개를 까딱하며 아는 체를 했고 브레이브는 아무 말 없이 집무용 책상 주위의 의자 하나를 권했다.

"우리의 친구들이 늦는군요." 웜이 말했다.

"그렇게 늦진 않을 거요."

"이렇게 상황이 심각한데 늦는다니 유감인데요."

위더스 부인은 웜의 맞은편에 앉아서 송곳처럼 사람 속을 꿰뚫어 보는 초록빛 눈으로 상대를 관찰했다.

"희한하게도 당신은 비극에 끌리는 것 같군요, 플레처. 조금 즐기는 것처럼 보여요. 전 세계 인류의 운명이 왔다 갔다 하는 일인데 말이에요."

오스카는 분을 이기지 못하며 홀을 지나갔다. 현관을 나가려다 말고 그는 몸을 틀어 서재로 향했다. 응접실 입구 오른쪽에 선 지기스문트 브레이브의 조각상을 흘끗 보았다. 지기스문트의 얼굴에 마땅찮아하는 기색이 보이지 않자, 오스카는 서재로 들어가 조심스럽게 문을 닫았다.

그는 왼쪽 벽을 차지한 불멸회의 초상화들을 쳐다보았다. 빛이 들어온 그림도 있고 아닌 것도 있었다. 그의 침입을 목격한 조상들이 분명 있을 터였다. 사실 그러면 또 어떤가? 그는 잠시 줄리아 제이콥과 알퐁스 후작에게 인사하려 했지만 후작님은 코를 골며 자고 있었고, 수줍어서 그런지 줄리아 제이콥은 아무 응답이 없었다.

오스카는 아르데코 풍의 타원형 탁자로 다가갔다. 재킷 안에서 트로피 허리띠를 꺼내 나무 탁자 표면 위로 띄웠다. 그리고 펜던트를 목에서 풀어 탁자 정중앙에 파인 홈에 문자가 딱 들어맞게 끼웠다. 탁자가 둘로 쫙 벌어지고 유리판이 드러나더니 수직으로 서서히 올라왔다.

오스카의 허리띠가 투명한 판 앞에 둥실 떠오르자 트로피 캘린더가 드러났다. 허리띠에 달린 다섯 개의 작은 가방 아래로 다섯 우주의 명칭이 유리판 속에 금빛 문자로 새겨졌다. 오스카는 의기양양한 미소를 지었다. 첫 번째 가방에서 마지막 가방 쪽으로 나아가는 조그마한 금빛 문자가 이제 네 번째 가방까지 도달해 있었다. 캘린더의 지시는 명확했다. 네 번째 우주 제네티스에 들어갈 때가 된 것이다.

그는 허리띠와 펜던트를 도로 챙겼다. 유리판은 아래로 스르르 내려 갔고 나무 원탁은 눈부신 금빛과 에메랄드 빛 속에서 원래 상태로 돌아 왔다.

오스카가 서재에서 나가려는 찰나, 무슨 소리가 희미하게 들렸다. 그 는 브레이브 씨의 집무실이 두 층 위 바로 이 자리에 있다는 데 생각이 미쳤다. 천장으로 통하는 굴뚝이 있는 옛날 난로 자리로 가보았다. 금 속관에 귀를 바짝 대보니 소리가 좀 더 또렷하게 들렸다. 위더스 부인 의 말이 귀에 들어왔다.

"명석한 유전학자죠. 유전 공학 쪽으로 전 세계에서 네 번째는 되는 사람이에요. 그에게 유전자 치료의 마지막 단계가 달려 있죠. 무엇보 다, 그는 아직 살아 있으니까요."

"기드온 노블은 어둠의 왕자가 제네티스에 가하는 공격으로부터 세 상을 구할 수 있는 유일한 인물이오. 물론 그가 살아 있는 한 말이오. 나는 우리 기사단이 그를 책임지고 지키겠노라 약속했소." 브레이브가 말했다.

웜의 목소리는 평소보다 더 험악하게 들렸다.

"학살에서 살아남은 그 유전학자는 지금 어디에 있습니까?"

"그는 잘 숨어 있소." 브레이브가 대답했다.

"윈스턴, 제가 기대한 대답은 그게 아닙니다. 여기 메디쿠스들과 함 께 있진 않겠죠. 우리는 상호 신뢰를 바탕으로 하고 있습니다. 우리끼 리도 서로 믿을 수 없다 이겁니까?"

"정부에서 그를 비밀 장소에 보호하고 철통같이 지키고 있소."

"정부가 당신에게도 숨기던가요?"

"어둠의 왕자가 이미 그를 추적하고 있을걸요. 그의 소재를 알면 우리까지 위험해져요, 플레처." 위더스 부인이 설득하려고 나섰다.

"하지만 당신은 알잖아요, 당신은!" 웝이 화가 나서 내뱉었다. "그렇지 않나요? 난 그렇게 확신합니다! 우리가 그 유전학자를 보호해야 한다면 그 사람이 어디 있는지 내게도 알려줄 것을 요구합니다."

윈스턴 브레이브가 간담이 서늘해지는 말투로 느릿느릿 말했다.

"요구를 한다? 언제부터 당신이 나에게 요구하는 입장이 된 거요?"

"당신이 우리를 따돌리고 중요한 결정을 내리기 시작하면서부터죠. 보아하니 그 사람을 숨기기로 결정한 건 당신 혼자고, 대통령은 통보나 받았을지나 모르겠군요. 위원회에 대한 당신의 의무를 새삼 일깨울 때가 됐습니다, 브레이브."

다른 위원들과 마찬가지로 오스카는 꼼짝도 할 수 없었다. 웝은 적의를 숨기지도 않고 그랜드 마스터를 '브레이브'라고 함부로 불렀다. 기사단을 이끌어가는 수장에게 이런 식으로 대들다니 그랜드 마스터가 가만히 있을 리 없었다. 이제 곧 벼락이 떨어질……

그 순간 서재 문이 열리고 갈색 머리의 여자가 들어왔다. 머리를 쪽찌어 올리고 발목까지 내려오는 길고 칙칙한 옷을 입은 여자가 멈칫했다. 여자는 터져 나오려는 비명을 자기 손으로 얼른 막았다. 다행히도 체리 아줌마가 바로 따라 들어왔다. 아줌마는 자기가 예뻐하는 오스카를 보자 얼굴이 환해졌다.

"반가워라, 우리 오스카! 얼마나 보고 싶었는지!"

아줌마는 빼빼 마른 몸으로 오스카를 와락 끌어안았다.

오스카를 머리부터 발끝까지 뜯어본 체리 아줌마는 벅찬 감정을 주체하지 못해 눈을 깜박거렸다.

"이제 우리 귀여운 꼬마가 아니구나. 남자가 다 됐어! 그것도 아주 멋진 남자가!"

"저도 아줌마가 보고 싶었어요."

오스카는 젊은 여자 쪽으로 고개를 돌렸다. 여자는 남의 집을 염탐하다가 딱 걸린 낯모르는 청년과 요리사 아줌마가 서로 얼싸안고 반가워하자 호기심이 동하는 눈치였다.

"아, 이쪽은 렌이라고 해."

오스카가 손을 내밀어 악수를 청했다.

"안녕하세요, 저는 오스카 필입니다."

렌은 정중하게 고개만 까딱해 보였다.

"당신을 알아요. 삼촌께서 떠나시기 전에 당신 얘기를 하셨어요."

"렌은 새로 온 집사야. 본즈 집사님 조카딸이지."

"본즈 집사님이 떠나셨어요?" 오스카는 깜짝 놀랐다.

체리의 얼굴이 갑자기 어두워졌다. 그녀는 오스카에게만 속내를 털어놓는다는 듯 바짝 다가와 이렇게 푸념했다.

"너도 알다시피 난 남의 일에는 별로 관심 없는 사람이잖니. 남의 험담은 더더구나 취미도 없고. 하지만 본즈가 갑자기 그만두겠다고 했을 때 브레이브 씨 심정이 어떠셨을지는 헤아리고도 남는다. 세상에, 제리와 나에게도 한마디 인사 없이 그만두셨다니까. 넌 이해가 가니?"

"브레이브 씨께서 그렇게 말씀하셨어요?"

"그게…… 대충 그렇다고 해두자. 꼭 나에게 직접 말씀하신 건 아니지만……."

"아줌마 귀에 저절로 들어왔다 이거죠?"

"역시 너만큼 날 잘 이해하는 사람은 없어! 아, 얼마나 보고 싶었는지 몰라!" 아줌마가 재잘댔다.

"본즈가 쿠미데스 서클을 떠났다니, 믿기지가 않아요."

"그래, 브레이브 씨께서 얼마나 그 사람에게 잘해주셨는데! 너는 본
즈의 과거를 몰라서 그래⋯⋯. 성격은 좀 꼬장꼬장한 사람이었지만 나
역시 그분을 좋아했지. 하지만 이건 아냐, 정말이지⋯⋯."

오스카는 체리 아줌마가 수다 보따리를 풀어놓을—본론과 아무 상관
없는 얘기들까지 모두—태세라는 것을 눈치챘다. 그는 늘 본즈에 대해
의문이 많았다. 본즈는 비밀이 많고 속을 알 수 없는 사람, 자신의 본성
이나 과거를 드러내지 않는 사람, 어떤 일상을 보내고 있는지 감이 잡
히지 않는 사람이었다. 누군가의 정체를 파헤치겠다고 마음먹으면 반
드시 끝장을 보고야 마는 발랑틴도 본즈의 비밀을 알아내진 못했다. 이
제 본즈가 떠났으니 영원한 수수께끼로 남을 터였다. 오스카는 왠지 가
슴이 따끔했다. 본즈의 괴팍한 성격은 싫었지만 언제나 변함없는 모습
뒤에 감추어진 본심, 기사단과 그 일원들과 그랜드 마스터를 향한 충성
은 전부터 느끼고 있었기 때문이었다.

그들이 나누는 말소리가 굴뚝을 통해 울리는 듯했다.

"체리 아줌마, 저는 가는 게 낫겠어요. 아무래도 위에서 누가 내려올
것 같아요."

체리는 더없이 다정하게 오스카의 뺨을 어루만졌다. 아줌마는 평소
와 달리 몹시 우울하게 속삭였다.

"이렇게 헤어지면 언제 또 보겠니."

"왜 그런 말씀을 하세요?"

"나쁜 소식들이 자꾸 들리니까. 난 너를 잘 아니까. 상황이 어지럽게
돌아가면 넌 결코 가만히 있을 애가 아니지."

"그런 말씀 마세요. 전 열여섯 살이에요. 이제 더 이상 어린애가 아니라고요."

"뜨거운 가슴과 반항적인 영혼에 나이가 무슨 소용이겠니."

오스카는 아줌마의 손을 잡고 미소 지었다.

"다 잘될 거예요. 우리는 곧 다시 만나게 될 거고요. 언젠가는 이 집에 돌아와도 좋다는 허락을 받을 날이 오겠죠."

체리는 어깨를 으쓱하고는 다시 기운을 차린 척했다.

"네 말이 맞아, 난 왜 이렇게 바보 같은 소리를 하는지. 걱정은 털어버릴게. 자, 그만 가렴. 네 앞에서 눈물을 보이고 싶진 않아." 그녀는 떨리는 목소리로 말했다.

오스카는 아줌마의 뺨에 재빨리 입을 맞추었다. 렌이 슬쩍 홀을 내다보았다. 홀에는 아무도 없었지만 두 층 위에서 최고 위원들이 집무실을 나선 참이었다. 오스카는 서재를 빠져나갔고 신중한 여집사는 그 뒤를 따랐다. 렌은 문을 열어주고 오스카가 나갈 수 있도록 비켜섰다.

오스카가 현관 계단을 다 내려갔을 때 렌이 이렇게 말했다.

"삼촌이 당신 얘기를 했어요. 그분은 당신을 좋아하셨죠."

이 말에 오스카가 뒤를 돌아보았다. 묘한 여집사가 말을 이었다.

"하지만 삼촌은 당신 성격을 염려하시기도 했어요. 대단한 일을 할 수도 있고 끔찍한 일을 저지를 수도 있다고 하셨죠. 조심하세요."

오스카는 렌을 뚫어져라 쳐다보았다. 렌은 소리 없이 문을 닫았다.

3

검정색 세단이 나무들 사이로 뻗은 울퉁불퉁한 오솔길을 조용히 내달렸다.

플레처 웜은 뒷좌석에 앉아 있었다. 그는 아무 감정 없이 딴생각에 빠져 있었다. 사람이 아니라 흡사 조각상 같았다. 그는 최근에 일어난 기묘한 사건들을 돌이켜보았다. 브레이브가 기사단 위원회를 소집하자마자 마치 일부러 꾸미기라도 한 것처럼 일어난 사건들이었다.

바깥 창턱에 앉아서 부리로 창문을 콕콕 두들기던 그 새만 보더라도 그랬다. 웜은 묵직한 검정색 커튼을 걷고 창문을 열었었다.

붉은 부리의 검은 새.

재빨리 새를 손으로 잡자, 왼쪽 발에서 불룩한 것이 느껴졌다. 붉은 리본으로 작은 쪽지가 매여 있었던 것이다. 웜은 리본을 풀어 책상에 놓고, 쪽지를 펼쳐서 읽었다. 몇 초, 어쩌면 몇 분 동안이나 그는 핏줄이 불거진 여윈 손으로 새를 꼭 쥐고 안락의자에 앉은 채 석상처럼 굳어 있었다.

비록 적의 세력일지라도
맞서면 손해다.
Les forces, même ennemies, ont tort de
S'opposer.

웝은 그 쪽지를 열 번이나 반복해서 읽으며 각 행의 첫 번째 문자를
눈여겨보았다★. 그 후에 손을 풀고 창을 열어 새를 놓아주었다. 새는
날개를 퍼덕이며 우중충한 하늘로 날아가버렸다.

일주일 후, 새는 오랫동안 창문을 두들길 필요가 없었다. 살짝 열린
창틈으로 들어와 책상까지 날아올 수 있었으니까. 웝은 새로운 메시지
를 읽었다. 날짜와 시각만 쓰여 있고 다른 말은 없었다.

이번만은 웝도 번개처럼 반응했다. 쪽지를 태워버렸고 그 새도 영원
히 웝의 집 밖으로 나가지 못했다.

너무 일렀다. 너무 위험했다.

오늘 오후, 웝은 습하고 칙칙한 자신의 성에서 나서면서 그 일에 대
해서는 까맣게 잊고 있었다. 그는 집사가 내미는 우산을 펴고 미끄러운
이끼투성이 돌길을 조심스럽게 걸어갔다. 문지기가 그놈의 이끼를 없
애려고 갖은 애를 써보았으나 허사였다. 음산한 영지와 소름 끼치는 성
이 그렇듯, 이 이끼도 아무도 이곳에 접근하지 말라는 경고 같았다. 웝
은 자주색 머플러와 깃 세운 외투의 매무새를 가다듬고 장갑을 낀 후

★ L.S는 라즐로 스카스데일의 이니셜이다.

검정색 롤스로이스에 올랐다. 집사는 현관문을 닫았다.

출발한 지 20분이 되어서야 그는 들여다보던 서류에서 잠시 고개를 들고 운전수와 뒷좌석 사이의 유리 칸막이를 지팡이 장식으로 톡톡 두들겼다.

"왜 이리로 가는 건가? 플리전트빌 시내로 가야지."

대답이 없었다. 웜은 좀 더 세게 칸막이를 두들겼고, 그래도 통하지 않자 칸막이를 내리려고 했다. 칸막이는 꼼짝도 하지 않았다. 운전석에 앉은 남자가 고개를 들었다. 웜은 백미러를 보고서야 그자가 자기 운전수가 아니라는 것을 알았다. 웜은 당장 서류를 팽개치고 잽싸게 펜던트를 잡아 차 문에 갖다 댔다. 문에는 이런 상황에 대비해서 문자에 반응하는 장치가 부착되어 있었다. 그러나 효과가 없었다. 웜은 마음을 접었다. 어차피 이 차는 어떤 공격에도 버틸 수 있게끔 설계되어 있으니 별일은 없을 것이다.

"나를 어디로 데려가는 건가?" 웜이 차분하게 물었다.

"약속 장소로 갑니다."

웜은 아무 말도 하지 않았다. 새와 쪽지가 떠올랐다. 쪽지에 적힌 날짜는 바로 오늘, 시각은 지금이었다. 약속이라기보다는 일방적 소환이었다. 웜은 분노를 억눌렀다.

마침내 자동차가 컴컴하고 헐벗은 숲을 벗어나 안개가 자욱한 빈터 가장자리에 멈추었다. 운전수가 차에서 내려 빙 돌아 손잡이에 붙어 있던 P자를 떼어내자 비로소 차 문이 열렸다.

웜은 사막처럼 쫙쫙 갈라진 땅에 발을 내딛었다. 하지만 주변의 들판은 습하고 안개가 자욱했다. 가벼운 눈송이가 떨어지며 안개 사이를 빙글빙글 돌았다. 웜은 한 발 앞으로 나아가 고개를 돌렸다. 운전수는 이미 사라지고 없었다.

기다릴 것. 서두르지 말 것. 특히 낯선 곳에서 그런 태도는 더욱 금물이다. 올 테면 와보시지.

문득 자신의 장갑을 본 웜은 무언가의 존재를 처음으로 감지했다. 장갑에 작고 붉은 점들이 찍히기 시작했던 것이다. 눈이 진홍빛으로 변해서 내리고 있었다. 진홍빛 눈송이는 그가 서 있는 빈터에만 떨어졌다. 매서운 바람이 안개를 몰아냈다.

웜의 눈에 처음으로 누군가의 실루엣이 들어왔다. 왼쪽에서 키가 크지도 작지도 않지만 박력 넘치는 사내가 등장했다. 다른 쪽으로는 갈색 머리를 길게 늘어뜨리고 집시 같은 분위기를 풍기는 여자가 다가왔다. 웜은 그 여자를 어렵잖게 알아볼 수 있었다. 여자 뒤에서는 가죽 재킷에 짧은 바지를 입은 백금발의 다른 여자가 팔짱을 끼고 웜을 거만하게 꼬나보고 있었다.

이제 곧 일어날 일을 예상한 웜은 빈터의 한복판에 주의를 기울였다.

마지막 소용돌이까지 모두 물러나자 아주 길고 검은 외투로 전신을 감싼 사람이 나타났다. 넉넉한 두건에 가려진 얼굴 앞에는 아직도 안개가 감돌고 있었다. 구부정하고 거대한 몸집, 숱이 별로 없는 머리, 큼직한 코, 홱 돌아간 입의 소유자가 드리운 그림자가 틱 장애라도 있는 듯 발작적으로 왼쪽 어깨를 흔들며 서 있었다.

갈색 머리의 젊은 여자가 다가왔다.

"그래, 이 사람이 메디쿠스 기사단을 좌지우지하는 최고 위원이라고? 말라비틀어진 나무처럼 생겼는데?"

깔깔거리던 웃음소리가 비명으로 바뀌었다. 눈 깜짝할 사이에 웜이 홱 내민 펜던트에서 에메랄드 빛 광선이 솟아나 그녀를 뒤로 내동댕이

쳤던 것이다. 그녀는 마디가 불거진 마른 나무에 그대로 부딪혔다.

"그래, 기사단의 나무가 우습게 보이나?" 웜이 차분하게 물었다.

약이 바짝 오른 여자가 벌떡 일어나 오른손 손바닥을 펼쳤다. 붉은 광선이 튀어나왔지만 웜이 이미 펼쳐놓은 눈부신 방어막에 거세게 부딪혀 도로 튕겨나갔다. 웜은 자리에서 미동조차 하지 않았다. 화가 난 라비니아는 고함을 지르며 다시 한 번 손을 펼쳤다. 라비니아 뒤의 백금발 여자도 한 발짝 앞으로 나섰다. 그때 어둠의 왕자가 입을 열었다.

"라비니아." 그는 그렇게만 말하며 물러나라고 손짓했다. "예브게니아, 너도 마찬가지다."

라비니아 시귀는 애인의 뜻에 따라 마지못해 물러났다. 그녀는 양손으로 허리를 짚고 예쁜 얼굴을 일그러뜨리며 웜을 노려보았다. 라비니아의 여동생도 물러났다.

"웜, 오늘은 운 좋은 줄 알아라. 억세게 운이 좋은 거야." 라비니아가 거만하게 쏘아붙였다.

플레처 웜은 대답 대신 미소만 짓고 시선을 진짜 적에게로 돌렸다. 눈이 아까보다 더 세차게 퍼부으며 땅을 핏빛으로 뒤덮고 바닥의 균열을 따라 줄줄 흘러내렸다.

"나는 시간이 없소, 스카스데일. 날 초대한 용건부터 말해보시오."

어둠의 왕자가 소리 없이 웃었다.

"당신이 아직도 천하무적인 줄 아는구려. 이 자리에서 우리 다섯을 혼자 한꺼번에 상대할 수도 있다고 생각하겠지, 그렇지 않소?"

"시범을 보여달라는 부탁은 하지 마시오. 결투하자고 날 부른 건 아니잖소? 만약 원하는 게 결투라면 해봅시다. 끝장을 보자고."

"당신이 나를 이길 승산은 조금도 없지!" 스카스데일이 내뱉었다.

웜은 대답하지 않았다. 스카스데일도 다시 침착해졌다.

"서둘러 이곳을 뜨려는 것도 이해가 가오. 시간이 얼마 남지 않았으니까. 당신이 섬기는 기사단은 이제 망하기 일보 직전이지. 그렇기 때문에 나는 당신을 긴히 만나고자 한 것이오."

"무엇을 원하시오, 스카스데일?"

라즐로 스카스데일은 크게 숨을 들이마시고 주먹을 쥐었다.

"당신이 그 이름을 입 밖에 내는 것도 이번이 마지막이오. 이제부터는 어둠의 왕자라고 부르시오."

여기 도착한 이후 처음으로 웜은 뭔가 불편한 느낌, 그동안 알지 못했던 감정에 사로잡혔다. 그러고는 남들이 그에게 그토록 자주 느꼈을 감정, 즉 '두려움'이라는 감정이 이런 걸까라는 생각에 잠시 잠겼다. 그건 통제할 수 없는 인간을 상대하는 두려움이었다.

웜은 다시 침착하게 입을 열었다.

"나에게선 아무것도 기대하지 마시오. 당신도 그건 알 거요."

"반대로 당신은 나한테 기대할 것이 많을 텐데. 최고 위원 나리께 결코 허락되지 않았던 권력. 아니, 차라리 박탈당한 권력이라고 해야 할까."

웜은 침묵이 자리 잡게 내버려두었다. 침묵은 그가 가장 좋아하는 무기였다.

"브레이브는 사기꾼이지. 당신이 그렇게도 원했던 기사단의 수장 자리를 브레이브가 가로챘잖소?"

"기사단이 오래가지 못할 거라고 해놓고서 왜 이제 와서 기사단의 수장 자리를 들먹이시오?"

"웜, 우리는 전면전을 벌일 거요. 무시무시한 세계대전이 일어나겠지. 나는 승리할 거고. 내가 이길 수밖에 없소. 하지만 당신은 봐줄 수 있소. 내게 항복한 메디쿠스들의 수장으로 당신을 앉힐 수도 있소."

"당신의 종이 되란 말이오? 참으로 친절하기도 하시오, 스카스데일."

거센 바람이 불어와 어둠의 왕자가 걸친 외투가 눈보라에 휘날렸다. 두 사람이 서로 노려보았다. 파톨로구스가 먼저 침묵을 깨뜨렸다.

"노예가 아니라 파트너가 되라는 거요. 일단 내가 기사단을 제압한 후에."

웜은 파톨로구스들을 한 사람 한 사람 훑어보았다. 그는 이 상황이 재미있는지 웃는 듯 아닌 듯한 얼굴로 뭔가를 질겅질겅 씹고 있는 근육질 사내를 보았다. 턱에서부터 한쪽 눈을 가린 안대까지 기다란 흉터가 그의 얼굴을 가로지르고 있었다. 칼 밴 애시. 이 이름을 떠올리며 공포를 느끼지 않는 자는 없었다. 놈의 잔인함과 완력은 그 누구와도 우열을 가릴 수 없었으며, 안타깝게도 놈은 머리마저 좋았다. 라비니아와 예브게니아도 지난 2년간 세계 곳곳에 끔찍한 족적을 남겼다. 어둠의 왕자는 두 여자에게 불치병과 죽음을 뿌리러 가라고 명했고, 그들을 추적하러 나섰던 수많은 메디쿠스들은 되레 그들에게 당해 신체 내에서 죽음을 당했다. 오죽하면 그 둘에게 고문 자매라는 별명이 붙었을까.

어둠의 왕자에게 사로잡힌 충성스러운 스톰프는 그냥 무시했다. 스톰프는 그의 그림자, 그의 기억, 그의 사악한 종, 그리고 필요에 따라서는 그의 인간 병기 노릇까지 하는 자였다.

"당신 주위를 보면 누구나 노예가 되는 편이 차라리 낫겠다고 생각할 거요."

밴 애시가 웜에게 달려들려는 것을 어둠의 왕자가 재빨리 제압했다. 어둠의 왕자는 기사단의 다른 일원들과는 차원이 다른 최고 위원의 힘을 결코 만만히 보지 않았다. 지금은 싸울 때가 아니었다. 공연한 손실을 초래할 필요가 없었다.

"잘 생각해보시오, 웜. 당신은 영리한 사람이니 자명한 사실을 모르려야 모를 수 없을 거요. 나는 세상을 지배할 거요. 내게 붙는 자들을 살려주고 나머지는 씨를 말려버릴 거요. 그때가 닥치면 당신은 어느 편에 서겠소? 강자의 편? 패자의 편?"

웜은 손사래 한 번으로 그 말들을 물리쳤다. 바람, 눈보라, 적들의 존재 그리고 위협에 끄떡하지 않겠다는 몸짓이었다.

"당신의 거만한 태도를 보니 누군가가 떠오르는군. 당신을 거의 죽일 뻔했던 바로 그 사람 말이오. 그자가 그때 당신을 죽였어야 했는데."

"그자는 그럴 수 없었지! 지금 그는 죽었지만 나는 이렇게 살아 있소!" 스카스데일이 갑자기 이성을 잃고 고함을 질렀다.

웜조차도 움찔 물러서고 말았다. 스카스데일을 대하는 여느 사람들처럼. 스카스데일은 크게 심호흡을 하고 아까보다 차분해진 목소리로 말했다.

"브레이브는 메디쿠스들의 그랜드 마스터가 되었건만 당신은 여전히 그의 그늘에 가려 있소. 내가 당신이 결국 최고 권력을 손에 쥐게 해주리다."

눈이 그쳤다. 하늘은 여전히 심란한 구름에 뒤덮여 있었다. 바람은 어둠의 왕자가 하는 말을 빈터 구석구석으로 실어 보냈다. 웜은 한 손으로는 지팡이 장식을, 다른 손으로는 펜던트를 꽉 움켜쥐었다.

"웜, 잘 생각해보구려. 내가 당신과 기사단 그리고 온 세상에 잠시 짬을 줄 테니 그동안 곰곰이 생각해보시오. 당신의 고만고만한 지위와 운에 그럭저럭 만족하며 살아도 좋소. 하지만 잊지 마시오. 어느 날, 그 모든 것이 조만간 먼지와 잿더미로 변할 거요. 그때는 나에게 찾아와도 소용없소."

어둠의 왕자는 손바닥을 아래로 향했다가 하늘로 번쩍 치켜들었다. 대지가 흔들리며, 시커먼 손이 파톨로구스들의 발밑에서 솟아올랐다. 그와 동시에 그들과 웝 사이에는 거대한 심연이 쫙 벌어졌다. 웝이 비틀거리며 펜던트를 땅 쪽으로 내밀었다. 그의 발밑에 단단한 판이 만들어졌다. 사방에서 모든 것이 무너지고 떨어지는 와중에도 웝은 안정된 자세를 취할 수 있었다. 그는 어느새 구렁텅이 한복판 허공에 꼿꼿하게 서 있었다. 그의 앞에는 진홍색 산이 점점 더 높이 솟아오르며 어둠의 왕자와 그 사악한 무리들을 하늘 높이 데려가고 있었다. 웝은 반사적으로 촘촘한 그물을 만들어 자기 몸을 돌돌 감쌌다. 무시무시한 폭발음과 함께 핏빛 광선이 번쩍하며 빈터, 숲, 주위의 들판을 에워쌌다. 진홍색 산은 가루가 되어 산산조각으로 흩어졌다. 웝이 마법의 그물 속에서 다시 눈을 떴을 때에는 썰렁하고 칙칙한 광야만이 주변에 펼쳐져 있었다.

그는 혼자였다.

4

　오스카는 그냥 돌리기만 해도 빠지기 일쑤인 문고리가 망가지지 않
도록 조심하며 문을 열고 안으로 들어갔다. 현관 구석에 가방을 던져
놓고, 누런 잎 두 장만 먼지떨이처럼 흉물스럽게 꼭대기에 매달린 식
물 화분이 넘어지려는 것을 겨우겨우 붙잡았다. 벽에서 떨어진 사진 몇
장도 주웠다. 오스카, 비올레트, 셀리아, 세 사람은 그들의 삶을 보여줄
수 있는 모든 것을 벽지에 더덕더덕 붙이며 살아왔다. 여름 휴가지에서
산 그림엽서, 각별한 친구나 환상적인 장소의 사진, 흥미로웠던 기사,
콘서트 티켓, 한 편의 시까지도. 세 식구는 수시로 현관에 멈춰 서서 거
기에 붙은 것들을 살펴보며 다른 식구들의 정신 상태, 취향, 기분 따위
를 파악하곤 했다.
　오늘 오후에 오스카는 그런 데 신경 쓸 겨를이 없었다. 감정이 잘 드
러나지 않는 어색한 목소리가 거실에서 들렸기 때문이다. 그래도 간간
이 짧은 웃음소리가 섞여 있는 것으로 보아 뭔가 재미있는 일이 벌어지

는 눈치였다.

소파의 다 해어진 벨벳 쿠션들 사이에 아직 비교적 젊은 남자가 앉아 있었다. 너무 크다 싶은 사각형 뿔테 안경 너머로 갈색 눈동자가 분주하게 사방을 살펴보고 있었다. 훌렁 벗겨진 정수리는 노란 전구 불빛을 받아 반들반들 빛났고, 나머지 부분의 빛바랜 금발은 트위드 재킷의 어깨까지 드리워져 있었다. 오스카를 알아본 사내가 안경을 고쳐 쓰더니 자리에서 일어났다.

"안녕하세요."

그가 깜짝 놀라는 오스카의 손을 잡고 힘차게 흔들었다.

"안녕하세요."

"오스카, 우리 친척분을 소개할게." 비올레트의 얼굴에는 기쁜 기색이 역력했다.

오스카는 낯선 남자를 눈여겨보았다. 배가 볼록 나온 몸매, 배까지 추켜올린 낡은 청바지, 바지 속으로 아랫단을 넣어 입은 LA 레이커스 팀의 티셔츠. 솔직히 아버지 쪽으로든 어머니 쪽으로든 이런 친척이 있을 것 같지는 않았다. 그때 셀리아가 등장해서 좀 더 자세하게 이 인물을 소개했다.

"오스카, 여기는 워싱턴에서 온 내 사촌 기드야. 잠시 우리 집에 묵을 예정이란다. 비올레트가 너랑 한 방을 쓰면 되겠지?"

"물론이죠!" 비올레트가 신이 나서 외쳤다. "난 동생이랑 자는 거 진짜 좋아요. 게다가 남자 형제가 한 명 더 생긴 기분도 드네요. 기드까지 포함하면 우리도 식구가 제법 많네요!"

기드가 비올레트에게 고개를 꾸벅했다.

"아가씨를 보필하기 위해서라면 기꺼이 가족이 되지요."

기드가 바들바들한 머리통을 들이밀자, 비올레트는 어떻게 반응해야할지 몰라 당황해했다.

"아, 괜찮아요. 내 방에 거울이 있으니까요. 그래도 고마워요, 기드."

기드는 얼떨떨해서 고개를 들었다.

"내 말은……. 음, 내 대머리를 거울로 쓰는 것 말고도 내가 도움을줄 수 있었으면 좋겠다는 뜻입니다."

"우리 딸이 예의 쪽으로는 좀 부족해서요."

셀리아는 그렇게 농담하며 비올레트를 끌어안았다.

"비올레트의 별난 구석은 그것 말고도 많아요. 뭐, 차차 알게 되실 거예요. 일주일 후면 더 이상 신경을 쓰지 않게 되든가, 그 별난 개성에빠져들든가 둘 중 하나가 될 거예요. 그거야말로 진정한 과학적 호기심이죠. 안 그래, 오스카?"

오스카는 비올레트를 처음 만나는 사람들의 반응에는 이미 익숙했다. 그보다는 워싱턴에서 왔다는 이 낯선 친척이 궁금했다.

"기드라는 이름은 애칭이죠?"

친척 사내는 오스카를 돌아보며 치아를 환히 드러내며 웃었다. 그의치아는 아주 크고 하얬다.

"그래요. 내 이름은 기드온, 기드온 노블입니다. 오스카와 만나게 되어서 참으로 기쁘군요."

셀리아는 놀라서 돌아섰다. 오스카가 방금 비장한 표정으로 엄마 침실에 들어와 문을 닫았기 때문이다.

"무슨 일이지, 우리 대장님?"

"아닌 밤중에 홍두깨처럼 갑자기 나타난 저 친척 아저씨에 대해서 얘기 좀 해요."

셀리아는 어깨를 으쓱하고 잡동사니가 꽉꽉 들어차 터지기 일보 직전인 서랍장 속을 다시 들여다보았다.

"아주아주 먼 친척이야. 너도 봐서 알겠지만 그렇게 가까운 관계는……."

"엄마는 만난 적 있어요?"

"당연하지."

"우리에게 존댓말을 쓰던데요."

"기드가 원래 형식에 좀 얽매이는 사람이라서 그래. 그게 뭐 어때서 그러니?"

"그만하세요. 저는 기드온 노블이 누구인지 알아요. 엄마도 아시잖아요."

셀리아는 팔짱을 끼고 계속 말해보라는 신호를 보냈다.

"오늘 아침에 쿠미데스 서클에 갔었어요."

"쿠미데스 서클? 나는 네가……."

"그런 건 중요하지 않아요. 왜 저 사람이 우리 집에 왔는지나 말해보세요."

셀리아는 한숨을 쉬더니 서랍장에 기대어 잠시 생각에 잠겼다.

"브레이브 씨와 위더스 부인의 부탁을 받았어." 그녀는 그렇게만 말했다.

"저 사람이 누구인지 아세요?"

"어쨌거나 내 친척은 아니지. 하지만 너도 그 이상은 모른다면 그건 네가 알 필요가 없는 일일 거야." 셀리아는 단호하게 잘라 말했다.

고양이 새끼는 고양이지 강아지가 될 수 없다. 그리스인 이웃 오르파

누다키스 아줌마는 늘 그렇게 말했다. 아무리 오스카가 강단깨나 있고 한마디도 지지 않는 성격이라지만, 그의 엄마도 만만치 않았다. 오스카는 엄마를 너무 잘 알았다. 엄마의 마음을 움직이면 뭐든지 얻어낼 수 있지만 뻣뻣하게 맞서는 방법으로는 아무것도 얻어낼 수 없었다.

"왜 수락하셨어요?" 오스카는 얌전하게 그것만 물었다.

"그 두 사람을 믿기 때문이지. 네 아빠가 마지막 편지에 남긴 당부를 굳이 다시 한 번 말해야겠니?"

"하지만 그 두 사람은 이제 저를 믿어주지 않는데요."

미소를 지으며 일어난 셀리아는 아들을 자기 쪽으로 끌어당겼다. 이제 아들은 그녀보다 머리 하나가 훌쩍 더 컸다. 셀리아는 속으로 생각했다. '우리 아기. 아이들이 다 크면 엄마들은 어떻게 해야 하는 건지 모르겠네. 내가 더 이상 아들을 껴안고 달래줄 수 없게 되면 어쩌지? 그런 생각을 하니 벌써 가슴이 아프구나.'

"엄마도 알아. 그래서 네가 얼마나 속상해하는지도 알고. 하지만 지금은 온 세상이 위험에 빠져 있잖니. 그건 개인적인 고민이나 자존심보다 훨씬 더 중요한 일이란다."

"엄마, 엄마는 제 마음을 모르시는 것 같아요. 이건 자존심의 문제가 아니라……."

엄마는 오스카의 입을 손가락으로 막았다.

"쉿, 누가 듣겠다. 비올레트에게는 그런 얘기 해봤자 소용없어. 아는 사람이 적으면 적을수록 우리에겐 좋지. 물론 비올레트 본인에게도."

5

"오늘 수업은 진짜 수면제가 따로 없더라. 우리 커피나 한잔 마시러 가자."

제레미가 교실을 나서며 그렇게 투덜거렸다.

그는 형 바르트와 오스카를 데리고 나갔고 복도에서 만난 캐리 모스, 베브, 데니스에게도 같이 가자고 했다. 캐리만 조금 튕겼다.

"제레미 오말리, 왜 내가 오빠를 보면 피곤한지 알아? 오빠는 다른 사람이 할 일까지 다 나서서 정하기 때문이야. 난 집에도 그런 사람이 한 명 있어서 학교에서까지 그렇게 살긴 싫다고."

"너희 집에 있는 그 녀석은 확실히 나만큼 사람이 괜찮진 않지. 그러니까 닥치고 같이 가기나 하자."

"또 이래라저래라야?"

"그래. 어쨌든 같이 가자."

오스카는 그들을 따라 학교 건물에서 나갔다. 학교 출입문 쪽을 보니 철창 대문 뒤편 숲 속에서 몇 명이 조심스럽게 이쪽을 살피고 있는 것 같았다. 에이든과 모스가 보였다. 같은 학교가 아닌 아이리스와 샐리도 보였다. 그 옆에 두 여자가 서 있었다. 나이가 많은 첫 번째 여자가 뭐라고 말을 하자 어린 메디쿠스들이 엄숙하게 귀를 기울였다. 나이가 어린 두 번째 여자는 미소를 지으며 고개를 끄덕이고 있었다. 오스카는 그 여자를 금세 기억해냈다. 룸피니 부인의―정확히 말하자면 그녀의 이탈리아인 남편인 백작의―조카딸 카를로타였다. 카를로타는 한 가지만 빼고 아무것도 변하지 않았다. 그녀는 마치 엄마가 되기 위해 태어난 것 같은 몸짓으로 불룩 나온 배를 쓰다듬고 있었다.

오스카가 그들을 향해 달려가려는 순간, 커다란 황갈색 눈의 예쁘장한 갈색 머리 소녀가 그의 앞을 가로막았다.

"지난주 생일 파티 멋졌어."

캐럴린은 몇 달째 밤낮으로 오매불망 그렸던 상대를 어떻게든 붙들어놓으려 했다. 정확히 말하자면, 엉겁결에 짧은 키스를 나누긴 했지만 더 이상 아무 진전도 보지 못한 그때부터 지금까지.

"그래, 멋졌지." 오스카는 건성으로 대꾸했다.

"나도 너에게…… 깜짝 선물을 하려고 했었어. 하지만 네가 날 다시 만나고 싶어 할지 확신이 없었지."

오스카는 한숨을 쉬었다. 누군가가 자기를 좋아해주는 것은 기뻤지만 자기 때문에 힘들어하는 것은 싫었다. 그는 빨리 대화를 매듭짓고 싶어서 이렇게 말했다.

"그러길 잘한 거야."

캐럴린이 스카프를 입술 위까지 바짝 추켜올렸다. 기온이 하루가 다르게 떨어지고 있었지만 지금 이 순간처럼 춥게 느껴지진 않았다. 저 멀리서 메디쿠스 친구들이 움직이는 것을 본 오스카는 이 틈을 타서 자리를 피하려 했다. 그때 캐럴린이 오스카의 팔을 잡았다.

"아직도 틸라를 잊지 못했니? 그런 거야? 난 이해가 안 가. 틸라는 널 모욕하고 휴지 조각처럼 내팽개쳤잖아. 그런데 넌……."

캐럴린은 자기 말이 지나쳤다는 것을을 깨닫고 더 이상 아무 말도 하지 않았다.

"나 그 정도로 바보는 아니야." 이렇게 말하면서도 오스카는 학교 문 밖에서 시선을 떼지 못했다.

캐럴린은 새겨들으라는 듯이 한마디 한마디 힘주어 말했다.

"있잖아, 여자는 눈치가 빨라. 특히…… 남자가 제일 좋아하는 여자가 자기가 아닐 때에는 귀신같이 알아채지."

소녀의 눈이 반짝거렸다. 그녀는 눈물을 삼키고 명랑한 농담으로 얼버무리려 했다.

"여자는 상처 주는 남자에게 더 매달린다는 말도 있지. 하지만 그건 남자애들도 마찬가지야. 어떤 애들은 우리 같은 사람들을 아주 가지고 놀지."

"난 무슨 말인지 모르겠는데." 오스카가 참지 못하고 쏘아붙였다.

이 말은 다른 누구도 아닌 자기 자신에게 하는 말이었다. 그가 하고 싶었던 말은 이런 게 아니었다. 이제 틸라를 좋아하지 않는다고 확신하면서도 그 애의 얼굴이 자꾸만 눈앞에 어른대는 이유가 뭘까. 처음으로 누군가를 애타게 좋아했던 기억 때문에? 아니면 다시 틸라와 잘될지도 모른다는 희망 때문에? 그는 더 이상 이런 의문을 품지 않게 될 그날을 절망적으로 기다렸다. 이제는 정말로 벗어나고 싶었다.

캐럴린은 더 이상 오스카를 붙들지 않았다.

"언젠가 우리 둘의 마음이 맞을 수도 있겠다고 생각되거든……, 전화해."

다른 때 같았으면 오스카도 캐럴린에게 진심을 보여줘서 고맙다고, 나도 널 좋아하니 친구로라도 잘 지내자고 말했을 것이다. 사랑에 빠진 소녀가 결코 듣고 싶지 않을 바로 그 말을 입 밖으로 내고야 말았을 것이다.

"그래, 약속할게." 오스카가 다급하게 말했다.

그는 미친 듯이 달려가 삼삼오오 모여 있던 아이들을 밀쳤다. 철창 대문 앞에 도착해보니 이미 너무 늦었다. 카를로타 한 사람만이 오솔길에 늘어선 밤나무 아래서 살짝 비틀대며 걸어가고 있었다. 바람결에 반짝반짝한 금빛 먼지가 한없이 흩날리고 있었다.

샐리는 카를로타의 세 번째 우주 엠브리예 윙의 두 오베르 사원을 연결하는 거대한 에메랄드 색 아치에 버티고 서 있었다. 자기 앞에서 나온 오답 때문에 곧 부서지게 생긴 돌들이 어떤 것인지 알아내기 위해 그녀는 발끝으로 돌을 톡톡 건드려보았다. 아무래도 두 개는 튼튼한 돌 같았다. 모스와 아이리스가 이미 오답을 내놓은 마당에, 이 다리 아치에 매달린들 무슨 소용이 있을까? 샐리는 6개월 전에 풍요의 들판 한가운데 들어선 섬을 내려다보았다. 수백 미터 아래에서 열심히 일하는 님프들이 신생아의 다섯 우주를 짓기 위해 부지런히 일하는 개미 떼처럼 보였다. 저기에 떨어졌다간 끝장이었다.

"샐리 벙커, 집중해라! 제네티스의 목소리가 내는 수수께끼에 대답해! 아치 꼭대기에 있는 통과의 돌에 네 펜던트를 끼울 수 있을 때까지!" 세관원이 고함을 질렀다.

세관원 옆에는 위더스 부인과 에이든이 서 있었다. 에이든은 이제 막 다리의 시험을 통과해, 네 번째 우주를 여행할 자격을 얻은 참이었다.

샐리는 심호흡을 하며 자신이 현기증 나게 높은 곳에 매달려 있다는 현실을 잊으려고 노력했다. 통과의 돌에 다다르려면 아직 몇 미터는 더 올라가야 했다. 그때까지 몇 문제를 더 풀어야 할 것이다. 단 한 번의 실수도 용납되지 않을 터였다.

마침내 목소리가 울려 퍼졌다.

사원 깊숙이 올라가
여사제의 손에 들어가는 것.

"오빌!" 샐리가 재깍 대답했다.

아치는 흔들리지 않았다. 답이 맞은 것이다. 샐리는 한숨을 쉬었다. 저쪽 사원에서 에이든도 안도의 한숨을 쉬었다.

"서두르지 마라! 5초의 여유가 있으니 충분히 생각하고 대답해. 대답을 빨리 할수록 다음 문제도 빨리 나온다는 걸 잊지 마!" 위더스 부인이 외쳤다.

'……그리고 내가 실수할 확률도 높아지겠지.' 샐리는 속으로 대꾸했다. 그녀는 난생처음으로 자신의 기운차다 못해 성급한 기질이 원망스러웠다. 통과의 돌은 아직 멀리 있는데 다음 문제는 지체 없이 떨어졌다.

뻣뻣하게 일어서고
신성한 것을 겨누는 것.

"펜 IS 로켓!"

샐리는 이번에는 4초를 기다렸다가 마지막 순간에 대답했다. 그리고 그 귀한 시간을 틈타 아치 위를 냅다 달려갔다. 이제 통과의 돌은 손만 뻗으면 닿을 곳에 있었다. 자신만만하게 팔을 내밀었지만, 샐리는 그 순간 균형을 잃고 말았다.

"어, 어……."

뭐라고 말할 겨를도 없이 아치의 일부가 샐리의 발밑으로 부서져 내렸다. 샐리는 그제야 실수했다는 것을 알았다. 오답을 말했기 때문에 돌이 부서져버린 것이다. 샐리는 앞으로 떨어졌다. 하지만 뛰어난 운동 신경을 발휘하여 공중에서 한 바퀴를 돌아 손끝으로 아치를 잡고 매달렸다. 샐리의 두 발이 허공에서 버둥거렸다. 하지만 달리 손쓸 새도 없이, 결국 손끝으로 매달렸던 부분도 부서지면서 그녀는 추락했다.

에이든이 겁에 질려 비명을 지르며 펜던트를 뻗었지만 허사였다.

"소용없다. 이 새로운 다리의 시험을 치르는 동안, 우리는 아무것도 할 수 없어. 샐리는 이제 끝났다." 위더스 부인이 아무 억양 없는 목소리로 무력하게 말했다.

"안 돼! 그럴 수는 없어요! 안 돼요!" 에이든이 울부짖었다.

에이든은 다리로 달려가 꼭대기로 훌쩍 뛰어올랐다. 세관원과 위더스 부인이 에이든을 붙잡았다.

"이거 봐요! 우리의 펜던트는 이어져 있어요! 나는 샐리를 구할 수 있어요!" 에이든이 발버둥을 쳤다.

샐리는 에이든의 처절한 고함 소리를 듣지 못했다. 그녀는 눈을 감았다. 더 이상 아무것도 그녀를 도와주지 않았다. 이제 끝났다. 그녀는 신체 내 죽음을 맞을 것이고, 메디쿠스로서의 혼도 영원히 소멸되고 말 터였다. 그 무엇도 남지 않으리라. 추억 외에는 아무것도.

그녀의 몸뚱이는 점점 더 빠르게 추락했다. 죽기 직전에 그동안 살아온 날들이 주마등처럼 스쳐간다는데 정말일까? 갑자기 번쩍하고 섬광이 일었다. 그녀의 몸이 웬 그물에 떨어졌다. 그물의 탄성에 힘입어 그녀의 몸이 다시 솟아올랐고 어느새 그물은 온데간데없었다. 다시 아치의 꼭대기를 붙든 샐리는 이 예기치 않았던 기회를 놓치지 않으려고 안간힘을 썼다. 아까의 수수께끼가 머릿속에 울려 퍼졌다. '뻣뻣하게 일어서고 신성한 것을 겨누는 것.' 이제야 답이 튀어나왔다.

"코스모고노트의 화살!"

샐리는 온몸을 쭉 펴고 팔을 힘껏 내밀어 돌에 새겨진 M자에 펜던트를 끼웠다. 눈 깜짝할 사이에 샐리는 초록색과 금색 섬광 속으로 사라졌다. 그대로 네 번째 우주로 내동댕이쳐진 것이었다.

에이든이 승리와 안도의 함성을 지르며 아치 위에 그대로 무릎을 꿇고 주저앉았다. 에이든이 그러거나 말거나, 세관원은 엄숙하게 그의 이름을 부르며 시험을 치르게 했다. 에이든은 두 문제를 연거푸 맞히고 제네티스의 문 앞에서 다른 메디쿠스들과 만났다.

세관원이 사라진 후, 위더스 부인만 잠시 사원의 계단에 남아 있었다. 부인은 날카로운 눈으로 지평선 너머를 바라보았다. 샐리를 구해준 순간적인 기적은 부인도 전혀 예상치 못한 것이었다. 누가 이런 일을 했을지 짐작이 갔기에 위더스 부인은 미소를 억누르기 힘들었다. 잠시 후, 부인은 한 손에 펜던트를 쥐고 다른 손으로는 케이프 자락을 붙들고 그 자리에서 자취를 감추었다.

카를로타는 조심조심 가장 가까운 벤치로 걸어가 자기 몸에 깃든 손님들이 나오기를 기다렸다.

오스카는 카를로타의 몸에서 나오자마자 커다란 나무 뒤에 숨어 눈을 감았다. 그의 손은 아직도 펜던트를 꼭 움켜쥐고 있었다. 그에게 상처를 주었던, 브레이브 씨의 돌이킬 수 없는 말이 새삼 되살아났다. '세상은 너 없이도 잘 돌아갈 수 있다. 너도 네 번째 트로피 없이 얼마든지 잘 살 수 있고.' 그렇지만 조금 전에 샐리는 그가 나서지 않았더라면, 그랜드 마스터의 펜던트와 연결된 그의 펜던트가 없었더라면 큰 봉변을 당했을 것이다. 오스카는 주먹으로 나무껍질을 내리쳤다. 한 줄기 피가 흘렀다. 아픔조차 느끼지 못한 채 오스카는 나무를 주먹으로 치고 또 쳤다. 그렇게라도 분을 풀어야 했다.

그는 네 번째 우주에 가서 트로피를 가져오고 말 것이다. 그에게 주어진 유일한 방법이 더없이 위험하고 무시무시한 것일지라도.

6

오스카는 심장이 두근대다 못해 가슴이 터질 것 같았다. 간밤에 그는 잠을 설쳤다. 죄책감과 결단 사이에서 갈팡질팡하며, 망설임과 의혹을 추스르느라 마음고생을 많이 했기 때문이다. 그래도 아침에 일어날 무렵, 선택은 불현듯 확고하고 분명해졌다. 어제 잠깐이지만 카를로타의 네 번째 우주를 경험해보았기 때문에 그런 결심을 할 수 있었다.

검은 대리석 바닥에 운동화 부딪히는 소리가 고막을 때렸다. 오스카는 천장의 검정색 격자 장식과 두툼한 커튼으로 뒤덮인 창들을 쳐다보았다. 홀을 빙 둘러싼 2층의 좁은 통로에는 아무도 없었다. 손에 만져질 듯 무거운 습기가 그를 엄습했다. 오스카는 꼼짝도 않고 서 있다가 재킷 지퍼를 올렸다. 흑단 계단을 오르는 동안 그의 발소리만이 울려 퍼졌다.

저쪽 편에서 호리호리한 실루엣이 세 계단 위에 나타났다.

"2년 만에 보는 건데, 며칠 사이에 두 번이나 봤구나."

오스카는 대답하지 않았다. 그는 희미한 빛 속에 모습을 드러낸 윔을 쳐다보았다.

"예전보다 많이 성장했길 바란다." 윔이 말했다.

윔이 숨을 쉴 때마다 하얀 입김이 그의 여위고 미끈한 얼굴 주위를 감돌았다.

'진정해. 마음을 다스려. 숨을 고르자. 대답을 해!' 오스카는 속으로 마음을 다잡았다. 그러고는 자신감을 되찾기 위해 목청을 가다듬고 가슴을 쫙 폈다.

"그동안 뵙고 싶었습니다."

오스카의 입에서 마침내 걸걸한 목소리가 나왔다.

2년 전, 오스카는 이 음산한 성에 한바탕 비난을 퍼부으러 왔던 애송이였다. 하지만 지금 오스카는 사태를 장악할 수 있을 정도로 많이 컸다.

"그래, 날 만나고 싶었단 말이지." 윔은 아무 감정 없이 읊조렸다.

그는 뒷짐을 진 채 계단을 끝까지 내려왔다.

"전에는 버릇없는 꼬마였는데 이제 거만하기까지 하구나."

오스카는 도도한 태도를 버렸다.

"그땐 어렸습니다. 겨우 열네 살이었죠. 몹시 화가 나 있었고요. 그때 저는…… 올바른 선택을 하지 못했습니다."

윔은 아주 잠깐 움찔했으나, 금세 침착하게 오스카를 상대했다.

"아주 얌전해졌구나. 기사단을 위해서는 참으로 다행스러운 일이다. 너희 집안 사람이 어떻게 늘 올바른 선택만 하겠느냐……."

그는 손목시계를 흘끗 보았다.

"더 이상 할 말이 없거든 그만 가거라. 이렇게 우울한 시기에 좋은 소식을 들려줘서 고맙다." 그렇게 말하고 윔은 계단을 다시 올라가려 했다.

오스카는 이를 악물고 주먹을 불끈 쥐었다. 더는 물러날 수 없었다.

"만약 브레이브 씨께서도 올바른 선택을 내리지 못하셨다면요? 그분이 당신께 뭔가를 숨기고 계시니 말입니다."

플레처 웜이 멈칫했다. 그는 여전히 오스카에게 등을 돌린 채 슬며시 미소를 지었다.

"그래, 너도 좀 성숙해진 것 같구나. 계속해보아라." 계단 위에서 희미한 황갈색 빛이 솟고 있었다. 오스카는 2층 통로 오른쪽에서 무언가가 움직이는 것을 언뜻 보았다. 어떤 그림자, 스치는 옷가지, 그리고 창백하지만 아름다운 얼굴까지도. 그 여자가 발걸음을 늦추고 뒤를 돌아보았다. 그녀는 비명을 간신히 억눌렀다. 오스카는 몸속에서, 자신의 머릿속에서 눈부신 빛이 폭발하는 것을 느꼈다. 오스카와 그 여자 사이에 보이지 않는 실이 팽팽하게 당겨진 것 같았다. 그러나 웜은 아무것도 눈치채지 못했다. 여자가 오스카에게서 눈을 떼지 못한 채 팔을 들었다. 아름다운 유령 같은 클레어 웜은 이내 자취를 감추었다. 오스카는 조금 전 탄생한 눈부신 빛이 여전히 자신의 뇌 속에 남아 있는 것 같은 묘한 기분에 사로잡혔다. 자신이 내처 숨을 죽이고 있었다는 것도 그제야 깨달았다.

"기드온 노블이 어디 숨어 있는지 제가 압니다."

웜은 잠시 망설였다.

"누구 얘기를 하는 건지 모르겠구나."

"이상하군요. 쿠미데스 서클에서 그랜드 마스터가 그를 어디에 숨겼는지 말하지 않는다며 노발대발하시지 않았습니까? 뭐, 제가 잘못 알았나 보군요."

이번에는 오스카가 어디 한번 해보자는 속셈으로 먼저 돌아섰다. 그의 발이 현관을 넘어서려는 바로 그 순간, 웜의 목소리가 울려 퍼졌다.

"네 말이 거짓말인지 아닌지 어떻게 믿지?"

오스카는 안도하며 눈을 감았다. 그는 돌아서며 이렇게 말했다.

"거짓말을 한다면 제가 원하는 것을 얻어내지 못할 텐데요."

"네가 원하는 것이라면……."

웜이 다가왔다. 이제 그들은 황혼 녘의 차가운 홀 안에서 얼굴과 얼굴을 마주하고 있었다. 만약 그들이 무기라도 들고 있었다면, 누가 봐도 결투의 한 장면이라고 생각했을 것이다.

"네 번째 우주로 진입하려면 반드시 다리를 건너야만 하죠." 오스카가 말했다.

웜은 차분하게 오스카의 다음 말을 기다렸다.

"하지만 다른 방법도 있죠. 또 다른 통로, 비밀의 통로가 있잖아요."

"금지된 통로이기도 하지. 누구에게 그 얘기를 들었지?"

"그게 뭐 중요한가요? 전 그 통로를 이용할 수밖에 없습니다."

"거기서 죽은 사람이 한둘이 아니다. 그 통로의 존재를 폭로했다는 사실만으로 최후를 맞은 사람들도 있고."

"약속하죠. 당신은 노블의 소재를 어디서 알아냈는지 아무에게도 말하지 마세요. 저 역시 저를 그 통로로 안내한 사람이 누구인지 아무에게도 말하지 않겠습니다."

"내가 너를 그곳으로 인도한다면 엄청난 배신이 될 텐데, 오스카 필? 나는 네 아버지 같은 사람이 아니다."

갑자기 오스카의 온몸이 뻣뻣해지며 말을 듣지 않았다. 그는 웜의 이 새로운 도발을 간신히 못 들은 체했다. 일을 망치지 않기 위해 그는 이렇게 대꾸했다.

"책임은 전적으로 제가 지겠습니다."

웜은 전에 없이 강렬한 눈빛으로 오스카의 눈을 쏘아보았다. 오스카의 눈동자가 그의 머리로 통하는 문이라도 되는 듯 영혼 구석구석을 들여다보려 했다. 젊은 메디쿠스는 속으로 생각했다. '이번만은 안 돼. 이번에는 내 속을 읽을 수 없을걸. 난 이제 당신이 생각하는 그런 어린애가 아니야. 모두가 잘 안다고 생각하는 그 오스카가 아니라고. 반항적이지만 상냥한 소년, 꼭두각시처럼 조종하기 쉬운 소년은 이제 사라져버렸어.'

"저는 제가 가고 싶은 곳에, 제가 함께하고 싶은 사람과 갈 겁니다. 꼭 필요하다면 대가를 치르고서라도요." 오스카는 차분하게 힘주어 말했다.

"노블은 어디 있지?"

이 엄청난 상대에게서 얻어낸 첫 번째 승리에 오스카는 미소를 지었다. 흡족해진 그는 뒤로 물러나 느긋하게 그 자리를 뜨는 척하다가 도전적인 자세로 뒤돌아보았다.

"저를 네 번째 우주로 안내해주시면 그때 가르쳐드리죠. 그 전엔 어림없어요."

"됐다." 그렇게 말하며 웜은 펜던트를 내밀었다. "우리가 함께 있고 네 녀석은 무법자가 되려고 작정을 했으니……."

손에 뭔가를 한 아름 안고 소리 없이 통로를 돌아다니는 하녀의 실루엣이 얼핏 보였다. 금빛 문자에서 뿜어 나온 빛이 하녀의 앞길을 막았다. 어린 하녀는 비명을 지르며 안고 있던 빨랫감을 떨어뜨렸다. 그녀는 겁을 잔뜩 집어먹은 얼굴로 주인어른을 보았다.

"어디 가보려무나. 네가 원한 일이니." 웜이 오스카에게 말했다.

한 단, 그리고 또 한 단. 다시 한 단 더 내려가 추운 겨울에도 얼어 죽지 않은 미끈미끈한 이끼가 가득 덮인 돌에 오스카는 발을 내딛었다. 등 뒤에서 나는 육중한 문소리에 신경 쓰지 않고 그는 앞만 보고 걸어갔다.

밖에는 눈이 내리고 있었다. 그 사이에 오스카는 고약한 최고 위원이 이끄는 대로 하녀의 몸속으로 들어가 금지된 통로의 비밀 문까지 다녀온 참이었다. 웜은 약속을 지켰다. 아니, 그 이상이었다. 그는 그 문을 넘어가 궁극적 목표에 이르려면 무엇을 상대해야 하는지 자세히 일러주었다. 심지어 더욱더 위험한 다른 문들까지 열어 보였다. 은밀하고 예기치 않았던 공모의 문들을.

"나는 너의 성장을 도울 수 있다. 네가 필요로 하는 것을 주는, 같은 편이 될 수 있다는 말이다. 꼭 이 네 번째 우주가 아니더라도."

오스카는 좋다고 달려들지도, 냅다 거절하지도 않았다. 잠시 후, 웜이 오스카를 돌아보며 말했다.

"누이 좋고 매부 좋은 일이다. 기다리겠다. 이제 네가 우리의 계약을 명예롭게 할 때다."

약속대로 오스카는 지체 없이 정보를 제공했다.

이제 기드온 노블은 안전하지 않다.

오스카는 눈을 감고 쉴 새 없이 발걸음을 옮겼다. 제정신이 아닌 사람 같았다. 유령, 흡사 이성을 잃고 정신을 놓은 존재 같았다. 그는 돌아올 수 없는 강을 건너버렸다. 이젠 후회할 여지도 없었다. 그는 입을 열고 숨을 크게 들이마셨다. 세상의 모든 공기를 마셔도 마음이 가라앉지 않을 성싶었다.

그는 악마와 계약을 맺었다.

이제 그 자신이 악마가 아니라면 말이다.

7

한 남자가 황량한 들판을 달리고 있었다.

거센 바람이 불어와 그의 얼굴을 마구 때리고 할퀴었다. 평소보다 더 입이 비틀리고 반들반들한 정수리 가장자리의 숱 적은 머리카락도 정신없이 흩날렸다. 남자는 헉헉거리며 가시덤불과 얼어붙은 나뭇가지들을 넘었다. 발아래서 진흙탕을 뒤덮은 얇은 얼음판이 부서졌다. 뼈가 시리도록 차가운 물이 구두 속으로 파고들었다. 그는 이제 발의 감각마저 잃어버렸다. 손가락과 발가락은 추위에 곱았고, 한기는 가차 없이 몸속으로 밀고 들어왔다.

그래도 남자는 아랑곳하지 않고 계속 달렸다. 언제나 발작적으로 경련하는 왼쪽 어깨가 그 어느 때보다 격하게 움직였다. 그는 하얀 지평선의 어느 한 점을 줄곧 응시했다. 마침내 그는 안개 자욱한 배경 속에 문 하나만 달랑 세워진 1평방미터 남짓한 작은 공간에 이르렀다. 숨 돌릴 겨를도 없이 남자는 주머니에서 장갑 낀 손을 꺼내어 검은 금속에 붉은 문자를 갖다 댔다. 문이 스르르 열리며, 컴컴한 지하실로 통하는 계단이 나타났다. 그는 부리나케 문을 닫고 그 계단을 따라 내려갔다.

계단 끝에서부터 남자는 미궁 같은 통로를 따라 절뚝대며 걸어갔다. 문이 나타날 때마다 그의 장갑이 만능열쇠 구실을 했다. 드디어 시커먼 벽으로 둘러싸인 널찍한 공간이 나왔다. 구석마다 한 개씩 놓인 네 개의 촛대에서 네 개의 양초가 활활 타고 있었다. 방 뒤쪽에는 탁자 하나, 안락의자 하나가 있었고, 그곳에는 검은 양복 차림의 한 남자가 등만 보인 채 일에 몰두하고 있었다.

"주인님."

스톰프는 꽁꽁 얼어붙은 몸뚱이에 조금이라도 온기를 쬐려고 케이프를 풀어 헤치며 입을 열었다.

"방해하지 마라."

"주인님." 스톰프는 아무 말도 못 들은 사람처럼 재차 불렀다.

어둠의 왕자가 드디어 고개를 돌렸다.

"무슨 일이냐?"

스톰프가 한 발, 또 한 발 앞으로 나아갔다. 스카스데일이 손짓으로 더는 다가오지 말라고 신호를 보냈다.

"유난스럽게 굴지 않아도 된다. 여긴 우리 둘밖에 없다."

스톰프는 벽에 귀를 갖다 대고 엿듣는 사람들이 하나둘이 아니라는 듯이 주위를 두리번거렸다.

"좋다, 가까이 와봐."

사악한 하수인이 냉큼 다가와 음울한 얼굴을 들이밀고 몇 마디를 다급하게 속삭였다.

"그가 언제 알게 됐지?"

"어제입니다."

어둠의 왕자의 얼굴이 두건이 드리운 그늘 속에서 확 밝아지는 듯했다. 실실 미소를 짓던 그는 껄껄 웃음을 터뜨리기에 이르렀다. 그의 목소리가 물기가 스며 나오는 벽에 부딪쳐 튀어올랐다.

한 여자가 문에서 나타나 무슨 일이냐는 듯 급히 방 안으로 들어왔다. 라비니아는 애인의 얼굴을 빤히 바라보았다. 어둠의 왕자가 이렇게 웃는 것도 참으로 오랜만이었다. 그렇잖아도 라비니아는 애인을 걱정하던 참이었다.

"노블." 스카스데일이 말했다.

"그자가 어디 숨었는지 알아냈어요?" 라비니아가 크게 기뻐했다.

어둠의 왕자는 자리에서 일어나 차디찬 돌벽에 손을 갖다 댔다. 돌벽에서 환하게 빛나는 네모가 드러나나 싶더니 그 자리가 뚫렸다. 어둠의 왕자는 벽에 손을 집어넣어 뭔가를 꺼냈다. 그의 손바닥에서 오닉스로 세공한 P자가 빛났다. 스카스데일이 알아들을 수 없는 주문 같은 것을 외우자 방 한복판에 빛나는 판이 나타났다. 외투로 몸을 감싼 그는 그 판을 건너갔다. 빛의 고리가 공간을 가로질렀다. 스톰프와 라비니아는 눈이 부셔서 고개를 돌렸다. 그들이 다시 고개를 들자, 라즐로 스카스데일은 판 건너편에 등을 돌리고 서 있었다. 시커먼 껍데기 속에 갇힌 그는 여느 때보다 키가 크고 위압적으로 보였다. 금속 껍데기가 그의 근육 하나하나를 감싸며 몸 전체로 퍼졌다. 이제 그는 이마와 의지가 강해 보이는 턱까지 단단한 형광색 마스크에 가려져 있었다. 고대의 신, 전쟁의 신을 방불케 하는 모습이었다.

칼 밴 애시, 예브게니아, 그리고 세 명의 파톨로구스가 방으로 들어왔다. 그들의 웃옷에 수놓인 P가 경보등처럼 강렬하게 빛났다. 그들은 꿈쩍도 않고 무슨 말이 떨어지기를 애타게 기다렸다.

드디어 어둠의 왕자가 입을 열었다.

"놈들이 함정에 떨어졌다. 싸울 때가 왔다. 참된 것, 궁극적인 것. 그것이 우리를 승리로 이끌 것이다. 내가 너희를 인도하겠다."

제2부
함정

8

"기드온, 준비 됐어요?" 셀리아가 현관홀에서 물었다.

유전학자는 계단을 내려왔다. 오늘 그는 엄청나게 긴 화학식이 프린트된 샛노란 터틀넥을 입고 갈색 벨벳 양복에 농구화를 신고 있었다. 셀리아는 난감한 표정으로 그를 쳐다보았다.

"기드, 비올레트가 옷 골라줬어요?"

"아뇨, 이건 선물로 받은 옷입니다. 마음에 안 드세요? 갈아입을까요?"

그렇게 말하며 기드온은 터틀넥의 매무새를 다듬었다.

"아뇨, 마음에 안 들긴요. 비올레트에 비교하면 당신은 정장이라도 입은 것처럼 점잖아요. 비올레트? 이제 가자!"

"금방 가요!"

비올레트가 우당탕탕 계단을 내려왔다. 오늘 그녀는 웬일로 청바지에 하얀 셔츠만 받쳐 입은 단순한 옷차림이었다. 셀리아가 기절하는 시늉을 했다.

"우리 딸, 무슨 일 있니?"

"기드가 저보다 먼저 '알록달록' 옵션을 선택했거든요. 그래서 전 그 옵션은 패스하려고요. 이런 노하우도 있어야죠!"

"이런 방법이 있었구나. 여태까지 그것도 몰랐던 엄마가 미안해지네." 셀리아가 나지막히 속삭였다.

기드온이 케이프 코트를 걸치자 흡사 셜록 홈즈 같은 분위기가 났다. 셀리아가 그를 부드럽게 문으로 밀자 너무 큰 뿔테 안경이 떨어질 뻔했지만 다행히 그런 일은 벌어지지 않았다. 비올레트는 커다란 캐시미어 숄로—그래도 숄은 확 튀는 새파란 색이었지만—어깨를 감싸고 차로 뛰어갔다.

셀리아는 키홀더를 꺼냈다. 문짝 차창에 그녀의 얼굴이 비쳤다. 그녀는 이쪽저쪽 고개를 돌려보았다. 외모에 신경 쓰지 않은 지 얼마나 됐나? 거울 속의 얼굴을 유심히 들여다보지 않은 지는 얼마나 됐을까? 서른여덟 살에도 셀리아는 완벽한 달걀형 얼굴을 유지하고 있었다. 눈가의 옅은 주름도 늙어 보인다기보다는 분위기를 더해주었다. 굽이치며 윤기 나는 갈색 머리는 스무 살 때와 조금도 다르지 않았다. 그녀는 여태까지 그런 생각은 한 번도 해보지 않았다. 그녀의 관심사가 아니었으니까. 예쁘면 뭐하나? 배리를 위해서? 배리는 셀리아를 좋아했다. 셀리아도 그 사실에는 의문을 품지 않았다. 하지만 시간이 흐르면서 권태기가 찾아왔다. 어쨌거나 16년 전 남편의 죽음과 부재는 셀리아의 마음에 뻥 뚫린 구멍을 남겼고 그 구멍은 무엇으로도 메울 수 없었다.

오늘 아침에 셀리아는 화장도 하지 않았다. 물론 돼먹지 못한 겔도프 사장에게 잘 보이려고 화장을 할 필요는 없었다. 하지만 오늘 만날 사람은……. 이런 생각을 한다는 사실 자체가 그녀에게는 좋은 일이었지만 한편으로는 심란하기도 했다. 그녀는 잠시 차창에 비친 자기 얼굴을 유심히 바라보았다. 차창이 지저분하긴 했지만 그녀의 두 눈동자는 자수정처럼 영롱하게 빛나고 있었다. 그걸로 충분했다. 마스카라를 바르지 않은 게 아쉽지만 별수 없었다.

"엄마, 이따가 집에 올 때 이 예쁜 여자 분을 소개할게요." 비올레트가 차에서 소리쳤다.

말을 잘 안 듣는 머리 한 가닥을 대충 정리하고 셀리아는 예쁜 몸매에 딱 맞는 누빔 외투를 여몄다. 그러고는 트윙고에 얼른 몸을 실었다.

자동차는 주차장 진입로를 따라가다가 지붕이 마련된 공간에 멈춰섰다. 트윙고에서 내리자 매서운 찬바람이 그들을 둘러쌌다. 일행은 어느 상가로 들어갔다. 셀리아가 그들을 2층으로 안내했다.

"어디 가는 거예요?"

그렇게 물어보는 와중에도 비올레트는 자기를 보고 미소 짓는 사람들에게 손짓으로 인사를 보내기 바빴다.

셀리아는 곧장 상점들 한가운데 자리 잡은 한 카페로 들어갔다. 다른 세 사람도 따라 들어갔다. 셀리아가 덥수룩한 밤색 머리의 키 큰 종업원을 불렀지만 종업원은 듣지 못했다. 세 번째 불렀을 때에야 겨우 종업원은 손을 슬쩍 들어 보이고 칸막이 뒤로 사라졌다. 화가 난 셀리아는 종업원을 따라갔다.

"뭐죠? 제 말을 무시하는 건가요?"

청년이 활짝 웃으며 뒤돌아섰다.

"당신을 무시하다니요? 그건 나에게 절대로 불가능한 일인데요? 안녕, 셀리아."

셀리아는 한숨을 쉬었다.

"앨리스테어, 왜 이렇게 변장을 하는 거예요?"

"아무도 날 알아봐서는 안 되니까요. 어쨌거나 난 당신이 그렇게 발끈해서 쫓아올 줄은 몰랐어요."

"난 원래 참을성이 부족한 사람이에요! 딱 보면 모르겠어요? 내 아들이 누굴 닮았겠어요?"

"당신의 남자 친구를 닮진 않은 것 같네요. 오스카도 야구의 재미를 알기 시작했다는 것만 빼면요."

"앨리스테어, 제발요."

"미안해요. 난 그저…… 나도 당신 성격을 조금 안다는 말을 하고 싶었어요. 무엇보다 나는…….'"

셀리아가 다정하게 미소 지었다.

"아무 말도 하지 마요. 그러는 편이 나아요."

앨리스테어는 분한 듯이 고개를 들었다.

"당신 자리로 돌아가요. 노블을 데려와주세요."

셀리아는 깔깔 웃고 싶었다. 어쨌거나 앨리스테어는 이뤄지지 않는 사랑에 목매는 남자 역에 제격이었다. 그 이상의 다른 감정은 느끼고 싶지 않았기에 그녀는 자리에서 물러났다. 잠시 후, 기드온 노블이 벽 뒤로 사라지자 금빛 섬광이 천장으로 솟아올랐다. 시간이 흐르고 기드온이 살짝 흥분한 얼굴로 돌아왔다.

"그곳에 갈 수 있을 것 같군요. 비올레트 양이 계속 핫 초콜릿을 마시고 싶어 한다면 할 수 없지만요."

"왜 아저씨는 음료를 저 벽 뒤에 가서 마시고 왔어요?" 비올레트가 일어서며 물었다.

기드온은 그 자리에서 성급히 돌아서느라 가운을 입고 비질을 하던 아주머니와 부딪히고 말았다. 청소부 아주머니는 균형을 잃고 뒤에 있던 젊은 여자 쪽으로 넘어졌다. 그 여자는 롤러스케이트를 신고 손에 쟁반을 들고 있었다. 롤러스케이트를 탄 여자가 기드온 노블에게 윙크를 했다.

"노블 씨, 기운도 좋으셔라! 당신의 신체 내 우주가 아주 힘차게 꿈틀거리는군요. 그곳에 가게 되다니 정말 기뻐요. 베레니스, 당신은 안 그래요?"

"두말할 필요 없지요, 백작 부인."

청소하는 아주머니로 변장한 위더스 부인이 빗자루를 내려놓으며 말했다.

매니큐어를 완벽하게 칠한 손이 불쑥 튀어나와 두 여자를 갈라놓았다. 붉은 금박으로 장식된 모피를 입은 여자가 기드온의 재킷 안쪽을 유혹하듯 만지작거리며 말했다.

"엠브리에 아일랜드를 경유해서 가면 어떨까요?"

베레니스 위더스는 기가 막혀 하늘을 쳐다보았다.

"팔로마, 얘기했잖아. 장소에 걸맞은 옷차림을 하라고."

"이게 내 옷 중에서 제일 소박한 거야. 언니는 쇼핑하러 갈 때 무슨 옷을 입는데? 당연히 롱드레스를 입는 거 아니었어?"

"아니거든요."

가까운 다른 테이블에 앉아 있던 사람들이 웅성거리기 시작했다.

"내 꼴이 영 우스꽝스럽잖아. 이런 옷은 완전 질색이야." 스카우트 단복을 입고 선글라스를 낀 아이리스 플록하트가 구시렁거렸다.

"걱정도 팔자다. 네가 평소에 입는 감청색 치마랑 목까지 단추를 채운 블라우스도 충분히 우스꽝스럽거든?" 에이든과 모스 사이에 앉아 있던 샐리가 한마디 했다.

"내 심기가 불편할 때에는 무례하게 굴지 말아줘." 아이리스도 지지 않았다.

비올레트는 친구들을 보고 반갑다는 표시를 했다. 그러고는 롤러스케이트를 탄 키 큰 여자에게 쪼르르 뛰어갔다.

"룸피니 부인, 신발에다가 바퀴를 다니까 정말 좋지요! 어떻게 신발 창에 바퀴가 자라게 하신 거예요? 저한테도 비법을 가르쳐주세요."

아이리스가 지긋지긋하다는 얼굴로 비올레트를 쳐다봤다.

"비올레트는 웃기지만 좀 짜증 나. 우리 언제 가요?"

"친애하는 노블 씨, 잠시 사람들 눈을 피해 이 벽 뒤로 가주시겠어요? 몇 명씩 조를 짜서 합류하겠습니다." 위더스 부인이 넌지시 말했다.

셀리아가 위더스 부인에게 얼굴을 가까이 가져갔다.

"전부…… 그러니까 여기에 있는 이 사람들이 전부 저분 안에 들어가는 거예요?"

위더스 부인이 빙그레 웃었다. 커플 두 쌍이 일어났고, 안경을 쓴 노신사가 그들을 향해 모자를 벗어 보이며 인사를 했다. 스케이트보드를 들고 문신을 새긴 청년 세 명이 몇 미터 떨어진 곳에 대기하고 있었고, 정장 차림으로 서류 가방을 든 여자 몇 명도 위더스 부인을 주시하고 있었다.

"그래요, 노블 씨의 우주에는 여러 사람이 들어갈 수 있어요." 위더스 부인이 대답했다.

셀리아와 기드온은 몇 분 후 카페에서 나왔다.

그들은 젊은 여자 두 명이 그들의 뒤를 밟는 줄도 몰랐다. 한 명은 집 시 분위기가 나는 갈색 머리 여자, 다른 한 명은 푸석푸석한 금발 머리 여자였다. 그들이 지나갈 때마다 수많은 이들이 발길을 돌려 뒤를 따랐 다. 그들의 용모는 제각기 달랐다. 사복 차림의 간호사, 사제복을 입은 신부, 오토바이 폭주족 몇 명, 앞이 안 보이는(혹은 거의 안 보이는) 사 내와 맹인견, 유모차를 미는 여자, 사업가, 그 외에도 별의별 사람이 다 있었다.

그들은 서로 전혀 닮지 않았다. 한 가지 점만 제외하면 말이다. 그들 은 모두 한 손에 장갑을 끼고 있었고 검은 장갑의 손바닥 부분에서는 붉은 P자가 활활 타오르고 있었다.

9

숨 막히는 더위 속에서 역겹다는 표정을 지으면서도 아이리스는 케이프로 온몸을 꽁꽁 싸매고 있었다.

"왜 우리는 쾌적하고 깨끗한 방에 떨어지는 법이 없는지에 대해 누가 설명 좀 해줬으면 좋겠네."

에이든은 주위를 둘러보았다. 제네티스는 그가 예상했던 모습과 너무나 달라 보였다. 그들은 빽빽하고 무성한 열대 우림에 들어와 있었다. 이상한 소리, 야생의 울부짖음이 사방에 메아리쳤다. 이미 녹초가 된 에이든에게는 케이프가 평소보다 열 배는 더 무겁게 느껴졌다. 그는 하늘을 올려다보았다. 수풀이 어찌나 무성하던지 하늘은 그 수풀 사이에 듬성듬성 자리 잡은 하얀 조각들처럼 보였다.

멀지 않은 곳에서 인기척이 났다. 그들은 잔뜩 긴장했다. 샐리가 허리띠에 손을 가져가더니 손수 만든 약식 벌채용 칼을 집어 들었다. 에이든은 샐리를 바라보며 자기 펜던트를 움켜쥐었다.

"괜찮아, 저건……."

샐리는 에이든을 자기 뒤로 보내고 당당하게 앞으로 나아갔다.

"나도 일단은 별일 아니기를 바라." 샐리는 칼 손잡이를 단단히 움켜쥐며 내뱉었다.

"칼 치워라. 네 친구들이 다치겠어."

앨리스테어가 거대한 잎사귀들을 헤치고 나타났다. 그는 뒤쪽을 돌아보며 소리쳤다.

"여기 세 명 있다!"

"마지막 사람은 나와 함께 왔지."

보이지 않는 동물들의 울음소리가 요란하게 울려 퍼지는 가운데 위더스 부인이 말했다.

"샐리 때문에 친구들이 다칠 일은 없을 거예요. 샐리는 언제나 저보다 앞장서는걸요."

그렇게 에이든이 투덜거리는 동안, 샐리는 칼을 정리해서 넣었다.

"넌 나 없어도 알아서 잘 다치잖아. 네가 부상을 입는 데 굳이 나까지 필요하겠니." 샐리가 빈정댔다.

"날 바보 취급하지 마."

"바보 취급하지는 않았어. 약골 취급이라면 몰라도." 샐리가 에이든의 팔을 잡으며 말했다. "봐봐, 뼈가 1킬로그램이면 근육은 3그램이나 될까 모르겠네?"

에이든은 샐리의 손을 홱 뿌리쳤다.

"내 근육이 아무리 적기로서니 네 뇌세포만큼 적겠어? 근육이 적은 거랑 뇌세포가 적은 거랑 뭐가 더 낫겠냐?"

"이런 정글에서는 뇌세포보다 근육이 필요하겠지." 일말의 망설임도 없이 대꾸하고 샐리는 깔깔깔 웃었다.

"둘 다 그 정도 했으면 됐어. 더워서 미칠 것 같아. 지금은 짜증 낼 기분도 아니야. 저기요, 일단 여기가 어디예요?" 아이리스가 말했다. 땀범벅이 된 아이리스의 이마와 목덜미에 머리카락이 찰싹 달라붙어 있었다.

메디쿠스들의 최고 위원이자 헤파톨리아의 전문가 모린 주베르가 그 물음에 답했다.

"레티 쿨룸★ 숲이야. 인체에서 가장 큰 열대 우림이지."

다른 메디쿠스들도 삼삼오오 나타났다. 그나마 수풀이 조금 덜 무성한 곳에 순식간에 모인 50여 명이 원형 대열을 이루었다. 이상한 벌레들이 그들의 얼굴 앞을 앵앵대며 날아다녔고 얼룩덜룩한 새들의 위협적인 날갯짓도 그들의 몸을 스치기 일쑤였다.

위더스 부인은 청소부 아주머니들이 입는 분홍 가운을 벗고 원형 대열 중앙에 우뚝 섰다. 모직 투피스를 입고 케이프를 걸친 부인의 얼굴이 붉게 상기되어 있었다.

"여러분, 우리의 소환에 응해주어서 고맙습니다. 모두 이번 임무의 막중함을 익히 알고 있을 겁니다. 기드온 노블은 과학계의 마지막 희망이니까요. 그 사람만이 어둠의 왕자가 퍼뜨리려는 유전병에 대항할 방법을 찾을 수 있습니다. 따라서 우리는 무슨 일이 있더라도 기드온 노블의 네 번째 우주를 사수해야 합니다. 인류의 생존이 여기에 달렸습니다."

모두가 말없이 고개를 끄덕였다. 노부인은 메디쿠스들에게 미소를

★ Rêti-Kulum, 임파선, 흉선, 편도선 등에서 볼 수 있는 조직을 의미하는 'reticulum'에서 유래한 단어.

보냈다.

"제 기대가 틀리지 않은 것 같군요. 하지만 일단은 제네티스를 지키는 일에만 몰두합시다. 기드온의 피난처는 비밀에 부쳐져 있으니까요."

그때 룸피니 백작 부인이 끼어들었다.

"나와 내가 특별히 가르치는 소녀는 다른 곳으로 가보겠습니다. 이 아이가 발견해야 할 다른 우주들에도 할 일이 많으니까요."

"물론 그래야지요."

룸피니 부인은 비올레트를 돌아보았다. 오스카의 누나는 자신이 펜던트를 움직일 때마다 몸을 배배 꼬는 식물을 하염없이 구경하는 중이었다. 코브라를 부리는 조련사가 따로 없었다.

"나는 신체 내 우주의 식물을 한 번도 저렇게 다루지 못했어요. 두고 보세요, 베레니스. 조금만 가르치면 스승을 뛰어넘는 제자가 될 거예요." 룸피니 부인이 나지막하게 속삭였다.

"서둘러 저 아이의 재능을 끌어내주세요." 위더스 부인이 대꾸했다.

그제야 사람들이 자기를 기다리고 있다는 것을 깨달은 비올레트는 아름다운 미소를 지어 보였다.

"게다가 이 아이는 얼마나 예쁜지요! 꼭 저 나이 때 내 모습을 보는 것 같아요. 자, 애야, 이제 그만 갈까?"

위더스 부인이 룸피니 부인을 잠깐 붙잡았다.

"조심하세요, 안나 마리아, 너무 멀리 가면 안 돼요."

"걱정하지 마세요. 우리는 노블의 몸 안에 있을 거예요. 무슨 문제가 생기거든 즉시 누굴 보내주세요."

잠시 후, 룸피니 부인과 비올레트가 사라졌다. 위더스 부인은 다른 메디쿠스들을 향해 이렇게 말했다.

"모두 뜻을 같이한다면 지금 바로 뉴클레오폴리스★로 떠납시다."

그들은 위더스 부인, 앨리스테어, 모린의 뒤를 따라갔다. 노부인은 자신이 누구보다 잘 아는 네 번째 우주를 활달하고 기민한 발걸음으로 누비고 다녔다. 그녀는 흡사 다시 젊어지기라도 한 것처럼 키 큰 나무에서 떨어지는 식물 더미들에 아랑곳하지 않고 날카로운 울음소리 속에서 눈을 감고 유유히 앞으로 나아갔다. 반면에 모스는 짜증을 내며 이리저리 펜던트를 휘둘러댔지만 그들을 에워싼 존재들의 정체를 알아내진 못했다.

옆에서 걸어가던 다른 메디쿠스가 모스의 궁금증을 풀어주었다.

"저건 구아닌★★이야."

"구아닌이 뭔데요?"

"레티 쿨룸 숲에 사는 원숭이들이지. 그들이 이 숲을 지키는 거야. 구아닌은 메디쿠스를 좋아해. 그렇지 않다면 우리 머리통을 진작 박살냈을걸?"

공기는 점점 더 질식할 것처럼 무거워졌다. 숨을 한 번 들이마실 때마다 펄펄 끓는 물이 폐로 흘러 들어가는 기분이었다. 덥기도 더웠지만 미지의 식물들이 뿜어내는 지독한 악취도 고역이었다. 그래도 메디쿠스들은 여기저기 튀어나온 나무뿌리를 뛰어넘고, 이상한 열매가 달린 무거운 나뭇가지들을 밀어내고, 수풀에 가려 보이지 않던 구덩이들을 피하고, 도저히 통과할 수 없는 비탈길을 돌아서 앞으로 나아갔다. 드디어 나무들이 조금 듬성듬성해지고 볕이 점점 잘 들어오면서 숲을 다

★ '핵'을 뜻하는 'nucléo'와 '도시'를 뜻하는 'polis'가 결합된 단어다.
★★ 핵산 구성 성분인 퓨린 염기의 일종으로, 생물의 여러 대사와 DNA 및 RNA의 형성에 관여한다.

통과한 것 같다는 희망이 움텄다.

모두들 위더스 부인 옆에 모여 하늘만 쳐다보았다. 아무런 말을 할 수가 없었던 것이다. 레티 쿨룸을 통과한 사람들은 이 지점에 이르면 어김없이 눈앞에 펼쳐진 광경에 숨이 턱 막혔으니까.

그들 앞에는 거대한 반투명 돔이 우뚝 솟아 있었다. 아무리 봐도 직경이 1킬로미터는 넘을 성싶은 돔이었다. 살아 숨 쉬는 무성하고 압도적인 숲이 돔을 화관처럼 에워싸고 있었다.

"제네티스의 제노돔이군." 에이든이 얼이 빠져 중얼거렸다.

힘겹게 숲을 통과하는 내내 일행과 거리를 두던 로넌 모스가 다가와 돔을 쳐다보았다. 그 역시 돔에 압도당한 눈치였다.

"이렇게 클 줄은 몰랐어." 아이리스가 말했다.

"위에서 내려다보면 우리는 정글 가장자리에 모여 있는 자그마한 개미 떼 같을걸." 앨리스테어가 말했다.

자신의 전문 영역이 아닌데도 그는 네 번째 우주에 대해서 매우 잘 알았다. 앨리스테어의 왕성한 모험심을 만족시키기에 이보다 더 적합한 곳은 없었다.

그들은 다시 한 시간 정도 듬성듬성한 수풀을 헤치며 걸어가 돔 앞에 도착했다. 미지근한 바람이 불어오자 먼지가 좀 일긴 했어도 숨 쉬기가 한결 수월했다. 위더스 부인은 손짓으로 메디쿠스들에게 정지 신호를 보내고 조심스레 돔의 벽면을 살펴보았다.

"됐어요, 이 앞에 줄을 서요."

"무슨 말이죠?" 출발할 때부터 내처 입을 다물고 있던 모스가 물었다.

"트랜스퍼 라인에 서라는 뜻이야. 배운 대로 하면 된다." 모린 주베르가 말했다.

모스는 모린 주베르가 시키는 대로 다른 사람들처럼 돔 벽면에 새겨진 빛나는 띠에 맞춰 줄을 섰다.

"쟤가 언제부터 저렇게 말을 잘 들었지? 평소에는 내 명령도 무시하면서." 아이리스가 언짢아했다.

"아까부터 쟤는 계속 주위만 두리번거리더라. 꼭 뭐가 나타나기를 기다리는 사람처럼." 에이든이 한마디 했다.

"겁이 난 거겠지." 샐리가 딱 잘라 말했다. "너도 신체 내 우주에서 겁을 먹은 적이 있을 거 아냐."

에이든은 굳이 대꾸하지 않았다. 에이든과 샐리가 5분만 나란히 걸어도 뭐라고 말할 수 없는 긴장감이 돌았다. 에이든은 이제 샐리가 뭐라고 하면 그냥 넘기지 못했다. 한번은 그가 따지고 나선 적이 있었다.

"왜 너는 내가 하는 일마다 사사건건 시비를 거는 거야?"

"나도 어쩔 수 없어. 난 널 믿을 수 없으니까." 샐리는 기탄없이 쏘아붙였다.

"뭐?"

"네가 잘해 낼 수 있을지 믿을 수가 없다는 얘기야. 그래서 나도 모르게 참견하게 돼. 그냥…… 그렇게 된다고. 뭐라고 정확히 설명할 수는 없지만."

그렇게 말하고 샐리는 저만치 걸어갔다. 화가 나서 얼굴이 창백해진 에이든이 쫓아가서 샐리의 팔을 잡았다.

"좋아, 나를 못 믿는 건 그렇다 쳐! 하지만 내가 뭘 하려고 할 때마다 내 뒤에 와서 감시하는 짓은 좀 그만둬! 내 일에 참견하지 말란 말이야! 알았어?"

샐리는 에이든의 손을 홱 뿌리치고 에이든을 머리부터 발끝까지 노려보더니 훌쩍 가버렸다. 하지만 그날 바로 샐리는 또다시 에이든의 일거수일투족에 간섭하려 들었다.

이번에도 샐리는 에이든을 벽면 앞으로 데려다 줄을 세웠다. 평소와 달리 에이든은 거칠게 샐리를 밀어냈다. 샐리는 아무 말도 하지 않았다. 보다 못한 앨리스테어가 나섰다.

"진정해. 너희 도대체 왜 그러니? 대열이 흐트러지면 안 돼. 집중하란 말이야."

그때 위더스 부인이 큰 소리로 외쳤다.

"내가 신호를 보내면 모두들 펜던트를 꺼내서 선에 갖다 대세요. 준비됐나요? 자, 지금이에요!"

펜던트들과 접촉하자 벽면의 선이 에메랄드 빛으로 작열했다. 메디쿠스들이 선 땅이 흔들리기 시작했다. 그와 동시에 처음에는 분명 단단했던 벽이 중앙부를 향해 구부러지는 게 아닌가! 돔의 내부에 불투명한 유리 거품 같은 것이 서서히 형성되면서 메디쿠스들을 가두었다.

"펜던트를 선에서 떼면 안 돼요!" 위더스 부인이 명령했다.

이번에는 유리 구에 수직으로 선이 나타났다. 눈부신 빛과 함께 구는 그 선을 따라 두 쪽으로 쫙 갈라졌다. 모두들 눈을 감지 않을 수 없었다. 겨우 눈을 떠 보니 그들은 돔 안에 들어와 있었다. 벽은 처음과 같은 상태로 돌아왔고 구는 산산이 부서져 바람에 다 쓸려 가고 없었다.

메디쿠스들은 아무 말 없이 가만히 있었다.

그들 앞에는 어마어마한 탑들이 그 위용을 자랑하고 있었다. 인간이 지상에 세운 그 어떤 건축물보다 높은 탑들이었다. 높이뿐만 아니라 건축 양식도 압도적이었다. 각각의 탑은 구불구불한 기둥을 감싸는 나선을 이루고 있었다. 탑들은 두 개씩 짝을 이루고 있었는데 중간 높이에는 짝을 이루는 탑과 각각 연결되는 다리가 있었다. 각 쌍은 높이, 색상, 모양새가 매우 달랐고 번호가 매겨져 있었다. 그래도 한 쌍을 이루는 두 개의 탑은 완전히 똑같은 모양이었다.

아찔한 탑들 사이로 은색 비행선 수천 대가 빛나는 꼬리를 늘어뜨리며 날아다녔다. 메디쿠스들은 그 놀라운 광경에서 눈을 뗄 수 없었다.

"비디오 게임에 들어온 기분이군." 샐리가 한마디 했다.

위더스 부인이 미소를 지으며 메디쿠스들을 돌아보았다.

"크로모솜★ 타워는 스물세 쌍, 그러니까 모두 마흔여섯 채가 있지. 지금까지 설계된 순환 네트워크 중에서 가장 완벽하고 위대한 것이란다. 뉴클레오폴리스에 온 것을 환영한다."

타워 아래로 사람들이 모여들기 시작했다. 사람들은 나란한 두 라인으로 갈라졌다. 한 무리가 허공을 떠다니는 이동 수단에 몸을 실었다. 비행선은 빛나는 연기를 토하며 눈 깜짝할 사이에 두 라인 사이를 가로질러 메디쿠스들에게로 날아왔다.

비행선은 물방울 형태에 가까운 구형으로 유리와 금속으로 만들어져 있었다. 드디어 그 물체가 메디쿠스들 앞에서 정지했다.

나비가 날개를 펼치듯 문짝이 양옆으로 활짝 들리더니 어떤 여자가 나왔다. 호리호리하고 안색이 몹시 창백한 그녀는 단단한 판들이 몸을 완전히 보호하는 전신 수트를 입고 있었다. 마흔여섯 가닥의 나선으로 배배 꼬인 밝은 색깔의 머리가 어깨까지 늘어졌다.

"내 이름은 유카리아, 뉴클레오폴리스의 센트로미어★★란다. 이곳에

★ chromosome, 염색체를 가리키며, 염색체는 세포 분열 시 핵 속에 나타나는 굵은 막대 모양의 구조물로 유전 성분을 저장하고 전달하는 기능을 한다.
★★ Centro-Mère, 프랑스어에서 '동원체'를 뜻하는 단어 'centromère'와 발음이 같다. 동원체는 염색체에서 세포 분열 시 염색체를 잇는 방추사가 결합하는 부위를 말한다.

온 것을 환영한다.”

또 다른 여자가 비행선에서 나왔다. 희한하게도 눈이 있어야 할 자리에 바코드처럼 줄무늬가 들어간 반짝이는 검은 띠가 붙어 있었다. 그녀의 뒤에서 금속 헬멧을 쓴 늘씬한 사람이 나왔고, 이어서 살갗이 파란 생물이 나왔다. 마지막으로, 어깨에 구아닌 원숭이를 올려놓은, 털이 부숭부숭한 작은 남자가 툭 튀어나왔다.

유카리아가 위더스 부인에게 다가갔다.

“고맙습니다.”

그렇게만 말하고 유카리아는 자기 일행을 돌아보았다. 유카리아를 따라온 이들도 메디쿠스들에게 정중하게 인사를 했다. 원숭이가 순식간에 위더스 부인의 품으로 뛰어올라, 부인의 안경을 가지고 놀기 시작했다. 주인이 원숭이를 데려가려고 했다.

“이 녀석들도 여러분이 여기 오니까 안심이 되는 모양입니다.”

어린 메디쿠스들이 걱정스러운 시선을 주고받았다. 제네티스 사람들은 왜 이토록 불안해하는걸까? 하지만 위더스 부인이 분명히 말하지 않았는가. 기드온 노블의 거처는 비밀에 부쳐져 있고 그들이 공격당할 확률은 극히 낮다고. 그들은 어디까지나 사전에 예방하는 차원에서 여기 온 것이라고.

“일석이조 아니겠니? 너희는 네 번째 트로피를 가져오는 동시에 기사단의 임무에도 참여하는 거야.” 위더스 부인은 그렇게 말했었다.

혹시 부인이 그들에게 뭔가를 숨기는 걸까?

유카리아가 어린 메디쿠스들을 바라보았다. 샐리, 에이든, 아이리스가 자기소개를 했다. 모스는 그냥 가만히 있었다.

“다섯 번째 우주의 센서리아와 그 밖의 여러 구역에서 걱정스러운 정보를 보내왔어요." 유카리아가 모든 메디쿠스들 앞에서 설명했다. "우리는 노블 교수와 가까웠던 다른 유전학자들이 어떤 일을 당했는지 들었습니다. 그래서 이제 곧 우리도 공격을 당하겠구나 하고 생각했죠. 리암이 이끄는 조종사들도 전쟁에 나설 태세고요."

그렇게 말하며 유카리아는 정신없이 창공을 누비고 다니는 비행선들을 쳐다보았다.

금속 헬멧을 쓴 사람이 한 발짝 앞으로 나와 메디쿠스들에게 거수경례를 붙이고 다시 물러났다. 유카리아는 파란색 피부의 사내를 가리켰다.

"솔랄도 RNA★ 부대를 소집했지요."

"RNA?" 아이리스가 관심을 보였다.

솔랄이 고개를 들었다. 그는 허리가 약간 굽어 있었다. 은은한 후광이 그를 감쌌다.

"RNA는 '뉴클레오폴리스의 빛나는 대천사들Les Archanges Rayonnants de Nucléopolis'을 뜻하는 약자입니다." 솔랄이 부드럽지만 결연한 목소리로 대답했다.

"그리고 이쪽은 드미라고 해요. 수석 텔로미어★★예요." 유카리아는 눈 대신 바코드가 달린 여자를 소개했다. "그리고 이 사람은 리보솜★★★을 이끄는 대장 미토★★★★예요. 리보솜들은 레티 쿨룸에서 사냥을 하거나 숲을 개간하며 살아가지요."

★ RNA는 DNA와 함께 유전 정보의 전달에 관여하는 핵산의 일종으로, DNA로부터 만들어진다.
★★ Télo-Mère, 염색체 말단소립을 뜻하는 프랑스어 'télomère'와 발음이 같다. Mère는 프랑스어에서 '어머니'를 뜻하기도 한다.
★★★ Ribos-Homme, 리보솜을 가리키는 프랑스어 'ribosome'과 발음이 같다. 리보솜은 세포질 속에 있는, 단백질을 합성하는 단백질과 RNA로 이루어진 아주 작은 알갱이를 말한다. 'homme'는 프랑스어로 '남자' 혹은 '사람'을 뜻하기도 한다.
★★★★ 세포의 발전소와 같은 역할을 하는 작은 기관인 미토콘드리아에서 따온 이름이다. 미토콘드리아는 진핵 세포 속에 들어 있으며 DNA와 RNA를 함유하고 있다.

드미가 목례를 했다. 미토는 털이 부숭부숭한 구릿빛 상체를 쫙 펴고 팔짱을 꼈다. 위더스 부인이 그들에게 미소를 지었다.

"브레이브 씨가 약속한 대로 저희가 도움을 드리기 위해 이곳에 왔습니다."

"언제든지 환영입니다. 여기서 어떻게 움직이실 계획인가요?"

"소란을 끼치진 않을 겁니다. 각각의 메디쿠스가 텔로미어를 동반하고 크로모솜 한 쌍을 지키는 걸로 하겠습니다."

"여러분이 가급적 편안하게 지내다 가실 수 있도록 저희도 최선을 다하겠습니다. 리암의 라미놉터★ 부대가 여러분에게 필요한 물품을 타워로 전달해드릴 겁니다. 타워 꼭대기에 있는 방이 여러분 마음에 들면 그 방을 쓰시면 됩니다. 원래는 폴리메라아제★★들이 쓰는 방입니다."

"그렇게 하면 되겠네요. 우리는 열두 시간마다 교대를 할 겁니다. 전체 인원의 반은 우리 세계로 돌아가고 나머지 반은 이곳에 머물다가 열두 시간이 지나면 교대하는 거죠. 각자 한 쌍의 타워를 감시하고 보호하라고 명하겠습니다. 필요하다면 인원을 보강하겠지만 지금은 그럴 일이 없기를 바라야죠."

"잘 알았습니다."

센트로미어 유카리아가 신호를 보내자 리암이 그의 윗입술에 박아 넣은 초소형 마이크에 대고 뭐라고 중얼거렸다. 슈웅 하는 굉음과 함께 그들의 머리 위에 그림자가 드리웠다. 하늘에 반구형의 비행 물체 세 대가 빙빙 돌며 착륙할 자리를 찾고 있었다. 잠깐 사이에 메디쿠스들은

★ laminopter, '얇은 판'을 뜻하는 'lamino-'와 헬리콥터의 '-pter(날개)'가 결합한 단어.
★★ Poly-Mère Rase, 핵산의 중합 반응을 일으키는 효소를 가리키는 프랑스어 'polymérase'와 발음이 같다. 폴리메라아제는 폴리뉴클레오티드를 합성하는 효소로, 폴리뉴클레오티드는 유전 정보를 저장하는 중요한 물질인 핵산을 만드는 뉴클레오티드가 여러 개 중합한 고분자 물질이다.

세 집단으로 나뉘었다. 에이든, 아이리스, 샐리, 모스만 어느 집단에도 들어가지 않고 위더스 부인과 함께 있었다.

모스가 앞으로 나와 위더스 부인을 마주 보았다.

"이제 보니, 마흔여섯 명이 아니라 총 쉰 명이군요. 왜 저희를 여기에 남기는 거죠?"

"누가 너희를 여기에 남길 거라고 했지?" 위더스 부인이 물었다.

네 명의 수습 메디쿠스들은 리암의 라미눕터가 메디쿠스들을 타워 꼭대기에 데려다주기 위해 떠나는 광경을 지켜보았다.

"우리가 탈 라미눕터는 왜 안 와요?" 아이리스가 짜증을 냈다.

에이든이 뒤를 돌아보았다. 이상한 철컥 소리가 들렸기 때문이다.

"글쎄……. 우리에겐 다른 일이 기다리고 있어서가 아닐까."

10

에이든은 아래를 내려다보았다.

14-1 타워 꼭대기에서 그는 자기 자신의 목숨을 가만히 바라보는 기분이 들었다. 길고 구불구불한 슬라이드 같은 타워, 낯선 공간에서 아래로 내려가려니 자신이 없었다. 게다가 땅은 얼마나 멀고 흐릿하게 보이는지. 그는 눈을 질끈 감고 몸을 일으켰다.

조금 전에 위더스 부인에게 들은 이야기는 아직도 그의 머릿속에서 뒤죽박죽 떠돌아다녔다.

마흔여섯 개의 타워.

각각의 타워에는 수천 개의 젠★GEN, '뉴클레오폴리스의 위대한 보석 상자Grand Écrin de Nucléopolis'가 있다.

각각의 젠에는 폴리메라아제라는 여자 한 명과 그 여자의 '작품', 그

★ 프랑스어로 '유전자'를 뜻하는 단어 'gène'에서 만들어진 단어로, 유전자는 어버이로부터 자손에게 유전 정보를 전달하는 중요한 역할을 한다.

리고 그 작품을 기반으로 치밀하게 조직된 디지털 매트릭스가 있다. 그렇게 젠에서는 완벽한 복제가 쉴 새 없이 이루어진다. 그 후에 RNA 천사 부대가 디지털 매트릭스를 받아서 우주로 가져간다. 그곳에서 그 작품은 우주의 작용에 따라 한 치 어긋남없이 재현될 것이다.

젠들은 신체 내에서 만들어지는 모든 것을 디지털 매트릭스에 공급한다. 그리하여 제네티스는 복잡한 공식들의 금고가 된다.

디지털 매트릭스라면 어떤 것이든 좋다. 그게 바로 그들이 획득해야 할 네 번째 트로피다. 수습 메디쿠스들은 숨 돌릴 겨를조차 없었다.

"준비됐어?" 천사장 가브리엘이 에이든에게 물었다.

가브리엘의 차분하고 부드러운 음성이 에이든을 안심시켰다. 저만치서 수습 메디쿠스들을 데리러 온 다른 세 천사에게 업힌 친구들의 모습도 보였다. 동시에 시작할 것, 그게 핵심이었다. 망설임 없이 몸을 던져야 시험에 통과할 수 있었다.

에이든은 숨을 한껏 들이마셨다.

"됐어."

가브리엘이 어깨 뒤에 숨겨져 있던 거대한 날개를 활짝 펼쳤다.

"뭐든지 부탁해도 좋아. 그대로 해줄게. 두려워할 것 없어. 하지만 나는 아래로 내려가거나 제자리에 떠 있을 수는 있어도 위로 치고 올라가진 못해. 위더스 부인이 그렇게 명령하셨으니까."

고개를 끄덕이고 에이든은 펜던트를 꽉 거머쥐었다.

"가자."

가브리엘이 날갯짓을 하며 몸을 던졌다. 거대한 날개 덕분에 그는 잠시 바람을 타고 허공에 떠 있을 수 있었다. 그러다 이내 타워를 향해 비스듬히 돌아서며 하늘을 수놓은 수많은 천사들에게로 떨어졌다. 가브리엘은 타워의 나선을 따라 뱅글뱅글 돌면서 떨어졌다. 에이든의 눈앞에서 젠들이 재빨리 스쳐 지나갔다. 젠이 열릴 때 그 옆을 지나가게 된다면, 너무 늦고 말 것이었다.

"타워에서 조금 물러나서 허공에 머물러줘." 에이든이 부탁했다.

가브리엘은 즉시 부탁대로 했다. 이제 그들은 14-1 크로모솜 타워 주위를 빙빙 돌고 있었다.

"서둘러, 이제 2분밖에 남지 않았어."

에이든은 심장이 터질 것 같았다. 그는 오스카를 생각했다. 시험을 볼 때마다 그를 격려하던 친구의 눈빛을 떠올렸다. 바로 이 순간 오스카가 여기에 있다면 얼마나 좋을까. 에이든은 마음이 편해진 동시에 묘한 분노에 사로잡혔다. 왜 난 항상 남의 도움이 필요한 걸까? 샐리 말이 옳았나? 난 누가 지켜보고 도와줘야 하는 사람일 수밖에 없나? 어릴 때 척추에 심을 박는 수술을 받고 난 다음부터 늘 그랬던 것처럼?

에이든은 타워 아래를 내려다보며 벌집 같은 젠들이 열렸다 닫혔다 하는 리듬을, 자기보다 훨씬 빠르게 앞서 나가는 친구들과 천사들의 동태를 파악하려 애썼다. 마침내 그는 젠이 열리며 이제 막 생성한 매트릭스를 보여주기 전에 항상 살짝 빛을 뿜는다는 것을 깨달았다.

"가브리엘, 아래로! 지금! 열 층 아래로!"

천사는 고개를 숙이고 지체 없이 시키는 대로 했다. 에이든이 마음속으로 점찍은 벌집 하나가 벌어지기 시작했다. 두 개의 판이 양쪽으로 벌어지면서 젠의 내부가 드러났다. 그 앞에 얇은 가운을 입은 빡빡머리 여자가 장갑을 끼고 서서 별처럼 환하게 빛나는 덮개를 내밀었다. 에이든은 그 벌집에서 두 층 높이에서 떨어진 곳에서 디지털 매트릭스를 낚아채기 위해 손을 뻗었다. 가브리엘과 에이든 위로 웬 그림자가 떨어졌다. 에이든은 고개를 들었다. 갑자기 가브리엘보다 더 빠른 천사가 다른 메디쿠스를 업고 그들을 앞지르려 하고 있었다. 아직 바닥까지는 스무 층도 더 남았건만 시간은 몇 초밖에 남지 않았다. 시간이 너무 모자랐다.

"안 돼!" 에이든은 분해서 소리를 질렀다.

그는 더 생각할 것도 없이 오른손으로 펜던트를 내밀었다. 펜던트에서 뿜어 나오는 금빛 구름에 그의 경쟁자를 태운 천사가 부딪혔다. 젠 내부까지 파고들어 덮개를 감싸 안은 금빛 구름은 폴라메라아제의 손에서 덮개를 낚아챘다.

"간다!" 에이든이 소리쳤다.

가브리엘은 날개를 내리면서 타워에서 비켜났다. 에이든은 마법의 구름을 거둬들여 덮개를 손에 넣었다.

가브리엘과 에이든이 위더스 부인과 유카리아 앞에 착륙했다.

"이 청년, 아주 영리한데요. 타고난 사냥꾼이네요." 미토가 말했다.

에이든이 빙그레 웃었다. 이런 자부심을 느낄 기회는 그리 많지 않았으므로 우쭐한 기분마저 들었다. 오스카뿐만 아니라 다른 세 친구들도 이 자리에 있으면 얼마나 좋을까라는 생각이 들었다. 그는 하늘을 쳐다보았다. 에이든은 시험을 통과하고 트로피를 손에 넣은 첫 번째 수습 메디쿠스였다.

그리고 붉은 섬광과 요란한 굉음과 함께 돔이 진동하고 그 벽에 금이 가는 광경을 목격한 첫 번째 사람이기도 했다.

11

오스카는 폼페이 바다의 연안으로 다가갔다. 동이 터오는 기드온 노블의 두 왕국은 지극히 평화로워 보였다. 오스카는 뒤를 돌아보았다. 발랑틴과 로렌스가 그를 격려하듯 미소 지었다.

"아무리 생각해도 놀랍다. 우리가 널 혼자 보낼 거라고 생각했어? 너 혼자 트로피를 찾으러 가겠다고?" 발랑틴이 농담을 했다.

어제 친구들은 오스카네 집에서 주말을 보내기로 했다는 핑계를 대고 쿠미데스 서클에서 빠져나와 킬데어 스트리트에서 죽치고 있었다. 그다음에 셀리아를 설득하기는 쉬웠다. 로렌스는 두 손을 모으고 엄마가 그리워 죽겠다며 훌쩍댔고, 발랑틴은 자기에게 관심 따윈 없는 무정한 남자 윈스턴 브레이브 옆에서 이렇게 좋은 시절을 허비해서야 되겠냐며 신세를 한탄했다. 셀리아는 깔깔깔 웃었고 두 아이는 오스카의 방과 거실을 점령했다. 이른 아침, 그러니까 셀리아와 비올레트와 '사촌' 기드온이 약속 장소에 나가기도 전에, 기드온이 쿨쿨 자고 있던 바로 그때에 오스카는 케이프로 두 친구를 감싸고 있었다. 열여섯 살이 되니 덩치가 커져서 그것도 쉽지 않았다. 그 후, 세 친구는 눈 깜짝할 사이에 사라졌다.

오스카는 재킷 안주머니에서 뭔가가 꿈틀거리는 것을 느꼈다. 지퍼를 열자 미니어처 잭 러셀 테리어가 고개를 내밀었다. 오스카의 어깨에 올라간 강아지는 열심히 주인의 귀를 핥으려 들었다.

"스플랫, 나중에. 나 어젯밤에 샤워했거든. 나중에 하자."

오스카는 웜의 지시를 떠올렸다. '아이올로스 시티의 서쪽을 보거라. 방트리큘★ 곶까지 해수면의 검은 흔적을 따라가라. 그다음에는 네 주술서를 써라.' 웜은 그렇게 말했었다.

오스카와 친구들은 왼쪽으로 해안을 따라 걸었다. 그들의 오른쪽에는 아이올로스 시티로 통하는 거대한 다리가 보였다. 그들은 협곡을 등지고 걸어갔다. 그렇게 15분쯤 걸었을까, 모래 언덕 위로 삐죽삐죽 솟은 기둥들이 보였다. 유독 높게 쌓인 모래톱을 지나가니 이제 막 떠오르는 오렌지색 햇살 사이로 작은 만에 자리 잡은 항구가 보였다. 부두에 대놓은 10여 척의 배들이 좌우로 흔들리고 있었다.

"너희는 여기서 날 기다려."

조심조심 아래로 내려간 오스카는 그곳에 달랑 한 채 서 있는 건물로 향했다. 나무로 대충 지은 간이 건물이었다. 오스카는 그 건물의 문에 첫 번째 왕국의 문장—서로 반대 방향으로 나부끼며 엇갈린 두 개의 깃발—이 붙어 있는 것을 보았다. 노크를 하자 에올리언 한 사람이 문을 열어주었다.

★ Ventricule, '심실'을 가리키는 프랑스어로, 심실은 심장의 네 방 가운데 아래쪽에 있는 두꺼운 벽을 가진 좌우의 두 개를 뜻한다.

"저희는 시티의 반대편으로 가려고 합니다. 배가 필요해요." 오스카가 말했다.

"당신은 누구요?"

"저는 메디쿠스입니다." 그렇게 말하며 오스카는 펜던트를 꺼내 내밀었다.

"가고 싶다고 다 갈 수 있는 게 아니오. 통행증은 있소?"

오스카는 잠시 망설이다가 허리띠에 매달린 가방에서 두 번째 트로피를 꺼냈다. 가방 안에는 아이올로스 왕의 숨결이 반짝거리며 맴돌고 있었다. 에올리언은 즉시 경의를 표했다.

그가 보트 한 척을 가리키며 말했다.

"에올 4S호를 타시오. 잠시 후면 반대편에 닿을 거요."

오스카는 고개를 저었다.

"아니오, 저걸 타겠습니다."

"돛단배를 타겠다고요? 지금은 바람이 하나도 없는데? 시간만 잔뜩 잡아먹을 겁니다."

"밧줄 푸는 것만 좀 도와주세요. 부탁입니다."

에올리언은 그렇게 해주었다.

오스카는 갑판으로 뛰어내렸다. 기둥 꼭대기를 한 번 보고 구름 한 점 없는 하늘을 한 번 쳐다보았다. 선실에 들어간 그는 에올리언이 가르쳐준 대로 시동을 걸었다. 배는 항구를 떠났다. 방파제 끝에 접근하면서 속도를 줄이자 발랑틴과 로렌스도 배에 훌쩍 뛰어내렸다.

"시작부터 참 좋군. 난 오늘 운동을 할 만큼 했으니 배에서 기다릴게." 로렌스가 헐떡거렸다.

배가 바다로 나가자 오스카는 아침에 방에서 찾은 작은 가방을 열었다. 가방에는 P. A. L. O. M. A.라는 낯익은 글자가 새겨져 있었다. 그는 가방에서 세 갈래 별 모양의 최신형 벤타딕스*를 꺼냈다. 벤타딕스에 펜던트를 붙여서 허공으로 던지자, 펜던트의 빛에 벤타딕스가 터졌다. 별 모양이 한없이 크게 불어나더니 거대한 환풍기처럼 뱅글뱅글 돌아가기 시작했다. 돛이 바람을 받아 팽팽해지면서 배는 잔잔한 바다를 미끄러지듯 앞으로 나아갔다.

세 사람은 선실로 들어갔다. 오스카는 케이프 안주머니를 뒤졌다. 웜이 자신의 문자를 올려놓은 이후로 오스카의 주술서는 에너지가 넘치는 듯했다.

"너의 문자를 주술서 가까이 두지 마라." 웜은 이렇게 명령했었다.

"왜요?"

"너의 문자는 윈스턴 브레이브의 문자와 연결되어 있으니까." 웜이 나지막하게 대꾸했다.

펜던트가 닿는 순간, 오스카의 주술서가 마구 흔들리며 반응했다. 마치 주술서 자신을 억지로 제압하는 존재와 싸우기라도 하는 것 같았다. 잠시 후 초록빛 후광이 주술서를 감쌌다. 주술서는 잠잠해졌다.

"지금 이 순간부터 나와 접촉하고 싶거든 주술서를 펼치고 청하기만 하면 된다."

오스카는 선실 탁자에 널려 있던 항해도와 잡다한 도구들을 치우고 주술서를 펼쳤다.

주술서야,

★ Ventadix, 바람을 뜻하는 'vent'라는 단어가 들어가 있다.

기억하거든 지체하지 말고 답하여라.

희망이 없다는 생각은 하지 않게 해다오.

페이지 가장자리가 환하게 빛났다. 오스카는 백지 위에 왼손을 올려놓았다.

"주술서야, 플레처 웜과 연결해다오."

"뭐라고?"

"누구?"

스플랫마저 오스카의 주머니에서 고개를 내밀고 으르렁대기 시작했다. 오스카는 친구들의 눈을 피했다.

"도대체 이게 무슨 얘기야, 오스카? 웜과 뭘 한다고?" 로렌스가 걱정스럽게 물었다.

"나도 어쩔 수 없었어. 다리와 세관원을 통하지 않고 네 번째 우주로 가는 비밀 통로를 알아낼 방법이 달리 없었다고."

"웜이 너에게 그 방법을 가르쳐줬다고? 약이라도 먹었어?" 발랑틴도 얼이 빠졌다.

"그보다는 오스카가 그 대가로 뭘 넘겨줬느냐가 문제 아닐까?" 로렌스가 물었다.

이따금 오스카는 로렌스의 통찰력이 원망스러울 지경이었다. 그는 냉정하게 말했다.

"마음이 바뀌었다면 아직 늦지 않았어. 너희를 해안으로 도로 데려가서 바빌론 하이츠로 보내주지."

로렌스가 한숨을 쉬며 긴 의자에 풀썩 주저앉았다.

"그래, 한번 하고 싶은 대로 해봐. 젠장, 난 왜 항상 바보같이 널 무조

건 따르는 거지?"

"오스카, 너 참 대단하다! 벌써부터 고생길이 눈에 훤한데? 난 이래서 네가 좋다니까!"

오스카는 발랑틴의 농담이 기분 나쁜 예언은 아니길 바랐다. 그는 주술서에만 집중했다. 다시 한 번 질문을 던지고 책에서 손을 뗐다. 잠시 후, 백지가 들썩거리는가 싶더니 플레처 웜의 얼굴이 나타났다.

"바다로 나왔어요. 검은 흔적을 따라가고 있습니다."

로렌스가 두 손으로 얼굴을 가리며 중얼거렸다.

"맙소사, '검은 흔적'이라니, 그건 또 뭐야. 우린 망했어."

"아이올로스 시티를 지나치거든 검은 흔적에서 벗어나 동쪽으로 70도 방향으로 가거라." 웜이 느릿느릿 말했다.

오스카는 고개를 돌렸다. 시티가 해안의 안개 속으로 사라져 보이지 않았다. 웜의 지시를 따라 그는 동쪽으로 방향을 틀었다. 바다가 출렁이기 시작했다. 뱃머리는 갑판을 삼킬 기세로 높이 솟아오르는 파도를 용케 헤치고 나아갔다. 바람도 거세어졌다. 오스카는 더 이상 쓸모가 없어진 벤타딕스를 거둬들였다.

날씨가 삽시간에 변했다. 하늘은 자욱한 구름으로 뒤덮여 어두워졌다. 조금 전부터 심상치 않던 바다에 무서운 파도가 몰아쳤다. 돛이 찢어질까 봐 느슨하게 풀어놓자 그나마 배가 조금 안정을 찾았다. 번개가 번쩍하고 시커먼 하늘을 후려쳤다. 천둥이 으르렁대고 폭우가 바다에 퍼부었다. 선실 안에서 세 친구는 벽에 부딪히거나 창문 밖으로 튀어나가지 않기 위해 아무거나 잡고 매달렸다. 오스카는 주술서를 꽉 잡고 놓지 않았다.

"너는 지금 폼페이의 동굴 위를 지나는 중이다. 그 동굴을 다른 말로

'포효하는 방트리퀼'이라고 부르지. 이제 거의 다 왔다." 웜은 신과도 같은 평정심을 유지하고 있었다.

"잘됐네, 거의 다 죽게 생겼는데!" 로렌스가 소리를 질렀다.

문이 활짝 열리고 물이 왈칵 쏟아져 들어왔다. 오스카는 온몸에서 물을 뚝뚝 떨어뜨리면서도 주술서를 지켜냈다.

"제가 뭘 찾아야 하는 거죠?"

"'울부짖는 파도'를 찾아라. 너의 문자와 키를 써서 그 파도를 건너라. 행운을 빈다, 오스카 필."

웜에게 격려를 받다니 기분이 정말 이상했다. 오스카는 바닷물이 철썩철썩 부딪히는 창을 쳐다보았다. 친구들도 오스카를 따라 창밖을 보았다.

"아, 안 돼, 이럴 수는 없어……." 그렇게 말하는 로렌스의 얼굴이 창백했다.

12

"솔랄, 당장 세 천사와 메디쿠스들을 돌아오게 해요!"

유카리아는 돔 꼭대기에 생긴 균열에서 눈을 떼지 못한 채 고함을 질 렀다.

상급 천사는 아무 말도 못하고 입술을 바들바들 떨었다. 하늘에서 천 사들이 득달같이 날아와 수습 메디쿠스들을 땅에 내려주었다.

"간발의 차로 겨우 얻었네." 샐리가 자기 트로피를 내밀었다.

아이리스도 자신의 트로피를 네 번째 가방에 챙겼다.

"아직 2분 남았는데 왜 갑자기 이러는 거예요? 저는 일정이 갑자기 변경되는 거 딱 질색이에요. 내 성적이 제일 우수했으니 망정이지."

아이리스는 어린애를 따끔하게 혼내기라도 하듯 유카리아를 쏘아보 며 말했다.

의기양양해진 로넌 모스도 아무 말 없이 일행과 거리를 두었다. 다른 사람들이야 어떻게 되든 상관없다는 태도였다. 유카리아는 리암을 돌아보았다.

"리암, 당장 인터류킨*들을 원위치로 보내세요."

리암은 경례를 하고 윗입술에 붙은 마이크에 뭐라고 중얼거리며 부리나케 그 자리를 떠났다. 여섯 대의 유선형 비행기가 창공에 완벽한 V자를 그리며 날아올랐다. 비행 중대는 타워 사이를 요리조리 피해 날아오더니 메디쿠스들의 머리 위에 그대로 떠 있었다. V자의 선두에 선 첫 번째 인터류킨이 지면에서 몇 미터 높이까지 하강했다. 문이 열리고 빛의 기둥 속으로 반투명 플랫폼이 내려왔다. 리암이 올라서자 플랫폼이 스르르 올라갔다. 곧이어 리암의 머리가 조종석에서 보였다. 슈웅 하는 굉음과 함께 비행 중대는 하늘 높이 사라졌다.

유카리아가 메디쿠스들에게 말했다.

"위더스 부인, 이 친구들을 데리고 저와 함께 플라즘**에 머물도록 합시다. 그곳이라면 안전할 거예요."

이 말은 제안이라기보다 명령에 가까웠다. 위더스 부인은 고개를 끄덕이고 아이들을 요란하게 부릉대는 차로 데려갔다. 위를 쳐다보니 금이 간 곳을 중심으로 불투명한 유리가 조금씩 투명하게 변해 있었다. 투명한 부분이 가차 없이 퍼져나가며 돔의 내부를 외부의 시선에 노출시키고 있었다. 바깥에는 적지 않은 사람들이 모여 있었다. 위더스 부인은 붉은 침이 달린 시커먼 장비들이 말벌처럼 앵앵거리는 광경을 또렷이 볼 수 있었다. 적들은 매복 중이었다.

"어떻게 이런 일이?" 위더스 부인이 혼잣말을 중얼거렸다.

★ interleukine, 면역계가 몸 안에 들어온 세균이나 해로운 물질에 맞서 싸우도록 자극하는 단백질을 말한다.
★★ Plasm, '혈장'을 의미하는 단어 'plasma'에서 만들어진 단어다. 혈장은 혈액에서 혈구를 제외한 액상 성분으로, 세포의 삼투압과 수소 이온을 일정하게 유지하는 역할을 한다

차량은 문이 닫히자마자 뉴클레오폴리스를 향해 출발했다.

그들은 기하학적으로 얽히고설킨 레일을 따라 수평과 수직을 넘나들며 타워들 사이를 지나갔다. 금방이라도 다른 차량들과 부딪힐 것 같은 광란의 질주였다. 차창 너머로는 야간 고속도로에서 휙휙 지나가는 자동차 라이트 같은 빛들밖에 보이지 않았다.

어느덧 차량이 하얗고 미끈한 큐브 앞에 정지했다. 큐브에는 출입구가는 보이지 않았다. 일행은 전원 하차했다. 유카리아가 결연하게 앞장서서 큐브로 다가갔다. 메디쿠스들은 천천히 따라가며 유카리아를 주시했다. 큐브의 벽이 일그러지면서 말 그대로 유카리아를 삼키듯 흡수하더니 이내 원래 상태로 돌아왔다. 텔로미어 드미가 그 뒤를 따랐다. 사냥꾼 미토도 벽 속으로 들어가면서 메디쿠스들에게 따라오라는 손짓을 했다.

"겁내지 마요. 콘크리트에 부딪혀 다치는 일은 없을 테니까요."

위더스 부인이 결연하게 앞장서자 샐리도 결심을 굳히고 그 뒤를 따랐다. 아이리스는 들리지 않게 투덜거리며 자동인형처럼 뻣뻣하니 뒤를 따랐다. 모스는 뒤를 돌아보았다. 저 멀리 레티 쿨룸 숲이 알 수 없는 이유로 그를 부르는 것만 같았다. 모스가 망설이자 리보솜들의 대장 미토가 일부러 되돌아왔다.

"겁이 나서 그래? 자네처럼 덩치 좋은 청년이?" 미토는 놀리듯이 말했다.

모스는 미토의 팔을 거칠게 뿌리치고 플라즘 벙커로 향했다. 미토의 표정이 굳어졌다. 사냥꾼 미토가 가장 마지막으로 큐브의 벽을 통과했다.

유카리아는 중앙 연단으로 올라갔다.

그곳에서는 유카리아와 같은 하얀색 전신 수트를 입은 수백 명이 장갑을 낀 손으로, 보이지 않는 터치스크린을 열심히 조작하기에 바빴다. 원형의 벽에는 거대한 파노라마 스크린이 장착되어 있어서 뉴클레오폴리스를 땅에서 하늘까지, 높은 타워 꼭대기 너머까지 360도로 조망할 수 있었다.

"24번 타워들 상단으로 화면 좀 확대해주세요." 유카리아가 명령했다.

화면에 스물네 번째 쌍의 타워들이 확대되어 나타났다. 수십 미터에 달하는 균열에 라미놉터들이 천천히 접근했고 리암이 이끄는 인터류킨 비행 중대는 그들을 보호하기 위해 주위에서 뱅글뱅글 돌고 있었다. 붉은 흔적이 범인의 지문처럼 유리벽에 드러났다. 기술자들이 라미놉터에서 튀어나와 돔의 내벽에 빨판을 붙이고 마치 거미줄을 짜는 하얀 거미들처럼 아슬아슬하게 매달려 보수 작업을 하기 시작했다. 그들은 손에 든 총으로 갈라진 금 군데군데에 유백색 물질을 쏘았다. 그들이 손을 댄 곳은 원래대로 불투명한 색깔이 돌아왔다. 그러는 동안에도 비행 중대는 계속해서 기민하게 순찰을 돌고 있었다.

리암이 조종석에서 전갈을 보냈다.

"유카리아, 돔 바깥쪽에서는 아무것도 보이지 않습니다. 놈들이 사라졌어요. 우리는 유지 관리 팀의 안전을 위해 보수 작업이 끝날 때까지 이곳을 지키다가 돌아가겠습니다."

유카리아는 위더스 부인을 보고 이렇게 말했다.

"적들이 돔의 내구성과 우리의 저항력을 시험한 게로군요."

"스카스데일은 돔의 내구성에 대해 분명히 알고 있을 텐데요." 위더스 부인이 놀라며 말했다.

"하지만 이게 테스트가 아니라면……."

"교란 작전이겠지요. 하지만 무슨 목적에서 우리를 교란시키려는 걸까요?"

유카리아가 부하에게 지시를 내렸다.

"파노라마 화면으로 다시 전환해봐."

360도 전경이 다시 나타났다. 뉴클레오폴리스는 평화를 되찾은 것처럼 보였다.

"돔 외부에 밀착한 감시 카메라도 있나요?" 위더스 부인이 물었다.

"물론입니다."

화면이 다시 바뀌었다.

"저게 뭐지?" 유카리아가 중얼거렸다.

돔의 토대, 즉 레티 쿨룸 숲과의 경계에서부터 진홍색 안개가 서서히 퍼지며 돔의 상층부까지 올라오고 있었다.

"저것 때문에 우리를 교란시킨 거군요." 위더스 부인이 억양 없는 목소리로 말했다.

"리암, 당장 손을 써요!"

비행 중대가 서쪽으로 하강하며 돔에 접근했다.

"감마선★ 발사!" 리암이 외쳤다.

인터류킨 알파가 광선을 쏘았다. 광선은 두터운 돔을 통과하여 안개층에 명중했지만 안개를 파괴하지 못하고 도로 튕겨 나왔다. 비행 중대는 반사된 광선을 가까스로 피했다. 아직 투명하게 남아 있던 부분이 붉게 물들었다. 마치 돔에 붉은 덮개가 씌워진 것처럼 보였다. 사색이 된 유카리아는 위더스 부인을 쳐다보았다.

★ 방사성 물질에서 나오는 방사선의 일종으로 암을 치료하는 데에 널리 쓰인다.

위더스 부인이 펜던트를 꺼내며 말했다.

"내가 돔 바깥으로 나가야만 손을 쓸 수 있어요. 그러지 않으면 돔에 손상이 가요."

위더스 부인은 모스, 아이리스, 샐리, 에이든을 돌아보며 엄숙하게 말했다.

"너희는 제네티스를 떠나라. 상황이 너무 위험해졌다."

샐리가 가장 먼저 발끈하고 나섰다.

"아뇨, 저희도 함께 있겠어요."

"저희도 함께 돔 바깥으로 나가겠어요. 우리가 스카스데일의 붉은 그림자를 광선으로 동시에 집중 공격할게요. 그러면 파괴력이 커질 거예요." 에이든은 한술 더 떴다.

"너희가 나 없이 그렇게 할 수 있을 것 같아?" 아이리스가 당연한 소리를 한다는 듯 한숨을 쉬었다.

모스는 어깨를 으쓱해 보였다.

"전 이미 트로피를 손에 넣었어요. 제네티스에 더는 볼일이 없네요."

위더스 부인은 모스를 잠시 노려보았다. 그녀는 아무런 감정도 드러내지 않고 이렇게 말했다.

"좋다. 넌 즉시 돌아가서 그랜드 마스터에게 지원군이 필요하다고 전하렴."

로넌 모스가 주위를 두리번거렸다.

"여기는 카뒤세가 없는데요. 플라즘에서 나가야겠어요."

"다른 우주를 경유하도록." 위더스 부인이 엄하게 명령했다.

모스는 펜던트를 두 번째 트로피 앞에 갖다 대고 케이프를 둘렀다. 아무런 현상도 일어나지 않았다. 그는 여전히 제자리에 남아 있었다.

아이리스가 모스에게 빈정댔다.

"넌 이제 다른 우주로 순간 이동도 못하니? 야, 넌 지금 떠나는 게 도와주는 거다. 괜히 방해만 되지 말고."

모스는 아이리스를 죽일 듯이 째려보았다.

"입 닥쳐."

그는 다시 한 번 탈출을 시도했지만 소용없었다.

위더스 부인은 초조한 걸음으로 첫 번째 문까지 나아갔다. 그러고는 권위적인 음성으로 명령했다.

"문을 여세요."

유카리아가 신호를 보내자 문지기는 즉시 명령을 따랐다. 문지기가 집게손가락을 나노 분자 인식 소자에 갖다 대자 금속 문짝이 벽 속으로 밀려 들어갔다.

위더스 부인은 플라즘 벙커의 출입구로 가서 벽을 통과해 돔 아래 바깥으로 나왔다. 부인은 저 멀리 지평선을 살펴보았다. 크로모솜 타워의 부산스러운 움직임은 뉴클레오폴리스에 떨어진 붉은 빛에 아직 영향을 받지 않고 있었다. 그녀는 전문가다운 눈으로 카뒤세를 찾아보았지만 소용없었다. 부인은 허리띠에 달린 가방을 열어서 가루를 한 줌 쥐더니 허공에 휙 뿌렸다. 그러고서 펜던트로 빛을 쏘자 그 가루가 폭발했다. 카뒤세가 신기루처럼 홀연히 나타났지만 순식간에 사라져버렸다. 성이 난 위더스 부인은 케이프로 몸을 감싸고 자신의 펜던트를 첫 번째 트로피에 가까이 가져갔다. 아무리 정신을 집중해도 소용없었다. 그녀는 제네티스에서 빠져나갈 수 없었다.

수습 메디쿠스들이 따라 나왔다. 부인은 막막한 심정으로 붉은 안개의 막을 바라보았다. 전자기장? 요술? 어쨌든 어떤 힘이 작용하고 있는 것만은 분명했다. 부인은 네 명의 어린 메디쿠스들을 바라보고 돔 안에 갇힌 다른 메디쿠스들을 생각했다. 에이든, 샐리, 아이리스도 순간 이동을 시도했지만 네 번째 우주에서 빠져나가기란 불가능했다.

"이게 어떻게 된 거죠?" 샐리가 걱정스럽게 물었다.

에이든은 붉게 물든 하늘을 바라보며 가슴이 몹시 쿵쾅거렸다. 제노돔은 이제 그들을 가두는 죽음의 함정으로 변해 있었다. 아이리스가 탄식했다.

"너희는 어떻게 되든 그렇다 쳐! 하지만 나는……! 재수 없는 파톨로구스들!"

"이제 어떻게 할까요?" 에이든은 냉정을 되찾으려고 노력했다.

위더스 부인은 거대한 타워들을 바라보았다.

"준비를 해야지."

"무슨 준비요?"

부인이 펜던트를 움켜쥐었다.

"공격에 맞설 준비."

13

그들 앞에 거대한 물의 벽이 솟아올랐다. 20층짜리 빌딩과 맞먹을 법한 높이였다. 돛단배가 위태위태하게 기울어졌다. 무시무시한 굉음 속에서 파도가 꼭대기부터 말리기 시작했다.

"뭐라도 좀 해봐! 죽기 직전이라고!" 로렌스가 외쳤다.

오스카는 웜이 마지막으로 남긴 말에 온 정신을 쏟았다. '문자'와 '키'를 쓰라는 말. 키는 점점 더 기울어지는 바닥에 넘어지지 않으려고 필사적으로 붙잡고 있었고 문자는 그의 목에 걸려 있었다. 오스카는 겨우겨우 조종석에 기대어 섰지만 선실 안까지 몰아치는 물보라에 눈조차 제대로 뜰 수 없었다. 겨우 눈을 떠보니 손가락이 무슨 홈 같은 것에 닿아 있었다. 흠뻑 젖은 나무 키에 M자가 새겨져 있었던 것이다. 오스카는 얼른 펜던트를 그 자리에 가져다 대려고 애썼다. 물이 선실 안으로 확 솟구쳐 들어오는 바람에 오스카의 손이 풀렸다. 펜던트가 포말 속으로 사라졌다. 발랑틴이 물속으로 냅다 뛰어들었다.

"발!" 오스카와 로렌스가 부르짖었다.

붉은 머리채가 잠시 수면에 떠 있나 싶더니 그마저도 가라앉아버렸다. 로렌스와 오스카도 주저 없이 물속으로 고개를 처박았다. 먼저 물 밖으로 나온 로렌스가 있는 힘을 다해 발랑틴의 고개를 물 밖으로 처들었다. 오스카도 로렌스를 거들면서 물이 좀 빠지는 순간에 겨우겨우 열려 있던 선실 문을 닫았다. 발랑틴은 기침과 딸꾹질을 하면서 손을 번쩍 들었다. 체인 끝에서 펜던트가 빛나고 있었다. 갑자기 세 친구는 중력을 이기지 못하고 물바다가 된 마루판에 미끄러졌다. 배가 거의 수직에 가깝게 기울어져 있었던 것이다. 오스카는 온 힘을 모아 선실 벽의 금속 바를 움켜잡았다. 바를 타고 오르다시피 이동하느라 근육이 파열될 지경이었지만 겨우 키가 있는 곳까지 접근할 수 있었다. 오스카는 죽을 힘을 다해 펜던트의 문자를 키에 갖다 댔다.

아무 일도 일어나지 않았다. 절망한 오스카는 친구들을 돌아보았다.

"네 주술서!" 로렌스가 외쳤다.

오스카는 기적적으로 탁자 상판에 끼여 있던 주술서를 집어 들었다. 책을 펼쳐 백지에 손을 얹었다. 그 순간, 선실 문이 부서지면서 다시 바닷물이 왈칵 밀려 들어왔다. 오스카는 물속에 잠기면서도 속으로 질문을 던졌다. 물이 잠시 걷히는 순간을 틈타서 그는 주술서에 나타난 글자를 볼 수 있었다.

"오스카!"

발랑틴이 사색이 되어 창밖을 가리켰다.

돛단배는 이제 파도 꼭대기까지 올라와 있었다. 이제 곧 무시무시한 물의 두루마리 속에 처박힐 찰나였다. 오스카는 키 쪽으로 돌아서서 젖먹던 힘까지 끌어내 외쳤다.

울부짖으며 나를 삼켜보라,
떨어지며 나를 토해내보라!

그 순간, 힘없는 돛단배는 박살이 났고 금빛 섬광 속에서 산산조각
난 파편들 위로 파도가 부서져 내렸다.

오스카가 정신을 차리기까지는 시간이 좀 걸렸다. 조금 전까지의 일
이 뒤죽박죽으로 떠올랐다. 풍랑이 일던 바다. 울부짖는 파도. 주술서
에 나타난 웜의 얼굴과 그가 했던 말. 오스카는 뒤를 돌아보았다. 발랑
틴과 로렌스가 옆에 쓰러져 있었다. 둘 다 녹초가 되어 움직이기도 힘
들었다. 스플랫은 두 사람 사이를 뛰어다니며 빨리 일어나라고 그들의
옷깃을 물고 늘어졌다. 주위에는 지천으로 모래가 깔려 있었다.
그리고 물, 사방이 물로 가득 차 있었다.
오스카가 손을 뻗었다. 그들은 바다 안에 있는, 투명한 막에 싸여 있
었던 것이다. 속이 빈 유리구슬 하나가 바다 밑바닥에 놓여 있고, 그들
은 구슬 속에 들어와 있는 형국이었다.
"어떻게 우리가 여기 들어왔지?" 발랑틴이 물었다.
"우리가 탔던 돛단배는 부서졌어. 난 그것밖에 기억이 안 나." 로렌
스가 대꾸했다.
"메디쿠스들이 무슨 수를 썼나 보군."
"'메디쿠스들'이 아니라 플레처 웜이 무슨 수를 썼겠지. 오스카, 넌 아
직도 그를 믿어도 된다고 생각해? 난 행여……." 로렌스가 따끔하게
말했다.
"난 웜이 왜 우리를 이곳으로 인도했는지가 더 궁금해. 그리고 어떻

게 해야 여기서 빠져나갈 수 있는지도." 오스카가 가방을 뒤지며 대꾸했다.

로렌스는 입을 꾹 닫고 아무 말도 하지 않았다. 발랑틴은 로렌스의 어깨를 툭 치며 위로하고, 오스카가 나갈 방법을 찾는 동안 깊은 바닷속을 관찰했다.

"저거 뭐야?"

"뭐?" 로렌스는 화제가 바뀌자 안도하며 흥미를 보였다.

"우리 주위의 저 광선 같은 거 말이야."

오스카도 물속의 별똥별처럼 휙 지나가는 빛에 흥미를 느끼고는 투명막에 가까이 다가섰다.

"나도 몰라. 너무 빨리 지나가서 뭔지 잘 안 보여. 수중 라이트 같은데." 로렌스가 말했다.

"아냐, 잘 봐. 내가 보기엔 모양이 계속 변하는 것 같아." 발랑틴이 말했다.

오스카는 도구 가방에서 젤리 볼 같은 것을 꺼내어 펜던트에 붙였다.

"팔로마의 최신 발명품 코아굴락스★야. 원래는 유리를 통과할 때 쓰는 도구지."

"안 통하면 어쩌지?" 로렌스가 걱정했다.

"한번 믿어보지 뭐. 오스카, 한번 해봐." 발랑틴이 말했다.

오스카는 온 신경을 집중했다. 강력한 빛살과 함께 투명한 결정체들이 저 멀리 발사되었다. 그러자 반경 수백 미터 내의 물이 젤리처럼 변했다. 휙휙 지나가던 의문의 물체는 젤리를 파고들면서 움직임이 느려

★ Coagulax, 프랑스어에서 '응고제, 응결제'를 의미하는 'coagulant'에서 유래한 단어로, 여기에서는 액체를 응고시킬 때 쓰는 무기 이름으로 쓰였다.

졌다. 그제야 세 친구는 이 붉은 바다에 사는 푸르스름한 생명체의 모양새를 제대로 볼 수 있었다. 이 생물의 등에는 기다란 날개가 접혀 있었다. 탄탄한 다리와 물갈퀴가 달린 발 덕분에 물속에서 그토록 빠르게 움직일 수 있는 듯했다.

"RNA, 뉴클레오폴리스의 빛나는 천사 군단이군. 알퐁스 후작이 지어낸 전설 속의 존재인 줄만 알았는데." 오스카가 놀라워했다.

"알퐁스 후작은 아무것도 지어낼 필요가 없어. 신체 내 우주들은 굳이 뭘 지어내지 않아도 그 자체로 놀랍기만 한걸." 로렌스가 말했다.

발랑틴이 눈살을 찌푸렸다.

"다들 저기 물 속 동굴에서 튀어나오는데……. 왠지 물에 잠겨 있는 섬의 일부에 동굴이 있는 것 같지 않아?"

오스카도 동굴에서 시선을 떼지 않은 채 중얼거렸다.

"RNA는 제네티스의 전령들이지. 그런데 제네티스는 섬이란 말이야. 우리가 제네티스에 거의 접근한 게 분명해."

"이제 웜이 왜 너를 이리로 데려왔는지 알겠군. 제네티스에 가고 싶다면 저 천사들이 이용하는 길을 반대 방향으로 거슬러 올라가기만 하면 되겠네." 로렌스가 말했다.

"무슨 수로 저 동굴에 들어가?" 발랑틴이 물었다.

오스카는 투명한 막 안을 살펴보았다. 아무것도 없었다.

"해수면 위로 다시 떠올라야 할 텐데. 어쩌면 천사들의 출발 지점도 육지에 있을지 몰라. 해안으로 가자. 섬에서부터 답을 찾아야겠어."

"아니, 이걸 어떻게 떠오르게 하는데? 우리가 움직이게 할 수나 있는 거야?" 로렌스가 물었다.

"맞다, 오스카. 작년엔가 네가 터널을 확장했던 거 기억나?" 발랑틴이 말했다.

오스카는 발랑틴에게 미소를 지어 보이고는 펜던트를 투명한 구슬 바닥에 붙였다.

"잘 잡아!"

오스카가 외치자 눈부신 빛이 바다 밑바닥을 내리쳤다.

"또야? 도대체 넌 언제쯤……." 로렌스가 불평을 늘어놓으려 했다.

로렌스는 말을 끝맺지 못했다. 구슬이 크게 흔들리며 셋 다 동시에 뒤로 나자빠졌기 때문이다. 모래 바닥이 확 쪼그라드는가 싶더니 구슬을 위로 밀어냈다. 하지만 구슬은 고작 2미터 솟아오르고 더 이상 나아가지 못했다.

"더 세게! 두 살짜리 꼬마가 숨하는 것도 아니고 이게 뭐야……." 발랑틴이 구시렁댔다.

"오스카, 발랑틴이 왜 저러는지 알지? 지금 널 약 올리는 거야. 그만큼 당해놓고 또 함정에 빠지는 건 아니겠지?" 로렌스가 나섰다.

"오스카, 진짜 실망이야. 펜던트나 깔짝대고 말 거면 근육은 키워서 뭐 하니……." 발랑틴은 한술 더 떴다.

오스카는 발랑틴을 째려보고 씩 웃었다.

"아, 그래, 결국은 또 걸려드는군." 로렌스가 한숨을 쉬며 벽을 타고 미끄러졌다.

"한번 당해보라고." 오스카가 들으라는 듯이 말했다.

그는 펜던트를 다시 바닥에 붙이고 정신을 하나로 모았다. 이번에는 화산 분출이 따로 없었다. 해저 지형이 격렬하게 반응하며 구슬을 당구공처럼 힘차게 밀어낸 것이다. 세 친구는 투명 막에 딱 달라붙었다. 구슬은 물살을 가르고 솟아올라 해수면 밖으로 튀어나왔다가 파도에 부덮혀 통통 튀었다.

오스카, 발랑틴, 로렌스는 해안에서 2백 미터쯤 떨어진 얕은 바다에 두 쪽으로 쫙 갈라져 떠 있는 구슬 안에서 겨우겨우 몸을 일으켰다.

"오케이, 인정하겠어. 오스카 너도 약골은 아니구나. 오늘의 도전은 여기까지, 나도 오늘은 좀 충격을 받아서 말이야." 빨간 머리를 산발한 발랑틴이 말했다.

"충격을 받았으면 이제 제발 정신 좀 차려." 로렌스가 애원했다.

"입씨름할 시간 있으면 고개 숙이고 손으로 노를 저어. 발, 너도 해."

"넌 왜 안 하는데?"

"나는 모터가 될 테니까 너희는 노만 저으면 돼."

그렇게 말하고 오스카는 재킷과 티셔츠를 벗었다. 그는 물속에 들어가 고개를 처박고 두리번거렸다. 그다음에 반쪽 난 구슬의 가장자리를 잡고 힘차게 발장구를 치기 시작했다. 등에 V자 모양의 근육이 잡혔다. 발랑틴은 오스카의 등 근육을 감상하면서 '쟤네 학교 여학생들이 이 꼴을 봤으면 좋다고 앞다투어 물에 뛰어들 텐데'라고 생각했다. 로렌스가 발랑틴에게 핀잔을 주었다.

"손은 좀 움직이면서 보시지?" 로렌스가 의뭉스럽게 미소를 지었다.

"몸매 잘 빠진 친구는 뒀다 뭐 하니? 눈요기라도 해야지."

그때 먼바다에서 모터 소리가 들렸다. 로렌스가 걱정스럽게 수평선을 살폈다.

"배들이 우리 쪽으로 오고 있어!"

"메디쿠스들의 순찰이야. 뭐, 생각보다 더 골치 아픈 일이 일찍 터질 것 같군. 만약 저 중에 브레이브 씨도 계시다면 우리 셋 다 혼쭐이 나겠지." 발랑틴이 툴툴거렸다.

14

"간략히 말해 메디쿠스 50명이 이 돔에 갇혀 있고 기사단은 물론, 외부의 그 누구와도 교신이 불가능한 상황에서, 어디서 왔는지 모를 보이지 않는 적에게 포위당해 있다 이거죠. 음……, 언제라고 말할 수는 없지만 우리는 이보다 더한 일도 겪어봤다고 확실히 말할 수 있죠."

웃지도 않고 농담을 하는 재주가 있는 신중한 모린 주베르는 단 몇 마디로 갈등 상황이나 최고 위원회의 딱딱한 분위기를 부드럽게 풀어주곤 했다. 그러나 오늘 이 어둡고 조용한 공간에서는 그녀의 재치가 먹혀들지 않았다. 모두들 하얀 탁자에 둘러앉아 하나뿐인 광원에 주의를 집중했다. 빛나는 것이라고는 탁자 중앙에 홀연히 떠 있는 뉴클레오폴리스의 3D 디지털 영상뿐이었다.

위더스 부인이 탁자 반대편에 앉아 있는 유카리아를 찾아 두리번거렸다.

"손상을 입은 구역과 제노돔의 안보 체계에 대해서 좀 더 알려주시겠어요?"

유카리아가 손을 뻗어 3D 영상을 회전시켰다.

"우리는 뉴클레오폴리스 북쪽에 있습니다. 여기가 부인께서 말씀하신 '손상을 입은 구역'이죠. 네 개의 문은 레티 쿨룸 숲으로 가기 위해 거쳐야 하는 지점들이고요. RNA 전령들이 다른 우주에 갔다가 돌아올 때 이용하는 순환 지하로가 있습니다. 그다음에는 트랜스퍼 라인들이 있는데 이건 메디쿠스 여러분만이 사용할 수 있죠."

"안보 체계에 대해서 말씀드리겠습니다." 리암이 나섰다. "사이토카인★ 공군 기지가 네 곳, 지하군 병영이 두 곳 있습니다. 이곳 플라즘 벙커에 사령부가 하나 있고 남쪽에도 가장 큰 사이토카인 기지 근처에 사령부가 있습니다."

"해상 쪽은요?" 모린이 물었다.

"항구가 두 곳 있지만 항구를 이용하려면 돔에서 나가 숲을 가로지르든가 날아서 넘어가든가 해야 합니다." 위더스 부인이 뭔가를 묻는 듯한 눈빛을 보내자 리암은 이 말을 덧붙였다. "고려해볼 수 있지만 위험이 큽니다. 특히 지금은 더욱더 그렇죠."

"방어, 방어……. 왜 적들을 방어하는 선에서만 그쳐야 하죠?" 앨리스테어가 조바심을 냈다.

"적이 사용하는 무기들에 대해서 전혀 모르니까요. 우린 아직 파톨로구스의 그림자조차 보지 못했어요. 이 상황에서 무슨 공격을 한다는 건가요?" 위더스 부인이 쏘아붙였다.

"우리가 스카스데일을 급습할 수도 있습니다. 어쩌면 그게 놈을 제

★ cytokine, 신체의 방어 체계를 제어하고 자극하는 신호 물질로 사용되는 단백질이다.

압할 유일한 방법일걸요. 그냥 싸우면서 나가면 어떻습니까? 우리는 지원군이 필요해요. 한시라도 빨리!"

유카리아가 앨리스테어와 위더스 부인 사이에 나섰다.

"이 타워들에는 인체에게 없어서는 안 되는 것, 다른 데서는 절대 볼 수 없는 것이 보관되어 있어요. 인체의 다른 곳에서 만들어지는 모든 것이 다 여기에 기원을 두고 그 양식을 따르지요. 젠들을 무방비로 내버려둔 채 섣불리 공격을 감행할 수는 없습니다, 맥쿨리 씨. 젠이 파괴되면 끝장이에요. 젠을 보호하는 것이 최우선입니다."

"앨리스테어, 스카스데일은 말미를 엿새 주겠다고 했어요. 엿새면 노블이 연구를 마무리하기에는 충분해요. 노블이 성공한다면 우리는 유전자 공격에 맞서 싸울 수 있어요. 어둠의 왕자의 협박은 실현되지 못할 거예요." 위더스 부인이 거들었다.

"노블이 실패한다면요?" 에이든이 말했다.

샐리는 한숨을 쉬었다.

"너는 한 번이라도 좀 상황을 긍정적으로 볼 수 없니? 인생에는 어떻게 해서든 목표를 이루고야 마는 사람들이 있어. 비록 너는 그런 사람이 아니라고 해도 말이야."

에이든의 눈앞을 스치고 가는 장면들이 있었다. 여러 차례 반복된 수술, 그가 여기까지 오기 위해 겪어야 했던 숱한 시련들. 두 발로 서는 것부터, 걸음마부터 다시 배워야 했던 나날들. 그의 뼈에 박힌 금속 핀들이 매일 그 사실을 아프게 환기시켰다.

"네가 내 인생에 대해서 뭘 안다는 거야. 입 다물어." 에이든이 중얼거렸다.

"나도 샐리처럼 기드온 노블이 성공할 거라고 믿고 싶구나. 어쨌거나 그가 엿새 동안 꿋꿋이 버틸 수 있도록 도와야 한다면 그렇게 해야지." 위더스 부인이 말했다.

"그런데 왜 엿새를 주겠다고 했을까요? 스카스데일은 전 세계 정상들을 당장 자기 발밑에 둘 수도 있었을 거예요. 그런데 왜 그렇게 하지 않았을까요?" 앨리스테어가 궁금증을 표했다.

"그는 15년을 참았어요. 고작 엿새 더 기다린다고 무슨 차이가 있겠어요. 단, 스카스데일 본인에게 그 엿새가 필요했던 게 아니라면 말이에요. 이유가 뭘까요? 무슨 일을 꾸미는 거죠?"

타워의 유지 관리를 책임지는 텔로미어 드미가 희미한 빛 속으로 나왔다.

"이제 곧 또 다른 긴급 사태가 터질 겁니다. 엿새는 못 버텨요."

"무슨 소리예요?"

"물자요. 물자가 다 떨어질 거예요."

"물자라니요? 무엇에 쓰이는 물자인데요?" 샐리가 물었다.

"'무엇'이라기보다는 '누구'에게 쓰이는 물자인지를 알아야겠죠. 타워에서 폴리메라아제들이 디지털 매트릭스를 만들려면 네 가지 기본 물자가 필요해요. 미토가 이끄는 사냥꾼들이 레티 쿨룸 숲에서 물자들을 구해서 공급해주죠. 그 재료가 없으면 디지털 매트릭스를 만들 수 없어요. 우주들은 더 이상 아무것도 생성하지 못할 테고요. 요컨대, 아주 확실히 죽게 된다는 뜻이에요." 유카리아가 설명했다.

미토가 드미를 안심시켰다.

"고작 파톨로구스 몇 명이 우리가 재료를 채취하는 걸 막을 순 없을 겁니다. 나와 리보솜들은 무슨 일이 있어도 반드시 레티 쿨룸 숲으로 갈 거예요."

"우리가 동행하겠습니다. 여러분이 돔을 빠져나갈 수 있다면 우리도 그럴 수 있겠죠. 우리가 나가서 지원군을 요청해야 해요." 앨리스테어가 말했다.

"저들이 한 번의 공격으로 만족할 것 같아요? 공격은 재개될 겁니다. 타워를 방어하는 것이 급선무예요, 앨리스테어." 위더스 부인이 다시 한 번 강조했다.

"그러니까 더욱더 탈출을 시도하고 윈스턴에게 빨리 알려야 하잖습니까! 여기 남아서 작전을 짜세요. 모린과 제가 다녀오겠습니다."

위더스 부인은 결국 항복했다.

"쓸데없이 위험을 무릅쓰지 않겠다고 나에게 약속하세요."

앨리스테어는 확신 없이 고개를 끄덕였다.

"당신은 최고 위원회의 일원이에요. 당신의 재주와 능력이 그 어느 때보다 절박하게 요구되고 있어요. 반드시 살아야 해요, 알았어요?"

위더스 부인은 잠시 사이를 두었다가 이렇게 덧붙였다.

"무엇보다도, 당신에게 무슨 일이 생긴다면 나 개인적으로도 견딜 수 없을 거예요. 당신은 내 친구니까요."

"신중하게 처신하겠습니다. 약속해요." 앨리스테어가 말했다.

에이든, 아이리스, 샐리, 모스가 앨리스테어에게 다가갔다. 위더스 부인이 그들 앞을 가로막았다.

"너희는 안 돼! 너희는 나와 함께 있어야 한다."

"어쩌면 이 아이들을 이곳에서 내보낼 기회가 될지도 몰라요, 베레니스." 모린이 말했다.

앨리스테어가 위더스 부인을 한쪽으로 끌고 가서 단둘이 이야기를 나누었다.

"부인도 앞으로 일어날 일을 저만큼 잘 알고 계시지요. 저 아이들은 아직 너무 어려요. 전투에 나서기에는 무기도 제대로 갖추고 있지 않죠. 모린이 하는 말에 일리가 있어요. 이 빌어먹을 돔에서 저 아이들을 탈출시켜야 하지 않겠습니까?"

"그렇다면 저 아이들이 싸움에 나설 일이 없도록 잘 지켜주세요. 알았나요?"

위더스 부인의 요구는 거의 명령이나 다름없었다. 앨리스테어는 고개를 끄덕이고 에이든, 샐리, 아이리스, 모스에게 말했다.

"너희는 내 손짓, 눈짓 하나하나까지 어김없이 따라야 한다."

"여기서 나가자마자 제가 그랜드 마스터에게 상황을 알리러 가겠어요." 모스가 평소와 달리 다급하게 말했다.

샐리와 에이든은 경멸하듯 고개를 저었다.

"누구를 보낼 것인가는 내가 결정한다." 앨리스테어가 냉정하게 딱 잘라 말했다.

"저 좋자고 하는 게 아니라……. 그럼 알아서 하시든지요." 모스가 화가 나서 중얼거렸다.

그는 두 친구를 죽일 듯이 노려보았다. 이 맥쿨리라는 작자와 머저리들을 위해서 왜 굳이 애를 쓴단 말인가? 아니, 기사단을 위해서라고 해도 그렇다. 아무도 그를 배려해주지 않았고, 무엇 하나 그냥 넘어가주는 법이 없었다. 이제 그도 남들을 치고 앞으로 나갈 기회를 놓치지 않고 확실한 선택을 하겠노라 마음먹었다.

"우리도 밖으로 나갈 수 있다면 돔의 출입구와 바깥에서 비행 순찰을 할 겁니다." 리암이 덧붙였다.

한 천사의 날갯짓에 모두의 시선이 쏠렸다.

"우리 천사들이 마티에르 문까지 데려다드리겠습니다." 솔랄이 제안했다.

"아니, 그건 안 돼요. 기드온이 지금 얼마나 정신적으로나 육체적으로나 에너지를 쏟고 있는지 잘 알잖아요. 세레브라와 근육 사슬에서 풍부한 단백질 디지털 매트릭스를 필요로 하는 시기예요. 당신은 그 일만으로도 벅차요."

"교체 주기를 앞당기겠습니다. 어쨌거나 기본 물자 공급을 지원하지 않으면 다른 우주에 공급할 매트릭스도 나올 수 없습니다."

리암은 이미 부하들을 소집하러 나가고 없었다. 솔랄은 고개를 숙이고 생각을 정리했다. 천사들은 벙커 앞에 대기 중이었다. 그중 한 천사가 다가와 앨리스테어를 자신의 등에 업었다. 바로 그때 유카리아가 솔랄에게 말했다.

"메디쿠스들을 전선으로 보내세요. 그러기 위해서 여기 온 거니까요. 우리는 절대로 죽을 수 없어요."

솔랄은 대답하지 않았다. 유카리아가 그를 닦달했다.

"내 말 알아들었어요?"

"예." 솔랄은 들릴 듯 말 듯 대꾸했다.

"내 명령에 따르세요."

유카리아는 솔랄의 대답을 믿지 않는다는 듯이 재차 그렇게 말했다.

그는 두건을 잡고 이마 위로 끌어내렸다. 그러고는 다른 손으로 문구실을 하는 막을 치우고 밖으로 나섰다.

스카스데일이 장신의 몸을 일으켰다. 저 멀리 붉은 P가 찍힌 검정색 천막들이 질서 정연하게 줄 지어 있는 광경을 볼 수 있었다. 오늘 기드온 노블의 신체에 들어온 파톨로구스들이 몇 명이나 되려나? 천 명? 그 이상? 파톨로구스의 수장으로서 흡족한 일이기도 했지만, 이건 일종의 시험이기도 했다. 그의 권위를 인정하고 명령에 따르며, 그의 부름에 재깍 부응하는 자들을 가려내는 시험. 스카스데일이 미소를 지었다. 모두가 부응했다. 날이 다르게, 아니 시시각각으로 그의 편은 수가 불어났다. 그의 능력과 결단력이 점차 커져만 가듯이.

스카스데일은 발걸음을 옮겼다. 곡괭이질 한 번에, 나무 사이에 천막 하나를 세우자마자 무성한 삼림이 꽁무니를 뺐다. 그는 울창한 수풀이 우거진 고원을 썰렁하고 황량한 광야로 변모시켰다. 그곳의 기온은 뚝 떨어져 있었다. 자욱한 안개가 질퍽한 검은 흙 위를 감돌았고 그 땅에선 이제 아무것도 자랄 수 없을 것 같았다. 레티 쿨룸 숲은 그 군사 기지가 끝나는 곳에서 시작되었다.

스카스데일은 숲을 싫어했다. 어려서부터 수풀도, 초록색도 딱 질색이었다. 숲은 그 빌어먹을 집구석과 죽음의 정원을 떠올리게 했다. 그는 인상을 쓰며 두 손으로 얼굴을 감쌌다. 왼쪽 관자놀이가 찌르듯 아팠다. 이 아픔 또한 스무 살 때부터 끈질기게 그를 따라다녔다. 영화처럼 이런저런 잔상이 스치고 지나갔다. 한 남자가 손을 쳐들고 있다. 내리친다. 살갗에 닿은 금속의 촉감, 눈부신 빛, 그리고 시뻘겋게 달군 쇠로 낙인을 찍듯 살이 타들어가는 느낌. 그 후, 사라지지 않는 흔적이 그가 당해야 했던 모욕을 상기시키곤 했다. 수많은 세월이 흘렀지만 별수 없었다. 흔적을 지우기 위해 새 피부를 얻고 성형 수술을 감행했어도 소용없었다. 마치 과거가 그의 얼굴에 문신으로 남은 것처럼, 잊을 만하면 뼈저린 아픔이 되살아나곤 했다. 스카스데일은 관자놀이를 문지르다가 결국 아픔이 가실 때까지 피가 나도록 긁었다.

"뭐야?" 그가 불쑥 외쳤다.

스톰프가 고개를 조아렸다. 그는 주인이 어떤 아픔에 시달리는지, 그럴 때 어떻게 처신해야 하는지 아주 잘 알고 있었다. 어둠의 왕자가 괴로워할 때에는 가만히 있는 게 상책이었다. 어쩌다 일이 꼬였을 때에도 분노가 가실 때까지 기다리는 편이 좋았다. 그래서 스톰프는 기다렸다. 어둠의 왕자는 머리를 짓누르는 압력이 가신 듯 숨을 내쉬었다. 스톰프는 이 한숨을 이제 나서도 된다는 신호로 해석했다.

"그들이 왔습니다. 모두 미끼를 물었습니다."

"모두?"

"웜만 빼고요."

"브레이브는?"

스톰프가 주저했다.

"브레이브도 아직은 걸려들지 않았습니다."

"상관없다. 다른 메디쿠스들이 없으면 브레이브도 별것 아니야. 거의 그렇다고 할 수 있지."

스카스데일이 자신의 하수인에게로 돌아섰다.

"그놈들이 빠져나갈 수 없도록 해야 한다."

그 말에 동의한다는 듯 스톰프가 힘차게 고개를 끄덕였다.

"그들이 모두 죽어버리는 꼴을 보고 싶다. 한 명도 빠짐없이. 바로 그 신체 내에서. 그래야 아무것도 남지 않으니까."

스카스데일이 비로소 주먹 쥔 손을 풀었다. 그는 장갑이 거의 찢어질 정도로 주먹을 세게 쥐고 있었다.

그들 뒤에서 한 여자의 목소리가 들렸다.

"놈들은 함정에 걸려들었어요. 절대 빠져나오지 못할걸요."

라비니아의 팔이 두 마리 뱀처럼 스카스데일의 몸을 휘감았다.

"모든 준비는 끝났어요. 당신은 걱정하지 마요."

스카스데일이 라비니아를 바짝 끌어당겼다. 라비니아는 두건에 가려진 그의 얼굴이 미소를 띠고 있을 거라 생각했다.

하지만 그는 소름 끼치도록 냉랭하게 내뱉었다.

"만약 일이 계획대로 풀리지 않으면 넌 좀 걱정을 해야 할 텐데. 너뿐만 아니라 모두가."

라비니아는 긴장하며 얼른 몸을 떼고 물러났다. 스카스데일은 라비니아를 무시하고 스톰프에게 물었다.

"K 단계는 어떻게 진행되고 있나?"

"기한에 맞춰봐야죠."

"네가 엿새를 달라고 해서 엿새를 줬다! 그 이상은 못 기다려!" 스카스데일이 성질을 냈다.

"한시도 늦지 않도록 철저히 준비하겠습니다." 스톰프가 말을 정정했다.

그제야 스카스데일은 느긋하게 안개 속으로 걸어갔다. 그는 조상 대대로 내려온 원수라도 노려보듯 돔을 노려보았다. 다른 건 아무것도 보이지 않았다.

"드디어 정면 승부다. 이제 나에게 달렸군." 스카스데일은 이를 악물었다.

라비니아와 스톰프는 그의 음성에 겁을 먹고 물러났다. 스카스데일은 증오에 취해 그들은 안중에도 없었다.

"매 순간, 우리는 점점 더 가까워지고 있지. 이제 당신에게 갚아주겠어. 내가 누구인지 모른 채 흘려보내야 했던 그 세월을, 그 모욕을."

15.

오스카는 다시 구슬 안으로 올라와 옷을 입었다. 오스카의 눈에 저쪽에서 그들을 향해 다가오는 세 대의 소함정이 보였다. 딱 보기에도 그 배들은 성능 좋은 모터보트였고, 여러 명이 타고 있는 듯했다.

"브레이브 씨가 바보냐? 난 금세 덜미를 잡힐 거라 생각했어……." 로렌스가 새삼스럽게 툴툴댔다.

오스카는 정신을 하나로 모았다. 케이프를 두른 사람도, 아는 얼굴도 없었다. 보이는 건 가장자리에 붉은 선이 들어간 검정색 깃발뿐이었다. 그리고 무기들도 보였다.

"뛰어내려! 해안까지 헤엄쳐야 해!" 오스카가 외쳤다.

그는 스플랫을 재킷 주머니에 쑤셔 넣고 로렌스의 팔을 잡았다. 로렌스는 움찔하며 뒷걸음질을 쳤다.

"설마……."

사색이 된 로렌스가 고개를 저으며 주저앉았다.

"난 아직……. 아니, 이러면서 배우는 게 있겠지."

그렇게 말하고 로렌스는 용감하게 물에 뛰어들 태세를 취했다.

"나한테 매달려." 오스카가 말했다.

"아니, 그냥 가. 난 내가 알아서 할게."

"서둘러!" 발랑틴이 외쳤다.

세 친구는 물속에 뛰어들었다. 오스카는 걱정스러운 눈으로 로렌스가 물 밖으로 나오기를 기다렸다. 드디어 로렌스가 입을 헤벌리고 허우적대며 나타났다.

"돼…… 됐어……. 나 물에 뜬다……."

로렌스는 무서움을 극복하려고 애썼다. 오스카는 팔을 휘저으며 친구에게 조언했다.

"나처럼 위를 보고 드러누워."

첫 번째 모터보트가 그들의 오른쪽으로 지나갔다. 나머지 두 대는 몇십 미터 거리를 두고 그들을 사이에 두고 양쪽으로 나아갔다. 오스카는 스플랫을 머리에 얹고 앞만 보며 나아갔다. 해안에 닿으려면 아직 멀었다. 적어도 로렌스에게는 멀어도 너무 멀었다.

세 친구에게 갑자기 그림자가 드리웠다. 오스카는 즉시 무슨 일이 벌어졌는지 깨달았다. 두 척의 모터보트 사이에 그물이 놓여 있었다. 순간적으로 그물코가 살을 파고들며 그의 몸뚱이를 물 밖으로 건져냈다. 그물이 돌돌 말리면서 오스카를 꼼짝 못하게 옭아맸다. 펜던트를 꺼내고 싶었지만 움직임이 자유롭지 않았다. 두 척의 모터보트는 제자리에 멈춰 있었다. 아까 선두에 있던 모터보트가 다가왔다. 오스카는 뱃고물의 검정색 바탕에 붉은색으로 새겨진 P자를 똑똑히 알아보았다. 역광때문에 배 위에 선 사람들의 실루엣만 보였다.

오스카는 마지막 힘까지 끌어내어 몸을 틀었다. 그물에 걸려 수면으로 끌려온 사람은 그 혼자였다. 로렌스와 발랑틴은 흔적조차 보이지 않았다.

"발랑틴! 로렌스! 안 돼!"

오스카는 절망적인 눈으로 해안을 바라보았다. 하지만 그곳에도 그들은 없었다.

"너는 누구냐?"

저음의 여자 목소리였다.

오스카는 분노가 치밀어 올랐다. 그는 눈살을 찡그리며 그 날렵한 몸매의 소유자를 제대로 보려고 애썼다. 상대는 전사다운 자세로 한쪽 발은 배 가장자리에 올려놓고 다른 발은 갑판을 디딘 채 그에게 총을 겨누고 있었다. 웬 남자의 웃음소리가 들렸다. 짧지만 잔인함이 묻어나는 웃음소리였다.

"메디쿠스로군. 게다가 그렇고 그런 메디쿠스가 아니야. 내가 아주 오래전부터 기다려왔던 바로 그 녀석이군."

오스카는 그 남자의 실루엣을 눈여겨보았다. 그는 생머리를 어깨까지 늘어뜨렸고 몸놀림이 고양이처럼 나긋나긋하면서도 민첩했다.

"나는 혼자가 아니다. 내 친구들을 구해줘! 물에 빠져 죽을지도 몰라……." 오스카는 솔직하게 말했다.

"그 녀석들은 아까 내가 마지막으로 봤지. 그놈들 위로 내 배가 지나간 이후로는 보이지 않던데?" 다른 배의 조종사가 약을 올리듯 말했다.

"나쁜 자식! 내가 그냥 넘어갈 줄 알아? 이 자식아, 내 말 들려? 내가 반드시 갚아주겠다!" 오스카가 고래고래 소리를 질렀다.

미친 듯이 몸부림을 쳤지만 오스카는 결국 제풀에 지치고 말았다. 온

몸에 멍이 들고 그물코에 걸려 군데군데 찢어진 살갗은 피투성이가 되었다.

"다른 두 놈은 상관없어. 가장 큰 고기를 잡았으니까."

고양이 같은 몸짓의 그자가 마침내 환한 곳으로 나왔다. 그는 흡족해하며 이렇게 말했다.

"오스카 필을 낚다니, 이런 월척이 또 있겠어?"

그제야 오스카는 그 남자를 알아보았다. 아무것도 할 수 없어서 더욱 분한 마음을 쏟아내고 싶었지만 그의 입에선 아무 소리도 나오지 않았다. 소총 머리가 그를 내리친 것이다. 뒷머리에 깨질 것 같은 충격이 왔고 머리통이 무섭게 지끈거렸다. 이내 눈앞이 컴컴해졌다.

16

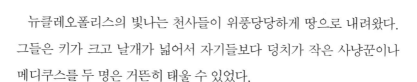

뉴클레오폴리스의 빛나는 천사들이 위풍당당하게 땅으로 내려왔다. 그들은 키가 크고 날개가 넓어서 자기들보다 덩치가 작은 사냥꾼이나 메디쿠스를 두 명은 거뜬히 태울 수 있었다.

에이든이 가브리엘의 등에서 내려왔다. 조금 전 착륙하면서 척추에 충격이 왔다. 에이든은 이를 악물고 고개를 숙인 채 격렬한 통증이 조금 가시기를 기다렸다.

"너 뭐 하냐? 명상이라도 해?"

에이든은 꾹 참고 몸을 일으켰다. 아이리스가 장터에 나온 동물 구경하듯 그를 빤히 보고 있었다.

"너 참 이상한 애야." 아이리스가 딱 잘라 말했다.

"그래, 나 이상하다. 그러니까 저기 정상인들에게나 가봐."

아이리스는 인상을 쓰고 에이든을 잠시 바라보다가 홱 뒤돌아 가버렸다. 에이든이 아이리스를 따라가려는데 누군가와 어깨를 스쳤다. 고개를 돌려보니 가브리엘이 그를 강렬한 눈빛으로 주시하고 있는 게 아닌가. 왠지 불편해진 에이든은 시선을 피했다.

"난 허약했어. 날개는 자라지도 않았고 항상 혼자였어." 가브리엘이 느릿느릿 말문을 열었다.

에이든이 멈칫했다.

"2년 전만 해도 그랬어. 평생을 그렇게 살 줄 알았지. 변화 따윈 없을 거라 생각했어. 이리 돌아서봐."

에이든은 한숨을 쉬며 가브리엘이 시키는 대로 했다. 가브리엘은 날개를 펼쳤다. 이 모습에 압도당한 에이든은 저도 모르게 한 발짝 물러섰다.

"지금의 내 모습을 봐. 처음엔 나도 어떻게 된 일인지 몰랐어. 내가 누구보다 빨리, 누구보다 멀리 날 수 있다는 것을 깨닫기까지 참 오랜 시간이 걸렸지. 솔랄조차도 나만큼 빠르진 못해."

"참 멋진 이야기구나. 그런데 난 기다리는 사람들이 있어서 말이야."

"너는 용감해. 시험을 치르는 동안 날 아주 멋지게 다루었지. 나는 네 안의 아주 특별한 에너지를 느꼈어. 다른 사람에겐 없는 자질을 느꼈다고. 너의 자질은 활짝 피어나고 싶어 해. 아니, 어쩌면 이미 피어나 있는데 너만 의식하지 못하고 있는지도 모르지."

최면에라도 걸린 듯 에이든은 자기도 모르게 가브리엘의 말에 귀를 기울이고 있었다. 이제까지 그에게 이런 말을 해준 사람은 아무도 없었다. 그런데 어떻게 이 말을 믿는단 말인가? 그럼에도 가브리엘의 말은 쓰린 상처에 바른 고약처럼 이미 효력을 발휘하고 있었다.

"그렇지만 부정적인 에너지도 느꼈어." 가브리엘이 아쉽다는 듯이 말했다.

"부정적이라니? 난 너에게 아무 반감도 없는데?"

"네가 너 자신을 바라보는 시선을 두고 하는 말이야. 너 역시 나처럼 이미 변했어. 하지만 너 자신이 자각하지 못하면 아무도 너의 진정한 모습을 알아보지 못할 거야."

이 말을 남기고 대천사는 가버렸다. 에이든은 한참 말이 없었다. 엄청난 무게, 감당하기 어려운 진실의 무게가 그를 짓누르고 있었다. 에이든은 심란한 마음을 일단 접고 다른 메디쿠스들에게 걸어갔다.

그들 모두는 유리벽 앞에 모여 있었다. 미토가 수직선을 향해 걸어갔다. 그 선 위에는 G자가 놓여 있었다. 미토가 그 문자에 자기 무기를 갖다 대자 벽면에 빛나는 금이 보였다. 그 금이 점점 두터워지더니 어느새 차츰 사각형으로 불어났다. 움직이는 식물과 동물 문양으로 장식된 거대한 문이 나타났다. 문양은 레티 쿨룸 숲의 원숭이들이 나뭇가지와 각종 열대 덩굴 사이에서 뛰어노는 광경을 실감나게 보여주고 있었다. 유리는 사방으로 쩍쩍 갈라져 하얀 먼지가 되어 산산이 부서져 내렸다. 이제는 문만 남아 눈부시게 빛을 발하고 있었다. 문 너머로 보이는 붉은 안개가 불안하기 짝이 없었다.

"저 안개가 메디쿠스들을 돔에 가두기 위한 수작이라면, 우리들은 지나가더라도 아무 문제가 없겠지요. 내가 한번 가보겠습니다." 미토가 말했다.

그는 손을 들어 자신을 따르려는 리보솜들을 저지했다. 그래도 그중에서 미토보다 몸집이 큰 한 명은 고집을 부렸다.

"저희도 함께 가겠습니다."

"안 된다. 무슨 일이 생기면 너희는 다른 시도를 해야 해. 그럴 경우에는 네가 내 역할을 대신해다오, 아모리."

아모리라는 사내는 뒤로 물러나며 고개를 끄덕였다. 가브리엘이 등을 내밀었다.

"타세요, 제가 데려다드리죠."

"나뿐만 아니라 자네까지 위험할 텐데."

"우린 달라요. 저는 물속에서도 숨을 쉴 수 있고 하늘을 날 수도 있죠. 어쩌면 저 연막이 아저씨에겐 효력을 발휘하고 저에겐 아무 영향도 끼치지 못할지도 모르죠."

미토는 가브리엘의 등에 올랐다. 가브리엘은 힘차게 날갯짓을 하며 올라가 하늘에서 한 바퀴를 돌았다. 에이든은 불안한 눈으로 가브리엘을 주시했다. 가브리엘과 미토는 충분히 높이 올라간 후에 고도를 낮추면서 문을 통과했다. 잠시 후, 그들은 파톨로구스의 진홍빛 연막에 싸여 보이지 않게 되었다.

몇백 년처럼 느껴지는 몇 초가 흘렀다. 미토의 목소리가 문 저편에서 울려 퍼졌다.

"넘어와도 괜찮습니다!"

사냥꾼들은 안도하며 문을 지나 붉은 안개 속으로 들어갔다. 어느새 메디쿠스들만 돔 안쪽에 남게 되었다. 앨리스테어는 자신을 이곳까지 데려다준 천사 나타나엘에게 말했다.

"나도 이 문 밖으로 데려다주겠습니까? 당신과 함께라면 괜찮겠지요. 어쨌든 저도 시도를 해봐야 하니까요."

나타나엘은 대답 대신 등을 내밀었다. 앨리스테어는 고맙다는 표시를 하고 그의 등에 올랐다. 그러고는 모린을 보고 이렇게 말했다.

"제가 저쪽에 가거든 윈스턴 브레이브에게 상황을 알리고 지원군을 데려오겠습니다. 그때까지 조심하세요."

"좋아요, 하지만 우리 모두 목숨을 소중히 합시다. 난 아직도 여기 사는 원숭이들이 무서우니까 빨리 돌아와요. 행운을 빌게요!"

앨리스테어는 천사에게 고개를 숙이고 외쳤다.

"갑시다!"

천사는 앨리스테어를 태우고 날아올랐다. 그들은 붉게 물든 뉴클레오폴리스의 하늘을 돌며 충분한 고도를 취했다가 힘차게 문을 향해 내려왔다. 천사의 상체는 연막을 뚫고 들어갔지만 앨리스테어의 머리가 연막에 부딪히자 무시무시한 충격이 일어났다. 마치 돌멩이가 벽에 날아갔다가 튕겨 나오는 것 같았다. 나타나엘만 연막 속으로 쏙 들어가고 붉은 광채가 번쩍 일어나면서, 앨리스테어는 떨어지고 말았다. 그대로 두면 바닥에 추락할 판국이었다.

모린이 재빨리 케이프를 벗어서 홱 던지며 뭐라고 주문을 외웠다. 케이프가 에메랄드 빛을 발산하며 쫙 퍼지고 매트리스처럼 부풀어 올랐다. 앨리스테어는 그 매트리스에 한 번 튕겼다가 땅으로 떨어졌다. 모두들 걱정하며 앨리스테어를 에워쌌다.

"앨리스테어? 앨리스테어, 대답해요!"

모린이 소리를 지르자 앨리스테어가 신음했다.

"처, 천사는 무사해요?"

"천사는 문을 통과했어요. 저 연막은 오로지 메디쿠스들에게만 작용하나 봐요."

앨리스테어는 모린의 부축을 받으며 일어났다. 안색은 창백했고 온몸 구석구석이 욱신거렸다. 특히 머리가 심하게 아팠다. 앨리스테어가 비틀대는 바람에 모린이 지탱해주지 않으면 안 되었다.

"좀 나아요. 하지만 충격이 장난 아니네요."

"억지로 통과하려는 시도는 포기해야겠어요." 모린이 말했다.

모린의 뒤쪽으로 메디쿠스들과 상당한 거리를 유지한 채 타워 쪽에 대피한 천사들이 보였다.

"저 천사들 중 어느 한 명을 정찰병으로 보낼 수는 없을 것 같아요. 내가 보기엔 저들은 경계만 하기에도 급급해요."

"자기들도 지침을 따라야 하니까요. 이제 저 빌어먹을 연막에 구멍을 내보는 수밖에 없을 것 같은데요."

"어떻게 하려고요?"

아직도 아까의 충격이 가시지 않아 얼얼한 목덜미를 주무르며 앨리스테어는 잠시 생각에 잠겼다.

"라이삭스★를 써볼까?"

"연막에 라이삭스를?" 샐리가 깜짝 놀랐다.

"강력한 돌풍을 일으켜야 해. 뭐든지 날려버릴 수 있는 강풍을. 안개가 걷힌 후에 우리를 덮칠지도 모르는 것까지 포함해서 저 뒤에 있는 걸 싹 쓸어버릴 바람을."

"꼬치꼬치 캐묻거나 따지지 않기로 해요. 가요, 모두 함께."

그렇게 결정을 내리고 아이리스는 샐리를 앨리스테어와 모린 옆에 세웠다.

아이리스와 에이든은 그 대열 끝에 섰다. 그들은 모두 팔로마의 가방에서 라이삭스를 꺼내서 펜던트에 부착하고 팔을 뻗어 한데 모았다. 문자에서 뿜어 나오는 에너지를 받아 라이삭스는 점점 더 환하게 빛나며 부풀어 올랐다.

★ Lysax, '용해'나 '융해'라는 뜻을 가진 프랑스어 'lyse'에서 만들어진 무기 이름이다.

"조심해, 다치지 않게!"

쩍 갈라지는 소리가 나면서 라이삭스가 수직으로 솟아오르는 힘을 견디지 못하고 눈부신 빛과 함께 폭발했다. 마치 원자 폭탄이 폭발하는 것 같았다. 거센 바람이 메디쿠스들과 천사들을 휩쓸고 갔다. 겨우 고개를 들어보니 문 너머의 안개가 사라져 있었다. 앨리스테어와 모린이 조심스레 다가갔다. 문 건너편에는 아무것도 없었다. 사람은 물론 쥐새끼 한 마리 없었다. 저 멀리 끝없이 펼쳐진 레티 쿨룸 숲이 보였다. 안개가 다시 퍼지면서 방금 생긴 공간을 메우기 시작했다.

"위장일까요? 함정?" 모린이 떠보았다.

앨리스테어가 갑자기 모린을 홱 끌어당겼다. 그는 펜던트를 꺼내서 모린의 등 뒤로 휘둘렀다. 에메랄드 빛 방패가 튀어나왔다. 방패는 간발의 차로 공격을 막아냈다. 모린은 뒤를 돌아보고 얼이 빠졌다. 오닉스로 된 P자가 땅에 떨어져 붉은 섬광과 함께 부서졌다.

"난 앨리스테어가 나랑 탱고라도 추려는 줄 알았어요."

"저 문자가 문을 뚫고 당신에게 날아왔어요."

그렇게 말하며 앨리스테어는 돔 바깥쪽에 아까보다 훨씬 더 자욱하게 낀 붉은 안개에서 눈을 떼지 않았다.

"그 말인즉슨, 저들이 문 밖에 있다는 거군요. 이 망할 안개 속에서도 우리를 볼 수 있고요." 모린은 그렇게 추리했다.

다시 날카로운 P자 두 개가 표창처럼 날아왔다. 문자들은 저절로 휘어져 날아오면서 가장 앞에 선 앨리스테어와 모린을 제대로 겨누었다. 두 사람은 옆으로 몸을 날려 겨우 공격을 피했다.

"모두 몸을 피해! 당장!" 앨리스테어가 외쳤다.

천사들은 땅을 박차고 날아올라 문 안으로 날아오는 표창이 닿을 수 없는 높이에서 메디쿠스들을 내려다보았다. 한편, 메디쿠스들은 동시에 같은 주문을 외우며 케이프 아래로 숨었다. 그들의 케이프가 갑자기 딱딱하게 변했다. 파톨로구스의 문자들은 메디쿠스들을 해치지 못한 채 마법의 천에 부딪혀 터져버렸다.

"저렇게 안개가 자욱한데 어떻게 돔 안에 있는 우리 위치를 정확하게 파악하는 거죠?" 모린이 당황해했다.

에이든은 케이프에 부딪혀 일어나는 섬광을 피해 고개를 돌렸다. 돔 쪽을 보니, 파톨로구스의 안개 때문인지 유리벽은 군데군데 불투명한 원래의 색을 잃고 있었다. 그때 에이든은 사악한 붉은 안개에 잠긴 몇 개의 에메랄드 빛 점들을 알아보았다.

"바로 저 안개 때문에 우리 위치가 노출되는 거예요! 저 연막이 탐지 장치예요! 저 점들을 좀 보세요. 우리의 위치가 그대로 드러나고 있다고요!"

앨리스테어가 솔랄을 돌아보았다. 솔랄은 하늘로 날아오르지 않고 앨리스테어의 옆을 지키고 있었다.

"저 문! 문을 빨리 닫아주세요!"

대천사 솔랄은 주저했다.

"하지만 미토와 그의 사냥꾼들이 저쪽에 있습니다. 가브리엘과 나타나엘도요."

시커먼 표창들이 일제히 문 안으로 날아들었다. 어떤 것들은 메디쿠스들의 펜던트 광선에 부딪혀 부서지고 또 어떤 것들은 메디쿠스들에게까지 날아와서 폭발했다. 두 명의 메디쿠스는 가벼운 부상을 입고 문에서 멀리 물러나야만 했다.

"문을 닫지 않으면 우리 모두 죽어요!" 아이리스가 흥분했다.

솔랄은 아이리스를 매정하게 바라보았다.

"선택의 여지가 없습니다. 저 문을 닫아야 해요. 그렇잖으면 병력 손실로 인해 뉴클레오폴리스를 지킬 수 없게 됩니다." 앨리스테어도 거들었다.

모린이 솔랄을 달래보려고 했다.

"미토는 누구보다 레티 쿨룸 숲을 잘 알아요. 가브리엘과 나타나엘은 전령들이기 때문에 돔 밖으로 나가는 데 익숙하고요. 그들은 궁지를 빠져나갈 수 있을 거예요. 꼭 돌아올 수 있을 거라고요. 지금은 앨리스테어의 말을 들어야 한다고 생각해요."

솔랄이 고집을 꺾었다. 그는 하늘로 훌쩍 날아올라 문 꼭대기에 올라서서 날개를 폈다. 그의 몸이 푸르스름하게 빛나더니 그 빛이 문 전체로 퍼졌다. 돌에 새긴 문양들이 사라지고 움직이는 수풀이 쪼그라들며 문 자체가 붕괴되었다. 잠시 후, 돔이 닫히고 메디쿠스들은 다시 갇히고 말았다. 어쩌면 사냥꾼과 천사들은 적들과 싸우고 있을지도 몰랐다.

앨리스테어가 솔랄에게 물었다.

"다른 문이 세 개 더 있다고요?"

솔랄이 고개를 끄덕였다.

"그중 어느 하나로 빠져나갈 궁리를 해야겠습니다. 어쩌면 다른 문 앞에는 안개가 없거나 좀 덜하지 않을까요?"

"그래도 문제는 마찬가지일걸요. 적들은 안개에 덕분에 우리 위치를 파악할 수 있죠. 문이 열리는 순간, 집중 포격을 당하고 말 거예요." 모린이 말했다.

망설이던 에이든이 소극적으로 그들 사이에 끼어들었다.

"저기요……."

그는 더듬더듬 얘기를 하기 시작했다.

"분명히 바보 같은 소리겠지만 그래도……."

"말해봐, 네 생각이 뭔데?" 샐리가 재촉했다.

에이든은 주저하며 뒤로 물러났다. 앨리스테어가 그를 격려했다.

"말해보렴."

"저, 저 안개는 펜던트의 위치만 탐지할 수 있는 게 아닐까 하는 생각이 들어서요. 그렇다면 펜던트를 돔 안에 두고 문을 통과하면 되잖아요. 그 후에 천사 한 명이 우리 펜던트를 가져다주는 거예요."

"내가 천사라면 단연코 거절할걸. 자기 생명을 걸고 그런 위험한 일을 하겠어?" 아이리스가 토를 달았다.

"그럼 넌 어떻게 할 생각인지 말해보지 그러니." 앨리스테어가 아이리스에게 쏘아붙이고 에이든을 바라보았다. "그거 정말 기발한 생각이로구나."

샐리가 툭 치는 바람에 에이든은 균형을 잃었다.

"이제 알았어? 너 자신을 겁내지만 않으면 모든 일이 착착 풀리는 거야."

에이든은 샐리에게 다가가 이를 악물고 한마디 했다.

"나 좀 내버려둬. 알았어?"

샐리는 웃었다.

"센 척하지 마. 너한텐 안 어울려."

에이든은 주먹을 불끈 쥐었다. 샐리가 여자애만 아니었다면 당장 달려들어 치고받고 싸웠을 것이다. 에이든은 확신했다. 지금 이 순간만큼은 폭력을 휘두르는 것밖에 해결책이 없다고. 그는 싸움을 포기하고 저만치 물러났다. 에이든은 늘 폭력에 시달려왔다. 살아오면서 약한 사람을 괴롭히는 성질 더러운 녀석들을 신물 나게 보아온 터였다. 게다가 그런 녀석들 중 한 명이 여기에 있었다.

"가만, 그 녀석 어디 갔어?"

"누구?" 아이리스가 물었다.

에이든이 주위를 샅샅이 살폈다.

"모스 말이야. 모스가 없어졌어."

17

우선, 소리가 들렸다. 새 그리고 아마 원숭이, 그 외에도 여러 동물들의 울음소리가 불협화음을 일으키고 있었다. 벌레들이 앵앵대는 소리도 깔려 있었다.

빛과 그림자의 퍼즐. 가장귀와 잎사귀를 가르고 비치는 햇살. 엄습하는 더위에 금세 숨이 막힐 것만 같았다.

그다음에는 목소리, 고함, 웃음소리가 들렸다.

마침내 어떤 얼굴의 윤곽과 다른 이목구비가 눈에 들어왔다. 크고 새까만 눈, 길고 긴 속눈썹, 눈동자보다 더 새까맣고 짧은 머리칼. 완벽한 곡선인 그 도톰한 입술은 웃음기를 머금고 있었다.

그러나 웃음기는 이내 사라지고 눈빛은 냉혹하게 변했다. 얼굴이 시야에서 사라지는가 싶더니 냅다 일격이 날아왔다.

오른쪽 명치가 얼얼했다. 장화 신은 발로 한 대 더 걷어차이자 위장이 뒤틀리는 것 같았다.

오스카는 허리를 움켜잡고 마른 땅에 위액을 토했다.

"자, 이제 깨어났구나." 젊은 여자의 목소리가 들렸다.

오스카는 몸을 일으키려 했지만 두 손이 꽁꽁 묶여 있었기 때문에 여의치 않았다. 조금만 몸부림을 쳐도 기묘한 소재의 가느다란 검은 끈이 손목을 아프게 파고들었다. 그는 주위를 둘러보았다. 그는 울창한 열대 우림 속에서 맨바닥에 쓰러져 있었다. 그제야 혼란스러운 기억들이 마구잡이로 뇌리를 스쳐 지나갔다. 고삐 풀린 듯 날뛰던 바다, 울부짖는 파도, 적들의 등장, 포로로 잡힌 것까지. 발랑틴과 로렌스는 익사했을 것이다. 그리움과 비탄으로 오스카의 가슴이 먹먹해졌다.

마침내 적의 정체가 기억의 수면으로 떠올랐다. '그자'가 여기 기드온 노블의 신체 내에 와 있다. 파톨로구스들의 저주받은 표지를 지닌 그자가.

이건 악몽이 아닐까? 뚜렷하게 느껴지는 이 아픔을 보건대, 꿈은 아닐 것이다. 그의 근육 하나하나가 배에서 놈들에게 어떤 취급을 당했는지 똑똑히 기억하고 있었다. 오스카는 뻐근한 턱과 까진 입술을 만져보았다. 피의 맛이 다시 한 번 입속에 번졌다. 그는 마침내 여자를 쳐다보았다. 여자는 젊고 키가 컸으며 몸매가 가냘픈데도 강인한 인상을 풍겼다. 가무잡잡한 피부가 빛을 받아 황갈색으로 보였다. 여자는 오스카를 냉랭하게 내려다보았다.

"일어나라."

오스카는 몸을 일으켜 앉았다. 하지만 머리가 핑 하고 도는 바람에 다시 쓰러질 수밖에 없었다. 젊은 여자가 성을 냈다.

"내가 꼭 도와줘야겠어? 응?"

겨우겨우 다시 몸을 일으킨 오스카는 무릎을 꿇었다. 나무에라도 기대려고 했지만 여자는 그에게 냅다 발길질을 했다. 오스카는 균형을 잃고 말았다. 스플랫이 주머니에서 튀어나와 여자의 발치로 달려들었다. 여자는 으르렁대는 조그만 강아지를 발길질 한 번으로 휙 걷어냈다.

"이건 또 뭐야?"

"내 개입니다. 물지 않아요."

여자는 지팡이로 강아지를 찍어 죽일까 하다가 마음을 바꾸었다. 스플랫은 숲 속으로 도망쳤다. 오스카는 안도하며 겨우겨우 두 발로 일어섰다. 그곳에는 여자와 오스카 두 사람뿐이었다. 아마 다른 자들은 의식을 잃은 그를 그곳에 팽개쳐놓고 자기들끼리 은밀히 얘기를 나누러 간 듯했다. 이 여자가 오스카를 감시할 책임을 맡은 모양이다. 여자는 오스카보다 키가 약간 작을까 말까 했고 거만하고 도도한 분위기 때문에 실제보다 더 커 보였다. 여자가 오스카에게 전투 소총을 겨누었다.

"걸어. 섣불리 행동하지 마. 여차하면 당장 쏴 죽일 테니까." 여자가 명령했다.

"여기는 어디지? 여기서 뭐 하는 거지?"

대답 없이 여자는 총구로 오스카의 등을 밀며 어느 한 방향으로 인도했다. 그들은 나무들 사이를 요리조리 지나갔다. 한 걸음 한 걸음 내딛을 때마다 기온이 올라가는 것 같았다. 수풀에서 진동하는 악취에 뙤약볕과 습기까지 가세하니 오스카는 구역질이 날 지경이었다. 옷이 몸에 착 달라붙었다. 그러나 오스카와 달리 여자는 지옥 같은 숲 속에서도 물 만난 고기처럼 유유히 잘만 돌아다녔다.

"목말라……."

"물이 있으면 마시든지."

"난 물이 없다. 알면서 왜 그런 말을……."

"그럼 닥치고 걷기나 해. 이제 거의 다 왔다."

힘겹게 걸음을 옮기다 보니 정글 속의 작은 빈터가 나왔다. 열다섯 명쯤 되는 사람들이 아직도 온기가 남은 잿더미를 둘러싸고 앉아 있거나 무심하니 그루터기에 기대어 앉아 있었다. 그중에서 유난히 젊고 움직임이 가벼운 사내가 과일을 우걱우걱 씹으며 오스카와 여자에게 걸어왔다. 그는 오스카의 발에 씨를 퉤 뱉고 장발을 손으로 쓸어 넘기며 오스카를 거만하게 꼬나보았다.

"필."

"나는 그쪽을 뭐라고 부를까? 쓰레기? 살인자?"

그 작자의 손이 얼마나 빠른지 오스카는 미처 공격을 예상치 못했다. 맞은 광대뼈가 부어오르다 못해 터질 것 같았지만 오스카는 참았다. 그는 잠시 시간을 두고 지미 베이츠를 뚫어져라 주시했다.

지미 베이츠는 모스의 주위에서 어슬렁댈 뿐, 대놓고 그 패거리에 가담하는 법이 없었다. 속을 알 수 없는 베이츠, 이해하기 어려운 베이츠. 그는 숲 속에 매복한 야수처럼 끈질기게 때가 오기를 기다렸던 것이다. 바로 그 베이츠가 파톨로구스였다니.

베이츠가 젊은 여자 쪽을 돌아보았다.

"사샤, 멀찍이서 이 자식이나 지키고 있으라고 했잖아."

"언제부터 네가 나에게 명령을 내리게 됐지?"

"네가 나랑 같이 가고 싶다고 한 때부터."

사샤는 고개를 절레절레 저으며 팔짱을 꼈다.

"우리 아빠가 네 대장인데? 아빠가 너한테 나를 데리고 가라고 했잖아? 말은 똑바로 해."

베이츠가 씩 웃었다. 그는 사샤에게 다가가 그녀의 허리를 획 끌어안았다.

"왜 늘 나를 도발하는 거야?"

그렇게 말하며 베이츠는 사샤의 목덜미에 키스를 했다. 사샤는 베이츠를 뿌리치지 않으면서도 오스카에게서 시선을 떼지 않았다.

꽁꽁 묶인 채 오스카는 두 사람을 지켜보았다. 어떤 면에서 그 둘은 닮아 보였다. 둘 다 어둡고 위험한 아름다움을 지녔고, 고양이처럼 날쌔고 탄탄한 힘이 느껴졌다. 둘 다 사람의 마음을 끄는 동시에 불안하게 만드는 무시무시한 어떤 것을 지니고 있었다.

"너희 아버지가 그런 말을 해서 기쁘긴 했지. 너랑 나랑 이렇게 오랜 시간을 함께 보낸 적은 한 번도 없었잖아."

베이츠가 사샤를 풀어주고 오스카의 얼굴을 들여다보았다.

"네놈 몰골이 너무 망가지면 안 되는데. 거물에게 넘겨줘야 하는데 웬만하면 그럴싸한 모습으로 넘겨야지."

그는 장갑 안쪽으로 오스카의 부어오른 뺨을 쓸어내렸다. 상처에 소금이라도 뿌린 것처럼 쓰라렸다.

"어, 내가 아프게 했나? 우린 너희와 같은 힘을 지니고 있지 않아서 말이야. 우리가 상처를 만진다고 그 상처가 낫지는 않거든." 베이츠가 비아냥거렸다.

오스카는 베이츠에게서 떨어지려고 뒷걸음질을 쳤다. 그는 순간적으로 자기 목에 손을 가져갔다.

사샤가 체인 끝에 매달린 펜던트를 달랑달랑 흔들어 보였다.

"찾는 게 이건가? 아, 네 케이프도 내 가방에 있는데."

"베이츠, 넌 줄을 잘못 선 거야. 지금도 기회는 늦지 않았어." 오스카는 일단 이렇게 내뱉었다.

베이츠가 고개를 갸웃거리며 오스카를 빤히 바라보았다.

"정말 그렇게 생각해?"

오스카는 대답하지 않았다. 베이츠가 다가왔다. 이제 두 사람의 얼굴은 불과 몇 센티미터밖에 떨어져 있지 않았다.

"줄을 잘못 선 건 너야, 필. 너 때문에 우리 아버지가 죽은 그날부터 말이야. 우리 아버지는 아스클레피오스의 지팡이 때문에 죽었다. 기억나? 지난 2년 동안 난 그 생각만 하고 살았다. 밤낮으로 그 일만을 생각했지."

베이츠가 시뻘게진 얼굴로 이를 악물었다. 그는 심호흡을 하고 다시 마음을 가라앉힌 후 입을 열었다.

"너를 우리 진영으로 데려가 쟁반에 고이 담아 어둠의 왕자께 바칠 생각이다. 어둠의 왕자께서 모든 메디쿠스들이 보는 앞에 너를 전리품으로 진열하면서 얼마나 기뻐하실까. 네 아비의 공적은 한낱 과거의 일일 뿐이요, 그 아들을 두려워할 필요는 추호도 없단 걸 보여주시겠지. 그분이 너를 더는 필요로 하지 않게 되면, 그때 내게 돌아와라. 네가 대가를 치르게 해주지. 계산은 확실하게 해주마. 빈말이 아니라고."

묘하게 차분한 목소리로 베이츠는 말했다. 그리고는 나른하니 널브러진 일당들에게 외쳤다.

"가자."

해가 저물고 있었다. 오스카는 시간 개념을 잃어버렸다. 가도 가도 숲은 끝나지 않을 것 같았다. 얼마나 의식을 잃고 쓰러져 있었던 걸까? 언제부터 포로로 잡혀 있었을까? 비 오듯 땀을 흘렸지만, 아직 물 한 방울 입에 대지 못했다. 입술이 바싹 마르다 못해 갈라질 지경이었다. 오스카는 젖 먹던 힘까지 쥐어짜내어 파톨로구스 일당을 따라갔다. 조금이라도 꾸물대면 당장 사샤가 총부리로 그의 등을 쿡쿡 찔렀다.

"빈둥대고 있을 때가 아니거든? 도착해서도 할 일이 많다고."

오스카는 슬쩍 사샤의 눈치를 살폈다. 사샤의 눈빛에서는 지미 베이츠의 눈에서 번득이던 잔인함보다는 반항적인 소녀다운 독립심이나 결단력이 느껴졌다. 어쩌면 이 여자는 베이츠보다 말이 통할 법한―의심에 휘둘릴 만한―상대가 아닐까?

"우리 초면이지? 난 널 한 번도 만난 적이 없고 너도 나에 대해 아무것도 모를 텐데. 그런데 왜 이렇게 날 미워하는 거야?"

"누가 널 미워한대? 난 그저 너를 경멸할 뿐이야. 이 펜던트 때문에, 그리고 너와 네가 속한 기사단이 우리에게 어떤 짓을 할 수 있는지 잘 알기 때문에."

"우리가 무슨 짓을 한다는 거야? 아니⋯⋯."

"필, 쓸데없이 기운 빼지 마라, 아직 도착하려면 멀었어!" 베이츠가 선두에서 고함을 질렀다.

갈증과 피로를 잊으려고 애쓰며 오스카는 주위를 두리번거렸다. 숲은 완전히 낯설어 보였다. 이런 색채, 형태, 향기를 지닌 숲은 난생처음이었다. 바로 옆에 있는 나뭇가지에는 길쭉하고 번들번들한 오렌지색 열매들이 주렁주렁 달려 있었다. 그는 팔을 뻗어 열매 하나를 따서 부리나케 물어뜯었다. 과즙이 입속으로 왈칵 밀려들었다. 오스카는 눈을 감고 기대 이상으로 그윽한 맛을 음미했다. 그때 사샤가 황급히 손을 뻗어 망고 비슷하게 생긴 그 열매를 오스카의 손에서 떨어뜨렸다.

"뱉어! 당장!"

사샤는 단호하게 명령했다. 오스카는 망설였다. 그러나 사샤가 정말로 걱정하는 기색이었기 때문에 이내 시키는 대로 했다.

"혹시 삼켰어?" 사샤가 불안해했다.

"거의 안 삼켰어."

사샤가 오스카에게 물통을 내밀었다. 그녀는 자기 행동을 변명하듯 이렇게 말했다.

"받아. 너 따위에게 물을 낭비하고 싶진 않지만 너에게 무슨 일이 생기면 지미가 날 못 잡아먹어 안달하겠지. 이걸로 입을 씻어내, 당장!"

불안해진 오스카도 당장 물로 입안을 게워냈다.

"큰일 난 거야?"

"정말로 그 열매를 삼켰다면 목적지에 도착하기도 전에 죽을걸."

"그 열매가 뭔데?"

"너 진짜 이 숲에 대해서 아무것도 모르는구나. 아데닌★과 비슷해 보이지만 이건 사실 독이야. 한입이면 충분하지. 고통에 몸부림치다가 꼴까닥 저세상으로 가는 거야."

사샤가 베이츠 쪽을 흘끗 보았다.

"솔직히 그런 일이 생겨도 베이츠는 싫어하지 않겠지만."

"너도 마찬가지잖아."

사샤는 오스카를 홱 밀치며 억지로 다시 걸음을 옮기게 했다.

"그들에겐 네가 필요해. 살아 있는 네가."

그들은 베이츠와 그 부하들을 따라잡았다. 해가 지자 더위는 한결 견딜 만해졌지만 습기는 옷이 묵직하게 느껴질 정도로 한층 심해졌다. 오스카는 스플랫이 그들을 따라오고 있지는 않을까 해서 수시로 옆을 슬

★ 유전이나 단백질 합성을 지배하는 중요한 물질인 핵산을 구성하는 퓨린 염기 중 하나다. 세포 호흡과 같이 생화학적인 측면에서 많은 역할을 하며, DNA와 RNA의 구성 요소로 쓰인다.

쩍슬쩍 훔쳐보았다. 정글의 동물들이 시끄럽게 울어대는 와중에 친근한 소리가 들렸다. 그건 물이 흐르는 소리였다. 기운을 조금 차린 오스카는 발걸음을 재촉했다.

몇 분 후에 그들은 거대한 폭포에 이르렀다. 폭포는 수정처럼 맑은 물을 자연적으로 조성된 연못에 들이붓고 있었다. 명령이고 뭐고 무시하고 오스카는 뛰기 시작했다. 그는 무릎을 꿇고 차가운 물에 머리를 처박았다. 한데 묶인 손으로 몸에 물을 끼얹었다. 누군가가 그의 머리채를 휘어잡아 뒤로 젖혔다.

"왜, 아예 수영복이랑 선베드도 달라고 하지그래? 사샤 옆으로 돌아가." 베이츠가 말했다.

사샤는 오스카를 굳이 잡으려는 생각도 없어 보였다. 베이츠도 감히 사샤에게는 뭐라고 하지 못했다.

오스카는 뒤로 물러났다. 그러고는 사샤 옆으로 돌아가 조그맣게 속삭였다.

"고마워."

사샤는 티셔츠가 착 달라붙어 그대로 드러나는 오스카의 몸매를 바라보지 않을 수 없었다. 오스카와 눈이 마주치자 그녀는 얼른 고개를 돌렸다.

"내가 잠시 부주의했군. 다시는 그러지 마. 또 그러면 그땐 봐주지 않고 바로 쏴버릴 거야." 사샤는 소총을 끌어안으며 그렇게 말했다.

그들의 대화는 중단되었다. 폭포 이쪽저쪽에서 부산한 움직임이 포착되었기 때문이다.

이제 막 바위 위에서 여러 사람들이 등장한 참이었다. 오스카는 거만하게 바위 꼭대기에 걸터앉은 라비니아를 즉시 알아보았다. 집시 같은 치마와 머리를 묶은 스카프를 바람에 흩날리는 그녀는 흡사 해적 같았다. 그보다 조금 아래쪽에서 예브게니아가 언니처럼 화려하지 않고 꾸밈없는 모습으로 그들을 주시하며 주변을 관찰하고 있었다. 밴 애시가 바위에서 내려와 베이츠에게 다가왔다.

"늦었잖아. 우리가 너 기다리는 것 말고는 할 일이 없는 줄 알아?"

"기다리길 백번 잘한 거야."

그렇게 대꾸하고 베이츠는 오스카를 돌아보았다.

라비니아가 가장 먼저 반응을 보였다. 그녀는 이 바위에서 저 바위로 껑충껑충 뛰어서 순식간에 작은 연못의 기슭까지 내려왔다.

"애송이 필이로군."

그녀는 미소를 띠고 주위를 둘러보았다. 그러고는 자신의 머리채 한 가닥을 잡아 오스카의 입술을 간질였다.

"2년 전만 해도 꼬맹이였는데, 이제 남자가 다 됐구나."

라비니아는 뻔뻔하게 오스카를 머리부터 발끝까지 뜯어보았다.

"내가 처리하겠다. 얘는 나에게 맡겨."

그때 사샤가 오스카와 라비니아 사이를 가로막았다.

"어째서요?"

라비니아보다 머리 하나가 더 큰 사샤는 상대를 뚫어져라 노려보았다. 라비니아가 씩 웃었다.

"조심해, 지미, 너에게 경쟁자가 생겼어. 여자의 직감은 틀림없지."

"나를 따돌리려는 사람들이 나의 경쟁자예요. 나는 임무를 받았어요. 내 임무는 내가 끝까지 책임져요." 사샤가 쏘아붙였다.

"요것 봐라, 맹랑한 암호랑이가 따로 없네! 좋아, 좋아, 내가 물러나주지. 너에 비하면 이 몸은 턱없이 부족해서 말이야." 라비니아가 빈정댔다.

밴 애시가 조바심을 냈다.

"싸움은 나중에 하시지. 베이츠, 그 약속은?"

"오늘이지, 예정대로."

"실수하지 않기를 바란다. 시간만 또 잡아먹는 일일지도 몰라."

"아니, 그는 꼭 올 거야. 분명 쓸모가 있을 거야, 암, 그렇고말고. 확실한 '내부인'이라고나 할까. 그는 우리가 모르는 것을 많이 알아."

"한 시간 후에 다른 사람들은 다시 떠난다. 예브게니아, 나, 그리고 너만 여기 남아서 그를 기다릴 거야. 세 시간 후에도 오지 않으면 그때 합류하는 걸로 하지."

"좋았어, 세 시간 후에 출발하지."

베이츠에게 가까이 다가간 밴 애시는 이렇게 말했다.

"아니, 그렇게 되면 넌 다시 출발할 수 있는 상태가 아닐걸. 내가 보장하지."

이 위협을 무시하고 베이츠는 부하들 쪽으로 걸어갔다. 그는 마지막으로 한 번 더 뒤를 돌아보았다. 처음에는 묘한 표정으로 사샤를 빤히 바라보더니 그다음에는 오스카를 보았다. 그 후 베이츠의 모습은 수풀 사이로 사라졌다.

18

유카리아는 백색의 벙커 한가운데 자리한 연단에서 신경질적으로 왔다 갔다 했다.

"모스가 누구죠?"

"메디쿠스예요. 내가 데리고 있는 아이입니다. 걱정하지 마세요. 내가 불안해하는 이유는 그저 내 책임 하에 있는 아이가 없어졌기 때문이니까요."

"아뇨, 제 불찰입니다." 앨리스테어가 끼어들었다. "저에게 아이들을 맡기셨는데 제가 부주의했습니다. 죄송합니다."

"중요한 것은 그 애에게 무슨 일이 있느냐인 거죠……."

위더스 부인은 분노를 억누르느라 미처 말을 맺지 못했다. 유카리아를 공연히 불안하게 만들어서 좋을 일은 없었다. 유카리아는 사태를 제대로 볼 줄 아는 사람이었다.

"믿을 만한 친구인가요?"

유카리아는 뻣뻣하고 냉정한 태도로 위더스 부인을 마주 보고 있었다. 두 여자 사이의 신뢰는 이미 연기처럼 흩어지고 없었다.

"진짜 중요한 문제는 당신이 나를 믿느냐 그렇지 않느냐 아닐까요, 유카리아?"

무거운 침묵이 좌중을 짓눌렀다.

"브레이브는 나에게 지원군을 약속했어요, 기회가 생기자마자 도망치는 스파이들을 보내겠다고는 하지 않았다고요!" 유카리아가 쏘아붙였다.

앨리스테어가 욱하는 성미에 나설 뻔했지만 위더스 부인이 손짓으로 그를 제지했다. 부인은 그보다는 수습 메디쿠스들에게 묻고 싶었다.

"모스가 너희 곁에 있었니?"

"네, 그렇지만 계속 저희와 약간 떨어져 있었습니다." 에이든이 대답했다.

"앨리스테어가 안개와 충돌하던 때까지만 해도 분명히 있었어요. 그다음은 저도 잘 모르겠습니다." 샐리가 말했다.

"모스가 너희에게 무슨 이야기를 하던?" 모린이 물었다.

"처음부터 엄청 주위를 두리번거리긴 했어요. 뭔가를, 아니면 누군가를 찾는 눈치였어요. 그래서 정신 사나우니까 가만히 좀 있으라고 주의를 줬죠. 하지만 제 말을 안 듣기에 그다음부터는 제가 모스보다 앞서서 걸어갔어요." 아이리스가 말했다.

"답은 하나인 것 같군. 우리가 라이삭스로 돌풍을 일으킬 때 없어진 거야. 그때 누가 모스를 납치했거나……." 모린이 추측을 했다.

"……모스가 자기 발로 빠져나갔거나 둘 중 하나겠죠. 모스는 여기 있고 싶어 하지 않았어요. 제 생각에는 아무래도 그 녀석이 자기 의지로 도망친 것 같아요." 샐리가 말했다.

이야기를 듣던 유카리아가 흥분해서 펄펄 뛰었다.

"모든 것이 명백해졌군요. 돔 외부의 적만으로도 모자라 내부에도 적이 있다니! 게다가 우리에 대해서 아주 잘 아는 적이죠! 이래도 걱정하지 말라고 할 건가요?"

유카리아는 분을 참지 못해 탁자를 쾅 하고 내리쳤다. 측근들이 망연자실하며 유카리아를 쳐다보았다. 위더스 부인은 냉정한 태도를 유지했다.

"미토와 그의 부하들이 무사히 돌아오기만을 기도해야겠군요." 유카리아가 중얼거렸다.

조명이 비치는 연단 위로 등장한 드미가 이렇게 말했다.

"그냥 돌아올 게 아니라 물자를 가지고 와야 합니다. 이제 비축분이 다 떨어져가요."

"폴리메라아제들도 알고 있나요?"

"아뇨, 각 타워의 텔로미어들은 알고 있습니다만 제가 아무 말도 하지 말라고 입단속을 해두었습니다. 하지만 얼마 지나지 않아 폴리메라아제들도 알게 되겠지요."

"위기 상황 스트레스 관리를 준비하세요." 유카리아가 명령했다.

위더스 부인은 앨리스테어에게 다가갔다.

"앨리스테어는 좀 어때요?"

"괜찮습니다. 조금 부딪혔을 뿐입니다." 앨리스테어는 거짓말을 했다.

아까 안개와 부딪혀 떨어진 이후부터 앨리스테어는 불편하고 이상한 기분에 점점 더 심하게 사로잡혔다. 그는 어두운 구석으로 물러났다. 베레니스 위더스를 말로 속일 수 있는 사람은 없었다. 하지만 부인은 더 이상 앨리스테어를 추궁하지 않았다.

"제가 여기서 나가야만 합니다. 다른 문으로 탈출을 시도해볼까요?"

"안개가 돔 전체를 감싸고 있다면요?" 유카리아는 회의적이었다.

그때 날카로운 경보음이 울렸다.

"유카리아! 저걸 좀 봐요!" 드미가 자기 뒤편 스크린을 가리켰다.

모두들 드미가 가리키는 쪽을 쳐다보았다.

스크린에는 뉴클레오폴리스의 북쪽 일대가 나타나 있었다. 지금 막 그곳에서 문이 열린 참이었다. 그들이 아까 보았던 문만큼 크고 웅장한 문이.

"유라실★ 문이에요. 광산으로 통하는 문인데요." 드미가 말했다.

범상치 않은 주황색, 파란색, 빨간색을 띤 안개가 문 주위의 거대한 기둥들 사이로 서서히 퍼져나갔다. 기술 팀에서 문을 중심으로 이미지를 확대해서 보여주었다.

그제야 그들은 안개 너머에서 타오르는 불꽃들을 볼 수 있었다.

유카리아의 얼굴이 하얗게 질렸다.

"숲에, 레티 쿨룸 숲에 불이 났어요." 그녀는 숨을 헐떡이며 겨우 이 말만 중얼거렸다.

그때 꿈틀대는 불꽃과 연기를 타고 시커멓게 일렁이는 안개 속에서 눈에 익은 실루엣들이 포착되었다. 그 실루엣들이 지옥에서 빠져나오는 유령들처럼 문간에 나타났다.

★ Uracile, 리보핵산의 염기 성분인 피라미딘 염기의 하나로 RNA 속에 들어 있다.

19

그는 잠시 걸음을 멈추고 나무에 기대어 소맷자락으로 이마의 땀을
훔쳤다. 그는 하늘이 보이지 않을 만큼 빽빽한 정글을 숨 막히는 더위
속에서 한 시간째 걸어왔다. 규칙적인 운동으로 몸을 다져온 그였지만
숨이 차서 견딜 수가 없었다. 목이 너무 탔다. 바싹 마른 입술과 깔깔
한 혀를 축이기 위해 얼굴에 흘러내리는 땀이라도 핥아야 할 지경이었
다. 그래도 그는 돔에서 빠져나온 후로 지금까지 한 번도 쉬지 않고 달
려왔다.

안개 속에서 뻥 뚫린 자리를 발견하자마자, 그는 두 번 생각할 것도
없이 문을 넘어왔다. 맨 처음 보이는 수풀에 몸을 숨기고 다른 메디쿠
스들의 눈을 피했다. 아니, 그는 미토가 이끄는 사냥꾼들에게도, 행여
매복하고 있을지 모를 파톨로구스들에게도 들키지 않아야 했다. 그 후
에는 정글로 냅다 뛰어들어 도망쳤다. 그러는 와중에도 그 심란한 대화
는 뇌리에서 떠나지 않았다.

이미 며칠 전 일인데도 그 목소리는 성가시리만치 머릿속에 울려 퍼지고 있었다. 수업이 끝나고 학교를 나서려는데 누군가가 그의 팔을 잡았다. 모스는 뒤도 돌아보지 않고 경고했다.

"아직 늦지 않았으니 곱게 그 손 놔라."

베이츠가 거만하게 미소를 짓고 있었다.

"아직 늦지 않았다니?"

"네가 감히 내 몸에 손을 대도 좋다는 생각을 버리기에 늦지 않았단 뜻이지. 안 그러면 네 잘난 얼굴을 확 뭉개버릴지도 모르니까."

베이츠가 고분고분해졌다. 모스가 가장 열 받는 부분은 베이츠가 이렇게 말을 잘 들을 때조차도 그의 협박에 겁을 먹어서라기보다는 베이츠 스스로 그러기로 결정한 것처럼 보인다는 점이었다. 모스는 베이츠의 멱살을 잡으려 했다. 하지만 베이츠는 재빨리 몸을 빼내며 깜짝 놀랄 만한 힘으로 그의 손목을 낚아챘다.

"모스, 난 네가 필요 없어. 아직도 모르겠어? 너도 필요 없고, 강아지처럼 네 뒤만 졸졸 따라다니는 시시한 패거리도 필요 없다고."

격노한 모스는 이 치욕적인 광경을 지켜보는 사람은 없는지 주위를 살폈다. 바로 그 순간, 검은 장갑이 모스의 눈에 들어왔다. 그 장갑에 붉은 실로 새겨진 문자도.

"우리는 결코 친구가 될 일이 없을걸. 하지만 동맹은 맺을 수 있다. 공통의 적을 치기 위해서 말이야."

"공통의 적이라니?"

"필을 두고 하는 얘기야. 모르겠어? 그 자식은 너에게 위험해."

고개를 흔들며 베이츠는 껄껄 웃음을 터뜨렸다.

"문제는 그 자식이 너보다 똑똑하다는 거지. 넌 아무 대책도 없고."

이번에는 모스가 베이츠보다 더 빨랐다. 모스는 베이츠를 벽에 밀어붙이고 얼굴을 짓눌렀다. 하지만 베이츠의 기세는 꺾이지 않았다.

"뭘 기다리나, 모스? 그 자식이 네 여자 친구를 가로채기를? 틸라가 늘 그 자식만 찾아다니는 거 몰라? 걔는 필을 되찾기 위해서라면 무슨 짓이든 할걸. 필은 네 여자 친구를 가로채고 난 다음에 네 아버지를 손보겠지."

모스가 손에 더 힘을 주었다. 베이츠의 입에서도 신음 소리가 나오고야 말았다.

"우리 아버지가 그놈이랑 무슨 상관인데?"

"내가 바보인 줄 알아? 아니면 너만 모르고 있는 건가?"

베이츠가 마침내 모스의 손을 뿌리쳤다. 그는 얼얼해진 턱을 주물렀다. 그러고는 몸을 일으키고 언제 그랬냐는 듯 다시 여유만만한 태도로 돌아갔다.

"어쨌거나 필 녀석도 알게 될 테지. 자기 아버지의 복수를 하려 들 거야. 그날이 오면 너와 네 아버지는 잘 숨어 있는 편이 좋을 거다."

모스가 큰 소리로 웃었지만 그 웃음소리는 부자연스러웠다.

"내가 그 자식을 겁낼 것 같아?"

"그래야 할걸."

"그럼 너는? 너는 왜 필을 못 잡아먹어 안달인데? 설마 필이……."

베이츠에게 좀 더 바짝 다간 모스는 실실 웃음을 흘렸다.

"그런 거냐? 응? 필이 네 아버지를 죽인 거야? 그렇다면 네 아버지는 열네 살짜리 애송이의 함정에 빠져서……. 열받을 만도 하군."

"나에게 상관 마라. 난 너에게 동맹을 제안했다. 어느 쪽을 선택할지는 네가 알아서 해."

억양 없는 목소리로 대꾸하며 베이츠는 손바닥에 수놓인 P자를 보란 듯이 내보였다.

"나에겐 이미 한편이 있다. 그 사람이 네 편보다 더 세." 모스가 대꾸했다.

"뭘 말이야?" 베이츠가 키들키들 웃었다. "웜은 네가 쓸모없어지면 당장 버릴걸. 그게 아니면 그 사람도 더 나은 선택을 할 테고. 바보처럼 굴지 마. 패자들의 편에 서서 뭐하겠다는 거야? 지금이야말로 우리와 손을 잡을 때지."

"비켜라, 베이츠. 더는 듣고 싶지 않다." 그렇게 대답했지만 모스의 마음은 흔들리고 있었다.

"만약 생각이 바뀌거든 해가 저물기 전에, 레티 쿨룸 숲의 폭포 뒤에서 보자."

"뭐?"

그 이상은 들을 수 없었다. 모스는 어느새 교문 앞에 혼자 서 있었으니까. 구름이 이제 막 하늘을 뒤덮기 시작했다.

그러고서 며칠이 지났다. 모스는 베이츠의 제안과 뚱딴지같은 약속에 대해 몇 번이고 생각했지만 무슨 뜻인지 알 수 없었다. 어쨌거나 웜이 미덥지 않게 느껴지기 시작했고 그 의심은 커져만 갔다. 이건 세뇌일까, 아니면 진실일까? 사실 웜은 그에게 신뢰감을 주지 못했다. 처음에 모스는 그의 야심을 좇기 위해 웜이 시키는 대로 잘 따를 의향이 있었다. 하지만 이제는 확신이 흔들리고 있었다. 모스는 자신이 수습 메디쿠스들 사이에서 입지를 굳히지 못했고 최고 위원들에게도 좋은 인상을 심어주지 못했다는 점을 생각했다. 지금까지는 어떻게든 모른 척했지만 이제 그가 느끼는 긴장감, 자신을 향한 다른 메디쿠스들의 반감이 견디기 어려울 정도로 커진 상태였다. 필이 얼마나 위험한 녀석인가는 베이츠가 설명하지 않아도 알고 있었다. 모스는 자기 아버지가 비탈리 필의 추문 사건에―그의 죽음에도―어떤 역할을 담당했다는 것을 웬만큼 알고 있었다. 오스카가 그 사실을 알아낼 때까지 가만히 기다리고 있어야 할까? 웜이 정말로 그를 보호해줄까? 이제는 아무것도 믿을 수 없었다.

그렇다고 메디쿠스로서의 정체성을 부인하고 기사단을 배반해야 할까? 모스는 그 점에 대해서도 결단을 내릴 수 없었다.

오늘 아침에 레티 쿨룸 숲을 통과하면서야 모스는 비로소 베이츠가 던지고 간 그 말의 의미를 알 것 같았다. 그래서 숲에서 나는 모든 소리와 동정에 민감하게 굴며 주위에 누가 있지 않은지 살폈던 것이다. 아까 위더스 부인을 따라 방향을 틀기 직전, 어떤 소리에 그의 귀가 번쩍 뜨였다. 물소리였다. 폭포가 떨어지는 소리와 비슷했다. 그래서 모스는 그 불안하고 정신없는 정글 속에서 뭔가 길을 찾을 수 있는 지표를 찾으려고 했다. 유난히 시커멓고 뿌리가 심하게 불거진 나무가 보이자, 그는 황급히 그 나무껍질에 표시를 남겼다. 마침 줄곧 그를 감시하던 빌어먹을 아이리스 플록하트가 다른 곳으로 가버린 참이었다. 하지만 언제 무리에서 벗어나 폭포가 있을지도 모르는 이곳으로 올 수 있을지, 과연 이곳에 무엇이 있을지 모스는 전혀 몰랐다. 그저 만약을 위해서 표시만 해두고 싶었다.

그리고 모스의 예상보다 기회는 빨리 찾아왔다. 파톨로구스들과 처음으로 대치하던 바로 그 순간에. 모스는 그 어느 때보다도 망설였다. 하지만 앨리스테어 맥쿨리와 다른 수습 메디쿠스들이 벙커 안에서도 줄곧 자신을 경계하고 멸시했던 것이 기억났다. 분노가 치밀어 오르면서 마음을 굳힐 수 있었다. 결국 그렇게 모스는 안개가 흩어지며 틈을 보이던 그 순간을 틈타 문을 넘어왔고, 부상이나 힘든 것도 잊은 채 지금 이렇게 마구 숲 속을 달리게 된 것이다.

모스는 아까 나무껍질에 새겼던 홈에 손을 얹었다. 드디어 첫 번째 지표를 찾은 셈이었다. 주위를 둘러보았다. 불과 몇 시간 지났을 뿐인데 숲의 빛은 달라져 있었다. 아니, 숲의 모양새는 지금도 변해가고 있었다. 모스는 주위를 조금 헤매다가 자기가 표시한 나무로 돌아왔다. 기묘하게 엉키고 뒤틀린 나무뿌리들이 보였다. 처음에는 거기서 메디쿠스의 M자를 얼핏 본 듯했다. 그 착각은 일종의 경고처럼 느껴졌다. 모스는 시선을 돌리고 다시 숲 속으로 들어갔다. 그가 간절히 찾던 소리가 들렸다. 발길을 재촉하니 정글이 걷히는 지점이 보였다. 고개를 들자 드디어 하늘이 시야에 들어왔다. 그의 눈앞에 거대한 암벽과 그 벽 위로 힘찬 물줄기가 떨어지는 폭포가 나타났다. 모스는 폭포 아래 작은 연못에 다가갔다. 시원한 물보라를 맞으니까 기운이 났다. 그가 물을 마시려고 허리를 구부리는 순간, 날카로운 휘파람 소리가 폭포수의 굉음을 가르고 울려 퍼졌다.

"거기 누구 있어요?" 모스가 큰 소리로 물었다.

물 떨어지는 소리만이 되돌아왔다. 모스는 연못을 빙 둘러서 암벽으로 다가갔다. 사람 한 명이 겨우 파고들 수 있을까 말까 한 공간이 보였다. 그는 숨을 크게 들이마시고 등을 암벽에 바짝 붙인 채 조심조심 그 틈으로 들어갔다. 이끼에 뒤덮인 암벽은 꽤 미끄러웠다. 자칫 균형을 잃었다간 그대로 끝장이었다. 암벽은 안쪽으로 갈수록 조금씩 깊어졌고 물이 뚝뚝 떨어지는 어두운 터널로 연결되었다. 폭포에 가려 밖에서는 보이지 않는 터널이었다. 모스는 본능적으로 펜던트를 거머쥐었다.

은은한 금빛이 터널 안을 비추었다. 그 빛은 이토록 깊은 어둠, 손에 만져질 듯 생생한 어둠과 싸우기에 역부족인 듯했다. 모스는 주저하다가 본격적으로 터널 속으로 들어갔다.

50미터쯤 걸어가다가 그는 발길을 멈추었다. 펜던트는 빛이 꺼지기 일보 직전이었고 이제 길을 찾을 만한 지표라곤 아무것도 없었다. 하지만 붉은 점 하나가 불꽃이 점점 가까워지듯 점점 크게 보였다. 발소리가 차츰 뚜렷이 귀에 들어왔다. 모스는 다급하게 금빛 문자를 움켜쥐고 케이프가 몸을 단단히 감싸고 있는지 확인했다. 붉은 점들이 가세했다. 어느새 세 개의 P자가 빛을 발하며 그의 눈앞에서 춤을 추고 있었다.

"왔구나. 생각했던 것보다는 똑똑한 놈이었네."

친근한 목소리가 그렇게 말했다.

모스는 주먹을 쥐었다. 그의 펜던트도 다시 맹렬하게 빛을 발했다. 그 빛에 상대의 얼굴이 드러났다.

"베이츠, 나를 화나게 하면 좋은 꼴을 못 볼 텐데."

"우리는 여기에 싸우러 온 게 아니다." 뒤쪽에서 다른 남자의 목소리가 대꾸했다.

칼 밴 애시는 베이츠를 밀치고 펜던트의 빛에 자기 얼굴을 드러냈다. 기다란 흉터와 한쪽 눈을 가린 안대 때문에 안 그래도 험상궂은 얼굴이 더욱더 흉악해 보였다. 그에게서 풍기는 폭력적인 분위기를 모스는 한눈에 감지했다. 아마도 그의 폭력성이 모스 자신의 폭력성을 압도하기 때문에 그랬을 것이다. 밴 애시가 자기 머리 위로 손을 쳐들었다. 손에서 강렬한 빛이 쏟아져 나오며 동굴을 비추었다. 그 동굴은 실로 어마어마하게 넓었다. 뭐가 뭔지 몰랐지만 모스는 파톨로구스들을 따라 동굴 중앙에 튀어나온 플랫폼 위로 걸어갔다. 그들 아래쪽으로는 소용돌이치는 붉은 물이 끓어오르고 있었다.

"그 펜던트로 뭘 어쩌려고?"

"뭘 할 건지 보여줄까?" 그렇게 응수했지만 모스는 자신이 없었다.

"네가 해야 할 다른 일이 있는데." 밴 애시가 대꾸했다.

예브게니아 시귀도 빛 속으로 등장했다. 그녀는 모스에게 명령했다.

"손에 든 걸 바닥에 내려놔."

모스는 들은 체도 하지 않고 그녀를 노려보았다.

예브게니아는 레이저 광선 같은 눈빛으로 모스를 쏘아보며 이렇게 덧붙였다.

"이건 권유가 아니야."

"너는 우리에게 오면서 이미 선택을 내렸어. 아니, 이제 너의 선택지는 둘로 좁혀졌다고나 할까. 우리 편이 되든가, 아니면 죽어버리든가."

모스의 시선이 이 사람에게서 저 사람에게로 옮겨갔다.

"베이츠는 그렇게 말하지 않았는데? 날 그렇게 쉽게 죽일 순 없을걸."

"그럼 여기엔 왜 왔어?" 베이츠가 물었다.

모스는 대답하지 않았다. 숲 속을 한참 걸어오면서 그 역시 몇 번이고 이 질문을 스스로에게 던졌지만 확실하고 단순하며 결정적인 답을 찾지 못했다. 운명적인 선택의 이 순간, 그의 모든 확신과 근거는—어느 쪽을 택하든—무너질 터였다. 모스는 찬찬히 생각할 수 없었다. 결정은 더욱더 내릴 수 없었다.

밴 애시가 모스 대신 대답했다.

"너의 생존 본능이 이곳으로 이끌었겠지. 저들은 죄다 저 돔 속에서 죽을 거야. 너도 그건 알겠지?"

모스의 숨소리가 거칠어졌다. 심장이 미친 듯이 뛰기 시작했다. 이 사내는 진실을 말하고 있었다. 돔에서 빠져나오면서부터 그의 생각은 단 하나, 이제 곧 죽게 생겼으니 도망치고 보자는 것뿐이었다.

"너는 살아남을 거야. 그리고 우리에게 네가 아는 것을 말해주겠지."

"난 아무것도 몰라." 모스가 대꾸했다.

"아니, 너는 저 돔의 문들이 어디 있는지 알지."

그때 밴 애시가 나섰다.

"모든 일에는 때가 있지. 일단은 우리 편으로 만드는 것부터다."

모스는 소매로 이마의 땀을 닦았다. 그는 흠뻑 젖어 있었다. 차가운 땀이 등줄기를 타고 흘러내렸다. 그의 손안에서 펜던트가 빛을 발하며 마음을 차분하게 하는 온기를 전해주었다. 모스는 자기도 모르게 한 발짝 물러섰다.

'안 돼. 이럴 순 없어. 이래서는 안 돼.'

밴 애시가 그의 생각을 읽은 듯했다.

"겁내지 마라. 너는 제대로 선택한 거야."

그는 웃으면서 모스에게 다가왔다.

"네 문자를 넘겨다오. 그리고 다른 쪽 손을 내밀어라."

20

"미토!"

불타오르는 레티 쿨룸 숲에서 뛰쳐나오는 사냥꾼의 피투성이 얼굴이
플라즘의 스크린을 가득 메웠다. 유카리아가 리암에게 외쳤다.

"사이토카인 북부 기지에 당장 인터류킨들을 보내세요. 그 일대를
보호하고 문을 닫아야만 해요. 빨리 구조대를 보내요!"

그렇게 말하면서 유카리아는 서둘러 그 방을 뛰쳐나갔다.

모두 벙커 앞에서 대기하던 차량에 몸을 싣고 뉴클레오폴리스의 삼
차원 궤도를 번개처럼 질주했다. 유라실 문에 도착해서 참사를 눈으로
직접 확인한 그들은 그 자리에서 얼어붙었다.

그곳에 미토가 몇 명 안 되는 부하들과 함께 있었다. 그들의 옷은 피
범벅 아니면 반쯤 숯덩이가 되어 있었다. 미토는 아모리의 시신을 어깨
에 둘러메고 있었다. 아모리를 조심스레 바닥에 내려놓은 그는 힘이 다
빠진 듯 주저앉았다.

"놈들이 사방에 포진하고 있었습니다. 그들은 알고 있었습니다. 우리가 나오기를 기다렸던 게지요. 유라실 문을 이용하여 멀리 돌아서 여기까지 온 겁니다."

미토의 부하 가운데 겨우 살아남은 몇몇이 대장 주위로 모여들었다. 미토가 다시 고개를 들었다.

"그자를 봤습니다. 그자와 갈색 머리 여자, 그 악귀를 보았습니다."

미토는 아모리의 이마에 손을 뻗어 눈썹과 뺨에 말라붙은 핏자국을 닦아주고는 눈을 감겨주었다. 악에 받친 그는 이 말을 뱉었다.

"그 여자가 아모리를 죽였습니다. 내 손으로 반드시 그 여자를 죽일 겁니다. 맹세합니다."

유카리아가 미토의 어깨에 손을 얹었다.

"여러분을 내보내다니, 내가 미쳤었나 봐요. 좀 쉬도록 해요."

에이든은 파톨로구스들과 싸우느라 처참한 부상을 당한 사냥꾼들을 차마 볼 수 없어 고개를 돌렸다. 그때 누군가의 시선이 느껴졌다. 샐리가 그를 주시하고 있었다. 샐리는 고개를 저으며 에이든을 못 본 체했다. 에이든은 입 안쪽을 피가 나도록 깨물었다. 부끄러워 견딜 수가 없었다.

구조대는 사냥꾼들을 치료하고 특이한 실린더 모양의 이동 수단에 태웠다. 차량은 즉시 레일을 쏜살같이 달려 시야에서 사라졌다. 대장 미토만이 남아 있었다.

"미토." 솔랄이 그를 불렀다.

미토가 고개를 들었다.

"우리 천사들은 어떻게 됐나?"

"모르겠네. 내 부하들이 그랬듯이 아마 그들도 도망칠 틈이 없었을 거야.”

에이든이 그에게 다가갔다.

“저기, 그렇다면 아까 함께 갔던 가브리엘은······.”

미토는 고개를 저었다. 에이든은 아무 말도 할 수 없었다. 솔랄이 침통한 얼굴로 미토에게 말했다.

“자네가 그 여자를 죽이러 갈 때에는 나도 기필코 함께하겠네.”

“저도 함께 가겠습니다. 가브리엘과 사냥꾼들을 기억하며 저도 함께 싸우겠어요.” 에이든이 말했다.

에이든은 미토의 어깨에 손을 얹었다. 미토는 고개를 들었다. 에이든의 눈에 희망의 빛이 번득이고 있었다.

“그래, 그래야지.” 놀랍게도 미토는 열성적으로 고개를 끄덕였다.

에이든은 놀라기도 하고 감동하기도 해서 물러났다. 미토는 다시 암울한 생각에 빠지는 듯했다. 솔랄은 몸과 마음의 꿰뚫어보는 듯한 뜨거운 눈빛을 에이든에게 보냈다.

“가브리엘은 자네를 높이 평가하는 것 같았네. 자네가 용감하고······ 특별하다고 했지. 가브리엘이 제대로 봤구먼. 자네를 데려가겠네. 함께 적과 싸우세. 그것만은 자네에게 약속함세.”

이 말에 감전되기라도 한 듯 에이든은 고개를 번쩍 들었다. 그는 뒤를 돌아보았다. 샐리는 웃고 있지 않았다. 빈정대지도 않았다. 그녀는 에이든이 하늘에서 뚝 떨어진 낯선 사람이라도 된 듯 빤히 보고 있었다. 당황한 게 분명했지만 아무렇지도 않은 척하고 있었다. 좀처럼 당황하는 법이 없는 그녀가 말이다.

“나도 여러분과 함께 가겠어요. 저기······ 네가 반대하지만 않는다면 말이야.”

에이든이 미소를 지었다.

"생각해보지."

샐리도 덩달아 미소를 지었다. 그녀가 뭐라고 대꾸하려는데 돔 안의 빛이 갑자기 어두워졌다.

"무슨 일이지?" 위더스 부인이 깜짝 놀랐다.

"에너지 공급이 급격히 떨어졌어요. 지금은 제한 모드가 가동됐어요. 빨리 떠납시다. 순환 네트워크를 쓸 수 없게 되기 전에요." 유카리아가 대답했다.

그들은 모두 차량에 몸을 실었다.

라즐로 스카스데일은 벼랑 끝으로 걸어갔다. 발밑은 천 길 낭떠러지였다. 아래로 일부 손상된 레티 쿨룸 숲과 그의 군대가 자리 잡은 진영이 보였고 좀 더 멀리로는 돔이 보였다. 스카스데일이 미소를 지었다. 그의 뒤에서 스톰프가 나타났다.

"더는 돌아다니시지 마십시오."

"신 나는 구경거리를 감상하고 싶었을 뿐이다. 저 불, 황폐한 숲, 저들의 두려움을. 저들의 예견된 패배를."

스카스데일은 흡족한 마음에 한숨을 쉬었다.

"천사는 입을 열더냐?"

"…… 아니오."

스카스데일이 흥분했다.

"입 여는 방법까지 내가 가르쳐줘야 하나?"

"베이츠와 밴 애시와 접촉을 취했습니다. 그들이 우리가 기대하던 귀한 정보를 넘겨주었습니다. 모든 준비는 끝났습니다."

"그렇다면 해야 할 일을 해라. 전부 다 쓸어버려."

유카리아와 그 일행이 파노라마 스크린이 설치된 하얀 벙커로 돌아왔다. 드미가 황급히 유카리아에게 달려왔다.

"유카리아, 에너지 비축분이 절반이나 소진됐어요."

"3번 네트워크에 영양이 공급되지 않고 있습니다." 한 기술자가 외쳤다.

"돔 외부 위성 화면을 연결하라." 유카리아가 명령했다.

그들이 선 연단 주위에 화면이 뜨면서 무시무시한 광경들이 펼쳐졌다. 숲 주변은 폭발, 화재, 파괴로 쑥대밭이 되어 있었다.

"놈들이 미토콘드리아를 공격하고 있습니다! 텔로미어들과 연결하세요. 빨리요!" 드미가 급박하게 외쳤다.

한 남자가 드미에게 아주 작은 이어폰을 건넸다.

"모든 텔로미어들은 들어라, 긴급 상황이다. 에너지 소비를 최대한 줄여라! 분열★과 전사★★를 단속하라. 적색경보, 다시 한 번 말한다, 적색경보를 발령한다!"

드미가 유카리아를 돌아보았다. 유카리아가 고개를 끄덕였다.

"미토콘드리아라니요?" 샐리가 앨리스테어에게 물었다.

"저기 스크린에서 레티 쿨룸 숲 뒤쪽의 구조물들이 보이지? 그래, 저기 바닷가에 서 있는 구조물들이 제네티스에 생체 에너지를 공급하는 발전소들이라고 할 수 있지. 그런데 이제……."

★ 하나의 세포가 나뉘는 세포 분열을 포함하여 세포 내의 핵이 나누어지는 핵분열, 식물의 생장점 분열 등 생물의 다양한 부분이 나누어지는 현상을 말한다.
★★ DNA의 유전 정보가 RNA에 옮겨지는 과정으로, 유전 정보의 복사물인 전령 RNA가 단백질을 합성한다.

그때 기술자 한 명이 사색이 되어 벌떡 일어났다. 날카로운 굉음이 방 안에 울려 퍼졌다.

"11번, 16번, 24번 스크린!"

연단 주위에 나타났던 화면들이 사라지고 다시 뉴클레오폴리스의 전경이 나타났다. 모두들 자기가 담당하는 구역에 집중했다. 자기 눈으로 현실을 확인한 그들은 할 말을 잃었다.

그들은 네 개의 문이 모두 뚫리고 검은색과 붉은색의 군대가 뉴클레오폴리스로 진격하는 모습을 바라보며 경악했다. 제노돔의 하늘마저 파톨로구스 특유의 색상으로 무장한 공군기들로 뒤덮였다. 벙커 안에서나 돔 아래 도처에서 사이렌이 귀 따갑게 울렸다. 하늘에 번쩍이는 점들이 나타났다. 인터류킨 알파와 베타가 대장의 부름을 받고 적들을 향해 돌진하는 중이었다.

유카리아는 서둘러 연단 한복판의 탁자로 달려갔다. 그녀가 손을 뻗자 빛나는 원과 그 중앙에서 뱅글뱅글 돌아가는 나선형의 타워가 나타났다.

"유카리아, 이래도 되는……." 드미가 유카리아를 저지하려 했다.

"지금이야말로 크로마틴★ 플랜을 가동할 때 아닌가요? 파톨로구스들이 타워에 침입해서 모두 몰살당할 때까지 기다릴 거예요?"

유카리아는 양손을 뻗어 손바닥을 펴고 두 손을 원을 향해 점점 가까이 가져갔다. 손의 움직임에 따라 원이 줄어들었고 타워의 삼차원 상징도 거무스름한 공 안으로 오그라들었다. 바로 그 순간, 스크린으로 기막힌 광경이 펼쳐졌다. 뉴클레오폴리스 중앙부의 타워들이 갑자기 제

★ 진핵생물의 세포막에 포함된 물질로 염색체의 주성분이다. 염색질이라고도 한다.

멋대로 동요하며 서로 거리를 좁히기 시작했던 것이다. 고층 빌딩들이 서로 휘감기며 복잡하게 얽히고설켰다. 어느새 타워들은 아무도 뚫고 들어갈 수 없는 하나의 빽빽한 덩어리가 되어 있었다.

"아마 조금은 더 버틸 수 있을 거예요." 유카리아가 한숨을 쉬었다.

스크린을 하염없이 바라보던 그녀는 옷자락 스치는 소리에 문득 정신을 차렸다. 위더스 부인이 케이프를 휙 두르며 나설 채비를 하고 있었다. 부인의 목소리에는 힘이 넘쳤다.

"이제 앨리스테어 말대로 하는 수밖에 없군요. 맞서서 싸워야 할 때가 왔습니다. 당신은 기드온 노블의 타워와 소중한 유전자들을 지키는데 힘써주세요. 나머지는 우리가 맡겠습니다."

문이 열리고 위더스 부인과 뜻을 같이하는 스무 명 남짓한 메디쿠스들이 뛰어 들어왔다. 부인은 무기 가방의 내용물을 확인하고 트로피 허리띠를 단단히 여몄다. 그러고는 스크린에 비친 타워들을 바라보았다.

"라즐로 스카스데일, 전쟁을 원한다고? 그 소원, 이제 들어주지."

21

"로, 잠수해! 고개를 처박아!"

임시변통으로 배 구실을 하던 구슬 조각이 멀리 휩쓸려 갔다. 차가운 바다 한가운데에서 로렌스는 어찌할 바를 몰랐다. 그는 일단 크게 숨을 들이마시고 발랑틴이 시키는 대로 물속으로 뛰어들었다.

해적들의 모터보트가 길게 거품을 일으키며 쏜살같이 지나갔다. 로렌스는 허우적대며 겨우 물 밖으로 고개를 내밀고 기침을 했다. 발랑틴이 헤엄쳐 와서 로렌스를 잡아주었다.

"괜찮아? 다시 잠수할 수 있겠어?"

"오, 오스카는 어디 있지?" 연거푸 기침을 하는 와중에도 로렌스는 그것부터 물었다.

"나도 못 봤어. 잡히지 않았어야 할 텐데!" 발랑틴도 걱정했다.

배는 이미 180도로 방향을 틀어 다시 그들을 향해 다가오고 있었다.

"로, 한 번 더!"

"안 돼, 난 못해……."

"아냐, 넌 할 수 있어. 정신 차려. 숨 크게 쉬고, 잠수해, 어서!"

배는 불과 몇 미터밖에 떨어져 있지 않았다. 발랑틴은 로렌스의 머리를 억지로 물에 집어넣으면서 자기도 물속으로 들어갔다. 너무 늦었다. 로렌스의 몸이 모터보트의 프로펠러가 일으키는 소용돌이에 홱 휩쓸려 물속에서 요동치다가 바닥으로 가라앉는 게 아닌가. 발랑틴은 뒤로 돌아서서 로렌스를 눈으로 애타게 찾았지만 아무것도 보이지 않았다. 가슴이 미치도록 답답했다. 발랑틴이 마지막으로 본 친구의 얼굴은 이 고약한 바다에서 사색이 된 얼굴이었다. 발랑틴은 로렌스를 구하지 못했다. 실의에 빠진 발랑틴은 자맥질이고 뭐고 할 기운이 나지 않았다. 이제 막 잔잔함을 되찾은 망망대해에서 그녀는 참으로 하잘것없는 어린애였다. 오스카의 얼굴이 떠올랐다. 발랑틴은 울면서 큰 소리로 오스카를 부르고 싶었다. 비올레트와 브레이브 씨도 떠올랐다. 쿠미데스 서클의 방 하나하나가 떠올랐다. 그녀의 삶을 완전히 바꾸어놓은 그곳, 아무것도 모르던 신체 내 우주의 꼬맹이를 호기심 많고 성숙한 지구 소녀로 성장시킨 곳. 부모나 다름없는 체리 아줌마와 제리 아저씨, 다정한 셀리아 아줌마, 자신이 좋아했던 이들과 싫어했던 이들까지도 벌써부터 그리워졌다. 발랑틴은 자신이 경험할 수도 있었을 사랑, 자신이 살아갈 수도 있었을 인생을 생각했다. 그녀가 눈을 감는 순간, 폐에 남아 있던 마지막 공기가 다했다. 발랑틴은 죽음을 코앞에 둔 이 두려운 순간에 로렌스를 붙잡고 싶다는 마지막 일념으로 손을 뻗었다. 하지만 운명은 끝까지 호의를 베풀지 않았다. 발랑틴의 몸이 벌러덩 넘어갔다.

희한하게도 발랑틴은 죽음 이후에 대해서 생각해본 적이 한 번도 없었다. 아마도 언제나 생명력이 넘치는 그녀에게 죽음은 아직 멀고도 재미없는 주제였기 때문이리라.

몸을 일으킨 발랑틴은 세상에 갓 태어난 아기처럼 주위를 두리번거렸다.

기쁘기도 했고 부끄럽기도 했다. 로렌스가 자기 옆에 쓰러져 있는 것을 보고 그녀는 뛸 듯이 기뻤다. 그와 동시에 자신의 이기적인 안도감이 부끄러웠던 것이다. 발랑틴은 그 자리에서 벌떡 일어나 로렌스에게 다가갔다. 아직 숨이 붙어 있었다. 그들이 처박혀 있는 작은 선실 같은 공간이 어찌나 좁은지 발랑틴은 벌써 숨이 막히는 기분이었다. 그녀는 문을 연 순간, 그리 낯설지 않은 세상을 발견했다. 그녀는 거대한 혈구의 조종실에 들어와 있었던 것이다. 조종실 투명창 너머의 붉은 바다는 현실이었다. 발랑틴은 죽다 살아난 것도 잊은 채 얼굴이 해쓱해졌다.

"여기서 뭐 하는 거지?" 그녀는 예의도 차리지 않고 불쑥 물었다.

"물에 빠져 죽어가는 널 구하게 돼서 기뻐." 조종사는 뒤도 돌아보지 않았다.

"당신이 나를 구했다고?"

"너와 네 친구를 구했지. 너희는 우주 내 거대 네트워크의 어느 한 부두로 떠내려왔어. 고마운 줄 알아. 너희를 구할 때 네 피부색이 자꾸 신경 쓰이더라고."

"우린 원래 세 명이었는데."

"그럼 한 명은 어디 갔나 보군."

발랑틴은 눈을 감았다. 오스카. 오스카가 죽었을 리 없다. 로렌스와 그녀도 익사를 면했는데, 메디쿠스라면 살아남았을 확률이 훨씬 더 크지 않겠는가. 하지만 살아 있다면 오스카는 도대체 어떻게 됐을까? 그 도적놈들의 포로가 된 건가? 불안한 의문들을 억누르고 발랑틴은 일단

급한 불부터 끄기로 했다. 당장 노블의 신체 내 우주에서 나가 브레이브 씨에게 알려야 했다.

"고마워요. 우리를 구해주시다니 정말 친절한 분이시군요. 기왕 친절을 베푸는 김에 한 번만 더 도와주실래요? 저희를 제네티스에 내려주세요. 그럼 복 받으실 거예요."

조종사가 웃었다.

"난 택시 운전사가 아니야. 너와 같은 에리트로사이트라고."

"음, 그럼 어디까지 가세요? 거기서부터는 저희가 알아서 갈게요."

"네 친구가 절대로 벗어나서는 안 되는 곳."

"뭐라고요?" 낯빛이 변한 발랑틴이 비명을 질렀다. "헤파톨리아? 오, 제발 그러지 마세요. 잠깐만요. 우리 얘기 좀 해요. 그런 결정을 했다가는 후회하게 될 거예요!"

"너희를 헤파톨리아에 내려준다고 해서 후회할 일은 없을 거야. 어쨌거나 이젠 너무 늦었어."

그렇게 말하며 조종사는 잠수정을 수면으로 천천히 상승시켰다.

잠망경 스크린에 헤파톨리아 산 주변의 경관이 나타났다.

"안 돼요, 내 말 들어봐요. 저쪽으로 가면 엄청 돌아가는 거예요. 귀가가 늦으면 부인께서 걱정하실 텐데요. 나중에 싫은 소리를 듣게 될 거예요. 애들도 배가 고프다고 집에서 울고 있을 거고요."

"1분 후에 내려줄 거다. 그리고 너는 당장 GRIU 관리센터에 보낼 테니 그렇게 알아."

발랑틴이 조종석을 짚고 조종사에게 얼굴을 들이밀었다.

"네가 뭘 알아, 이 자식아! 언젠가 네 마누라를 만나면 너랑 클럽에서 만난 사이라고 할 거야! 네가 먼저 나한테 치근댔다고! 알았어?"

그 사이에 혈구 잠수정은 해안에 상륙했다. 잠수정 문이 열렸다.

"둘 다 바다에 처넣기 전에 네 친구를 데려와." 조종사가 위협적으로 나왔다.

발랑틴은 선실에 가서 로렌스를 흔들었다. 로렌스가 황망한 눈으로 사방을 두리번거렸다.

"우리…… 살았어?"

"아, 그게 말이지, 너도 금방 알게 될 거야. 일단 마음 단단히 먹고 일어나."

"왜? 지금까지 겪은 일보다 더한 일이 있겠어? 그런데 여긴 어디야? 난 중간에 어떻게 됐는지 잘 모르겠는데……."

"나쁜 소식이야, 로. 여긴 헤파톨리아야."

로렌스가 벽에 찰싹 달라붙었다.

"안 돼, 네가 좀 어떻게든 해봐. 난 갈 수 없어. 나가면 안 돼. 너도 잘 알잖아."

"이제 우린 가야 해. 여기서 질질 끌수록 무사히 빠져나갈 가망은 줄어들어."

로렌스는 악몽을 떨치려는 사람처럼 두 손에 얼굴을 묻었다.

"그들이 날 알아보고 가둔다면 난……."

발랑틴이 재빨리 손가락으로 그의 입을 막았다.

"지금 유언이라도 하는 거냐? 입 다물어. 내가 절대 너를 버리지 않을 거라는 것만 기억해. 네가 그들에게 붙잡혀도, 저 산속 깊은 곳에 꽁꽁 갇힌다 해도 나는 꼭 너를 구해낼 거야. 자, 이제 알았어? 대답해. 제발 대답해. 안 그러면 내가 힘을 낼 수 없잖아."

로렌스는 절망적인 미소로 답했다. 그는 발랑틴을 한 번 꼭 끌어안고 밖으로 나섰다.

혈구는 헤파톨리아 산으로 이어지는 포르트 강 연안에 상륙해 있었다. 헤파톨리아의 중심부가 마치 동포들의 부름처럼 빛나고 있었다. 로렌스는 토할 것 같았다. 달덩이 같은 얼굴, 배가 볼록 나온 체형, 누런 피부색에 이르기까지 자신과 똑같이 생긴 수많은 사람들이 수십 척의 배에서 물자를 실어 나르며 그 산을 드나들고 있었다. 발랑틴은 주변 경관을 살피며 탈출로를 찾았다.

"로, 내 옆에 잘 붙어 있어. 우린…… 로?"

인파가 바글바글한 부두에서 로렌스가 순식간에 사라졌다. 더럭 겁이 난 발랑틴은 사람들을 마구 밀치며 친구를 찾았다. 그러다 헤파톨리아 산의 입구에 해당하는 커다란 동굴 앞에 이르러서야 그를 만났다.

"너 뭐 하자는 거야? 너 때문에 얼마나 겁이 났는지 알아? 다시는 이러지 마, 진짜……."

헤파톨리아의 북새통에 발랑틴의 말은 묻히고 말았다. 어차피 로렌스는 듣고 있지 않았다. 산중턱에서 비치는 호박색 불빛 아래 한 사람이 미동조차 하지 않고 그를 마주 보고 있었기 때문이다.

22

헤파톨리아 부두에서 로렌스와 마주 보고 선 그 사람이 로렌스와 어찌나 닮았는지, 발랑틴조차 누가 누군지 헷갈릴 지경이었다. 두 사람은 세상에 둘 외에는 아무도 존재하지 않는다는 듯이 서로를 뚫어져라 바라보았다.

"에라스무스." 로렌스가 중얼거렸다.

그는 감정이 북받쳐 부르르 떨면서 다가갔다. 에라스무스라는 사람은 돌부처로 변한 듯 꿈쩍도 않고 실종되었던 쌍둥이 형제를 바라보았다. 로렌스도 다가가려다가 멈칫했다.

"난 정말이지……."

로렌스는 적당한 어휘를 찾다가 그냥 마음에 있는 말을 솔직하게 내뱉었다.

"보고 싶었어."

"넌 날 버렸어."

에라스무스의 목소리가 따귀처럼 매섭게 울렸다. 로렌스는 어안이 벙벙해서 에라스무스를 바라보았다.

"아냐, 그런 게 아냐. 난 널 버리지 않았어. 너도 잘 알잖아. 내가 떠나기 전에 우린 정말 많은 얘기를 나누었잖아. 나는 이 산을 떠나 다른 세상으로 나가기만을 꿈꾸었었지!"

"돌아오겠다고 약속했었잖아. 그런데 넌 돌아오지 않았어. 내가 얼마나 기다렸는데. 매일매일 기다렸어. 난 생각했어. 약속했으니까 꼭 돌아올 거야."

"이렇게 왔잖아. 봐, 내가 왔어." 로렌스가 힘없이 말했다.

'제 발로 온 게 아니라 우연히 오게 됐지.' 로렌스는 속으로 생각했다. 몇 년이나 자신을 애타게 기다려왔을 쌍둥이 형제를 마주하고 보니 부끄럽고 후회가 되어 견딜 수 없었다.

발랑틴은 두 사람의 대화를 지켜보며 어찌해야 할지 몰랐다. 로렌스에게 쌍둥이 형제가 있다는 말을 뒤늦게 듣긴 했다. 하지만 로렌스는 그 이야기를 좀체 입에 올리지 않았다. 돌아가기로 했다는 약속도 금시초문이었다. 아마 그 약속을 지키지 못한 죄책감 때문에 말을 꺼내기 않았을 것이다. 비록 처지는 좀 다르지만 발랑틴은 형제자매, 특히 쌍둥이가 얼마나 각별한 관계인지 알고 있었다. 이 상황에서 발랑틴은 어떻게 해야 할까? 두 사람만 이야기를 나눌 수 있도록 슬쩍 자리를 피해줄까? 아니면 로렌스가 정이라는 함정에 빠지지 않도록 당장 데리고 줄행랑을 쳐야 하나?

"이제 여기 남을 거야?" 에라스무스는 믿을 수 없다는 듯이 냉랭하게 물었다.

로렌스는 한숨을 쉬었다.

"모르겠어. 그럴 것 같진 않아."

에라스무스의 표정이 차갑게 굳어졌다.

"그럼 나에게 거짓말한 거네."

"아냐, 그렇게 생각하진 말아줘."

로렌스는 에라스무스의 팔을 잡으려고 다가갔다. 동생과 살을 맞대고 싶었다. 말보다는 포옹이 더 많은 이야기를 해줄 수 있을 터였다. '알겠어? 내가 왔다고. 진짜 살아 움직이는 내가!' 몸과 마음이 가까이 다가간다면 원한과 비난도 사라질 터였다. 에라스무스는 흠칫 물러나면서 소리를 질렀다.

"H67-203/497-LG! 헤파톨리아를 탈출했던 우리 형 로렌스를 발견했습니다! 당장 잡아가세요!"

발랑틴은 더 이상 고민하지 않았다. 그녀는 황급히 뛰어가 멍하니 선 로렌스를 붙잡았다.

"가야 해, 지금 당장!"

"에라스무스……. 지금 뭐 한 거야?" 로렌스는 로봇처럼 똑같은 말만 중얼거렸다.

발랑틴은 로렌스를 뒤로 확 잡아끌고는 마구 내달렸다. 누군가가 사이렌 경보를 가동시켰다. 제복 차림의 사내들이 입구에서 한 줄로 우르르 달려 나왔다. 발랑틴은 발길을 멈추고 빠져나갈 궁리를 했다. 로렌스는 넋을 놓고 이미 몰려들기 시작한 군중 틈에서 동생을 눈으로 찾았다. 발랑틴이 로렌스를 힘껏 흔들었다.

"로, 네 동생은 너에게 쌓인 게 많고 지금 큰 충격을 받은 상태야. 알아들어? 지금은 힘들겠지만 너희는 꼭 다시 만나게 될 거고, 그땐 모든 게 잘 풀릴 거야. 그러니까 우리가 빠져나갈 만한 길을 안다면 빨리 말해봐. 지금 아니면 늦어!"

로렌스는 겨우 정신을 수습했다. 그는 사람들로 가득 찬 홀 안쪽을 바라보면서 한 엘리베이터를 가리켰다.

"저기까지만 갈 수 있다면……. 나갈 수 있을지도 몰라."

"저게 어디로 통하는데."

"베지퀼 호수."

"또 호수야? 말도 안 돼! 우리 재수 옴 붙었나 봐!"

"다른 길은 저것뿐이야."

"그럼 가자!"

발랑틴은 로렌스를 앞으로 밀고 미친 듯이 달렸다. 로렌스가 비틀거리며 넘어졌다.

"당장 일어나!"

발랑틴은 앞을 가로막고 자신을 붙잡는 한 여자를 홱 밀치며 로렌스에게 호통쳤다.

발랑틴의 분노는 전염성이 있었다. 로렌스는 벌떡 일어나 난생처음으로 주먹을 휘둘러 두 명의 헤파톨리아인을 제치고 엘리베이터까지 미친 듯이 달리기 시작했다.

계속 기세 좋게 달리면서 발랑틴은 환호를 보냈다.

"잘한다, 로! 그렇잖아도 어떻게 해서든 네가 싸움질하는 모습을 한 번 봤으면 좋겠다 싶었는데! 어때? 기분 좋지?"

너무 숨이 차서 로렌스는 대꾸조차 하지 못했다. 몇 미터 앞에서 엘리베이터가 마침 로비로 내려오고 있었다. 그들은 허겁지겁 뛰었고 발랑틴은 문 사이로 뛰어들었다.

로렌스가 엘리베이터에 타려는 순간, 발랑틴은 가만히 서 있었다. 그녀의 이마에 붉은 빛으로 된 점 세 개가 나 있었다. 엘리베이터 안에 타고 있던 혜파톨리아인들이 발랑틴에게 총부리를 겨누었다. 여차하면 머리통을 날려버릴 태세였다. 로렌스는 옆으로 얼른 비켜났다.

"네 말이 맞아. 주먹을 쓰니까 좋네. 쫄딱 망한 상황에서도." 그는 중얼거렸다.

23

"프랑수아, 다시 만나서 기쁘네."

브레이브 씨가 완벽한 프랑스어로 말했다.

"연락을 받자마자 왔네. 심각한 상황 아닌가?"

프랑수아 들로름이 자기 펜던트에 손을 얹으며 대꾸했다.

"자네 예상 이상으로 심각하다네. 그런데 혼자 왔나?"

프랑수아 들로름이 한쪽으로 비켜서자 뒤에 있던 소녀가 앞으로 걸어 나왔다.

"프랑스는 얼마 안 있으면 크리스마스 방학을 맞지. 어차피 곧 방학이고 해서……."

브레이브는 정중하게 고개를 숙여 보였다.

"잘 생각했구먼! 아름답고 우아한 숙녀가 여기까지 행차해주시다니, 쿠미데스 서클로서는 반가울 따름이야. 더욱이 요즘 같은 때에."

루이즈는 아버지의 친구에게 다정하게 뽀뽀를 했다.

"전에 봤을 때에는 어린아이였는데 이렇게 멋진 아가씨가 됐군! 프랑수아, 자네 딸내미에게 보디가드를 붙여야겠어!"

루이즈의 발랄한 표정과 타고난 우아함은 전혀 변하지 않았다. 하지만 그 사이에 그녀도 많이 컸다. 이제 소녀가 아니라 완연한 여성이라고 해도 좋았다. 그녀는 눈부시게 빛나고 있었다.

"그렇잖아도 아빠 감시가 얼마나 심한지 몰라요. 그러니까 걱정하지 마세요!"

브레이브는 루이즈를 바라보며 감회에 젖었다.

"닮기도 참 많이 닮았군."

프랑수아 들로름이 애처로운 미소를 띠었다. 루이즈의 얼굴도 어두워졌다. 본의 아니게 부녀를 슬프게 만들어 당황한 브레이브는 더는 아무 말도 하지 않았다.

루이즈가 얼른 화제를 바꾸기 위해 짐짓 발랄한 기색으로 물었다.

"발랑틴과 로렌스는 여전히 쿠미데스 서클에서 지내나요?"

"그래, 그 애들 때문에 조용한 날이 하루도 없지만 솔직히 그 애들이 여기서 지내니까 좋기도 하다. 걔들 덕분에 이 집에도 생기와 스릴이 넘치게 됐지. 특히 후자 쪽이."

"저는 이만 그 애들을 보러 가도 될까요? 이제부터는 두 분이 조용히 얘기 나누시게……."

"물론이다, 방학을 맞은 소녀에게는 나와 네 아버지가 나누는 대화가 따분하기만 할 테지. 네 집이라고 생각하고 편히 지내렴."

루이즈는 여자 집사가 가르쳐준 대로 3층으로 올라가 곧장 발랑틴과 로렌스의 방으로 갔다. 문을 살짝 두드리고 귀를 기울였지만, 아무 소리도 나지 않았다. 좀 더 세게 노크를 했지만, 로렌스의 방에서는 아무 반응도 없었다. 루이즈는 발랑틴의 방으로 가보았다. 방문이 조금 열려 있었다. 문을 밀고 들어갔다. 방은 텅 비어 있었다.

루이즈는 희한하고 불쾌한 냄새에 이끌려 1층으로 도로 내려왔다. 주방에 들어서는 순간, 그녀는 기절할 뻔했다. 주방에서 진동하는 쾨쾨한 냄새 때문에 금방이라도 토할 것 같았다. 푸석푸석한 머리에 띠를 두른 말라빠진 여자가 그녀를 보고 인사를 했다.

"안녕하세요? 뭐 도와드릴까요? 어머나, 안색이 창백하네. 기분이 안 좋아요?"

루이즈는 탁자를 잡고 서서 미소를 지으려고 애썼다.

"아뇨, 괜찮아요. 아마…… 시차 때문일 거예요. 저는 루이즈 들로름이라고 해요. 저는……."

"아, 발랑틴과 로렌스에게 얘기 많이 들었어요. 나는 이 집 요리사 체리라고 해요."

루이즈는 가스레인지 쪽을 흘끗 훔쳐보았다. 부글부글 끓어오르는 냄비 옆에 화이트 초콜릿, 앤초비, 짜 먹는 카망베르 치즈가 보였다. 체리는 자랑스럽게 말했다.

"내 비장의 요리를 선보이려고요. 브레이브 씨께서 아가씨 아버님에게 저녁을 대접하실 거라고 했어요. 당연히 아가씨도 저녁 식사에 참석하겠지요?"

루이즈가 발랑틴에게 들었던 체리의 요리 솜씨 이야기를 떠올리는 데에는 일 초도 걸리지 않았다. 아버지만 이런 시련에 던져놓고 나 몰라라 빠져나가려니 양심에 찔렸지만 루이즈는 재빨리 둘러댔다.

"아뇨, 저는 오늘 저녁에 약속이 있어요. 로렌스와 발랑틴을 만나고 싶은데 걔들이 어디 있는지 아세요? 방에는 없더라고요."

"걔들은 친구네서 주말을 지내다 오기로 했는데. 안됐네요! 아가씨가 왔었다고 하면 무척 아쉬워할 텐데."

"걱정 마세요, 다른 친구들이 있으니까 연락해서 만날 수 있을 거예요. 고맙습니다, 아주머니!"

체리가 루이즈의 마음을 다 안다는 듯한 눈빛으로 그녀를 잡았다.

"아까 몰래 냄비 보는 것 다 봤어요. 조금만 먹고 갈래요? 공항에서 바로 왔으면 굉장히 배가 고플 텐데."

"정말 감사합니다만 이렇게…… 푸짐한 요리를 먹고 갈 순 없어요. 제가 저녁을 잘 먹지 않으면 친구들이 섭섭할 거예요."

'여기서 나가기도 전에 죽고 싶진 않아요.' 루이즈는 속으로 그렇게 생각했다. 그녀는 체리에게 인사를 했고 체리는 참 예의가 바르다면서 프랑스 교육의 우수성에 대해서 일장 연설을 늘어놓았다. 겨우 빠져나온 루이즈는 쿠미데스 서클의 정원으로 나갔다.

서늘한 바람을 쐬니 기분이 좋았고 후각적 충격도 가셨다. 어디 가야 발랑틴과 로렌스를 찾을 수 있으려나? 물론 필 남매가 생각났다. 비올레트가 보고 싶었고, 당연히 오스카도 보고 싶었다. 지난 2년간 그들은 이메일이나 소셜 네트워크를 통해서만 간간이 소식을 전하고 살았다. 루이즈는 오래 망설이지 않았다. 필 남매네 집에 가기 전에 어디부터 가야 하는지 알고 있었다. 이 도시 청소년들이 어떻게 지내느냐에 대해서 가장 확실한 정보를 얻을 수 있는 곳이 있었으니까.

그녀는 아버지에게 얘기를 하고 체리와 마주치지 않도록 조심해서 나왔다. 그러고는 윈스턴 브레이브가 그녀를 위해 대기시켜놓은 차에 올랐다. 운전석에 앉은 제리가 백미러로 살짝 웃어 보였다.

"어디로 모실까요, 마드무아젤?"

"바빌론 하이츠로 부탁드려요. 정확한 주소는 모르지만 이곳에 사시는 분이라면 제레미 시장을 당연히 아시겠지요?"

루이즈는 제리가 데려다준 집으로 들어갔다가 금세 뛰어나왔다. 제리가 운전석 차창을 내리자 루이즈가 고개를 숙이고 말했다.

"얘들이 카페에 있대요."

"타세요, 데려다드리죠."

"킬데어 스트리트에서 펜필드 스트리트로 꺾이는 모퉁이에 있대요. 여기서 금방이에요. 저 혼자 걸어갈 수 있어요. 고맙습니다, 아저씨."

"기다릴까요?"

"어머, 그러지 마세요!" 루이즈가 질겁했다.

"이렇게까지 쿠미데스 서클로 돌아가지 않으려는 이유는 뻔하죠. 우리 집사람이 만든 요리 때문이군요."

자신의 성급한 반응에 놀란 루이즈는 말까지 더듬댔다.

"아니에요, 그냥……, 음……. 저는 제 친구들과 오붓한 시간을 보내고 싶어요. 그게 다예요."

"농담 한번 해본 겁니다. 좋은 저녁 시간 보내요. 필요하면 전화해요. 언제든지 달려올 테니까." 제리는 윙크를 하며 그렇게 말했다.

루이즈는 카페 '돌체'의 문을 밀고 들어가 안을 둘러보았다. 저쪽에 모여서 벨벳 소파와 안락의자에 널브러진 아이들이 눈에 들어왔다. 루이즈는 자신을 등지고 앉은 남자아이의 마른 몸매와 군인처럼 짧게 친 머리를 금세 알아보았다. 그리고 딱 보기에도 성격이 괄괄해 보이는 갈색 머리 여자애가 그 맞은편에 앉아 있는 것을 보고 과연 자신의 생각이 맞구나 하고 생각했다. 루이즈는 그들의 자리 앞에서 멈춰 섰다.

"와, 이게 누구야! 우리가 제일 좋아하는 프랑스 사람이 여기 왔잖아! 드디어 우리랑 진정한 우정을 나눌 수 있는 여자가 왔군!" 제레미가 환호했다.

캐리 모스는 골이 날 대로 났다. 캐리는 소파에 몸을 처박으면서 툴툴거렸다.

"어떻게 오빠 같은 마초랑 진정한 우정을 나누겠어?"

루이즈가 웃으며 말했다.

"멋져! 하나도 안 변했네. 제레미는 캐리를 약 올리고 캐리는 뿔이 나서 받아치고."

캐리가 루이즈와 포옹하면서 솔직히 인정했다. "나도 이런 걸 은근히 즐기나 봐."

루이즈는 나오미와 그 밖의 학교 친구들을 소개받았다.

"그런데 플리전트빌에는 웬일이야? 여기 오래 있을 거야? 비올레트가 널 보면 엄청 좋아할 텐데!" 바르트가 말했다.

"며칠은 있을 거야. 로렌스와 발랑틴도 보고 싶어."

"걔들이 이 자리에 없다니 희한하기도 하지. '돌체'는 우리들의 아지트야. 발과 로는 토요일마다 우리를 만나러 꼭 여기 와. 제레미 오빠, 솔직히 말해봐. 발에게 학교에서 열리는 겨울 무도회 파트너가 되어달라고 그랬지? 그래서 발이 여기 안 오는 거 아냐?"

"저기…… 오스카는? 오스카도 같이 있지 않아?" 루이즈가 물었다.

화제가 바뀌자 제레미가 반색했다.

"걔도 오늘은 이상하게 안 보이네. 어라, 누가 왔는지 좀 봐! 틸라, 너 우리한테 오는 거냐, 지금?"

제레미가 다른 아이들을 돌아보면서 말했다.

"너에게 아양 떠는 남자애들이 잠시 다 어디 갔나 보지? 벌써 심심해진 거야? 여기 와봤자 너에겐 위안이 안 될 텐데."

틸라는 제레미를 무시하고 곧장 캐리에게 갔다.

"너네 오빠 어디 있니?"

캐리는 억지로 미소를 지어 보였다.

"안녕, 틸라 언니, 요즘 어떻게 지내? 만나서 반가워."

"됐어, 너랑 장난할 시간 없어. 로넌이 어디 있는지 가르쳐줘."

"나도 몰라."

그러면서 캐리는 루이즈를 붙잡고 이렇게 말했다.

"나는 페미니스트★라서 이런 건 못 참아. 자기가 예쁘기 때문에 뭐든지 자기 뜻대로 해도 된다고 생각하는 거."

"페미니스트? 캐리, 넌 열네 살밖에 안 됐어." 나오미가 한마디 했다.

"난 두 살 때부터 저 언니가 싫었는데, 뭐."

틸라는 아무도 상대하지 않고 그 자리를 떠나려다가 루이즈를 발견했다.

"어머, 오랜만이네⋯⋯. 넌 변한 게 없구나."

흡족한 듯 틸라는 슬그머니 웃었다. 그녀는 루이즈를 머리부터 발끝까지 뜯어보았다.

"이상하네, 난 프랑스 여자들은 되게 세련된 줄 알았는데."

루이즈는 대답하지 않기로 했다. 틸라는 한술 더 떴다.

"이런 하찮은 애들이랑 시시덕거리려고 미국까지 온 건 아닐 테고⋯⋯.

★ 여자의 권리 신장 또는 남녀 평등을 주장하는 사람.

내 기억이 맞다면 네가 오스카를 좀 좋아하지 않았었나? 나랑 오스카랑 데이트하던 시절에 말이야. 기회가 왔으니 잘 잡아봐. 난 이제 오스카에게 관심 없거든. 너 가지려면 가져."

그렇게 말하고 틸라는 또각또각 걸어가다가 되돌아와서 최후의 일격을 날렸다.

"아, 내가 깜박했구나. 오스카에게 너는 그냥 친한 여자아이일 뿐이지. 걔가 너랑 데이트하는 일은 없을 것 같기도 하고? 뭐, 어쨌든 오스카는 나에게 늘 그렇게 얘기했었어."

루이즈는 미소를 지으며 틸라에게 다가갔다. 루이즈는 하이힐을 신고 있던 틸라보다도 키가 컸다.

"네가 뭘 아니? 나는 오스카에게 쉬운 여자로 보이는 것보다 그냥 친구로 보이고 싶어."

"게임 오버! 틸라, 네가 졌어!" 제레미가 소리를 질렀다.

틸라는 해쓱한 얼굴로 카페 문을 밀고 나와 사람들의 시선을 피해 벽에 기대어 섰다. 이럴 수는 없었다. 아침부터 로넌 모스가 코빼기도 안 보이고 연락도 없는 것도 모자라서 모두가 보는 앞에서 이런 망신을 당하다니, 최악이었다.

틸라는 그 밉살스러운 프랑스 계집애에게 면박을 준 것을 후회하지 않았다. 캐리를 멸시한 것도, 빌어먹을 제레미 자식을 무시한 것도 후회하지 않았다. 틸라의 마음에 상처가 된 것은 그녀 자신이 오스카에 대해서 뱉은 말이었다. 누구보다도 틸라 자신이 믿을 수 없는 말이었으니까.

24

　"H67-203/497-LG, 너는 일개 헤파톨리아인이 아니라 가장 높은 계급, 즉 헤파토사이트의 일원이다. 너희 헤파토사이트가 없으면 넥타를 생산할 수 없다. 너는 헤파톨리아를 탈출하고 자신의 의무를 저버림으로써 우리 민족을 부정한 셈이다. 너는 동포를 배신했다. 이게 무슨 뜻인지 알겠느냐?"

　로렌스는 자신을 심판하기 위해 의회장에 모인 헤파톨리아 엽葉의 현자들을 못 본 체했다. 그는 어슴푸레한 의회장 맨 뒷줄에 앉은 세 사람에게로 시선을 돌렸다. 한 여자가 조용히 흐느껴 울고 있었고, 그 옆에는 한 남자가 망연자실한 얼굴로 꼼짝 않고 앉아 있었다. 그 두 사람 옆에 있는 에라스무스는 선 채로 로렌스를 뚫어져라 바라보았다. 타고난 누런 피부색에도 불구하고 얼굴이 어찌나 창백한지 마치 대리석 석상 같은 느낌을 주었다. 파르르 떨리는 입술에서만 그의 감정과 원한을 읽을 수 있었다.

"이게 네가 원하던 거야?" 로렌스는 다정한 목소리로 물었다.

에라스무스는 대답하지 않았다. 그러나 형에게서 눈을 떼지도 않았다.

로렌스를 추궁하던 현자가 주먹으로 탁자를 쾅 내리쳤다.

"H67-203/497-LG, 우리에게 헤파토사이트가 얼마나 필요한지 모르느냐? 너는 네가 있어야 할 곳, 네 가족이 있는 곳으로 돌아가게 될 것이다. 헤파톨리아 광산으로 돌아가란 뜻이다. 너는 다시는 그곳에서 나오지 못한다. 재생 주기에도 너는 나올 수 없어. 그곳에서 평생 잘못을 속죄하며 살기를."

현자의 말은 활활 타는 산성 용액처럼 로렌스에게 다가왔다. 로렌스는 쓰러지지 않기 위해 자세를 곧추세웠다. 현자는 뒤쪽에 선 발랑틴에게 말했다.

"너, 에리토사이트는 우리의 소관이 아니다. 너는 GRIU 책임자들에게 회부되어 그곳에서 심판을 받게 될 것이다."

갑자기 로렌스가 단호한 목소리로 말했다.

"저 애는 놓아주십시오. 저 아이는 아무 잘못도 없습니다. 오히려 저를 이곳에 데려온 아이입니다. 네, 억지로 절 데려왔습니다."

자신을 위해 거짓말을 할 필요는 없다고 발랑틴은 소리 지르고 싶었다. 하지만 로렌스가 무서운 눈으로 발랑틴의 입을 막았다. 현자들은 주저하며 서로 의견을 주고받았다. 이윽고 심판을 주재하는 현자가 발랑틴에게 선언했다.

"너는 자유다. 하지만 다시는 이곳에 오지 마라."

발랑틴은 로렌스의 팔을 잡고 그의 선처를 부탁한다는 말을 하려고 했다. 그러나 로렌스는 그녀에게 속삭였다.

"아냐, 빨리 여기서 나가. 넌 밖에서 움직여주는 편이 나아."

발랑틴우 이 말이 무슨 뜻인지 해석하려고 했지만, 무장을 갖춘 사내가 강제로 발랑틴을 끌어냈다.

"나를 따라와."

발랑틴은 그의 손을 세차게 뿌리쳤다.

"로!"

로렌스는 발랑틴이 투명인간이라도 된 듯 냉정하게 현자들에게로 돌아섰다.

"로렌스!"

질질 끌려가면서도 발랑틴은 고함을 질렀다. 의회장 문이 닫히기 전까지 그녀는 온 힘을 다해 소리쳤다.

"내가 혈구 안에서 했던 말, 잊지 마! 힘들 때는 그 말을 생각해! 내 말 듣고 있어? 나는 절대 잊지 않을 거야! 친구라면 절대 잊지 않아! 헤파톨리아의 로렌스!"

문 닫히는 소리가 천둥처럼 쿵 하고 울렸다. 로렌스는 발랑틴의 말이 오래오래 가슴속에 남을 수 있도록 눈을 감았다. '응, 내 친구, GRIU의 발랑틴, 네가 했던 말 기억하고 있어. 몇 번이고 그 말을 되풀이할 테야. 운명이 내게 기억이라는 것을 허락하는 한, 언제까지고 되뇔 거야.'

로렌스가 눈을 떠보니 현자들은 일어나 있었고 의회장 뒤쪽에는 아무도 없었다. 그는 발랑틴 앞에서 끝까지 떳떳한 모습을 보인 것이다.

"이제 나를 광산으로 끌고 가십시오." 로렌스가 말했다.

그는 열기가 올라오는 반투명 석판에 누웠다. 헤파톨리아인 한 사람이 와서 그의 손목과 발목에 석판 모서리에 달린 사슬을 채우고 화덕에 불을 지폈다.

로렌스는 속에서 절망과 분노가 스멀스멀 치밀어 올랐다. 이 고행을 피하려고 그렇게나 애를 썼건만 다시 원점으로 돌아오고 말았다. 가족들에게 멸시당하는 것도 모자라, 다시는 이 벌집 같은 곳을 떠나지 못한다는 형벌까지 떨어졌다. 그의 오른쪽에 있던 석판으로 쌍둥이 동생이 들어왔다. 에라스무스는 로렌스와 눈이 마주치자 씩 웃더니 석판에 누웠다. 그는 이 끔찍한 상황을 오랫동안 기다려왔다는 듯 희한하게 평온한 얼굴로 천장만 바라보았다. 똑같은 벌집에 쌍둥이 형과 나란히 누워 그들에게 주어진 일—헤파톨리아의 넥타를 생산하는 일—을 하는 것이 그의 바람이었을까.

실의에 빠진 로렌스는 시선을 돌렸다. 에라스무스를 미워할 수도 없었다. 때로는 미움이 고통을 잊게 하기도 하는데 말이다. 어떻게 에라스무스를 미워하겠는가? 평생 형과 함께 있고 싶어서, 형을 최악의 궁지에 몰아넣은 동생을 어떻게 증오하겠는가?

로렌스의 입에 강제로 파이프가 물렸다. 처음에는 은근한 열기가 반투명 석판을 타고 올라오는가 싶더니 이내 등줄기가 타들어가듯 온몸이 뜨겁게 달아올랐다. 그와 동시에 벌써부터 영양분이 위장으로 바로 연결되는 파이프를 통해 꾸역꾸역 들어오고 있었다. 사료를 강제로 먹여 살을 찌우는 거위, 로렌스가 바로 그 신세였다. 갇히고, 묶이고, 고통받는 짐승과 다를 바 없었다. 살갗 표면에서 넥타가 스며 나오기 시작했다. 넥타는 그의 옆구리를 타고 내려와 다시 석판을 타고 받침돌 아래 파인 물받이에 고였다.

로렌스는 순간적으로 자기 얼굴에서도 넥타가 흐르는 것 같다는 생각이 들었다. 그러다 문득 자신이 눈물을 흘리고 있음을 깨달았다.

25

무시무시한 굉음에 위더스 부인은 고개를 번쩍 들었다. 그녀는 열일곱 번째 쌍 타워 정상에서 메디쿠스들을 지휘하다 말고 지금 막 난관에 봉착한 인터류킨 한 대를 주시했다. 한 줄기 연기가 불그스름한 하늘을 가로질렀다. 인터류킨은 허공을 빙그르르 돌면서 추락하고 있었다. 잠시 후, 시커먼 점 하나가 발사되듯 조종석이 유선형 본체에서 떨어져 나갔다. 인터류킨의 본체는 타워들에서 멀리 떨어진 불바다 천지로 떨어졌다.

지상전도 공중전에 못지않게 치열했다. 메디쿠스들은 온갖 광선들을 쏘아대고 팔로마 위더스가 개발한 무기들을 총동원했다. 팔로마 연구소의 성과는 가히 놀라웠다. 냉각 효과, 원자핵 반응 유도 등 별의별 광선이 다 있었다. 적들은 숯덩이가 되거나 얼음덩어리가 되어서 쓰러졌고, 온몸이 갈가리 찢기거나 삽시간에 분해되기도 했다. 그래도 파톨로구스들은 진격을 거듭하며 한 덩어리로 엉킨 타워들 앞에 메디쿠스들이 쳐놓은 방패막을 공략했다. 드디어 방패막에 위태로운 균열이 나타나기 시작했다. 모린과 몇 명의 메디쿠스들은 그쪽을 복원하는 데 매달려야 했다.

"아무래도 쉽지 않겠어요." 모린이 마이크에 대고 말했다.

"조금 더 버틸 수 있겠어요?"

"아, 그럼요. 스카스데일에게 커피 한잔 사면서 기다려달라고 부탁하면 버틸 수 있겠죠."

이 말을 들은 위더스 부인이 피식 웃었다. 제노돔의 숨 막히는 분위기 속에서 모린의 농담은 잠시나마 숨통을 틔워주었다. 불길이 도처에서 일어났고 불이 나지 않은 곳도 연기와 먼지로 뒤범벅이 되어 있었다. 양쪽 진영은 맹렬한 기세로 싸웠고 우레 같은 포격과 광선이 바람을 가르는 소리에 제네티스의 평화는 이미 깨진 지 오래였다. 부인은 속으로 생각했다. '말세가 따로 없군. 내 눈으로 이 꼴을 보게 되다니……. 머지않아 온 세상이 이 난리를 겪겠지. 신이시여, 우리를 불쌍히 여기소서. 우리에게 맞서 이겨낼 힘을 주소서.' 구름 낀 하늘에서 파닥파닥 날갯짓하는 소리가 들렸다. 솔랄이 부인 옆으로 날아와 앨리스테어를 자기 등에서 내려주었다.

"들어가서 잠깐 숨이라도 돌리세요. 지금 몇 시간째 싸우고 계시잖아요. 이 타워는 제가 맡겠습니다." 앨리스테어가 위더스 부인에게 말했다.

"나이 많은 여자라서 좋은 점도 있지만 이런 때에 그런 이유로 걱정을 끼친다면 유감이군요. 앨리스테어, 그러지 마요. 나의 용맹함이나 능력은 최고 위원회의 그 누구에게도 뒤지지 않아요. 앨리스테어도 알잖아요? 만약 모르고 있었다면 이제부터라도 알아줬으면 좋겠네요."

"그런 뜻이 아니라······."

"그럼 찍소리 하지 마요." 위더스 부인이 단호하게 앨리스테어의 손을 잡았다. "솔랄, 당신과 당신이 이끄는 천사 부대가 필요해요."

솔랄이 고개를 끄덕였다. 위더스 부인이 이어폰을 끼고 신용카드 크기의 스크린을 만지자, 드미의 얼굴이 스크린에 떴다.

"말씀하십시오." 타워들을 관리하는 드미가 말했다.

"기본 물자는 얼마나 남아 있나요?"

"제한 모드로도 얼마 못 버틸 겁니다."

"마지막 남은 물량까지 다 써버리세요." 위더스 부인이 단호하게 말했다.

"무슨 뜻이시죠?"

"폴리메라아제가 다시 몇 가지 매트릭스를 공급해야 한다는 뜻입니다. 어떤 성분들이 필요한지는 곧 알려드리겠습니다."

"유카리아의 동의가 필요합니다."

"쓸데없이 시간 낭비하지 마요. 꼭 필요하니까 하는 겁니다. 유카리아도 내 결정에 동의할 거예요. 걱정하지 마세요."

그 말만 남기고 위더스 부인은 교신을 끊었다.

"솔랄, 이미 천사 부대가 상당한 손실을 입었다는 것은 나도 알아요. 그래도 당신의 천사들에게 다시 한 번 목숨을 걸어달라고 부탁하겠습니다. 내 지시를 따라주겠어요?"

솔랄은 우울한 눈으로 광활한 싸움터를 바라보았다.

"당신을 돕겠습니다. 나의 천사들도 그리할 것입니다."

"베레니스, 무슨 생각이십니까?" 앨리스테어가 물었다.

"여기서 일어나고 있는 비극을 윈스턴 브레이브에게 알릴 수 없다면 기드온 노블이 스스로 나서게 해야죠. 이 작전이 반드시 통하길 기도합시다."

천사 갈라디엘이 매트릭스를 홈에 끼우고 가슴에 꼭 끌어안았다.

"폼페이 왕국으로 가세요. 최대한 빨리." 위더스 부인은 몇 번이나 그렇게 말했다.

고개를 끄덕인 갈라디엘은 솔랄에게 꾸벅 경의를 표하고는 하늘 높이 날아올랐다. 위더스 부인 일행은 천사가 하늘에서 원을 그리다가 땅으로 내려가는 모습을 눈으로 좇았다. 잠시 후, 갈라디엘은 터널 속으로 자취를 감추었다.

"갈라디엘이 터널을 통과하는 데에는 1분이 채 걸리지 않을 겁니다. 그 후엔 바다 위를 날아서 케이브 강을 거슬러 올라가겠지요. 헤파톨리아 산을 넘어 풀모스★ 수로를 따라 아트리움★★ 해협까지 갈 겁니다. 거기서 폼페이 왕국은 금방이에요." 솔랄이 설명했다.

"필요한 성분들이 만들어지자마자 폼페이 동굴이 반응을 보이며 심장 박동에 박차를 가하겠지요. 노블의 동맥 혈압도 올라갔으면 좋겠습니다만……." 위더스 부인이 말했다.

앨리스테어는 솔랄에게 쓸데없는 걱정을 끼치고 싶지 않았기 때문에 위더스 부인에게 다가가 나지막하게 물었다.

"GRIU의 수위가 상승하면 어떡합니까? 세레브라에 출혈이라도 일어나면……. 이만저만 큰 문제가 아닐 텐데요."

"알아요, 하지만 다른 방법이 없잖아요." 위더스 부인이 침울하게 대꾸했다.

★ Pulmos, '폐'라는 뜻을 가진 프랑스어 'pulmo'에서 유래한 단어.
★★ Atrium, 프랑스어로 'atrium'은 '구멍'이란 뜻으로 의학 용어로는 '심방'을 뜻한다.

그녀는 솔랄을 격려했다.

"천사들이 세레브라와 체온 조절 센터로 당장 가주었으면 해요. 셀리아는 눈치가 빠른 사람이에요. 노블이 심장에 이상을 보이고 고열에 시달린다면 바로 그랜드 마스터에게 알리겠지요. 난 그렇게 믿어요."

터널의 끝은 깊은 바닷속이었다.

갈라디엘은 숨을 들이마시고 마지막으로 날개를 파닥인 후에 고이 접어 몸을 물살을 가르기 좋은 자세로 곧게 폈다. 그는 붉은 물속을 어뢰처럼 빠르게 가르고 나아갔다. 그러고는 다시 하늘로 날아오를 준비를 하고 솟아올랐다. 물속에서 튀어나온 그는 날개를 펴고 높이높이 날았다.

그때 어깨에 타는 듯한 통증이 일어났다. 그다음은 허벅지였다. 한쪽 날개가 그의 말을 듣지 않았다. 그는 빙글빙글 돌면서 떨어졌다. 해수면에 세차게 부딪히자 정신을 차릴 수 없었다. 부르릉부르릉 돌아가는 모터 소리가 들리는가 싶더니 갈고리가 다른 쪽 날개를 꿰뚫었다. 갈고리에 걸린 그는 어떤 배의 갑판으로 끌어올려졌다. 낯선 얼굴이 불쑥 나타났다.

"전쟁이 한창인데 자기네 진영에서 빠져나올 생각을 하다니, 이제 어떻게 돌아갈 거냐? 순순히 보내주진 않을 건데."

누군가가 갈라디엘을 잡아서 몸을 함부로 휙 뒤집었다. 부상당한 데가 못 견디게 아팠다. 두 날개를 우악스럽게 한데 모으는 순간, 우두둑하고 꺾이는 소리가 났다. 등줄기를 타고 끔찍한 통증이 전해졌다. 갈라디엘이 의식을 잃고 암흑 속에 떨어진 것이 차라리 다행스러울 만큼.

26

"고맙습니다."

셀리아는 브레이브가 권하는 의자를 거절하면서 그렇게 말했다.

"언제쯤이면 이 집을 조금 편하게 생각해주시겠습니까?"

"죽느냐 사느냐 하는 마당에도 움직일 힘만 있으면 이 집 말고 다른 데 가서 죽겠어요. 이 정도면 대답이 될까요?"

윈스턴이 미소를 지었다.

"그런 생각을 하기엔 아직 너무 젊으신데요. 저는 아무래도 앉아야겠는데 손님께서 굳이 서 계시겠다니 어쩌면 좋을까요. 노인네 생각도 좀 해주시지요."

셀리아는 상대를 빤히 바라보았다. 뒤로 넘겨 빗은 그의 머리는 아직도 칠흑처럼 새까맸고 탄탄한 몸은 피곤이라고는 모를 것 같았다. 풍채가 좋고 관록 있는 사내들이 대부분 그렇듯 윈스턴 브레이브도 나이를 짐작하기 어려웠지만, 어쨌든 아무도 그를 노인네라고 생각하지는 않을 터였다. 셀리아는 한숨을 쉬며 고집을 꺾고 응접실 소파에 자리를 잡고 앉았다.

그녀는 자기도 모르게 벽난로의 따뜻한 온기를 만끽하고 있음을 깨달았다. 셀리아의 보랏빛 눈동자가 쿠미데스 서클의 꺼지지 않는 불꽃에 머물렀다. 메디쿠스 기사단의 불꽃. 브레이브의 말에도 일리가 있었다. 언제까지 이 집과 메디쿠스의 상징들이 그녀의 삶에 일어났던 비극을 떠올리게 할까? 진짜 문제는 따로 있었다. 어째서 17년이 지났는데도 남편의 죽음과 관련된 일들이 그녀에게 늘 똑같은 분노와 반감을 불러오는 걸까? 무엇보다도, 언제까지 비탈리의 죽음이 그녀의 삶에 지울 수 없는 흔적으로 남아 다른 남자들의 접근을 견딜 수 없게 만들 것인가? 셀리아는 자신이 좋아할 수도 있었을 남자들, 요컨대 남편과 닮은 데가 있는 남자들을 일부러 피하며 살아왔음을 깨달았다. 재치 있는 남자나 의지가 되는 남자, 외모가 마음에 드는 남자는 유독 더 멀리했다. 그렇게 사랑의 가능성을 닫고만 살았다.

문득 셀리아는 따귀라도 맞은 기분이었다. 과거에 매여서, 슬픔에 찌들어서, 더는 그렇게 살 수 없었다. 그럼 어떻게 해야 하나? 어쩌면 그녀를 위협하는 상징들로 가득한 이 응접실에 앉는 것이 과거를 극복하는 첫걸음이 될지도 모른다. 그녀는 브레이브가 다리를 꼬고 앉아 예의 바른 미소를 띤 채 자신을 진득하게 기다려주고 있음을 문득 깨달았다.

윈스턴 브레이브를 믿어라. 그것이 비탈리의 마지막 전언이었다. 셀리아는 아들이 반항심을 보일 때마다 이 말을 귀에 못이 박이도록 되풀이했다. 오스카가 쿠미데스 서클에 출입을 금지당한 수모를 잘 참아낼 수 있도록 도와야 했으니까. 하지만 결국 숙이고 들어가지 않은 쪽, 본능적으로 대든 쪽은 그녀 자신이 아니었을까. 이 수수께끼 같은 사내는 냉혹한가 싶으면 사려 깊고, 고집불통이면서도 얘기를 잘 들어주고, 가차 없으면서도 호의적이었다. 윈스턴 브레이브는 그렇게 셀리아에게 모순된 감정들을 숱하게 불러일으켰다.

"오늘은 우리 애들 때문에 왔습니다만……."

"그러실 거라 짐작했습니다. 제 얼굴도 보고 싶어 하지 않는 분이 이렇게 찾아오실 때에는 최소한 그럴 만한 이유가 있겠지요."

이 말은 사실이었다. 셀리아는 굳이 부인할 마음도 없었다.

"비올레트가 간밤에 들어오지 않았어요."

"미리 말씀드렸잖습니까. 노블의 신체 내에서 이루어질 이번 임무에는 며칠이 소요될 수도 있습니다."

"저도 알아요. 그래도 걱정이 되네요. 비올레트가 어떻게 싸움을 한다는 건지……. 제가 왜 걱정하는지 잘 아시잖아요."

"비올레트는 싸우러 간 게 아니라 다른 메디쿠스들과 함께 노블을 보호하러 간 겁니다. 어디까지나 예방 차원에서요."

"그 애는 여느 애들과 다르잖아요." 셀리아가 걱정스럽게 말했다.

"저희도 압니다. 비올레트는 아주 특별한 메디쿠스죠. 우리에게 더없이 소중한 아이입니다."

"그런 얘기를 하는 게 아니라……."

"그럼 무슨 말씀을 하고 싶으신데요?"

"비올레트는 이 세상 밖에서 사는 아이랄까요. 음, 어디로 튈지 종잡을 수 없는 몽상가예요. 굳이 싸움에 나서지 않아도 늘 위태위태한 아이죠. 자기 자신과의 싸움만으로도 벅찬 아이라고요!"

"비올레트는 룸피니 부인이 잘 보살피고 있습니다. 룸피니 부인은 믿으셔도 됩니다. 우리는 물론, 적들까지 인정하는 뛰어난 능력의 소유자니까요. 스카스데일이 직접 나서도 상대가 룸피니 부인이라면 섣불리 공격할 수 없을 겁니다."

셀리아가 벌떡 일어나 초조하게 벽난로까지 걸어갔다.

"그런다고 제가 안심이 될 것 같나요? 그 여자는…… 우리 딸만큼 괴짜잖아요! 무슨 소식은 없었나요?"

"무슨 일이 있다면 저보다 부인이 먼저 아실 수 있을 텐데요. 노블이 그 집에 묵고 있지 않습니까. 어려운 청을 들어주셔서 정말로 감사하다고 다시 한 번 말씀드리고 싶습니다."

셀리아는 이 쓸데없는 인사치레를 언짢은 기색으로 일축했다.

"오스카…… 오스카도 하루 종일 안 보여요."

브레이브의 얼굴에서 미소가 싹 가셨다.

"제가 부인의 모든 자녀들의 교육까지 책임질 수는 없습니다만……."

이 말에 발끈한 셀리아는 홱 돌아섰다.

"그래서 얼마나 다행인지 모르겠네요."

"그런데 왜 저에게 그런 얘기를 하시는 겁니까?"

"당신은 사람을 능히 조종할 수 있는 기회주의자니까요. 우리 아들이 당신의 뒤틀린 계획 속에서 어떤 역할을 하게 될지 모르잖아요."

이렇게 날 선 말을 뱉어놓고 셀리아는 금세 후회했다. 한눈에 보기에도 윈스턴 브레이브의 표정은 딱딱하게 굳어 있었다. 이 사람과 정면으로 부딪쳐봤자 아무것도 얻어내지 못할 터였다. 그녀는 자책하며 공격적인 태도를 자제했다.

"죄송합니다."

셀리아가 한숨 섞인 목소리로 말했다.

브레이브를 누그러뜨리려면 그 정도로는 어림없었다. 브레이브도 자리에서 일어났다.

"기사단은 우리 자신의 이익을 도모치 않고 타인들을 위해 존재하는 거대한 조직입니다. 바로 그렇기 때문에, 댁의 말마따나 지난 2년간 나의 '계획' 속에서 오스카는 어떤 역할도 맡을 수 없었지요."

셀리아는 잠자코 있었다. 그녀는 자기 아들을 아주 잘 알았다. 오스카는 자기 야심을 채우려는 타입이 아니었다. 그는 너그럽고 다른 사람들을 세심하게 배려했다. 하지만 셀리아에게도 오스카의 문제점이 얼마나 크게 불거질 수 있는지 헤아릴 정도의 통찰력은 있었다. 권위를 무시하는 독불장군 오스카의 행동은 브레이브가 못마땅하게 여기고도 남았다. 셀리아는 풀리지 않은 과거 문제, 아버지의 부재가 아들에게 얼마나 힘겨웠을지 알 것 같았다. 그 답을 찾으려다 보니 아들이 이렇게 과격해졌구나 싶었다. 후회가 밀려왔다. 하지만 오스카는 많이 자랐고 성숙해졌다. 브레이브처럼 치밀한 사람이 그 점을 고려하지 않을 리 없었다. 비탈리 필의 아들이 이대로 언제까지나 메디쿠스 기사단의 계획에서 소외되어 있을 것인가? 셀리아는 심히 의심스러웠다.

브레이브가 문으로 걸어갔다. 대화는 그것으로 끝났다. 셀리아는 무거운 마음으로 응접실을 나섰다. 브레이브가 그녀에게 이렇게 말했다.

"잊지 마십시오. 노블의 건강 상태가 의심스러워지면 바로 전화 주셔야 합니다. 밤이고 낮이고 아무 때나 상관없습니다."

셀리아는 비꼬듯이 대꾸했다.

"저를 믿으세요. 저희 가족을 각별히 돌봐주시는 분이 부탁하신 손님인데 제가 가벼이 여길 리가 있겠어요."

27

사샤는 이불 위에서 골백번도 더 뒤척였다. 한밤중에도 가시지 않는 더위에 옷이 몸이 착 달라붙었다. 구름 한 점 없는 하늘에 체로 뿌려놓은 듯한 별들이 정글을 비추었다. 사샤가 손을 뻗었다. 옆자리는 비어 있었다.

그녀는 몸을 일으켰다. 작은 숲 너머에서 오가는 횃불과 목소리를 감지할 수 있었다. 조금 전에 지미, 밴 애시, 예브게니아 그리고 한 청년이 그들에게 합류했다. 사샤는 모스라는 그 청년을 보자마자 거부감이 들었다. 그는 천박했고 눈빛만 보아도 지적인 구석 없이 우악스럽기만 한 성격이 그대로 비쳤다. 사샤가 경멸해 마지않는 딱 그런 타입이었다.

제네티스 주변의 바다에는 파톨로구스의 수장이 명령을 내리기만 기다리는 보초들로 바글바글했다. 사샤는 어둠의 왕자가 감언이설과 돈을 내세워 고용한 자기 아버지의 용병대에 자신이 왜 들어와 있는가를 생각했다. 이 임무에 자기도 가담하게 해달라고 싶다고 아버지에게 조른 게 과연 잘한 일일까? 사샤는 움직여야 직성이 풀리는 성격이기에 그런 결심을 했고, 지미 베이츠가 흡족해했기에 그 결심은 더욱 만족스럽기도 했다. 하지만 사샤는 의심에 빠졌다. 지미와 며칠을 같이 지내는 동안, 그들의 혼란스러운 관계는 전혀 나아지지 않았다. 독립적이고 길들일 수 없는 그의 성격은 확실히 매력적이었지만, 사샤는 지미가 쓸데없이 잔인하고, 사악한 잔꾀를 써서 이기적이고 음험한 제 속셈을 채운다는 것도 알게 되었다. 당연한 일이었다. 지미 베이츠는 실제로 그런 인간이었으니까. 외로운 늑대처럼 제 잇속을 차릴 뿐, 대의를 위해 움직이는 인간이 아니었다.

그리고 필이라는 포로가 있었다. 그의 아버지가 대단히 용맹한 사람이고 엄청난 위업을 세웠다는 얘기를 사샤도 들어본 적이 있었다. 파톨로구스들끼리도 비탈리 필의 능력과 신의는 인정해야 한다는 분위기였다. 그 사람의 아들은 과연 어떨까? 아버지처럼 대단한 존재일까? 지금 당장은 막연히 그가 위험인물로 여겨졌다. 다른 누구도 아닌 사샤에게. 그녀가 생각지도 않았던 면에서. 이런 생각을 겨우 쫓아내고 그녀는 잠을 청했다.

그러고는 두 시간 후에 깨어났다.

이제 베이츠가 그녀 옆에 잠들어 있었다. 사샤는 숨을 죽이고 일어나 귀를 기울였다. 오른쪽에서 나지막이 신음 소리가 들려왔다. 사샤는 일어나서 단검을 챙기고 밖으로 나왔다.

사샤는 나무 하나로 다가갔다. 망설이던 그녀는 그 나무를 빙 둘러가서 허리를 구부리고 있는 사람 앞에 쪼그려 앉았다. 오스카가 고통에 몸부림치면서도 신음 소리를 참느라 끙끙대고 있었다. 사샤는 오스카의 이마를 짚어보았다. 불처럼 뜨거웠다. 과실의 독이 비록 소량이라고는 하나 그 명성에 걸맞은 효력을 발휘한 모양이었다. 그녀는 이 독에는 아무 약도 듣지 않는다는 것을 알고 있었다. 견디고 살아남든가, 아니면 죽든가 둘 중 하나였다. 사샤는 막사로 가서 양동이를 꺼내 물을 받았다. 그러고는 그 양동이를 들고 오스카에게 돌아갔다.

열을 떨어뜨리기 위해 사샤는 수건을 적셔 오스카에게 덮어주었다. 잠시 망설이다가 결국 그녀는 오스카의 티셔츠를 확 찢어버렸다. 오스카도 숨 쉬기가 수월해진 듯했다. 그는 눈을 뜨고 주위를 두리번거리며 몸부림쳤다.

"난…… 반드시 가야 해……. 그가 기다리는데……. 난 약속했단 말이야……. 웹…… 브레이브……."

"진정해, 독이 퍼져서 그래. 괜찮아질 거야. 이걸 좀 마셔봐."

사샤는 한 손으로 오스카의 머리를 받치고 다른 손으로 물을 받아 그의 입술에 흘려 넣어주었다. 사샤의 가무잡잡한 피부와 오스카의 하얀 피부가 뚜렷한 대조를 이루었다.

"티…… 틸라? 너야? 틸라……."

사샤는 움찔하며 오스카의 머리를 땅바닥에 내려놓았다.

"너 때문에 모두 깨겠어. 이제 잠을 좀 자도록 해봐."

"내 펜던트……. 제발……. 펜던트가 있어야 해."

"시끄러워." 사샤가 아까보다 단호하게 말했다.

오스카는 사샤를 쳐다봤다. 열 때문에 번득거리는 눈은 평소보다 더 푸르게 보였다. 이틀째 면도를 하지 못해서 뺨이 더 홀쭉해 보였고, 땀에 젖은 머리도 아무렇게나 헝클어져 있었다. 강인하면서도 한없이 약해 보이는 그 모습에 사샤는 마음이 흔들렸고 자꾸만 끌렸다.

"사샤……. 내 펜던트……. 그리고 케이프를……. 그래야 나을 수 있어."

이제 오스카는 헛소리를 하는 게 아니었다. 사샤는 일어났다.

"그럴 순 없어. 네가 잘 참는 수밖에. 저절로 나을 거야."

"그럼 케이프만이라도……. 열이라도 떨어지게."

사샤는 한숨을 쉬며 주저했다.

"금방 올게."

그녀는 자기 잠자리로 돌아갔다. 베이츠는 꿈쩍도 하지 않았다. 숨소리도 고르고 일정했다. 사샤는 조용히 베이츠의 가방을 잡아당겼다. 베이츠는 가방의 가죽띠를 깔고 자고 있었다. 그녀는 조심스레 베이츠의 몸을 밀어 옆으로 눕게 했다. 그러고는 그를 계속 주시하면서 띠를 빼내어 가방 속의 에메랄드 색 옷가지를 찾았다. 그녀는 케이프를 둥그렇게 말아 팔에 끼고 나왔다.

사샤는 케이프를 펼쳐서 오스카를 덮어주었다. 순간, 금빛 후광이 일어나면서 오스카의 몸이 편안하게 늘어졌다. 사샤는 그 앞에 무릎을 꿇고 앉아 젖은 수건으로 오스카의 얼굴을 닦아주었다.

"더럽게 운도 좋은 놈."

순간 사샤는 소스라치며 단검을 잡고 뒤돌아섰다. 베이츠가 주머니에 손을 넣고 오스카를 빤히 바라보고 있었다. 사샤는 무기를 내렸다.

"얘는 아파. 독이 퍼졌어."

"잘됐네, 그래서 예쁜 간호사를 얻었잖아."

사샤는 태연한 자세를 되찾았다.

"너는 어떤 포로를 어둠의 왕자에게 데려가고 싶은데? 생포해서 데려가고 싶은 거야, 다 썩어가는 시체를 끌고 가고 싶은 거야?"

베이츠는 오스카를 가운데 두고 한 바퀴를 돌았다.

"나도 내가 어떻게 하고 싶은지 생각하고 있던 참이야."

지미 베이츠가 고개를 들었다. 달빛에 그의 얼굴이 드러났다. 뺨 아래 앙다문 턱 근육이 불거져 보였다. 두 눈은 갈라진 틈새로 빛만 번쩍거리는 것처럼 보였다.

"그리고 다른 의문이 떠오르더라고."

"다른 의문?"

지미는 크게 숨을 들이마시고 인상을 썼다. 그가 마침내 한마디 했다.

"어쩌면 이 펜던트……. 어쩌면 이 녀석이 너에게……. 그래."

"무슨 소리를 하는 거야? 알아듣게 똑바로 말해."

"너는…… '다르다고' 해두자. 네가 펜던트를 가지고 있어선 안 돼."

"포로를 잡아놓으려면 내가 가지고 있어야 해. 그게 낫지 않겠어?" 사샤가 딱 잘라 말했다.

베이츠는 하고 싶은 말을 참는 것처럼 보였다. 사샤는 알 수 있었다. 그녀는 상황을 부드럽게 풀어나가는 편이 낫겠다고 판단했다. 그래서 베이츠에게 다가가 그를 껴안았다. 베이츠는 뻣뻣하게 굴었지만 사샤는 좀 더 적극적으로 나갔다. 결국 베이츠도 웃고 말았다. 그들은 뜨거운 키스를 나누었다. 베이츠는 그녀의 입술을 깨물 듯이 키스했다. 이제 됐다고 생각한 그 순간, 베이츠가 한 방을 먹였다.

"그 자식이 마음에 들어?"

베이츠는 아직 무기를 내려놓은 게 아니었다. 그를 안심시키려면 아직 어림없었다.

"아냐. 흥미가 가서 그래." 사샤가 말했다.

"흥미가 간다?"

"응, 너에게 바락바락 대들잖아. 흔치 않은 경우 아닌가? 흥미롭지 않겠어?"

사샤는 드디어 베이츠의 마지막 저항까지 사라졌음을 느꼈다. 그녀는 그를 막사 쪽으로 슬쩍 밀면서 최대한 다정한 목소리로 말했다.

"자, 그만 들어가서 자."

사샤는 잠시 가만히 서서 오스카의 상태를 지켜보았다. 모순된 감정들이 그녀를 엄습했다. 케이프를 덮고 있는데도 오스카의 몸은 경련을 일으키고 있었다. 열도 다시 났다. 오스카의 입술이 파들파들 떨렸지만 입에선 아무 말도 나오지 못하고 있었다. 사샤는 또 어떤 이름들이 튀어나올까 생각했다. 아니, 아까와 같은 이름이려나? 틸라는 대체 누굴까? 사샤는 마지막으로 한 번만 더 그의 이마를 닦아주려다가 마음을 고쳐먹었다. 그녀는 그 자리를 떠나 저만치 걸어가다가 문득 뒤돌아서서 이렇게 말했다.

"오스카 필, 나 너한테 흥미 있어. 버텨봐."

오한이 들며 잠이 달아났다.

아직 밤이었다. 숲은 오만 가지 소음과 울부짖음, 낮보다 더욱 기묘하고 불안한 부산스러움에 휩쓸려 결코 잠들지 못하는 것 같았다.

열은 내렸다. 이제 되레 추울 지경이었다. 케이프를 여미다가 팔꿈치가 안주머니 속의 단단한 물체와 부딪혔다. 옆으로 몸을 구부린 그는 현기증과 구역질이 가시기를 기다렸다가 케이프 안쪽을 뒤져보았다. 주술서가 나왔다. 사샤는 이게 들어 있는 줄 몰랐을까? 아니면 일부러 남겨둔 것일까? 아무것도 쓰여 있지 않은 책 따위는 조금도 위험할 게 없다고 생각했던 걸까? 뭐, 오스카에게 그런 건 중요하지 않았다.

오스카는 조심스레 허리를 펴고 마침 옆에 있던 쭉 뻗은 나무에 등을 기댔다. 초록색 천 위에 주술서를 펼쳐놓고 백지에다 손을 얹었다. 그는 자신이 바라는 것에만 집중했다.

손을 치우자 벌써 백지 위에 이미지가 떠오르기 시작했다.

28

베레니스 위더스는 이제 팔에 아무런 감각이 없었다. 깊어가는 밤에도 아랑곳없이 연신 치고 들어오는 적들의 공격을 막느라 얼마나 펜던트를 휘둘러댔는지 몰랐다.

앨리스테어도 다른 타워들 위에서 쉴 새 없이 싸우고 있었다. 위더스 부인은 하늘로 밀려 들어오는 적기들을 보고 순간적으로 좌절했다. 리암이 이끄는 인터류킨 중대로는 역부족이었다. 더구나 인터류킨 중대는 위더스 부인의 요청으로 모린과 그 일행을 지원하기에 바빴다. 솔랄의 명령대로 두 천사가 메디쿠스 둘을 태우고 위더스 부인 옆으로 올라왔다. 이제 곧 시작될 전면전에 가세하기 위해서였다. 그렇지만 적기들은 아무런 공격도 가하지 않고 공중에서 흩어졌다.

"누가 저들을 맡죠?" 남자 메디쿠스가 물었다.

"우리 셋이 서로 등진 채 삼각형을 그립시다. 그러면 360도를 다 볼 수 있어요. 그다음에 저들이 접근할 때까지 기다리죠." 제트 엔진 소리, 바람 소리에 지지 않으려고 위더스 부인이 큰 소리로 외쳤다.

적들은 부채꼴 대형으로 타워 상공을 지나가면서 이상한 삼각형 포탄을 투하했다. 메디쿠스들은 그 포탄이 타워에 부딪히기 전에 폭파시키려고 했지만 위더스 부인이 그들을 저지했다.

"아뇨, 첫 번째 포탄이 땅에 떨어지는 모습을 좀 봅시다."

너무 일찍 투하된 포탄은 타워에서 멀찍이 앞쪽으로 떨어졌다. 아무런 일도 일어나지 않았다. 다른 포탄들도 얽히고설킨 타워들에 튕겨나갔을 뿐, 별다른 현상이 일어나지 않았다. 그중 하나가 위더스 부인과 두 메디쿠스가 지키는 타워의 옥상에 요란하게 떨어졌다. 그 물체는 떨어지면서 젊은 여자 메디쿠스를 스쳤다. 여자의 팔에 긁힌 상처가 나고 피가 맺혔다. 그렇지만 그녀는 아무 조치도 취하지 않고 그 자리에 서서 방금 떨어진 물체만을 뚫어져라 보고 있었다. 위더스 부인이 그녀 옆으로 다가왔다. 부인도 그 소름 끼치는 것을 보고야 말았다.

억지로 뽑아낸 날개 한 쪽.

전쟁의 제단에 희생된 천사의 날개들이 제노돔에 비처럼 쏟아지고 있었다. 희망을 무참하게 짓밟는 불길한 비였다.

29

잉크병이 엎어지면서 우편물 위로 시커먼 잉크가 쏟아졌다. 웜은 잉크병을 세우고 신경질적으로 종이를 닦아냈다. 그는 일솜씨가 야무지지 못하거나 서툰 것을 매우 싫어했다. 자기가 그런다는 것은 더욱더 용납할 수 없었다. 그가 물건을 엎거나 쓰러뜨리는 일은 결코 없었다. 어떤 일을 다시 할 필요도 없었다. 언제나 첫 번째 일격, 맨 처음에 취하는 조처만으로 충분했다. 한밤중에 침대를 박차고 나오기 일쑤인 불면증 환자인데도 그랬다. 웜은 정확한 사람, 한 치 틀림없는 사람, 유능한 사람이었다. 감정에 휘둘리지 않는 사람이기도 했다. 감정에 치우치게 된다는 건, 약해지기 시작했다는 신호다. 균열의 신호다.

최근에 일어난 사건들로 그가 불안정해진 것은 사실이다. 스스로의 약점을 발견할 때마다 심한 모멸감을 느끼는 웜이었지만 그 점은 인정해야 했다. 어둠의 왕자와의 대면, 그의 제안. 그리고 그의 결심. 그 후에 이어진 필의 방문.

어쩌면 그 소년과 맺은 계약에 마음이 더 쓰이는지도 몰랐다. 그 아이의 잠재성은 분명했다. 웜은 이미 몇 년 전 첫눈에 그것을 간파했다. 비탈리 필의 아들이 그렇지 않을 수가 있을까? 비탈리 필은 너무나 빼어났기 때문에 금세 웜에게 커다란 장애물이 되었다. 브레이브보다 더 큰 장애물, 반드시 넘어야 할 장애물. 아니, 필요하다면 그 장애물을 없애야만 했다. 그리고 실제로 그렇게 되었다. 웜의 운명은 불확실했지만, 당시에 비탈리 필의 운명은 누가 봐도 확실해 보였다. 그는 지도자, 우두머리, 맹목적인 추종자들을 몰고 다니는 별의 운명을 타고났다. 다행히 별도 언젠가는 소멸한다. 필은 자신의 경험에서 그 사실을 배웠으리라. 이제 그 아들은 과연 어떻게 될까?

웜은 오스카 필이 비범한 재능을 드러내는 동안 줄곧 의문을 제기해 왔다. 오스카는 모든 시험에서 영리함, 결단력, 저항력, 융통성을 입증했다. 마치 잿더미에서 다시금 소생하는 불사조 같았다. 잠재성을 드러냈지만 물론 단점들도 보였다. 남의 말을 죽어라 안 듣는 제멋대로인 성격, 권위에 대한 거부, 못 말리게 왕성한 호기심까지……. 그래도 그 나이 때는 원래 그런 것이다. 어린 필은 이제 많이 성숙했다. 생각도 깊어져서 함부로 조종하기 어려운 상대가 되었다. 필이 자기 성에 다녀간 후에 웜이 내린 결론은 그랬다.

재빨리 판단하고, 장점과 단점을 비교해서, 얼른 결정을 내려야 했다. 녀석을 위협하여 안전한 곳 밖으로 끌어내기가 쉽지 않다면 차라리 한편으로 만들어야 했다. 오스카 쪽에서 먼저 제안했으니 절호의 기회였다. 하지만 오스카 필에게 무엇을 기대할 수 있을까? 녀석은 충직한 성품이지만 그 충성심은 누구를 향한 것일까? 기사단의 공식적인 우두머리이자 실력자, 오스카의 멘토이기도 한 브레이브? 아니면 어느 날 갑자기 동맹을 맺은 웜? 오스카의 소식이 전혀 들리지 않는 오늘, 그러한 의문은 합당한 것이었다.

필은 어제 노블의 신체 내 우주로 떠났다. 그곳에서 웜도 일부 책임이 있는, 피비린내 나는 전투가 벌어지고 있을 터였다. 후회는 없었다. 어둠의 왕자의 세력은 날로 커져만 갔고 세계 곳곳에서 기사단의 한계가 명백히 드러났다. 체스판 위에서 스카스데일은 파죽지세로 밀고 들어오는데 메디쿠스들은 도망치거나 방어하거나 기껏해야 어쩔 수 없이 맞받아치는 수준이었다. 언젠가 체크메이트, 패배를 코앞에 둔 상황이 되고 말 것이다. 어둠의 왕자는 이미 오래전부터 속에 품고 있었을 말을 뱉었다. '그때가 닥치면 당신은 어느 편에 서겠소? 강자의 편? 패자의 편?' 올바른 선택을 해야 했다. 자신을 위해서나 기사단을 위해서나. 이 위험한 선택에서 애송이 필과의 약속은 중요하고도 불확실한 한 수였다. 웜은 자신이 신의 한 수를 두었다고 믿고 싶었다.

펜던트는 그의 편을 들어주었다. 환한 빛을 뿜기 시작한 것이다.

황급히 일어난 웜은 자신의 비밀 처소로 통하는 문과 계단을 나타나게 했다. 그곳에 들어가자마자 그는 탁자 위에 거치적거리는 것들을 한 팔로 홱 쓸어버렸다. 그러고는 주술서를 펼쳐 백지 위에 펜던트를 올려놓았다. 필의 얼굴이 나타났다. 눈 주위에 시커먼 무리가 져 있었다. 숨쉬기도 힘들어 보였다.

"어디냐?" 웜이 물었다.

"모르겠어요. 정글 한복판이에요." 오스카가 중얼거렸다.

"레티 쿨룸이로군. 제네티스에 들어갔구나. 하지만 아직 돔에 진입하지 못했어."

"저는 잡혀 있어요."

윕은 잠시 아무 말도 하지 않았다. 그의 두뇌가 휙휙 돌아가며 상황을 판단했다.

"파톨로구스들에게?"

"스카스데일이 고용한 용병들이래요. 그들이 저를 바다에서 생포하고 제 친구들은 죽게 내버려뒀어요."

"용병들이라면 너를 교환 조건으로 내걸 것이다."

"지미 베이츠도 한패예요."

이 소식을 듣고 윕은 눈살을 찌푸렸다.

"2년 전에 네가 저지른 일 때문에 그 녀석 아버지가 죽었지. 일이 복잡하게 됐구나."

윕은 거의 혼잣말을 하듯 중얼거렸다. 오스카는 윕을 다시 대화로 끌어냈다.

"제가 탈출하는 걸 도와주세요."

"너에겐 그럴 여력이 없다. 너는 지금 병자야. 너무 약해져 있어."

"몸은 나아지고 있어요. 다른 메디쿠스들에게 가서 네 번째 트로피를 찾아야만 해요. 저는 그러려고 여기까지 온 겁니다. 아시잖아요. 무슨 수라도 좀 써주세요. 거래에 따르셔야죠."

"아무것도 요구하지 마라. 필, 나에게 아무것도 요구하지 마. 그렇잖으면 그 지옥 같은 열대의 숲에 너 혼자 남게 될 거다. 내 말 알아들었느냐?" 윕이 이를 악물고 대꾸했다.

오스카의 강렬한 시선은 주술서에 고정되었다.

"제가 죽으면 당신에게 무슨 소용이 있습니까?"

'이 녀석은 포기를 몰라. 그런 건 영원히 모르겠지.' 그렇게 인정하면서 윕은 내심 흡족했다. 확실히 한편으로 만들어두면 좋을 녀석이었다.

"나는 너를 도울 수 없다. 나는 노블이 어디에 있는지, 그의 신체 내 우주에서 무슨 일이 벌어지는지 전혀 모르는 것으로 되어 있어."

"어떻게 해야 저 돔 속으로 들어갈 수 있죠?"

"네 개의 문 중 하나로 들어가든가, 아니면 메디쿠스들만 이용할 수 있는 트랜스퍼 라인을 써라. 하지만 레티 쿨룸 숲에는 파톨로구스들이 득실득실할 테지. 탈출에 성공한다고 해도 살아서 통행 구역에 도달할 순 없을 거다."

환하게 빛나는 페이지 속에서 오스카가 불안하게 뒤를 돌아보는 모습이 나왔다.

"무슨 일이냐?"

"무슨 소리가 났어요. 주술서를 이만 닫아야겠습니다. 돔에 들어갈 수 있는 다른 방법을 말해주세요, 빨리요!"

웜은 정신을 하나로 모았다.

"진정하고 내 말을 잘 들어라. 그 외의 방법이라면 하나뿐이다. 다섯 번째 문을 찾아라."

"어디 있는데요? 어서요!"

"다섯 번째 문의 위치는 신체마다 다르지만 대개……."

웜은 말을 다 맺지 못하고 황급히 펜던트를 잡아 주술서 위에 올려놓아야 했다. 소용없었다. 이미지는 사라지고 오스카의 얼굴도 더는 볼 수 없었다.

웜은 씩씩대며 주술서를 덮고 펜던트의 문자로 토템을 슬쩍 건드렸다. 계단이 드러났다. 웜은 황급히 그 계단으로 향했다.

30

오스카는 케이프 밖으로 고개를 내밀었다.

"일어나. 다시 가야 한다."

그렇게 명령을 내리고 베이츠는 저만치 걸어갔다. 오스카는 몸을 일으켰다. 아침 댓바람부터 더위가 기승을 부렸다. 그래도 이제 머리가 어지럽거나 열이 나지는 않았다. 그는 무서운 독을 이겨낸 것이다. 주위를 둘러보았다. 사샤가 보이지 않았다. 바로 옆, 무성한 수풀에서 인기척이 났다. 그가 아는 얼굴이 나타났다.

"모스!" 오스카는 어안이 벙벙했다. "여기서 뭐 하는 거야? 어서 가!"

이러지도 못하고 저러지도 못한 채 모스는 그냥 서 있었다. 오스카는 입을 다물고 주위의 동정을 살폈다. 그의 말을 듣는 사람은 아무도 없었다. 그는 목소리를 한껏 낮추어 속삭였다.

"파톨로구스들이랑, 용병들이랑, 여기 놈들이 아주 많아. 여기 있으면 안 돼. 둘이나 잡히면 어떡하냐고! 얼른 가서 브레이브 씨에게 알려."

마침내 결심이 섰는지 모스는 행동에 들어갔다. 그는 눈치도 보지 않고 성큼성큼 오스카에게 다가왔다.

"너 미쳤어? 자세 낮춰! 그러다…….."

대뜸 날아온 일격에 오스카는 숨이 막혔다. 찌르르하는 아픔이 허리와 등으로 퍼졌다. 그는 잠시 정신을 차릴 수가 없었다. 오스카는 당황하다가 문득 모스의 검은 장갑과 장갑 손바닥에서 빛나는 P자를 보았다.

"안 돼, 이럴 수는 없어……." 그는 겨우 이 말만 중얼거렸다.

"아니, 이게 현실이야." 모스가 킬킬댔다. "너는 포로가 되고 다른 녀석들은 모두 저 돔 안에서 죽어나가겠지만 나는 문제없어."

"멍청한 새끼! 더러운 배신자!"

오스카는 고함을 지르고 모스의 발에 침을 뱉었다.

"역겨운 자식!"

모스는 당당한 자세로 오스카를 꼬나보았다.

"닥쳐라, 필, 내가 몸 좀 한번 풀어볼까?"

모스가 다시 발길질을 퍼부으려는 찰나, 고함 소리에 달려온 베이츠가 그를 말렸다.

"생각 없이 행동하지 마. 너 때문에 이 녀석이 다치겠어."

베이츠는 무릎을 꿇고 오스카의 상할 대로 상한 얼굴을 가만히 들여다보았다.

"난 아직 이 자식이 필요하다고. 저런, 얼굴 꼴이 말이 아니네, 이것 좀 봐……. 뭐, 최소한 명줄은 붙어 있군."

오스카는 겨우 몸을 일으켰다.

"실망했나 보군, 베이츠. 날 죽이려면 그 정도로는 어림없어."

"기생충은 독에도 죽지 않는 모양이지?"

오스카는 주술서를 너덜너덜한 티셔츠 아래로 밀어 넣었다. 살갗이 까진 자리가 벨벳에 쏠리자 인상이 저절로 찡그려졌다. 그는 크게 숨을 들이마시고 다시 일어나려는 현기증을 참았다.

"난 네 아버지를 죽이지 않았다, 베이츠."

"그래서? 살려달라는 거냐? 꿈도 꾸지 마라."

"네 아버지는 나와 아무런 상관도 없어. 난 네 아버지가 누구인지도 몰라. 뭐, 죽었다니 잘된 일이긴 하지만. 하지만 너의 경우는 다르지. 그걸 알아두라고 이렇게 말하는 거다. 넌 내가 정말 죽이고 싶어서 죽이는 상대가 될 거야."

오스카는 이어서 모스에게 말했다.

"그다음 차례는 너다."

장갑 낀 손이 빠르게 허공을 갈랐다. 그러나 그 손은 오스카에게 닿지 못했다.

마법처럼 나타난 사샤가 베이츠의 손목을 꽉 잡고 있었다.

"안 돼. 화난다고 바로 성깔을 부리면 어떡해. 무식한 놈들이나 그러는 거지." 이렇게 말하며 사샤는 모스에게 경멸하는 시선을 던졌다. "금방 후회하게 될 거야. 알면서 왜 이래?"

그들은 잠시 서로를 노려보고 있었다. 사샤는 베이츠에게 속을 들키기라도 한 듯 고개를 돌려 시선을 피했다. 그러나 결국은 베이츠가 한 발 물러섰다.

"좋아, 이제 준비해. 그리고 네가 싸고도는 저 녀석도 준비시켜. 5분 후에 출발한다."

모스는 사샤 앞으로 지나가면서 눈으로 그녀의 옷을 투시하기라도 하듯 음흉하게 바라봤다. 그도 베이츠를 따라 나섰다. 베이츠는 뒤도 돌아보지 않고 이 말을 남겼다.

"잠깐의 유예를 즐겨라, 필. 몇 시간 후면 차라리 이곳에서 죽는 게 나았을 거라고 땅을 치며 후회하게 될 테니."

"로넌은 집에 없는데." 집에서 일하는 여자가 말했다.

"알아요."

그렇게 말하며 틸라는 여자를 밀쳤다.

그녀는 모스가의 거창하고 번드르르한 자택에 들어왔다. 이번만은 이름난 명화들의 복제품, 대리석 조각, 천장에 주렁주렁 매달린 크리스털 장식들과 각축을 벌이는 휘황찬란한 금칠 등에 눈이 쏠리지 않았다. 틸라는 이곳에 볼일이 있어서 왔으니까.

로넌에게 연락이 오지 않은 지 스물네 시간이 넘었다. 로넌이 시도 때도 없이 전화를 걸고 문자를 보내도 틸라는 대개 무응답으로 일관했었다. 하지만 이번에는 걱정이 됐다. 아니, 이렇게 오래 모습을 보이지 않다니, 살짝 기분이 나빠지려고 했다. 참다못한 틸라는 뭔가 단서를 찾아야겠다고, 아마도 로넌의 부모님을 만나면 알 수 있을 거라고 생각했다. 여동생들이 협조할 리 없으니 그 방법뿐이었다.

"부모님들은 계신가요?"

"아뇨."

틸라는 한숨이 나왔다. 그녀는 잠시 망설이다가 가정부에게 묻지도 않고 대뜸 계단을 올라갔다. 층계참을 지나 로넌의 방까지 갔다. 자기 방에 들어가듯 아무렇지도 않게 방에 들어간 틸라는 아무에게도 방해받지 않도록 문까지 닫았다.

틸라는 닥치는 대로 방 구석구석을 뒤지기 시작했다. 책상 위에 널린 잡동사니들 틈에서 전화번호, 메모, 포스트잇 따위가 눈에 띄지 않을까 열심히 찾아보았다. 침대를 헤집고, 옷가지를 흔들어보고, 벽장을 죄다 열어젖혔다. 그러나 아무것도 없었다. 분하고 실망한 틸라가 다 집어치우려는 찰나, 장롱 구석에 처박힌 가방 하나가 그녀의 눈길을 끌었다. 틸라는 시큰둥하니 가방을 들어 그 내용물을 바닥에 쏟았다. 초록색 벨벳으로 장정된 책 한 권이 나왔다. 책을 펼치자 달랑 백지 한 장밖에 없었다. 호기심이 동한 틸라는 백지에 손을 대보았다. 갑자기 손바닥이 불에 닿은 듯 뜨거워서 그녀는 화들짝 놀랐다. 손바닥을 들여다보았다. 거의 아물었던 흉터가 조금 전 책에 닿자마자 되살아났다. 얼마 전의 기묘한 사건이 떠올랐다.

몇 달 전의 일이었다. 로넌과 틸라는 바로 이 방 침대에 앉아 있었다. 그날 오후에 틸라는 밀고 당기기를 번갈아 하며 로넌을 제 손바닥 위에 올려놓고 가지고 놀던 참이었다. 틸라가 집에 가고 싶어 하는 척했더니 로넌은 자기네 집에 같이 가자고 애원했다. 로넌의 방에 단둘이 남아 로넌을 약올려볼까 싶어서 틸라는 그 제안을 받아들였다. 과연 로넌은 적극적으로 그녀에게 추근댔고 틸라는 앙탈을 부리며 로넌을 밀어냈다. 그러다 문득 틸라가 정말로 아파서 비명을 지르는 일이 발생했다.

"그거 뭐야?" 틸라는 로넌이 목에 건 펜던트에서 황급히 손을 치우며 쏘아붙였다.

"아무것도 아냐. 그냥 집안에서 물려받은 거."

"그거에 데였나 봐."

몸을 일으키며 틸라는 툴툴거렸다. 그 펜던트의 M자는 틸라의 손바닥에 붉은색 자취를 남기고 이내 흐려졌다. 그 후에도 틸라는 몇 번이나 로넌의 공세를 뿌리쳤고 어느새 장난이 위험하다 싶은 지경에 이르렀다. 그래서 틸라는 로넌에게 조만간 그의 소원을 들어주겠노라 약속했고, 그 사소한 사건에 대해서는 더 이상 생각하지 않았다.

그런데 지금 이 책에 손이 스치자 똑같은 흔적이 다시 나타났다. 하지만 아픔에 신경 쓸 겨를도 없었다. 틸라가 주술서에 종이 위의 이상한 문장을 읽는 동안, 백지 위에 스르르 은빛 액자가 나타나는 게 아닌가. 틸라는 눈이 휘둥그레졌다. 문자들이 나타나며 하나의 문장을 이루었다.

"무엇이 궁금한가?"

모스의 펜던트 흔적을 알아본 주술서가 질문을 던진 것이다.

틸라는 겁이 나서 움찔 물러섰다. 한순간이지만 그녀는 이 방과 이 집에 다시는 얼씬하지 않겠다고, 로넌이 나타나자마자 절교 선언을 하겠다고 맹세했다.

"이거 도대체 뭐야?"

틸라는 주술서를 들고 이리저리 뒤집어보며 로넌이 새로 들인 신종 전자 기기는 아닐까 하고 생각했다. 하지만 또 한 번 손이 타는 듯한 느낌에 주술서를 떨어뜨리고 말았다. 그 페이지는 검은 물웅덩이처럼 제멋대로 꿈틀거렸다. 액자 속에는 새로운 글자들이 나타나 있었다.

"질문이 분명치 않다……. 너는 레티 쿨룸에 있다."

그때 어떤 영상이 차츰 뚜렷하게 떠올랐다. 배경은 열대의 숲, 이미지는 서서히 그 무성한 숲 속의 작은 빈터로 옮겨갔다. 틸라는 땅에 쓰러진 남자에게 마구 발길질을 하는 로넌을 알아보았다. 뭐가 뭔지도 모른 채 무서워서 그녀는 손으로 입을 틀어막았다. 반사적으로 손가락을 책 가까이 가져갔더니 바닥에 쓰러진 남자에게로 화면이 확대되었다.

틸라가 아는 사람이었다. 그녀는 비명을 가까스로 억눌렀다.

틸라는 서둘러 책을 덮고 한쪽으로 치웠다. 괴물의 존재를 믿는 아이처럼 방구석에 숨어서 바들바들 떨었다. 그러다 차츰 마음을 가라앉혔다. 그녀는 두근대는 가슴으로 조심스레 주술서에 다가가 손가락 끝으로 그 책을 집어 가방에 넣었다. 처음에는 장롱에 원래대로 돌려놓으려 했지만 생각이 바뀌었다. 틸라는 가방 지퍼를 채우고 품에 꼭 끌어안았다. 그러고는 크게 심호흡을 하고 그 방을 뛰어나왔다.

31

스크린에 위더스 부인의 피곤에 지친 얼굴이 나타났다. 드미가 뒤돌아서서 유카리아에게 뭔가 묻는 듯한 시선을 보냈다. 유카리아는 단단히 화가 난 듯한 자세로 기술 팀에게 뭐라고 지시를 내렸다. 끊어졌던 교신이 다시 연결됐다. 이번에는 탁자 위 스크린에 위더스 부인의 얼굴이 나타났다. 유카리아의 목소리가 매섭게 떨어졌다.

"당신의 결정이 대단히 만족스러우시겠군요." 유카리아는 주먹까지 으스러져라 쥐고 있었다.

"미안합니다." 위더스 부인은 냉랭하게 말했다.

그녀는 유카리아 앞에서 전혀 기죽지 않았다. 그 어떤 것도 위더스 부인의 결단을 흔들 수는 없었다. 부인은 유카리아의 대답을 듣지도 않고 바로 이렇게 말했다.

"다른 시도를 해봐야겠습니다."

"제 동의 없이는 아무것도 하실 수 없습니다."

"그렇겠죠. 그래서 제 얘기를 잘 들어달라는 거예요. 아마 기본 물자는 조금 남았을 겁니다. 윈스턴 브레이브에게 이 상황을 알리려는 작전에 모든 물자를 투입하지는 않았으니까요."

"어리석고 위험천만한 발상이었어요."

"그 작전이 성공했다면 그렇게 생각하지 않았을걸요."

"하지만 실패했잖아요? 천사들은 학살당했고요. 게다가 터널 통로는 비밀에 부쳐져 있었어요. 어떻게 파톨로구스들은 천사들이 거기서 나올 거라고 예측했을까요? 배신자가 있기 때문이죠. 당신들 무리에서 몰래 빠져나간 그 모스라는 인간이요."

"난 아무것도 모릅니다."

"내가 아는 바로는요, 당신들은 우리를 돕기는커녕 상황을 악화시키고 있어요. 쓸데없이 희생자를 늘리고 있다고요."

"그 얘기는 나중에 다시 합시다. 제가 묻는 말에 대답하세요. 지금 남은 물자는 어디에 쓰입니까?"

"우주에 공급할 생체 단백질의 디지털 매트릭스를 만드는 데 쓰입니다." 드미가 대답했다.

"그럼 당장 중단하세요."

"뭐라고요? 지금 미쳤어요?" 유카리아가 펄쩍 뛰었다.

"매트릭스 생산을 중단하세요. 뚜렷한 결핍 상태가 나타나야 그랜드 마스터가 기드온 노블의 상황을 알아차릴 수 있습니다."

"말할 필요도 없군요! 기드온 노블을 죽이고 우리도 함께 죽일 작정인가요!"

"유카리아, 다른 방법이 없어요. 당신은 어떻게 생각할지 모르지만 우리도 쉬지 않고 싸우는 중이에요. 온 힘을 다해 타워를 지키고 있다고요. 하지만 우린 오래 못 버틸 거예요. 여러분의 군사력도 다하고 있고요. 여러분이 목숨을 보전하고 제네티스도 수호할 유일한 방법은 기드온의 목숨을 위태롭게 하는 것뿐이에요. 기드온 노블이 진짜로 죽기 전에 윈스턴이 우리가 보내는 절망의 메시지를 알아차릴 겁니다."

유카리아는 눈을 감고 숨을 크게 들이마셨다.

"만약……."

"우리가 실패한다면 여러분은 죽게 되겠지요. 내 목숨 역시 붙어 있지 않을 거고요. 여러분이 나를 원망할 수도 없고, 내가 무슨 대가를 치르고 말고 할 것도 없을 겁니다."

기드온 노블은 필가의 지하실에 갖다놓은 작은 책상 앞에서 일어서며 눈을 비볐다. 눈을 여러 번 깜빡거려도 시야에서 왔다 갔다 하며 독서를 방해하는 붉은 점들은 여전했다. 그는 아침 일찍 일어나 책상 앞에 앉았지만 오늘은 아무래도 헛수고를 한 것 같았다. 한 시간 전부터 납덩이처럼 그를 짓누르는 피로를 떨치려고 애썼지만 소용없었다. 그는 계단을 올라갔다. 셀리아가 벌써 주방에 나와 있었다. 기드온은 활짝 웃는 얼굴로 셀리아에게 다가갔다.

"부인, 제가 차를 한잔 끓여도 방해가 되진 않겠지요?"

"방해라니요! 저를 셀리아라고 불러주신다면 아무래도 좋아요. 제가 물을 끓일게요."

"아뇨, 아뇨, 그냥 두세요!"

기드온은 황급히 셀리아의 손에서 주전자를 빼앗았다.

"뭐든지 선생님이 직접 하실 필요 없어요. 선생님은 누가 뭘 차려주는 데 익숙지 않으신가 봐요. 자, 그냥 앉아 계세요. 좀 편히 계세요. 그래야 챙겨주는 사람도 생긴답니다."

"그래요, 전 그런 게 익숙하지 않아요."

기드온은 셀리아의 제안을 받아들였다. 하지만 그와 동시에 머리가 핑 도는 느낌이 들었다. 그래서 의자에 앉는다기보다는 풀썩 쓰러지고 말았다. 의자가 둔탁한 소리를 내자 셀리아가 깜짝 놀랐다.

"아무것도 아니에요. 의자에 앉는다는 게 그만. 괜찮아요."

셀리아는 찻주전자에 따뜻한 물을 채우고 차를 우려냈다.

"낯선 집에 와 계시니 시간이 더디 흐르는 것 같죠? 브레이브도 좀 너무했어요. 우리 집보다는 그 사람 집이 훨씬 안락할 텐데요."

"전 이 집이 더없이 마음에 드는데요. 이렇게 환대해주셔서 감사할 뿐입니다."

"어휴, 또 그러시기예요! 저도 좋아서 하는 일이에요. 더구나 애들도 인체 내 캠핑을 떠나고 저 혼자 적적하잖아요."

갑자기 걱정이 된 셀리아는 초조하게 티스푼을 흔들어댔다.

"아이들 걱정을 하는군요?"

셀리아가 웃으면서 한숨을 쉬었다.

"말해서 뭐하겠어요. 오스카가 간밤에 들어오지 않았는데 브레이브는 자기와 상관없는 일이라고 하네요. 그 애가 메디쿠스만 아니었다면 벌써 경찰에 신고했을 텐데요."

"오스카가 외박을 하거나 늦게 귀가하는 일이 처음은 아닐 텐데요. 제 짐작으로는요."

"잘 알고 계시네요."

"비올레트 일도 저에겐 비밀로 하실 필요 없습니다. 죄송합니다. 제가 오스카에 대해서 그런 말을 해서 기분이 상하셨나요?" 기드온이 당황하며 사과했다.

셀리아는 고개를 저었다.

"전혀 아니에요. 뭐, 오스카가 제멋대로 구는 걸로는 이미 유명하거든요. 이제 그만 차를 따를까요. 너무 오래 우리면 떫은맛이 나요."

기드온은 떨리는 손으로 곧바로 찻잔을 잡았으나 금세 놓치고 말았다. 그가 입은 재킷에, 그리고 식탁보에 차가 쏟아졌다.

"아, 정말 죄송합니다." 기드온은 옷소매로 식탁보를 문질렀다.

"어머, 뭐 하시는 거예요! 재킷이 더 더러워지잖아요, 제가 할게요! 식탁보 따위는 아무래도 괜찮아요. 자, 물러나세요. 찻물이 바지에도 떨어지겠어요."

기드온은 일어나려고 했지만 갑자기 저릿한 근육통이 일어나서 그럴 수 없었다. 그의 일그러진 표정은 셀리아의 예리한 눈을 피하지 못했다.

"어디 불편하세요?"

"아뇨, 아닙니다. 괜히 마음 쓰지 마세요. 과로 때문일 겁니다. 잠을 충분히 자지 못했거든요. 열도 좀 있는 것 같고요."

"감기 초기 아닐까요? 방에 올라가서 좀 쉬시지 그래요? 아침 식사가 준비되면 깨워드릴게요."

노블은 셀리아의 충고를 따라 겨우 주방에서 나갔다. 계단을 올라간 후에도 계속 머리가 어지러워서 방까지 비틀비틀 걸어가야 했다. 그는 옷을 입은 채로 침대 이불 속으로 들어갔다. 온몸이 으슬으슬 떨렸다. 구역질이 올라왔지만 그냥 무시했다. 그는 순식간에 깊은 잠에 빠졌다.

셀리아는 찻주전자를 닦아서 정리하고 행주를 의자 등받이에 대충 걸쳐두었다. 브레이브가 한 말이 생각났다. 노블의 건강 상태에 이상이 생기면, 더 넓게는 미심쩍은 태도나 행동을 보이는 즉시 연락하라고 하지 않았던가. 그러나 지난번 브레이브와의 만남에서 상한 마음을 곱씹다 보니 이 생각은 잠시 뒷전으로 물러나고 말았다. 그녀의 아들에 대해서 그렇게나 모진 말을 퍼부은 사람에게, 그녀의 도움을 대놓고 거절한 사람에게 잘 보이려고 애쓸 필요가 있을까? 하지만 셀리아는 이성적으로 생각할 줄 아는 사람이었다. 그녀는 이게 얼마나 중대한 일인지, 얼마나 많은 메디쿠스들이 이 유전학자의 몸에 소집되었는지—그중에는 그녀의 딸도 있었다—잘 알고 있었다. 알량한 복수심 때문에 노블이 처할 수도 있는 위험, 나아가 비올레트에게 닥칠 수도 있는 위험을 간과한다는 것은 있을 수 없었다.

셀리아는 2층으로 올라가 노블이 누운 방으로 가보았다. 코 고는 소리에 조금 안심이 되었다. 그녀는 한 시간만 더 지켜보겠다고, 두 시간 후에는 무슨 일이 있어도 노블을 깨워야겠다고 다짐했다. 신체 내 우주에 메디쿠스들이 떼거지로 들어가 있다 해도, 가벼운 감기 정도는 앓을 수 있지 않은가.

32

　발랑틴이 소스라치며 깨어났다. 정신을 차리기까지 잠시 시간이 필요했다. 어제 저녁, 그녀는 석방되자마자 부두로 인도되었다. 발랑틴은 그곳에서 다시 헤파톨리아 산속에 파인 거대한 동굴로 돌아가 인파 속에 몸을 숨겼다. 사람들 눈에 잘 띄지 않는 다리 밑에서 잠시 눈을 붙이기로 마음먹었고, 조금 자고 나니 그나마 기운이 좀 돌아온 듯했다. 발랑틴은 상황을 정리해보았다. 로렌스는 감금되었고 그녀 혼자 힘으로는 이 신체에서 나갈 방법이 없었다. 누군가에게 이 사태를 알려야만 했다. 하지만 누구에게 알린단 말인가? 어려운 선택은 아니었다. 어차피 선택의 여지가 없었다. 오스카는 어떻게 됐는지도 모르고 브레이브는 아득히 멀었다. 브레이브는 아마도 기드온 노블과 함께 있지 않을 것이다. 그렇다면 셀리아뿐인가?

　"비올레트." 발랑틴은 외치다시피 그 이름을 뱉었다.

　그렇다. 그녀의 친구 비올레트, 재미있고 감수성이 남다른 비올레트,

호기심 많고 꿈도 많은 비올레트. 비올레트라면 틀림없이 범상치 않은 신호를 감지할 것이다. 하지만 비올레트는 지금 자신의 멘토와 함께 노블의 신체에 들어와 있다. 그럼 어쩐다? 어떤 신호를 보내야 비올레트가 확실하게 알아차릴까?

가까이에서 인기척이 들렸기 때문에 발랑틴은 장소를 옮겨 작전을 짜야 했다. 그녀는 본능적으로 몇 년 전 오스카, 로렌스와 함께 이 산속에 들어올 때 이용했던 통로로 향했다.

미궁 같은 터널을 따라가다 보니 거대한 슬라이드가 나왔다. 발랑틴은 슬라이드를 타고 내려갔다. 그다음에는 깎아지른 벼랑에 아슬아슬하게 걸친 구름다리로 갔다. 예전에 이미 한 번 그녀의 목숨이 왔다 갔다 했던 바로 그 다리를 건너서 발랑틴은 댐 위로 갔다. 거대한 원을 그리는 베지퀼 호수는 귀한 넥타 특유의 짙은 호박색을 띠고 있었다. 발랑틴의 머릿속에서 싹튼 아이디어는 아주 위험했다. 그러나 발랑틴은 살면서 위험하다고 몸을 사린 적이 없었다. 아니, 오히려 그 반대였다.

그녀는 에독 협로를 지나 대운하에 넥타를 투하하는 비행기들이 대기하는 격납고로 갔다. 그다음에는 바위틈을 요리조리 파고들어 연료 창고까지 접근했다. 암벽 너머에는 호수를 따라 댐이 길게 늘어서 있었다. 잠시 발랑틴은 결심을 되돌릴까 하고 생각해보았다. 충분히 생각했나? 신중한 로렌스라면 어떻게 할까? 똑똑한 오스카라면 어떤 방법을 쓸까? 하지만 지금 그녀는 혼자였다. '충동적인 발랑틴밖에 남지 않았어. 그러니까 나답게 저질러보자.'

그녀는 마지막으로 주머니를 뒤졌다. 불을 붙일 만한 도구가 없었다. 곰곰이 생각하던 발랑틴은 자기 자신의 배짱에 놀라서 슬그머니 웃었다. 그녀는 평소 자기가 기계에 관심을 갖던 것이나, 쿠미데스 서클 차고에서 제리 아저씨와 함께 보낸 시간이 이번에야말로 결실을 맺기 바랐다. 일단 가장 가까운 비행기와의 거리를 가늠해보았다. 전속력으로 뛴다면 자신과 꾸벅꾸벅 졸고 있는 경비원 사이의 거리를 얼마 만에 좁힐 수 있을지도 계산했다. 로렌스를 생각하니 힘이 솟았다. 그녀는 숨을 들이마시고 사각지대에서 미사일처럼 튀어나갔다.

경비병이 반응하기까지의 시간이 관건이었다. 발랑틴은 금속 통을 박차고 뛰어올라 비행기 날개를 잡고 그 위에 올라섰다. 그러고는 두 발을 모으고 조종석으로 쏙 뛰어들었다. 계기판을 보고 자신 있게, 버튼 하나를 눌렀다. 조종석이 아래로 스르르 내려갔다. 경비가 총을 들고 달려오고 있었다. 발랑틴은 시동을 걸고 제트 엔진을 가동시켰다.

"젠장, 액셀이 어떤 거지? 수습 조종사들을 위해서 라벨이라도 붙여놓지, 그게 뭐 어렵다고!"

"당장 나와, 안 그러면 쏜다! 안 들리나? 비행기에서 당장 내려라!" 도로에서 경비원이 외쳤다.

첫 번째 총탄이 비행기의 동체에 맞고 튕겨나갔다. 발랑틴은 총탄이 미치지 않게 조종석 깊숙이 자세를 낮추었다.

"미쳤어! 진짜로 쏘다니!"

두려움에 마음이 급해졌다. 발랑틴은 다시 두 번째 시도를 해보았으나 비행기는 꿈쩍도 하지 않았다. 마침내 세 번째 시도가 먹혀들었다. 비행기는 활주로를 달려 격납고와 경비원 사이로 이동했다. 경비원은 즉시 총을 내렸다. 빗나간 총탄이 연료 컨테이너에 맞기라도 하면 엄청난 참사가 일어날 터였다. 발랑틴은 속도를 냈다.

"멈춰! 그러다 다 날려버리겠어!" 남자는 울부짖었다.

"장난하나, 나도 그런 생각까지는……." 발랑틴은 남자의 입 모양을 보고 중얼거렸다.

발랑틴은 전속력으로 비행기를 몰았다. 비행기 머리가 격납고를 들이받자 함석판이 뚫렸다. 망가진 컨테이너에서 연료가 동굴 속으로 콸콸 흘러나왔다. 발랑틴은 비행기를 후진시켜서 방향을 180도 틀었다. 그러고는 다시 후진해서 제트 엔진의 열기를 연료 컨테이너 쪽으로 가까이 가져갔다.

"미안해요, 기드온 노블. 미리 예고하는데, 좀 괴로울 겁니다."

뒤쪽에서는 사색이 된 경비원이 출구 쪽으로 달려가고 있었다. 이제 발랑틴도 그 경비원처럼 도망가야 할 때였다. 그녀는 조종석 문을 여는 버튼을 눌렀다.

반응이 없었다.

다시 한 번 눌렀다. 정신이 아득해졌다. 다른 버튼들을 마구 누르고 계기판을 주먹으로 쿵쿵 내리쳤다. 빌어먹을 조종석은 그래도 열리지 않았다. 이제 곧 다 폭발할 것이다. 그녀도 함께. 발랑틴은 아직 시간이 있을 때 시동을 꺼버리려다가 이내 마음을 바꾸었다. 지금 이 순간이 메디쿠스들에게 위험을 알릴 단 한 번의 기회라면 목숨을 바쳐도 좋지 않을까? 브레이브 씨가 생각났다. 발랑틴은 브레이브 씨와 말도 안 되는 러브 스토리를 꿈꾸었지만 모두들—그녀 자신을 포함해서—웃기만 했다. 그녀가 비밀의 기사단을 위해서 목숨을 바쳤다는 이야기를 누가 브레이브 씨에게 해줄 수 있을까?

"아무도 없어! 여기서 숯덩이가 되어 죽으면 뭐하냐고!"

발랑틴은 조종석의 유리 덮개를 힘차게 발로 찼다. 갑자기 시스템이 해제되면서 발랑틴은 조종석에서 떨어져 나왔다. 그대로 몇 미터 아래 터널 속으로 굴러떨어졌고, 이어서 폭발의 위력으로 다시 10미터는 날아갔다. 발랑틴은 바닥을 데굴데굴 구르다가 암벽에 부딪혔다.

깊은 동굴 속 암벽이 쩍 하고 갈라졌다. 그 너머에 위치한 댐의 기반도 심한 충격을 이기지 못하고 마구 흔들렸다. 우르릉 쿵쾅 소리가 울려 퍼지고 산 전체가 진동했다. 발랑틴이 겨우 몸을 추스르고 일어났을 때에는 벽에 딱 붙을 시간밖에 없었다. 무시무시한 굉음과 함께 댐이 무너졌고 넥타가 터널 속으로 밀려 들어와 홀을 채우고 강까지 모든 것을 휩쓸어버렸다. 공포에 사로잡힌 헤파톨리아인들의 비명이 울려 퍼졌다.

칼로 찌르는 것 같다. 지금 막 일어난 통증은 그렇게 설명할 수밖에 없었다. 잠이 달아났다.

기드온 노블은 오른쪽 옆구리 아래에서 극심한 통증을 느꼈다. 통증이 서서히 퍼져 등에까지 미쳤다. 숨을 쉴 수조차 없었다. 그는 이 아픔을 알 것 같았다. 이렇게까지 심하진 않았지만 예전에도 비슷한 통증을 느낀 적이 있었다. 몇 년 전, 의사에게 담석증* 진단을 받았을 때도 이랬다. 아무래도 담석증이 또 말썽을 부리는 모양이었다.

처음에는 브레이브의 조언대로 곧장 방에서 나가 셀리아에게 알려야겠다는 생각이 들었다. 그러나 문고리를 잡은 순간, 마음이 바뀌었다. 굳이 여러 사람을 걱정시킬 필요가 있을까? 통증의 원인은 분명했다. 담석증이 재발했을 뿐, 그랜드 마스터가 두려워하는 사태, 즉 파톨로구스들의 공격과는 상관없는 일이다. 괜히 벌벌 떨다가 대수롭지 않은 기침 한 번에 소란을 피우면 꼴이 우스워지지 않는가. 기드온은 처음 담

★ 담즙 내 구성 성분이 쓸개에서 응결되어 생긴 돌인 담석 때문에 생기는 질병.

석중 진단을 받았을 때 재발에 대비해서 항상 경련 완화제와 진통제를 소지하라던 의사의 조언이 기억났다. 그는 이 조언대로 비상약을 늘 챙겼다.

기드온은 힘겹게 일어나 배를 움켜쥐고 소지품 주머니가 있는 곳까지 걸어갔다. 그 안에서 약병 하나를 꺼내 뚜껑을 열고 알약 몇 개를 침대 머리 탁자에 쏟았다. 그는 자신이 찾던 약들을 골라서 물과 함께 삼켰다.

그는 마음을 놓고 다시 침대에 누웠다. 한두 시간 봐서 약이 듣지 않으면 그때 가서 셀리아에게 알려도 될 터였다.

기드온은 일단 눈을 감고 통증을 잊으려고 애썼다.

33

로렌스는 눈을 떴다. 그는 벌집 속의 뜨거운 공기에 모든 것을 내맡겼다. 열기와 펌프 소리에 감각은 이미 무뎌져 있었다. 이제 그는 모두가 그에게 원하는 역할을 감당하는 기계에 지나지 않았다. 어쩌면 이렇게 기계처럼 사는 편이 좋을지도 몰랐다. 그래도 발랑틴의 목소리만은 절절하게 그의 마음속에 메아리치고 있었다. 어떻게 해도 소용없었다. 그 목소리는 그 어떤 것보다 끈질기게 마음에 남았다. 이상한 사실은 마음속의 메아리가 점점 커지고 있다는 거였다. 지금 꿈을 꾸는 게 아닐까 확인해보고 싶을 정도로.

누군가가 그를 부르고 있었다.

아무리 많은 목소리 속에서도 금세 알아챌 수 있는 그 목소리가 다시 멀어져 갔다.

로렌스를 고개를 마구 흔들어 입에 물려놓은 파이프를 치웠다. 대답을 하고 싶었지만 후두가 분비액으로 막혀서 목소리 대신 기침만 나왔다. 로렌스는 겨우 숨을 돌렸다.

"여기야!" 그는 외쳤다.

"여기가 어딘데?"

이제 로렌스는 감격과 기쁨으로 목이 메었다. 그는 다시 목청을 가다듬었다.

"458번 집, 3번 블록, 249번 열이야! 각 블록과 열의 위쪽에 숫자가 적혀 있어!"

벌집의 불투명한 문에 뭔가가 쿵 하고 부딪히는 소리가 한 번 났다. 두 번째 공격에 문은 흔들렸고, 세 번째에는 박살이 났다. 한 사람이 온몸에서 황갈색 물을 뚝뚝 흘리며 들어왔다.

"여기는 표지판이 뭐 이 모양이냐? 하지만 그런 것쯤이야 진정한 친구에겐 문제가 되지 않지!"

로렌스는 그가 지을 수 있는 가장 아름다운 미소를 발랑틴에게 보내고는 믿을 수 없다는 듯이 석판에 머리를 내려놓았다.

"조금 전에 일어난 폭발이 네 작품이냐고 묻지 않을게. 어떻게 이곳까지 돌아왔는지도 묻지 않을게. 너는 정말 와줬어. 이보다 중요한 건 없어."

"뭐, 어쨌거나 굳이 대답하지 않아도 넌 내 대답을 이미 알고 있잖아? 기적이었다고 해두자."

그렇게 말하면서 발랑틴은 로렌스의 손발을 옭아맨 족쇄를 마구 두들겼다.

족쇄가 드디어 풀렸다. 로렌스는 다른 침대로 다가갔다. 에라스무스는 멍하니 천장만 바라본 채 꼼짝도 하지 않았다. 로렌스는 발랑틴의 손에서 금속 막대를 빼앗아 머리 위로 쳐들었다.

"안 돼!" 발랑틴이 소리를 질렀다.

번쩍하고 섬광이 튀었다. 그리고 잠시 후, 에라스무스도 자유의 몸이 되었다.

"깜짝 놀랐잖아, 로렌스. 난 네가 싸움에 재미 붙인 줄 알았다고……." 발랑틴이 속삭였다.

로렌스는 에라스무스의 입에서 파이프를 치우고 그를 일으켜 앉혔다. 에라스무스도 한참 기침을 하고 침을 뱉고 나서야 겨우 말을 할 수 있었다.

"기어이 가겠다 이거지." 그는 돌침대만 내려다보며 말했다.

"같이 가자. 난 너도 데려갈 거야. 내가 얼마나 멋진 세상에서 사는지 보게 될 거야. 이제 함께 지내자."

그제야 형을 쳐다보며 에라스무스는 고개를 저었다.

"로렌스, 누구에게나 자기 자리가 있어. 나는 형도 나처럼 여기에 있어야 한다고 생각했어. 이젠 그렇지 않다는 걸 알아."

에라스무스는 잠시 입을 다물었다가 이 한마디를 던졌다.

"가."

로렌스는 쌍둥이 동생에게 다가가 이마를 맞댔다. 그들은 어릴 때처럼 한참을 그러고 있었다. 그들은 이런 말을 했었다. "이러면 우리 둘이 같은 생각을 하게 될 거야." 그러나 이미 그때부터 두 사람의 기질은 뚜렷한 차이를 보이기 시작했다.

에라스무스가 뒤로 몸을 빼내고 침대에 누웠다.

"보고 싶을 거야. 우리가 다시 만났었다는 것도 잊어야겠지. 그래도 이제부터는 그렇게 힘들지 않을 거야. 더 이상 형을 기다리지 않을 거니까. 어차피 다시 볼 수 없다는 걸 아니까."

에라스무스는 그 말만을 남겼다. 그는 파이프를 집어서 다시 입에 물었다. 관자놀이를 타고 흘러내린 눈물이 뜨거운 석판에 닿자 증발되었다. 그는 팔을 홱 들어 눈물을 닦고 눈을 감았다. 그러고는 형의 손을 찾아 한 번 꼭 쥐고는 놓아주었다. 로렌스는 석판에 매달린 사슬을 손마디가 하얗게 불거지도록 꼭 쥐었다. 발랑틴이 부드럽게 로렌스를 끌어당겼다.

"내버려둬. 자신이 선택한 거야. 저 애가 너의 선택을 존중했으니까 너도 그렇게 해줘."

마지막으로 한 번 더 동생을 바라보고 로렌스는 발랑틴을 따라서 그 자리를 떠났다.

그들은 별 어려움 없이 홀을 지나갔다. 헤파톨리아인들은 굴속으로 넥타가 밀려 들어오자 앞다투어 산 밖으로 빠져나가기에 바빴다. 발랑틴의 계산대로 넥타의 역류는 포르트 강까지 미쳤다. 누리끼리한 갈색 물이 이제 곧 바다는 물론, GRIU 전체에 퍼지고 기드온 노블의 피부색에까지 영향을 미칠 것이다. 그 색깔을 보면 누구라도 분명히 알아차릴 수 있을 것이다.

"이게 내가 보내는 비상 신호야. 이제 이 메시지를 제대로 알아봐주기 바라는 수밖에."

"그들이 바닷가에 있는 게 아니라면?" 로렌스가 물었다.

"그럼 누가 찾으러 올 때까지 여기 처박혀 있어야지. 오스카가 살아 있다면, 어떻게든 버텨냈다면 꼭 데리러 올 거야."

로렌스는 헤파톨리아 산과 자신이 떠나온 이들을 향해 고개를 돌렸다. 마음이 아팠지만 후회는 없었다. 발랑틴은 강가에 앉았다.

"그래도 내겐 희망이 있어. 약간 제정신이 아닌, 길고 붉은 머리와 아주 특별한 눈동자를 지닌 희망이랄까. 그 희망이 내 신호를 알아차리지 못할 리 없어."

"얘야, 다시 한 번 더. 넌 할 수 있단다." 룸피니 부인은 끈질기게 재촉했다.

비올레트는 바람의 왕국의 협곡 한복판에 선 채로 펜던트를 들고 진땀을 빼는 중이었다. 룸피니 부인은 스물네 시간째 애제자를 데리고 다니며 펜던트를 이용해서 싸우는 법을 가르치느라 애를 먹고 있었다. 안타깝게도 그 결과는 그리 희망적이지 않았다. 이번 지시는 간단했다. 정신을 집중해서 문자에서 광선을 발사시켜 벽에 생긴 응고물들을 없애보라는 것뿐이었다.

"하지만…… 그러면 우리 가엾은 친척 기드가 아플지도 몰라요!"

벌레 한 마리 죽이지 못하는 비올레트가 푸념했다.

"나를 믿으렴. 기드는 아무것도 느끼지 못해. 아니, 오히려 기관지가 뚫려서 상쾌한 기분이 될 거다." 룸피니 부인이 장담했다.

비올레트는 다시 한 번 도전했지만 실패하고 고개를 들었다. 머리 위의 푸른 하늘에 번개가 일어나 협곡 사이로 떨어졌다. 비올레트가 흥분했다.

"저것 좀 보세요, 참 예쁘죠? 마치 예술 작품 같아요. 아니, 어떤 면에서는 예술 작품이 맞죠. 그렇지 않나요? 저 작품에 개인적으로 뭔가를 더해도 괜찮을까요?"

비올레트는 약간 어색한 미소를 지으며 그렇게 말했다. 룸피니 부인은 호기심이 동해서 고개를 끄덕였다. 비올레트가 좋아라 하며 펜던트를 휘둘렀다. 대번에 하늘 높이 바람이 일어나고 구름들이 새파란 하늘에 우윳빛 점처럼 흩어졌다. 비올레트의 손가락이 보일 듯 말 듯 문자 위에서 움직였다. 솜뭉치 같은 구름이 그녀가 마음먹은 대로 모양을 바꾸었다.

백작 부인은 얼떨떨한 기분으로 그 광경을 지켜보았다. 트랜스유니버설 메디쿠스들은 자연을 마음대로 부릴 수 있는 능력이 있다더니, 과연 그 소문은 메디쿠스들의 신화에나 존재하는 전설이 아니었다. 비올레트가 그 능력을 이토록 멋들어지게 입증해 보일 줄이야. 알퐁스 후작이 백과사전을 방불케 하는 그의 저서에 수록한 옛 사람들의 이야기에 따르면, 트랜스유니버설들은 자연을 관장하며 지구의 모습을 변화시킬 수 있는 대지의 여신 가이아에게서 아주 특별하게 태어난다. 비올레트를 보니 전설이 틀린 게 아닌 듯했다.

"마음에 드세요?" 비올레트가 걱정스럽게 물었다.

"귀여운 것, 네가 생각하는 이상으로 마음에 든단다. 참…… 굉장하구나. 굉장하다는 말밖에 안 나와." 룸피니 부인이 눈을 떼지 못한 채 중얼거렸다.

"아, 마음에 드신다니 기뻐요! 저는 하늘에 자주 그림을 그리거든요. 제가 구름으로 하늘에 글을 쓰면 바르트가 자기 집에서도 그 글을 읽을 수 있잖아요. 그다음엔 펜던트로 쓱싹 지우면 돼요. 이메일보다 훨씬 예쁘고 실용적이죠?"

룸피니 부인은 미소를 지었다. 비올레트는 한숨을 쉬고 다시 협곡의 암벽에 정신을 집중했다.

"음, 저 때문에 실망하셨죠? 알아요. 그림이나 그릴 게 아니라 열심히 수련을 쌓아야 할 텐데……. 한 번 더 해볼까요?"

"그래, 마지막으로 한 번 더 해보자. 난 네가 꼭 해낼 수 있다고 생각한단다."

룸피니 부인은 비올레트가 진심으로 용을 쓰면서도 성공을 거두지 못하는 모습을 지켜보았다. 이 아이의 굉장한 능력, 그 능력을 의식하지 못하는 순진함에 대해서 생각했다. 어떻게 이 신묘한 힘을 전쟁과 싸움에 쓰라고 말할 수 있을까? 그런 얘기는 해봤자 헛수고일 것 같았다.

게다가 트랜스유니버설들은 엄청난 힘을 가지고 있으니, 자칫 그들을 아무도 대적할 수 없는 전쟁 기계로 전락시킬지도 몰랐다. 비탈리필과 어둠의 왕자가 전설적인 대결을 벌이고 난 후 몇 년간은 실제로 그런 분위기가 있었다. 게다가 일부 트랜스유니버설들이 기사단의 대의를 버리고 어둠의 왕자 편에 붙었다는 얘기도 있었다. 그래서 마지막 남은 트랜스유니버설들은 추적 대상이 되었다. 그들은 감금되거나 죽음으로 응징을 당했다. 마녀 사냥이 따로 없었다. 비탈리의 어머니도 그중 한 사람이었다. 그녀는 살아남기 위해 자취를 감추어야만 했다.

"룸피니 부인?"

"으응?"

"꿈이라도 꾸시는 거예요?"

"조금은 그래." 부인이 인정했다.

"잘하셨어요. 꿈을 꾸면 건강에도 좋아요. 잠시 쉬고 싶으세요? 부인만 좋다고 하시면 저도 그러고 싶어요."

"휴식을 취하기에는 좀 이르지 않니? 그런데 날씨가 꾸물거리는구나. 일단 이만 하자."

룸피니 부인은 여전히 아무 변화도 없는 암벽을 한번 흘끗 보고 비올레트를 안심시켰다.

"이건 중요한 과제가 아니야. 다음에 해도 상관없단다. 그보다는 팔로마 위더스가 너에게 준 무기 가방을 좀 살펴볼까? 특별히 너를 위해 고안한 도구들이 있을 거야. 두고 보렴, 아주 재미있을 거야. 그리고 난 후에는 그만 돌아가자. 오늘 아주 잘했어." 부인은 거짓말을 했다.

비올레트는 팔로마 연구소의 이니셜이 새겨진 가죽 가방을 뱀이라도 보듯 마땅치 않다는 표정으로 바라보았다. 그러고는 화제를 돌리려고 이렇게 말했다.

"더우시죠? 상쾌한 바람은 어떨까요?"

대답을 기다리지도 않고 그녀는 신이 나서 펜던트를 높이 들고 제자리에서 빙그르 한 바퀴를 돌았다.

"이거 보세요, 얼마나 재미있는데요!"

상쾌한 이슬비가 협곡에 떨어지자 공기가 한결 습해졌다. 룸피니 부인은 비올레트가 기적을 일으키는 모습을 즐거이 지켜보았다. 비올레트가 펜던트를 내리자 비가 멎었다.

"팔로마의 무기들은 잊어버리자. 너는…… 너는 불도 일으킬 수 있니?" 부인이 물었다.

비올레트의 얼굴이 갑자기 어두워졌다.

"해본 적은 있어요. 하지만 불은 피우기가 싫어요. 불은요, 제멋대로예요. 무슨 뜻인지 아시겠어요? 도통 다스릴 수가 없는 녀석이라니까요."

망설이던 비올레트는 이 말을 덧붙였다.

"불은 너무 아름다워서 내 마음을 빼앗지만 나를 겁나게 해요."

"그렇다면 강요하지 않을게. 강요해서 좋을 일은 하나도 없어. 이제 갈까?"

"잠깐만요, 이상해요."

"뭐가?"

"비가요."

"비가 이상해?"

"네, 이 비는 이상해요. 제 외투를 보세요. 누런 얼룩이 생겼잖아요."

"예쁜 점박이 무늬가 있는 외투로구나." 비올레트의 괴상한 패션을 좋아하는 룸피니 부인이 말했다.

"아뇨, 이 외투는 그냥 흰색이었어요. 눈 오는 날이 그리울 때마다 입는 외투예요."

그녀는 하늘을 쳐다보았다.

"제 펜던트가 금빛 구름을 데려온 걸까요?"

"아니, 그런 것 같지는 않구나." 룸피니 부인도 의아해했다.

그녀는 좀 더 면밀하게 비올레트의 외투를 살펴보았다. 빗방울이 떨어진 자리마다 살짝 김이 솟아오르는가 싶더니 강한 산성비를 맞은 것처럼 구멍이 뿅뿅 뚫렸다. 비올레트가 자기 나름의 해석을 내놓았다.

"외투에 숨구멍이 났네요. 그것도 나쁘지 않죠? 그런데 대체 이게 뭘까요?"

룸피니 부인은 자기 옷도 살펴보았다. 누르스름한 스웨이드라서 빗물의 색깔이 잘 드러나지 않았지만 빗방울이 떨어진 자리마다 구멍이 나기는 마찬가지였다.

"신체 내에서 이런 효과를 낼 수 있는 성분은 한 가지밖에 모르는데……."

"그게 뭔데요?"

"헤파톨리아의 넥타지."

룸피니 부인은 케이프로 전신을 감쌌다.

"마음을 단단히 먹어야겠다. 준비됐니? 바닷가를 한번 둘러봐야겠다. 나를 따라오렴."

잠시 후, 두 메디쿠스는 폼페이 바다의 해안에 서 있었다. 룸피니 부인이 파도를 향해 걸어갔다. 수평선까지 펼쳐진 바다는 평소와 같은 붉은색이 아니었다. 범상치 않은 누런빛이 일렁거렸다.

"제 외투는 걱정하지 마세요. 이렇게 구멍이 뿅뿅 나니까 저는 더 좋아요."

"아니야, 그 얘기를 꺼내길 잘했다. 플리전트빌로 돌아가기 전에 첫 번째 우주에서 무슨 일이 벌어지고 있는지 가봐야 할 것 같구나. 그것도 아주 빨리."

34

용병들은 동쪽 방향으로 걷기 시작했다.

"돔을 왼쪽에 두고 쭉 따라 걸어가기만 하면 돼."

베이츠는 미심쩍어하는 밴 애시에게 그렇게 말했다.

"이 지옥 같은 숲에서 보이는 게 저 돔밖에 없으니까 하는 말 아냐?"

"레티 쿨룸은 저 사람들 손바닥이나 다름없어."

그러면서 베이트는 용병들을 가리켰다.

"축축하게 썩어가는 손바닥이라고 해야겠군. 한겨울인데 여긴 왜 이렇게 더워?"

밴 애시가 땀이 뚝뚝 떨어지는 얼굴을 닦으며 툴툴거렸다.

"여기는 열대 우림이라고. 지리 수업이라도 해줘야겠어?"

여동생과 나란히 걷던 라비니아가 빈정거렸다. 밴 애시가 그녀의 팔을 홱 잡았다. 그러고는 머리끄덩이를 휘어잡고 엄포를 놓았다.

"네가 '그'와 사귀는 사이라고 해서 뭐든지 네 멋대로 해도 되는 줄 아나 본데. 언젠가 네 목을 칠 날이 오면 난 절대로 망설이지 않을 거야. 네 목으로 전리품을 삼을 거라고."

번개처럼 홱 돌아서며 라비니아는 장갑 낀 손으로 밴 애시의 두툼한 목을 휘어잡았다.

"그럼 빨리 그렇게 하든가. 난 내가 누구랑 사귀느냐와 상관없이 네 하나뿐인 눈깔을 뽑아서 목걸이를 만들 거야. 각자 전리품 하나씩 가지면 되겠네, 어때?"

예브게니아가 두 사람의 실랑이를 중지시켰다. 그녀는 석상처럼 무감각하게 말했다.

"이럴 때가 아니거든? 빨리 캠프에 도착해야 해."

말은 그렇게 했지만 예브게니아는 가야 할 길을 계속 노려보면서 단검을 꺼냈다. 만약 자기가 라비니아와 진짜로 싸운다면 예브게니아가 누구 편에 붙을 것인지 밴 애시는 충분히 짐작할 수 있었다. 또한 예브게니아가 얼마나 단검을 능수능란하게 다루는지도 잘 알고 있었다. 그는 걸음을 늦추어 베이츠 옆으로 갔다. 베이츠도 빈정거렸다.

"라비니아의 지리학 수업, 아주 좋던데."

밴 애시는 베이츠를 죽일 듯이 노려보았다.

첫 번째 비명이 들리기 전까지.

일행은 일제히 걸음을 멈추었다. 레티 쿨룸 숲이 대번에 조용해졌다. 오스카는 행렬 맨 뒤에서 사샤를 따라 힘겹게 걸음을 옮기고 있었다.

"무슨 일이지?"

사샤는 고개를 저으며 키 큰 나무 위쪽을 올려다보았다.

"저 위에서 소리가 났는데."

이번에는 더욱더 날카롭고 새된 울음소리가 정글의 불안한 침묵을 갈랐다. 구아닌 원숭이들이 퍼붓는 비처럼 여기저기서 튀어나왔다. 구아닌들은 이 나뭇가지에서 저 나뭇가지로, 이 덩굴에서 저 덩굴로 넘나들며 미친 듯이 울어댔다. 구아닌들이 수십 마리씩 그들 일행을 향해 달려들었다. 용병들은 이 습격을 피하느라 여기저기 흩어졌다.

모스는 구아닌 한 무리를 밀쳐냈지만 그 열 배는 되는 놈들이 다시 달려들었다. 예브게니아와 라비니아는 구아닌들에 칼을 휘두르느라 온몸에 피를 뒤집어쓰다시피 했다. 사샤는 날카로운 이빨로 물어뜯으려는 구아닌들을 총부리로 내리쳤다. 그녀는 자기 몸으로 오스카를 막으려 했지만 이 포로는 구아닌들의 공격 대상이 아니라는 것을 곧 알 수 있었다. 구아닌들은 오스카를 빙 싸고돌면서 파톨로구스들만 공격했다.

바닥에는 금세 시신들이 널리고 흥건한 피바다가 흘렀다. 용병 두 명의 몸뚱이가 갈가리 찢어져 넘어갔다. 베이츠와 밴 애시는 손바닥을 펴고 팔을 뻗어 파톨로구스의 에너지를 한데 모았다. 그러자 유독한 구름이 서서히 퍼졌고 구아닌들이 낙엽처럼 우수수 나무에서 떨어졌다.

이번에는 더 거친 고함 소리가 새로운 공격을 알렸다. 이번에는 사람의 모습을 한 이들의 공격이었다. 가무잡잡한 피부색의 무리가 나무 위에 올라가 있었다. 화살이 공기를 가르고 날아왔다. 이번에는 파톨로구스들도 지체 없이 그들의 능력을 발휘했다. 불길이 높이 치솟아 원숭이보다 더 잽싼 리보솜들이 버티고 있는 나무 꼭대기까지 넘실거렸다.

사샤는 촘촘하고 조밀하게 엇갈린 나뭇잎들이 방패막 구실을 하는 작은 숲으로 오스카를 끌고 갔다. 그녀는 총부리로 좁은 틈새를 헤집어 보고 혹시 적이 있지 않은가 확인했다. 하지만 적은 그들의 뒤쪽을 덮쳤다. 사샤가 총부리를 겨누었을 때에는 이미 남자의 화살도 오스카를

겨누고 있었다. 그런데 갑자기 상대가 멈칫하며 사샤의 목을 뚫어지라
보는 게 아닌가. 그는 땀에 젖어 투명하게 비치는 옷자락 안으로 금빛
펜던트를 보았던 것이다.

"당신들은…… 메디쿠스요?"

"네, 그렇습니다." 오스카가 말했다.

사샤는 망설이다가 총을 내렸다. 리보솜은 오스카의 손이 묶인 것을
보고 다시 그들을 공격하려 했다. 사샤는 재빨리 반격에 나섰다.

"설명하자면 길어요. 하지만 저를 믿어주십시오." 오스카가 힘주어
말했다.

"왜 내가 당신을 믿어야 하죠? 두 사람 중 한 명은 파톨로구스죠? 그
렇다면 일단 둘 다 해치우고 봐야 할 이유가 충분합니다."

사샤가 번개처럼 빠르게 오스카의 손을 묶은 검은 오라를 풀어주었
다. 그런 와중에도 사냥꾼 리보솜에게 겨눈 총부리는 전혀 흔들림이 없
었다.

"쏴라, 한 사람은 죽일 수 있을지 몰라도 두 번째 사람을 죽이기 전에
네가 죽을걸."

오스카는 상황을 무마하려고 나섰다.

"제 이름은 오스카 필입니다. 친구들에게 가려고 합니다. 제네티스
를 방어하기 위해 파견된 메디쿠스들 말입니다."

몇 미터 너머에서 지미 베이츠의 목소리가 들렸다.

"사샤!"

리보솜은 주저했다. 오스카는 사샤의 목에 자기 손을 가까이 가져갔
다. 펜던트의 문자가 빛을 발했다. 그러자 리보솜이 말했다.

"나는 뉴클레오폴리스의 사냥꾼입니다."

"제 친구 메디쿠스들이 어디 있는지 아십니까?"

"돔 안에 있지요. 적색 안개 때문에 메디쿠스들은 돔에서 나오지 못하고 있습니다. 우리 사냥꾼들의 일부는 아직 이 정글에 있고요."

"사샤!"

베이츠의 목소리가 아까보다 가깝게 한 번 더 울려 퍼졌다.

사샤가 중얼거리듯 오스카에게 말했다. "됐어. 넌 우리가 같은 편이 아니라는 걸 잊은 모양이군. 착각하지 마."

그녀는 총부리를 리보솜에게 들이밀었다.

"목숨이 아깝거든 지금 빨리 꺼져라. 두 번 봐주지는 않을 거다."

리보솜은 뒷걸음질을 치며 야생 덩굴로 다가갔다. 그는 떠나며 오스카에게 이렇게 말했다.

"그들에게 당신이 필요해요."

그는 수풀 속으로 자취를 감추었고 사샤는 오스카를 숨어 있던 곳 밖으로 거칠게 밀었다.

베이츠가 나타나 사샤를 껴안으며 물었다.

"아무 일 없었어?"

그는 사샤를 포옹에서 풀면서 오스카를 살폈다.

"이놈도 별일 없군. 긁힌 데 하나 없네. 필, 좋은 보디가드를 둔 줄 알아라. 널 감시하는 분이 특별히 마음을 써주시고 있다. 너도 그 정도는 눈치챘겠지?"

베이츠가 갑자기 눈살을 찡그리며 사샤를 노려보았다.

"왜 저 자식이 묶여 있지 않지?"

더러운 성질이 목소리에 그대로 묻어났다. 이번에는 베이츠의 의심을 잠재우기가 쉽지 않을 듯했다. 사샤는 그를 잘 달래려 했지만 갑자기 시커먼 덩어리가 그녀와 베이츠 사이에 쿵 떨어졌다. 사샤는 뒤로 벌러덩 넘어지면서 포효하는 거대한 괴물에게 총을 겨누었다. 단단한 갑피를 두른 괴물은 사람 하나는 풀잎처럼 쓱싹 베고도 남을 만큼 크고 날카로운 발톱을 지니고 있었다. 오스카는 그 괴물을 알아보았다. 사납고 골치 아프기로 유명한 메타볼릭 효소*였다. 신체 내에 이 효소만큼 흉악한 포식자는 없었다.

"쏴! 어서!"

사샤가 총을 연거푸 쏘았지만 총탄은 갑피에 튕겨 나왔고 괴물은 꿈쩍도 하지 않았다. 베이츠가 나서서 장갑을 내밀었다. 그러나 메타볼릭의 한 방에 베이츠는 나가떨어져 어느 그루터기에 축 늘어져버렸다.

사샤는 놈의 머리를 겨누고 연발을 날렸다. 그러나 총이 말을 듣지 않았다. 메타볼릭은 사샤의 총을 빼앗았다. 장갑 낀 손으로 방아쇠를 잡고 있었기 때문에 파톨로구스의 장갑까지 벗겨지고 말았다. 꼼짝없이 메타볼릭에게 당할 판국이었다. 오스카는 메타볼릭의 주위를 빙빙 돌며 놈의 주의를 끌었다. 성난 괴물이 흥분해서 거대한 앞발을 휘이휘이 휘둘렀다. 놈의 마지막 일격이 오스카의 가슴팍을 할퀴었다. 오스카는 균형을 잃고 원숭이들의 시체 사이에 쓰러졌다. 메타볼릭이 달려들었다.

"오스카!" 사샤가 외쳤다.

오스카가 날아오는 펜던트를 손으로 낚아챘다. 그때 문자가 발사한 금빛 광선이 메타볼릭의 목을 꿰뚫었다. 시커먼 피가 오스카에게 콸콸 쏟아졌다. 괴물이 오스카 바로 옆으로 쿵 하고 쓰러졌다.

★ '메타볼릭 증후군(대사 증후군)'에서 유래한 말로, 메타볼릭 증후군이란 각종 심혈관 질환과 당뇨병의 위험 요인과 관련된 복잡하고 다양한 여러 병을 포괄하는 개념이다.

오스카와 사샤는 피범벅이 된 채 비틀비틀 일어났다. 사샤는 베이츠에게 달려갔다. 그녀는 베이츠의 목에 손을 대고 맥을 짚었다. 사샤가 안도하는 모습을 보니 오스카는 왠지 가슴이 아렸다. 그는 설명하고 싶지 않은 이 감정을 얼른 쫓았다. 그러고는 베이츠의 몸뚱이를 내려다보며 펜던트를 꼭 쥐었다.

"안 돼. 그러지 마!" 사샤가 오스카에게 반발했다.

"왜?"

"너를 몇 번이나 죽일 기회가 있었는데도 베이츠는 그러지 않았어."

"그거야 나를 산 채로 갖다 바쳐야 했으니까 그렇지. 잘 알면서 왜 그래? 녀석은 내가 소용없어지는 바로 그 순간 나를 죽였을걸."

"그럼 나를 봐서 한 번만 살려줘."

주저하던 오스카는 아까부터 입술을 근질근질하게 하던 물음을 내뱉고 말았다.

"왜 내가 너를 위해서 그래야 하는데?"

"신의의 문제니까. 나도 널 죽이려면 얼마든지 죽일 수 있었어. 네가 죽어가도록 방치할 수도 있었고."

사샤의 목소리에는 감정이 전혀 없었다. 오스카는 팔을 떨어뜨렸다.

"좋아, 너를 봐서, 신의를 생각해서 넘어간다. 하지만 다음에는 절대 살려두지 않겠어."

다른 용병들이 금세 그들을 찾아내고 말 것이었다. 로넌 모스도 필시 가까운 곳에 있을 터였다.

"난 간다."

"나는?"

"네가 왜?"

"나는 안 죽어? 난 너의 적이야. 지금쯤 이해할 때도 됐잖아?"

오스카는 사샤의 크고 검은 눈망울에 빨려 들어가는 기분이 들었다. 그는 속에서 치밀어 오르는 감정을 한사코 거부했다. '안 돼. 이럴 수는 없어. 고작 이틀 만에, 이건 아니야……. 저 여자는 아니야. 파톨로구스 따위와 그럴 순 없어. 그래선 안 돼.'

"아니, 난 너도 죽이지 않겠어."

"신의를 봐서?"

"그래."

용병들의 목소리가 들리기 시작했다.

"어디로 갈 건데?"

"사냥꾼이 하는 말을 들었잖아."

용병들 쪽을 한번 보고 사샤는 다시 오스카를 바라보았다. 가슴이 찢어지는 것 같았다.

"돔에 도착하지도 못할걸."

"저 괴물조차도 날 꺾지 못했잖아." 오스카는 그들 발치에 나동그라진 메타볼릭 괴물을 가리켰다.

"잘난 척하지 마. 네가 레티 쿨룸에 대해서 뭘 알아? 돔에 어떻게 들어가는지도 모르잖아?"

"내가 알아서 해."

사샤는 주저하다가 이렇게 말했다.

"나 또한 신의는 지키는 사람이야. 내가 도와주지."

"베이츠가 용서하지 않을걸."

"베이츠 모르게 할 거야. 그리고 난 자유야. 내 일은 내가 결정해."

사샤가 크게 심호흡을 하고 말을 이었다.

"어디로 가고 싶어?"

오스카는 주저했다. 사샤를 어디까지 믿어도 좋을까? 이렇게 얽히고설킨 관계 속에서 누굴 믿어도 되는 걸까? 한 가지만은 확실했다. 지극히 위험한 사실, 그 자신도 부정할 수 없는 사실은 사샤와 헤어지고 싶지 않다는 것이었다.

"다섯 번째 문."

"난 네 개의 문밖에 몰라. 지금 여기서 제일 가까운 건 구아닌들의 문이지."

용병들의 목소리가 더 가깝게 들렸다. 사샤가 베이츠를 나무에 기대어 앉히고 눈을 감는 순간, 베이츠가 신음 소리를 냈다. 사샤는 아주 잠깐밖에 망설이지 않았다. 그녀는 벌떡 일어났다.

"날 따라와."

오스카는 사샤가 이끄는 대로 쉴 새 없이 달렸다. 그는 사샤의 유연하고 민첩한 행동과 지구력에 놀랐다. 장애물을 뛰어넘거나 단 몇 번의 손짓으로 길을 트는 솜씨 또한 예사롭지 않았다.

"한참 앞선 것 같은데. 조금 천천히 가도 되잖아." 오스카가 말했다.

"피곤해?"

"아니."

"잔소리 말고 뛰어. 잡히고 싶지 않으면."

그들은 다시 정글을 빠져나갔다. 용병들의 고함 소리를 듣자 하니 사샤의 말이 맞는 것 같았다. 와자지껄한 소음은 점점 더 가까워지고 있었다.

"아직 멀었어?"

"아니. 하지만 속도를 내!"

오스카는 사샤가 여기까지 자신을 참으로 잘 데리고 와줬구나 하고 생각했다. 그는 온 힘을 다해 사샤를 따라갔다. 이제 그들은 닥치는 대로 장애물을 뚫고 나아갔다. 나뭇잎들이 그들의 얼굴을 때리고, 나뭇가지들은 팔에 상처를 냈다. 뿌리에 걸려 넘어질 뻔한 적도 많았지만 두 사람 모두 조금도 속도를 늦추지 않았다. 레티 쿨룸 숲과 이곳의 함정들보다 둘의 열의가 한층 더 뜨겁고 거셌다.

문득 듬성듬성한 나뭇가지 사이로 돔이 그 모습을 드러냈다. 사샤가 뒤를 돌아보았다. 이제 몇 분 후면 용병들이 따라붙을 터였다. 그녀는 숨을 헐떡이며 덩굴을 꺾더니 오스카에게 내밀었다.

"나를 묶어."

"미쳤어? 왜……."

"시키는 대로 해. 저들이 나를 발견하고 자초지종을 묻는 동안, 너는 잠깐이나마 시간을 벌 수 있어. 네가 날 붙잡고 여기까지 끌고 왔다고 말할게."

"저들이 그 말을 믿을 것 같아? 그 정도는 너도 알잖아? 나랑 같이 가자. 이제부터는 내가 널 지켜줄게. 날 믿어도 돼."

사샤는 우격다짐으로 손을 내밀었다.

"실랑이할 시간 없어. 빨리 묶어. 괜히 시간 낭비하지 마."

오스카는 감동을 가눌 수 없었다. 더 이상 깊이 생각하지 않고 사샤를 끌어당겨 그녀에게 키스했다. 사샤가 오스카의 얼굴을 어루만졌다. 오스카는 그녀를 으스러져라 껴안았다. 그들의 입술이 떨어졌다.

"나랑 가자." 오스카는 다시 한 번 말했다.

"키스 한 번에 네 사람들을 부정할 거니?"

"키스는 키스일 뿐이야." 오스카는 발끈했다.

사샤는 뒷걸음질했다. 그녀는 차갑게 명령조로 말했다.

"어서 가. 날 정말 생각한다면 내 손을 빨리 묶고 꽉 졸라매라고."

오스카는 낙심한 얼굴로 사샤를 바라보았다. 그는 결국 덩굴을 들고 사샤가 시키는 대로 했다. 사샤와 눈을 마주치려고 했지만 그녀는 저 멀리 수풀만 바라보고 있었다. 오스카가 매듭을 꽉 조이자 사샤는 아파서 입술을 깨물었다. 이제 용병들의 목소리는 또렷하게 들렸다. 그중에는 베이츠의 목소리도 있었다. 오스카는 사샤의 두 손을 잡고 자기 얼굴을 묻었다. 사샤가 뿌리치려고 했지만 오스카는 억지로 그 손을 잡고 입을 맞추었다.

용병들이 그곳에 도착했을 때에는 사샤 혼자밖에 없었다. 그녀는 울고 있었다.

35.

"이 바위 뒤에서 버틴 지 세 시간이나 됐어." 로렌스가 한마디 했다.

발랑틴이 몸을 드러냈다. 그들은 헤파톨리아 산의 오른편 봉우리에서부터 포르트 강 초입과 부두들을 한눈에 내려다볼 수 있었다.

"안에 숨어 있는 것보다 이게 낫다고 생각하지 않니? 여기에서라면 행여 어떤 메디쿠스가 배에서 내리더라도 금방 알아볼 수 있어."

"발, 혈구 잠수정으로 제네티스에 가서 그들을 찾아보면 어때?"

"난 한 번도 제네티스에 가본 적이 없는데? 그래도 내 계획대로 한번 해보지 않을래?"

"좋아, 하지만 너무 오래 끄는 건 안 돼."

로렌스는 걱정스러운 말투로 말하며 산 아래쪽을 가리켰다. 발랑틴은 짐을 바리바리 든 사람들이 줄줄이 나오는 광경을 보았다.

"헤파톨리아인들이 여긴 뭐 하러 나오는 거야? 아, 멈춘다." 발랑틴이 안도했다.

"마음 놓기는 아직 일러. 헤파톨리아인들은 절대로 쓸데없이 이동하지 않아. 기분 전환 삼아 산책을 즐기는 족속이 아니라고."

"알 게 뭐야. 우린 우리 편이 오는지 지켜볼 수만 있으면 된다고."

"발……. 나 저 사람들이 누구인지 알 것 같아."

"잘됐네. 그런데 당연한 거 아냐? 여긴 너희 나라잖아? 뭐, 어쨌든 잘됐다."

"저들은 재생 요원들이야. 헤파톨리아는 손상된 구역을 재건할 수 있는 몇 안 되는 우주 중 하나거든. 재건은 신속하게 이루어져. 이제 저들이 네가 내부에 입힌 피해를 재빨리 복구할 거야." 로렌스는 억양 없는 목소리로 말했다.

"그래서? 저들이 여기까지 올라올 거라는 뜻이야?"

"아니."

"그런데 왜 걱정하는 거야?"

"저들이 우리를 곧 '끌어내릴' 테니까. 당장 서둘러, 빨리 여기를 떠야 해!"

발랑틴은 날카로운 바위에 손을 몇 번째 긁혔는지 셀 수도 없었다. 그녀는 손가락에 흐르는 피를 청바지에 대충 닦고 뒤를 돌아보았다. 로렌스가 한참 뒤처져 있었다. 열악한 신체 조건과 헤파톨리아 광산에서 겪은 고초 때문에 로렌스는 더 이상 산을 탈 수 없었다. 저 아래쪽에서 재생 요원들은 복구 작업을 마치고 산을 다시 내려가고 있었다. 이제 잠시 후면 이곳은 아수라장이 될 터였다. 발랑틴은 가던 길을 도로 내려와 로렌스를 부축했다.

"로, 여기서 나가고 싶으면 조금 더 올라가야 해. 힘을 내."

로렌스가 고개를 도리도리 저었다.

"못하겠어. 더는…… 숨도 못 쉬겠어."

발랑틴은 주위를 살폈다. 그러다 어떤 곳을 뚫어져라 바라보고는 로렌스의 팔을 자기 어깨에 둘러멨다.

"저 큰 바위까지는 가야 해. 거의 다 왔어. 저 바위가 우릴 보호해줄 거야."

로렌스는 거우거우 가파른 경사면까지 걸어가서 풀썩 주저앉았다. 발랑틴은 배를 깔고 납작하게 엎드려 아래쪽의 동정을 살폈다. 재생 요원들은 임시 막사로 들어갔고 헤파톨리아 산자락은 쥐 죽은 듯 고요했다. 폭풍 전야의 고요함이 이럴까 싶었다.

그때 날카로운 신호음이 울려 퍼지고 첫 번째 다이너마이트가 터졌다. 이어서 쾅쾅쾅쾅 하고 폭발음이 연달아 일어났다. 연기 기둥이 치솟고 흙먼지가 사방으로 흩어지면서 산 아래가 푹 파였다.

"손상된 구역을 폭파시켰어. 우린 저기 파묻힐 거야!" 로렌스가 우는 소리를 냈다.

한층 더 높은 곳에서 다시 폭발음이 우르르 일어났다. 지반이 약해진 곳이 무너졌다. 마지막 세 번째 층, 발랑틴과 로렌스가 위치한 곳 바로 아래쪽도 무너지기 시작했다. 산의 한 면 전체가 무시무시한 굉음과 함께 무너져 내렸다. 그들이 숨어 있는 바위도 마구 진동했다. 발랑틴이 뒤로 물러났지만 이미 늦었다. 바위에 쩍 하고 금이 가더니 그대로 넘어가는 게 아닌가. 발랑틴은 비명을 지르며 머리부터 떨어졌다. 한 손이 그녀의 발목을, 또 다른 손은 장딴지를 잡았다. 발랑틴은 허공에 거꾸로 대롱대롱 매달린 신세가 되었다.

"너까지 떨어지면 어떡해! 그냥 놔, 로렌스! 난 괜찮아!" 발랑틴이 외첬다.

"안 돼! 그럴 수 없어! 내가…… 구해줄게……." 로렌스는 이를 악물었다.

로렌스의 손이 부들부들 떨렸다. 그는 위험하게 허공으로 몸을 내밀었다. 다시 한 번 지척에서 일어난 거센 폭발에 분화구가 뻥 하니 뚫렸다. 암석 파편들이 비 오듯 쏟아졌다.

"이제 우리를 폭파시키는 건가?" 발랑틴이 외쳤다.

주변에서 벌어지는 일들을 무시하고 로렌스는 온 힘을 모았다.

"시끄러워……. 무슨 방법이라도 생각해봐!"

발랑틴은 몸을 앞뒤로 크게 움직여 암벽을 잡으려 했다. 그 바람에 로렌스의 손에서 발랑틴의 발목이 미끄러졌다.

"그만둬! 무슨 생각을 하는 거야!" 로렌스가 소리를 질렀다.

발랑틴은 배에 힘을 단단히 주고 상체를 일으켜 로렌스의 팔 위쪽을 잡으려 했다. 몇 센티미터만 손을 뻗으면 될 것 같았다. 바로 그 순간, 로렌스는 손가락에 힘이 풀리는 것을 느꼈다. 로렌스는 미친 듯이 고개를 저었다.

"안 돼, 안 돼……. 버텨야 해……."

"로, 조금만! 거의 다 됐어!"

발랑틴은 초인적인 괴력을 발휘하여 어깨를 힘차게 들어 올리며 손을 로렌스에게 뻗었다. 바로 그 순간, 로렌스는 마지막 남은 힘까지 다 써버렸다.

발랑틴은 비명을 지르며 추락했다.

첫 번째 폭발에 비올레트가 화들짝 놀랐다.

그녀는 무슨 일인가 하는 표정으로 헤파톨리아 산의 서쪽 사면을 쳐다보았다. 룸피니 부인도 부두에 내리자마자 헤파톨리아 사람 한 명을 붙잡고 물어보았다.

"무슨 일입니까?"

"호수의 댐이 망가져서 저수지의 넥타가 강으로 흘러 들어갔습니다. 재생 요원들이 산 곳곳을 폭파시켜 날려 보내고 재건할 겁니다."

"그랬군요. 음, 비올레트, 이제 돌아가자꾸나. 이 신체 내에 오래 머물러서 좋을 게 없어. 도움이 필요하다면 나중에 내가 다시 오면 되니까."

그때 다른 헤파톨리아인이 끼어들었다.

"테러가 발생한 것 같습니다."

룸피니 부인이 돌이키려던 발길을 멈추고 정색하는 표정을 지었다.

"테러라고요?"

"저 위에 있는 격납고 보초가 그랬대요. 어떤 에리트로사이트가 테러를 일으켰다고."

"그래서 범인은 잡았대요?"

"아뇨, 아마도 넥타에 휩쓸려 죽었겠지요."

룸피니 부인은 다시 헤파톨리아 산을 바라보았다. 두 번째 폭발음이 한바탕 울리고 난 후였다. 연기구름이 흩어지고 암벽이 드러났다. 그녀는 희끄무레한 먼지 사이로 두 개의 점을, 지옥에서 분투하는 두 아이들을 볼 수 있었다. 비올레트도 산 쪽으로 한 발짝 다가갔다.

"가자!" 룸피니 부인이 득달같이 명령했다.

두 사람은 재빨리 산길을 따라 절벽 바로 아래에 이르렀다. 돌무더기 천지에서 뭔가가 반짝하고 빛났다. 비올레트는 허리를 구부리고 석영을 깎아 만든 팔찌 하나를 집어 들었다. 사색이 된 그녀가 중얼거렸다.

"발랑틴이에요. 저 위에 있는 에리트로사이트는 바로 발랑틴이 틀림없어요!"

비올레트는 떨리는 손으로 수백 미터 위 벼랑에 대롱대롱 매달린 발랑틴을 가리켰다. 룸피니 부인은 잠시 주저하다가 비올레트의 어깨를 꼭 잡아두었다.

"촌각을 다투는 일이다, 비올레트. 발랑틴이 위험해. 지금 아니면 기회는 없어."

부인은 비올레트의 펜던트를 손으로 가리키고는 뒤로 물러났다. 비올레트는 일단 펜던트의 문자를 거머쥐었지만 어쩔 줄을 몰랐다.

"제가 뭘 해야 하는데요? 발랑틴이 죽게 생겼잖아요. 절 도와주세요, 제발요!"

룸피니 부인은 꿈쩍도 하지 않았다.

"비올레트 필, 네 친구의 목숨이 너에게 달렸어. 알아들었니?"

그때 계곡에 비명이 요란하게 울려 퍼졌다. 발랑틴이 벼랑 끝에서 버둥거리고 있었다.

"해봐! 네 마음의 소리를 들어!" 룸피니 부인이 외쳤다.

비올레트는 눈을 감았다. 눈물이 뺨을 타고 흘러내려 펜던트에 떨어졌다. 문자가 환하게 빛을 발했다. 비올레트가 문자를 쥔 손을 뻗자 어디서도 볼 수 없는 눈부신 광선이 힘차게 솟아나 절망에 빠진 로렌스와 발랑틴 바로 옆을 강타했다.

"다시 한 번! 집중해! 너는 저들을 죽이려는 게 아니라 구하려는 거야. 두려움이 아니라 힘과 용기를 펜던트로 표현하면 돼!" 룸피니 부인이 비올레트를 격려했다.

비올레트는 발랑틴을 다시 바라보았다. 두 번째 비명이 침묵을 갈랐다. 비올레트는 심장이 찢어지는 줄 알았다. 발랑틴이 떨어지고 있었다. 비올레트는 두려움도, 헤파톨리아 산도, 룸피니 부인도, 온 세상 전부를 다 잊었다. 그녀는 자못 달라진 모습으로 눈부신 후광에 싸여 펜던트를 들었다. 산 아래서 바람이 일어나 기둥처럼 솟아올랐다. 발랑틴은 지푸라기처럼 그 기둥 속으로 쏙 빨려 들어갔다. 기적의 바람은 발랑틴을 산꼭대기까지 올려 보냈다가 다시 사뿐히 내려놓았다.

비올레트는 비틀거리며 그 자리에 주저앉았다. 룸피니 부인이 얼른 가서 비올레트를 부축했다.

"비올레트! 대답 좀 해보렴!"

비올레트가 눈을 떴다.

"발랑틴…… 로렌스는요……?"

"그 애들은 무사하단다. 네가 능력을 발휘한 덕분이야. 넌 정말 위대하고 놀라운 메디쿠스로구나."

그제야 룸피니 부인은 자신의 펜던트에 고리를 부착시켰다. 펜던트에서 로렌스가 대피해 있는 분화구 가장자리까지 에메랄드 빛 띠가 힘차게 뻗어 나갔다. 에메랄드 빛 띠는 거기에서 그치지 않고 산꼭대기까지 뻗었다. 발랑틴과 로렌스가 그 띠에 다가가 그 끝에 걸터앉았다. 룸피니 부인이 펜던트를 손가락으로 팅기자 두 아이가 띠를 타고 쭉 미끄러졌다. 그들은 슬라이드를 타듯 에메랄드 빛 띠를 타고 내려와 부드럽게 착지했다. 발랑틴은 비올레트의 품에 뛰어들어 울음을 와락 터뜨리며 알아들을 수 없는 말을 중얼댔다. 그때 떨리는 손이 발랑틴을 비올레트의 품에서 끌어냈다. 로렌스였다. 로렌스는 아무 말도 없이 비올레트를 껴안았다.

"로렌스, 네 손길에서 네가 날 정말 좋아한다는 걸 느낄 수 있어. 이런 건 처음이야." 비올레트는 무척 감격했다.

"미안해, 진작 이랬으면 좋았을 텐데."

"너희 덕분에 룸피니 부인께서도 드디어 내 실력을 만족스럽게 봐주셨어."

"그래, 비올레트, 넌 자부심을 가져도 좋아. 내가 잘 가르친 게 아니라 네가 너 자신을 극복한 거야. 참으로 아름다운 승리지." 백작 부인이 말했다.

그녀는 로렌스와 발랑틴에게 잠시 숨 돌릴 시간을 주고 흐트러진 옷과 머리의 매무새를 가다듬었다. 그러고 나서야 아이들에 대한 추궁이 시작되었다.

"애들아, 너희가 여기에 있는 걸 다른 사람들도 아니? 쿠미데스 서클에 있어야 할 너희가 어쩌다 기드온 노블의 신체 내에서 테러리스트가 된 거야? 알아듣게 설명을 해주면 고맙겠구나."

"저희는 오스카를 따라왔어요." 발랑틴이 실토했다.

"오스카도 여기 있어? 와, 신 난다!" 비올레트가 외쳤다.

대번에 발랑틴의 얼굴이 어두워졌다.

"비올레트, 일이 나쁘게 꼬였어. 오스카는 용병들에게 잡혀갔어."

"용병들이라니? 여기서?" 룸피니 부인이 사색이 됐다.

"그들의 배에서 검은색과 붉은색의 깃발을 본 것 같아요. 제네티스에 거의 다 접근했는데 그들을 만나고 말았죠." 로렌스가 설명했다.

노블의 신체 속에 파톨로구스들이 침입했다고? 어떻게? 어떤 놈들이? 룸피니 부인도 위더스 부인과 마찬가지로 오스카와 비올레트가 기사단의 운명에 지대한 역할을 할 거라고 믿어 의심치 않았다. 불길한 때가 다가오고 있었다. 오스카가 놈들의 포로가 됐다면 상황은 한층 더 어려워진다.

"지체할 시간이 없다." 그렇게 말하며 부인은 발랑틴을 자신의 케이프 아래로 잡아당겼다. "로렌스, 너는 비올레트의 케이프 속으로 들어가렴. 빨리 돌아가야겠다. 브레이브 씨께 당장 알려야 해."

그때 그들의 머리 위에서 파닥파닥 날갯짓 소리가 났다. 그들은 태양을 등지고 하늘에서 날아오는, 사람 같기도 하고 새 같기도 한 이상한 형체를 발견했다.

그들이 물러서자 정체불명의 생물은 힘이 다 빠졌는지 땅으로 떨어졌다. 파르스름한 몸뚱이는 상처투성이였다. 말라붙은 핏자국과 싸움의 흔적이 역력했다. 게다가 오른쪽 날개는 깃털 일부가 뽑혀 있었다. 룸피니 부인과 발랑틴이 그를 부축해서 바위에 기대어 앉혔다. 그는 얕은 숨을 가쁘게 몰아쉬고 있었다.

"뉴클레오폴리스의 빛나는 천사가 이곳에 오다니! 이봐요, 내 목소리 들려요?" 룸피니 부인이 걱정스럽게 물었다.

천사는 힘없이 고개를 끄덕였다. 부인이 그의 얼굴 가까이 펜던트를 가져가자 기운이 나는지 표정이 조금 좋아졌다.

"세상에, 상태가 영 좋지 않아. 이봐요, 이름이 뭐예요? 여기는 왜 온 거예요?"

"가브리엘……이라고 합니다. 유카리아…… 부인…… 알려야 하는데……." 천사는 젖 먹던 힘까지 다해 띄엄띄엄 단어들을 내뱉었다.

"힘 빼지 마요. 내가 치료를 받을 수 있게 해줄게요."

가브리엘이 힘없이 룸피니 부인의 팔을 붙잡았다.

"아뇨…… 메디쿠스들이 갇혀 있어요……. 위더스 부인…… 다른 사람들도…… 위험합니다……."

룸피니 부인은 가브리엘이 좀 더 수월하게 말을 할 수 있도록 머리를 떠받쳐주었다.

"제네티스가 포위됐어요……. 빨리…… 하지 않으면……."

"알았어요. 더는 말하지 마요. 기운 빼지 마요."

"전 이미…… 늦었어요……." 천사가 헐떡이며 말했다.

룸피니 부인은 가브리엘을 안고 자신의 펜던트를 그의 심장 부위에 갖다 댔다. 소용없었다. 안타깝게도 가브리엘의 직감은 틀리지 않았다. 천사는 힘없이 미소를 지었다.

"남기고 싶은 말이……."

"듣고 있어요. 말해보세요."

"에이든이라는…… 아이에게…… 훌륭한 메디쿠스라고 말해주세요……. 그 애에겐 아주 특별한 능력이, 하이퍼사이미아★가……."

"하이퍼사이미아? 그렇게 드물고도 귀중한 능력이?" 룸피니 부인은 깜짝 놀라며 다정하게 말했다. "고마워요, 가브리엘. 당신이 아니었다면 우리는 그 얌전한 아이에게서 그런 재능을 발견하지 못했을 거예요. 에이든에게 꼭 이 놀라운 소식을 전할게요. 그 애는 자부심을 갖게 될 거예요. 당신이 에이든의 인생을 바꿔놓을 거예요. 반드시 그렇게 될 거예요."

"자신을 믿으라고…… 말해주세요……."

가브리엘의 고개가 힘없이 떨어졌다. 그의 가슴팍에서 빛이 솟아나 푸르스름하고 반투명한 새의 형체를 띠고 하늘 높이 울면서 날아갔다. 룸피니 부인은 가만히 천사의 시신을 땅에 내려놓았다. 그러고는 자리에서 일어났다.

★ hyperthymia(hyperthymie), 정신적 흥분이나 기분의 고양을 나타내는 말. 여기에서는 용기와 활력을 회복시켜주는 능력을 의미한다.

"빨리 가자, 얘들아. 이 용감한 천사의 시신은 나중에 돌아와서 거두어주자꾸나."

발랑틴은 바로 부인의 케이프 속으로 들어갔다. 룸피니 부인이 사방을 두리번거렸다.

"이상하구나, 카뒤세가 없어. 아무 데도."

부인은 이쪽저쪽으로 걸음을 옮기며 살폈다.

"어떻게 이런 일이?"

"천사는 메디쿠스들이 갇혀 있다고 했잖아요." 로렌스가 부인에게 상기시켰다.

"스카스데일이……."

룸피니 부인은 믿을 수 없다는 듯이 말을 잇지 못했다.

"저는 카뒤세가 없어도 신체 내 우주에서 나갈 수 있어요. 제가 발과 로를 데리고 나가서 브레이브 씨에게 알릴게요." 비올레트가 말했다.

"그럼 빨리 가거라. 최대한 신속하게 그랜드 마스터와 접선하렴. 나는 제네티스에 갇혀 있는 메디쿠스들을 도우러 가겠다. 어쩌면 나까지 갇히는 신세가 될지 모르지만 그래도 내가 가야지. 나중에 제네티스에서 보자. 구아닌 문 앞에서 너희를 기다리겠다. 알았지?"

"구아닌 문이라고 하셨죠? 거기서 만나요."

36

위더스 부인이 땅이 꺼져라 한숨을 쉬었다. 밤을 꼬박 새우고 오전이 다 가도록 타워를 방어했건만, 검정색과 붉은색의 에어로리프트 5대가 또다시 공격 태세로 등장한 참이었다.

위더스 부인이 펜던트를 휘두르며 뭐라고 중얼대자 금빛 회오리가 에어로리프트 한 대를 격추시켰다. 에어로리프트는 불기둥을 일으키 며 폭발했다. 그 사이에 다른 두 대는 트랩을 열었다. 파톨로구스 특공 대원들이 한 사람씩 줄을 타고 내려왔다. 위더스 부인은 예리한 레이저 를 쏘아 그 줄을 끊어버렸다. 파톨로구스들은 허공으로 추락했다. 하지 만 그 틈에 다른 특공대원 한 사람이 타워 옥상에 무사히 착륙했다. 위 더스 부인의 무기도 이제 바닥나 있었다. 펜던트 하나에만 의지해서 싸 워야 할 판국이었다. 부인이 케이프를 잡고 빙글빙글 돌리자 단단한 부 채꼴 모양 방패가 만들어졌다. 진홍빛 광선이 그 방패에 날아들었지만 케이프 방패는 끄떡없었다. 위더스 부인이 이 궁지에서 어떻게 벗어날까 머리를 굴리고 있는데 누군가가 힘차게 외쳤다.

"이쪽도 이제 혼자가 아니다, 빌어먹을 악당들아!"

타워 꼭대기, 그것도 특공대원 바로 뒤에 룸피니 백작 부인이 등장한 참이었다. 그녀는 가슴팍에 M자가 새겨진 에메랄드 빛 갑옷을 입고 활활 타는 듯한 적갈색 머리를 요새의 탑처럼 높이 틀어 올리고 있었다. 분노로 시뻘게진 얼굴은 다행히 여전사다운 분장에 가려 있었다. 룸피니 부인이 갑옷에 새겨진 문자에 펜던트를 부착했다. 그러자 눈부신 M자의 광선이 확 퍼지며 특공대원을 뚫고 나갔다. 파톨로구스들이 불길에 휩싸여 타워에서 우수수 떨어져 나갔다.

위더스 부인은 케이프 방패를 거둬들이고 동지에게 달려갔다. 그러고는 룸피니 부인의 두 손을 꼭 부여잡았다.

"안나 마리아, 이렇게 만날 줄은 몰랐어요!"

"때를 잘 맞춰 온 것 같군요. 뭐, 저놈들도 그런 것 같지만요." 룸피니 부인은 난간 아래로 고개를 내밀며 말했다.

"혼자 왔어요?" 위더스 부인이 걱정스럽게 물었다.

"지원군은 늦지 않게 도착할 거예요, 부인. 비올레트를 보내두었어요. 윈스턴 브레이브에게 속히 알리라고 했어요."

위더스 부인의 얼굴이 새파래졌다.

"비올레트 필을? 맙소사! 안나 마리아, 허구한 날 꿈에 젖어 사는 아이에게 그렇게 막중한 일을 맡기다니……."

"기적을 일으킬 수 있는 아이예요, 베레니스. 당신이 봤어야 했는데! 얼마나 기뻤는지 몰라요, 그 애가……."

위더스 부인은 룸피니 부인의 말을 중단시키고 그녀를 한쪽으로 밀어낸 채 다른 손으로 펜던트를 들었다. 룸피니 부인 바로 뒤에 있던 파톨로구스가 광선에 맞아 나가떨어졌다.

"아직 호된 맛을 못 본 놈이 있었군요."

"메디쿠스들은 어떤 상황인가요?" 룸피니 부인이 물었다.

"거의 한계에 도달했죠. 모린 주베르가 북쪽을 지키다가 포기하고 다른 메디쿠스들과 타워 꼭대기에서 방어 태세를 취하고 있어요."

"사상자도 있어요?"

"벨람브로가 죽었어요. 손더스도요."

"손더스가 죽다니……." 이 소식을 들은 룸피니 부인의 얼굴이 어두워졌다. "손더스의 아내가 바로 얼마 전에 애를 낳았는데……. 더 이상의 사상자는 없을 거예요. 그러면 안 되니까! 베레네스 당신은 조금이라도 쉬어요. 내가 교대해줄게요." 룸피니 부인이 결연하게 말했다.

위풍당당한 여전사는 바람에 케이프를 날리며 눈부신 빛을 펜던트에서 뿜어냈다. 적들은 그녀에게 감히 다가오지 못했다. 그때 무시무시한 폭발음이 일어났다. 위더스 부인과 룸피니 부인이 타워 옥상의 반대편으로 달려갔다. 적들의 공격이 바로 옆 타워에 제대로 맞은 것이다. 건물 외벽에는 시커먼 구멍이 뚫렸고 파괴된 젠 속에 새까맣게 탄 폴리메라아제들이 쓰러져 있었다. 놈들의 공격이 귀중한 유전적 자산에 피해를 입히는 데 마침내 성공했던 것이다.

"그나마 다행히도 활동하지 않는 폴리메라아제들이에요. 가장 중요한 요원들은 아까 타워 아래쪽으로 이동시켜두었어요." 위더스 부인이 외쳤다.

손상을 입은 타워 꼭대기에 기진맥진한 메디쿠스 한 명이 무릎을 꿇고 있었다.

"앨리스테어!" 안나 마리아 룸피니가 그의 이름을 불렀다.

위더스 부인이 펜던트를 휘두르자 타워와 타워를 연결하는 철망 구름다리가 나타났다.

"앨리스테어가 그 빌어먹을 안개를 통과하려다가 심각한 부상을 입었어요. 가서 저 친구를 도와주세요. 앨리스테어에게 유카리아의 벙커로 돌아가라고 해요. 난 아직 혼자 싸울 여력이 있어요."

룸피니 부인은 구름다리를 통해 옆 타워로 건너가 앨리스테어를 부축했다. 앨리스테어는 그대로 의식을 잃고 쓰러졌다. 투명할 정도로 하얀 피부 안쪽에서 붉은 선들이 꿈틀대는 것이 비쳐 보였다.

"앨리스테어를 텔로미어에게 맡겨야겠어요. 금방 올게요." 룸피니 부인이 말했다.

브레이브가 쿠미데스 서클의 계단을 내려왔다. 비올레트, 로렌스, 발랑틴이 그 뒤를 따라 내려왔다. 그들은 서둘러 현관으로 나와 벤틀리에 몸을 실었다.

"바빌론 하이츠로 가세. 킬데어 스트리트로, 최대한 빨리."

브레이브의 말이 떨어지기 무섭게 제리는 차를 출발시켰다.

로즐린 머츠는 화들짝 놀란 나머지 체리 퀴라소 칵테일을 조금 쏟고 말았다. 그녀는 비벌리 힐스에 있는 호화 빌라에 딸린 수영장 옆에 늘어져 유유자적 뜨거운 햇살을 만끽하던 중이었다.

로즐린의 친구가 말했다. "네가 이럴 이유가 없어. 그 남자가 뭘 어쩌든 내가 알 바 아니야. 그 싸가지 없는 도리 밀러하고 재미를 보든 말든, 그딴 거 신경 안 쓴다고. 게다가 난 어젯밤에 채드 번하임하고 즐거운 시간을 보냈단 말이야. 이 말 들으니까 안심이 되니?"

로즐린은 가슴이 푹 파인 수영복 위로 주렁주렁 걸린 목걸이들 틈으로 빛을 발하는 M자를 감추려고 애쓰며 급히 둘러댔다.

"아, 그래, 이제 안심이 된다. 음, 난 가봐야겠어. 네 남자 친구도 가끔 예고 없이 친구들을 데려오고 그러지 않니? 우리, 나중에 보자!"

제프리 오스본은 빳빳하게 주름을 세운 양복 재킷의 단추를 다시 채우는 척하면서 셔츠 속으로 손을 넣었다. 과연, 그의 느낌은 틀리지 않았다. 문자가 옷감을 뚫고 비칠 것처럼 빛을 발하고 있었다. 게다가 어찌나 뜨거운지 살이 델 것 같았다. 그는 벌떡 일어났다.

"죄송합니다."

그는 특별히 소집한 경영 자문 회의 중에 이렇게 말했다. 한 노신사가 거대한 회의용 탁자를 손바닥으로 쾅 내리치며 분개했다.

"이봐요, 지금 자리를 뜨시면 어떡합니까? 회사의 사활이 달린 문제입니다!"

"오래 걸리진 않을 겁니다."

그렇게 말하고 제프리 오스본은 맨해튼 한복판에 자리 잡은 고층 빌딩 158층의 회의실에서 빠져나왔다.

마크 헬름이 몸을 일으켰다. 그는 이불을 걷어내고 침대에 걸터앉았다.

"미안, 내가 좀…… 잠이 안 오네."

그러면서 마크는 자명종 시계를 흘끗 보았다.

시카고는 밤 10시 45분이었다.

"그럴 때도 있지, 뭐."

마크는 휴대 전화와 금빛 고리 속에 M자가 들어 있는 펜던트 목걸이를 집어 들었다. 여자도 침대에서 일어났다.

"어머, 재미있네. 자기 목걸이에서 빛이 나."

"응, 이거 신기해서 조카 주려고 산 목걸이야. 자기는 그만 자. 나는 전화 걸 데가 있어서 잠시 실례할게."

……그 밖에도 수십 명의 사람들이 미국 전역에서—서부 해안에서부터 뉴욕에 이르기까지—황급히 자가용, 택시, 비행기 등에 몸을 싣고 있었다.

집결지는 플리전트빌, 다른 일은 아무것도 중요치 않았다. 세계와 인류의 미래가 왔다 갔다 하는 문제였으니까.

셀리아는 좀 더 세게 노크를 해보았다.

"기드온?"

여전히 안에서는 대답이 없었다. 그녀는 문을 살짝 열어보기로 작정했다. 기드온 노블은 침대에 배를 깔고 엎드려 베개에 얼굴을 묻고 있었다. 셀리아는 그의 어깨를 살짝 흔들었다.

"기드온, 브레이브 씨가 와서 기다리세요. 실례지만 좀 깨울게요."

기드온이 신음 소리를 냈다. 셀리아는 그가 몸을 옆으로 돌리는 것을 도와주었다. 기드온은 축 늘어져 있었다. 얼굴은 시뻘겋고 표정은 고통으로 일그러져 있었다. 그는 손을 바들바들 떨었다.

"기드온! 말 좀 해봐요! 어디 아파요?"

"모, 몸이 좋지 않네요……."

"좀 앉아보세요." 셀리아가 그를 부축하며 말했다.

기드온은 힘없이 자기가 복용한 약을 가리켰다.

"담석증 때문일 거예요……. 전에도 이런 적 있어요."

"담석증? 왜 아무 말도 안 했어요? 움직이지 마세요, 금방 올게요."

잠시 후 셀리아는 현관에서 기다리던 제리와 함께 돌아왔다. 제리는 기드온을 번쩍 들어서 침대 가장자리에 앉혔다.

"걸으실 수 있겠습니까, 노블 씨?"

기진맥진해진 기드온은 의식을 잃고 쓰러지기 일보 직전이었다. 그의 멍한 시선이 지금 막 방 안으로 들어온 키 큰 신사를 향했다.

브레이브 씨가 허리를 구부리고 셀리아에게 물었다.

"언제부터 이렇습니까?"

"모르겠어요. 아무 말씀도 안 하셔서요. 갖고 계시던 약을 드셨대요. 정말 죄송해요, 전……."

브레이브는 제리 쪽으로 고개를 돌렸다.

"빨리 차로 옮기세."

벤틀리는 이미 출발한 후였다. 셀리아도 자신의 트윙고에 비올레트, 발랑틴, 로렌스를 태우고 그 뒤를 따라가려 했다.

"필 부인!"

셀리아는 자신을 부른 소녀의 얼굴을 알아보았다. 틸라였다.

"잠깐 시간 괜찮으세요? 저기…… 오스카 집에 있나요?"

틸라는 가방 속에 뭔가를 감추고 있는 것 같았다.

셀리아는 틸라를 빤히 바라보았다. 갑자기 튀어나와 오스카를 찾으니 놀랍기도 했고, 몇 달간 오스카를 가슴앓이하게 한 장본인을 만나니 좀 언짢기도 했다. 하지만 지금은 지체할 시간이 없었다.

"아니, 오스카는 없는데."

그 말만 하고 셀리아는 차에 올라 시동을 걸었다. 틸라는 차창까지 뛰어와서 셀리아를 잡으려 했다. 셀리아는 운전석 차창을 조금 내려주었다. 틸라는 뒷좌석에서 의심 가득한 시선을 보내는 세 아이들은 무시하고 셀리아에게 매달렸다.

"저기요, 꼭 말씀드릴 게 있어요. 중요한 일이에요. 그게……."

"미안하지만 지금은 정말 시간이 없단다. 할 얘기가 있으면 나중에 다시 오렴." 셀리아는 딱 잘라 말했다.

"잠깐만요! 기다려요!"

트윙고는 잽싸게 출발했다. 틸라는 화가 나고 실망해서 도로 한복판에 멍하니 서 있었다. 그녀는 모스의 주술서가 들어 있는 가방을 꼭 끌어안았다. 그러고는 잠시 발을 동동 구르다가 어디론가 달려갔다.

37

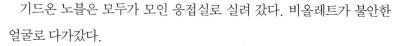

기드온 노블은 모두가 모인 응접실로 실려 갔다. 비올레트가 불안한 얼굴로 다가갔다.

"기드온! 왜 이렇게 해쓱해졌어요! 지하실에 너무 오래 있었나요? 걱정 마요, 우리가 안에 들어가서 혈색이 돌아오게 해줄게요. 그러면 기분이 좀 나아질 거예요."

브레이브는 비올레트를 따라온 청소년들을 흘끗 돌아보았다.

"너희는 누구냐?"

"제 친구들인데요." 비올레트가 말했다.

"저기 세 사람은 나도 안다." 브레이브는 루이즈, 발랑틴, 로렌스를 가리키며 말했다. "나머지를 두고 묻는 거야. 이 아이들이 여기서 뭐 하는 거냐?"

바르트가 결연하게 앞으로 나왔다.

"저는 비올레트의 남자 친구입니다."

제레미도 바르트를 가리키며 자기소개를 했다. "전 이 사람 동생이자 브레인이죠. 저희는 항상 같이 다녀야 해요."

"너희가 왜 여기 있지?"

"저를 따라온 거예요." 비올레트가 말했다.

"전쟁을 하고 사람이 죽네 사네 하는 일이야! 그 나이가 되도록 그렇게 분별이 없나? 너희는 당장 돌아가라!" 브레이브가 노발대발했다.

바르트가 비올레트에게 애원했다.

"나도 데려가줘. 네가 그곳에서 목숨을 잃을지도 모르는데 여기서 아무것도 안 하고 있을 순 없어."

발랑틴이 브레이브 씨에게 다가갔다.

"그랜드 마스터의 생각은 저도 알아요. 하지만 사랑하는 여인이 당신과 함께하기 위해 불가능도 가능으로 만들 거예요. 아무 말씀도 하지 마세요, 전 기꺼이 그렇게 할 테니까."

응접실에 모인 메디쿠스들이 웃음을 터뜨렸다. 사실, 그들은 적과 맞서기 전에 긴장을 풀 필요가 있었다. 모두 앞으로 어떻게 될지도 모른 채 자신의 생활, 친구, 가족을 떠나왔다. 아들, 아내, 여자 친구에게 "걱정하지 마, 몇 시간 후에는 돌아올게. 별일 아니야"라는 말도 못 하고 달려왔다. 그들 중 몇몇은 서로 아는 사이였고 나머지는 처음 보는 사람들이었다. 그래도 모두의 눈빛에 어린 질문은 하나였다. '우리 중에서 누가 살아 돌아올까?'라는 소리 없는 질문이었다.

나이가 많은 메디쿠스 한 사람이 나섰다.

"윈스턴, 저 애들 마음대로 하라고 해요. 세상의 현실을 이해하고 책임감을 갖는 데 나이가 따로 있답니까? 우리가 보호할 수 있는 한은 보호해줄게요."

맞장구치는 웅성거림이 좌중에 일어났다. 브레이브는 주저하며 심각한 얼굴로 아이들을 바라보았다. 그는 결국 모두의 의견을 따르기로 했다. 이제 중대한 본론으로 넘어갈 차례였다.

"출동할 때가 됐습니다. 모두 제네티스의 레티 쿨룸 숲으로 갑니다. 돔에는 아무도 들어가지 마세요. 이미 갇혀 있는 동지들처럼 여러분 또한 함정에 빠질 위험이 있습니다."

그는 가장 어린 축에 속하는 메디쿠스들에게 말했다. "너희는 우리에게서 멀리 벗어나선 안 된다. 어떤 이유에서라도 그러면 안 돼. 내 말잘 알아들었느냐?"

메디쿠스들은 고개를 끄덕였다. 모두 케이프로 몸을 감싸고 펜던트를 손에 들었다. 루이즈가 아빠에게 달려갔다.

"저도 같이 갈래요!"

"안 돼. 그럴 순 없다. 너무 위험한 일이야. 나에게 피붙이라고는 너하나뿐이다. 눈에 넣어도 아깝지 않은 귀한 딸이지."

프랑수아 들로름은 한없이 다정하게 루이즈의 얼굴을 쓰다듬었다. 루이즈는 한숨을 쉬고 아빠를 꼭 끌어안았다.

"아빠, 저도 이제 열여섯 살이에요. 이제 엄마는 병문안을 가도 절 알아보시지 못하죠. 저 역시 아빠뿐이에요. 그러니까 부디 몸조심하세요, 꼭이에요?"

아버지도 딸을 으스러져라 끌어안았다. 루이즈는 친구들에게도 인사를 건넸다.

"난 여기서 기다릴게. 다들 돌아왔을 때 한 명이라도 안 보이면 혼내줄 거야."

그랜드 마스터는 모두를 한눈에 내려다보았다. 무리 중에는 젊은이,

노인, 여자, 남자, 경험이 없는 사람, 뛰어난 능력자가 한데 섞여 있었다. 그는 아버지가 자식들을 바라보듯 한 사람 한 사람의 얼굴을 지그시 바라보았다.

"전투는 시작됐습니다. 이제 그 무엇으로도 다스리지 못할 미친놈과 맞서 싸워야 합니다. 세상을 구하기 위해 여러분의 목숨을 걸고 싸우는 겁니다. 여러분이 자랑스럽습니다. 모두 자부심을 가져도 좋습니다. 하지만 이건 길고도 잔인한 전쟁의 시작에 불과합니다. 여러분에게 운명의 가호가 있어 모두 무사히 돌아오기를 빕니다! 이제 출발합시다!"

38

백작 부인은 앨리스테어를 믿을 수 있는 이들에게 맡기고 온 후 불같은 기세로 전투에 돌입했다.

위더스 부인 역시 정신을 차리고 싸움을 재개했다. 리암의 비행 중대는 이미 오래전에 한계에 이르렀고, 미토의 사냥꾼들 중에서 그나마 살아남은 자들도 수없이 죽어나갔다. 메디쿠스들은 두 그룹으로 나뉘어 싸우고 있었다. 한쪽은 타워 아래쪽에서 지상전을 벌이고 있었고, 위더스 부인이 지휘하는 다른 쪽 그룹은 타워 꼭대기에서 공중전 방어에 주력했다.

엿새. 엿새를 버텨야만 스카스데일이 선포한 유예 기간이 다하기 전에 기드온 노블이 연구를 완성할 수 있다. 이미 닷새 가까이 흘렀으니 앞으로 버텨야 할 시간은 이틀이 채 안 된다. 하지만 메디쿠스들은 그리 많지 않은 반면, 어둠의 왕자 군대는 좀체 수가 줄지 않는 듯했다. 이제 곧 다른 타워들도 심각한 손상을 입고 가장 중요한 젠들까지 피해를 입을 것이다. 이 싸움에서 죽지 않은 메디쿠스들도 신체 내 우주가 소멸되면 함께 사라지고 말 터였다.

더 이상은 지원군을 기다리고 있을 수 없었다. 비올레트 필은 아마 임무를 수행하지 못했을 것이다. 어쩌면 어디로 튈지 모르는 그 아이가 임무를 아예 잊었을지도 모른다. 윈스턴 브레이브가 제노돔에 접근하기 전에 적들에게 저지당했다면 모를까. 어쨌든 지금은 그게 문제가 아니었다. 위더스 부인은 도대체 어느 시점에서 그녀가 실수했는지 알고 싶었다. 지금까지 일어난 일들을 거꾸로 거슬러 올라가 스카스데일의 작전을 예측할 수 있다면 얼마나 좋을까.

예기치 않았던 끔찍한 일이 위더스 부인을 상념에서 끌어냈다. 뉴클레오폴리스의 가장 높은 타워 꼭대기에서 그녀는 제노돔의 동서남북에 위치한 네 개의 문들이 열리는 광경을 바라보며 경악했다. 천사들이 어떻게든 문이 열리지 않게 하려고 애쓰고 있었지만 역부족이었다. 이제 그들은 끝장이라는 걸 위더스 부인도 곧 인정하지 않을 수 없을 터였다.

그때 강풍이 휩쓸고 가기라도 한 것처럼 적들의 전투기들이 하늘에서 자취를 감추었다.

위더스 부인은 믿을 수 없다는 표정으로 옥상 반대편을 향해 달려갔다. 타워 꼭대기를 지키는 다른 메디쿠스들도 달려갔다. 지상에 주둔한 어둠의 왕자군은 꿈쩍도 하지 않았다.

시간이 멈추고 온 도시가 마비된 것 같았다. 위더스 부인은 숨을 죽였다.

그때 파톨로구스들이 이유는 알 수 없지만 일사불란하게 문 쪽으로 철수하기 시작했다.

39

'사샤는 아무 일 없을 거야. 그녀는 강하니까. 베이츠를 자기 손바닥 위에서 가지고 놀고 있어. 베이츠는 아무 짓도 안 할 거야. 사샤를 좋아하니까.'

그런 생각을 하자 오스카의 분노와 고통은 한층 더 부풀어 올랐다. 베이츠는 사샤를 좋아한다. 오스카 역시 그랬다. 베이츠가 사샤에게 나쁜 짓을 하진 않겠지만 앞으로 오스카를 더욱더 미워할 것이다. 오스카 쪽에서도 마찬가지겠지만.

좀 더 기운을 낸 오스카는 레티 쿨룸 숲 기슭에 도착했다. 그는 위압적인 유리 돔을 바라보았다. 마치 행성의 반구가 땅에 놓여 있는 것 같았다. 그는 돔까지의 거리, 자신의 모습이 노출될 수 있는 거리를 일단 가늠해보고 구아닌 문을 찾았다. 문은 보이지 않았다. 메디쿠스들만 돔에 들어갈 때 이용할 수 있다는 트랜스퍼 라인처럼 육안으로 보이지 않는 가상의 문일까? 주위의 숲은 왕관처럼 돔을 감싸고 있었다. 아무래도 문이 보일 때까지, 최소한 문이 있다는 확신이라도 얻을 때까지 숲에 몸을 숨긴 채 돔을 빙 둘러 가보는 편이 좋을 성싶었다.

그는 이미 레티 쿨룸 숲의 요란하고 단조로운 배경음에 익숙해 있었다. 어쩌다 한 번씩 유독 큰 울음소리, 갑작스러운 날갯짓 소리가 그 음악의 절정을 이루었다. 그런데 지금 등 뒤에서 나는 날카로운 소리, 부산한 움직임은 여간 예사롭지 않았다. 그는 발길을 멈추고 갑자기 떨어진 불안한 침묵에 귀를 기울였다. 숲은 임박한 위험을 감지한 듯 숨을 죽이고 있었다.

그들이 아주 가까운 곳에서 그를 염탐하고 있었다. 그런데 왜 공격하지 않는 걸까? 왼쪽에서 뭔가 쾅 하고 부딪히는 소리가 났다. 오른쪽 나무들 틈에서 붉은 섬광이 번득였다. 놈들의 작전이 무엇인지 확실히 감이 왔다. 그를 포위하려는 속셈이었다.

오스카는 돔에 신경 쓰지 않고 무성한 숲 속으로 미친 듯이 뛰었다. 그러면서 무기 주머니를 뒤져 시젝스*를 꺼내 펜던트에 부착했다. 오스카는 뒤로 돌아서며 바닥에 문자를 내밀었다. 광선이 순식간에 10미터에 달하는 깊은 구덩이를 팠다. 오스카는 잽싸게 레이저로 나무들을 베어 그 구덩이를 덮었다. 무시무시한 침묵도 잊고 오로지 한 가지만 생각하면서 달려갔다. 지금은 적들의 동정을 살필 수 있는 위치를 확보해야만 했다. 거기에 숨어 있다가 기회가 보이는 대로 도망쳐야 했다. 신속하게. 드디어 비명이 들렸다. 사람이 내지르는 소리가 분명했다. 그의 함정이 먹혀든 것이다. 한편으로, 그 비명은 적들이 아주 가까이 있다는 증거였다.

★ Cisex, '자르다'는 뜻을 가진 프랑스어 'cisailler'에서 나온 무기 이름.

좁은 오르막길을 발견한 오스카는 그리로 달려갔다. 몇 미터 가지 않아 진홍빛 광선들이 그의 앞길을 가로막고 창살처럼 솟아올랐다. 오스카는 뒤로 돌아섰다. 다시 광선들이 솟아올라 퇴로마저 막아버렸다. 양옆으로도 빛의 창살이 튀어나왔다. 머리 위까지 창살로 막히자 오스카는 우리에 갇힌 동물처럼 꼼짝도 못하는 신세가 되었다.

여자의 웃음소리가 울려 퍼졌다. 라비니아 시귀가 나뭇가지를 헤치고 나아와 장갑 낀 손을 빛의 창살에 올려놓았다. 우리 반대편에서 밴 애시도 나타났다. 그는 애꾸눈으로 오스카를 잡아먹을 듯 노려보고 있었다. 베이츠와 모스도 양쪽 측면 창살을 향해 손을 내밀며 모습을 드러냈다. 모스의 손바닥에서 그 빌어먹을 문자를 본 순간, 오스카는 구역질이 났다.

"놀랄 일도 아니군. 넌 최악의 메디쿠스였으니까."

모스의 흡족한 웃음이 분한 표정으로 돌변했다. 당장 오스카를 응징하고 싶었지만, 빛의 창살이 흔들렸다. 그는 다시 창살을 지키는 데에만 집중해야 했다.

"복수는 나중에 해." 밴 애시가 말했다.

그러자 베이츠가 발끈했다.

"나중에? 왜? 이 자식은 이미 한 번 탈출을 했어. 또 빠져나가지 않는단 법이 없다고. 어둠의 왕자가 이놈 시체를 내걸면 되잖아. 어쨌든 그분이 나에게 약속했어. 필은 내 손으로 죽이게 해준다고."

베이츠는 손바닥을 앞으로 내밀었다. 모스도 베이츠의 동작을 따라 했다. 양쪽 창살이 오스카를 찌부러뜨릴 듯 점점 안쪽으로 밀려 들어왔다. 그 창살에 닿는 것은 무엇이든 돌로 변했다. 오스카는 파톨로구스들이 이런 식으로 인체의 혈관 강바닥에 단단한 침전물을 쌓아서 혈액

순환을 방해한다는 것을 깨달았다. 이제 잠시 후면 오스카 자신도 단단한 돌부처 신세를 면치 못할 터였다.

"베이츠, 그만둬. 안 그러면 이 자식을 풀어줄 거야. 그다음에 내가 널 손봐주겠다." 밴 애시가 으름장을 놓았다.

"난 너에게 명령을 들을 이유가 없어! 난 용병이다. 난 오직 물주 말만 든다고! 어둠의 왕자가 아니면 아무도 나에게 이래라저래라 할 수 없어!"

"내가 이곳에서는 어둠의 왕자다."

그러자 라비니아가 반발했다. "그걸 말이라고 해? 내 앞에서는 좀 자제하지 그래? 그렇잖으면 내가 라즐로에게 죄다 일러바칠 거야."

라비니아는 일부러 자기 애인의 이름을 강조했다. 그와 특별한 사이라는 걸 과시하기 위해서였다. 그녀의 메시지는 분명했다. 자기가 있는 자리에서 감히 어둠의 왕자 대행인 노릇을 하지 말라는 뜻이었다.

그녀는 베이츠를 바라보며 이렇게 말했다.

"재미 좀 보겠다는데 내버려둬. 장난감을 가지고 놀게 해주라고. 그래, 참 괜찮은 장난감이긴 하지. 뭐, 그래도 할 수 없지."

밴 애시도 더는 고집을 부릴 수 없었다. 그는 부하들을 이끌고 싸움터에 나가는 게 일이었기 때문에, 같은 편의 마음을 풀어주기 위해 포로를 죽인다는 발상에는 거부감이 없었다. 포악한 싸움꾼들은 피를 볼수록 기운이 나기 때문에 그런 살상도 필요했다. 밴 애시는 고개를 들었다. 예브게니아가 탄탄한 나뭇가지에 앉아 여느 때처럼 아무 말 없이 우리의 천장 부분 창살을 지키고 있었다. 밴 애시가 신호를 보내자 다섯 명의 파톨로구스들은 일제히 창살을 향해 손을 뻗었다. 우리가 다시 점점 좁아졌다.

오스카는 펜던트를 들고 제자리를 뱅글뱅글 돌았다. 금빛 껍데기가 그의 주위를 감쌌다. 그 껍데기에 창살이 닿는 순간 눈부신 빛의 폭발이 일어났다. 오스카는 정신을 한데 모았다. 다섯 파톨로구스의 에너지는 어마어마했다. 아무래도 오래 버틸 수는 없을 듯했다. 베이츠와 모스는 모든 분노와 힘을 끌어내어 그를 공격하고 있었다. 나머지 셋은 잔인무도한 성품을 그대로 힘으로 연결하고 있었다. 오스카는 불안한 마음을 필사적으로 다스리며 무슨 무기를 쓸 수 있을까 생각했다. 금빛 껍데기에 균열이 일어나기 시작했다. 바로 그 순간, 오스카가 선 땅이 모래성처럼 마구 흔들렸다. 초자연적인 힘이 땅속 깊은 곳에서 하늘로 솟아오르듯, 갑자기 튀어나온 육중한 벽이 창살과 파톨로구스들 사이를 가로막았다.

40

"여기가 어디야?" 제레미가 호기심 반 당황 반으로 물었다.

"나도 이 우주에는 처음 와봐." 비올레트가 솔직히 말했다.

"처음이라고? 그럼 아무것도 몰라? 우리는 플리전트빌로 돌아갈게. 나중에 돌아와서 얘기해줘. 그래도 되지?"

"우린 돌아가지 않아." 바르트가 단호하게 말했다.

"젠장, 지금까진 내가 형 노릇을 했는데 이제 그 짓도 끝인가 보네." 제레미가 아쉬워했다.

그는 주위를 두리번거리며 재킷 단추를 풀었다.

"자, 이제 이 거지 같은 곳에서 뭘 해야 하지?"

"그랜드 마스터의 지시에 따라야지. 구아닌 문으로 가자." 로렌스가 일침을 놓았다.

비올레트도 고개를 끄덕였다.

"룸피니 부인도 거기서 만나자고 했어."

발랑틴이 열을 내며 끼어들었다. "오스카를 찾으려는 시도는 해봐야 하는 거 아냐? 오스카가 살아 있다면 틀림없이 여기서 멀지 않은 곳에……."

"딱히 뾰족한 수도 없잖아? 이 정글에서 무턱대고 오스카를 찾는다는 건 우리 시장에서 바늘 찾기나 마찬가지라고……." 제레미는 이의를 제기했다.

"둘 중 하나겠지. 오스카가 용병들에게 잡혔다면 그놈들은 비탈리필의 아들을 두목에게 끌고 가려 할 거야. 이 경우에는 우리 쪽에서도 체계적인 특공 작전이 필요해. 우리의 힘만으로 할 수 있는 일이 아니야." 로렌스가 상황을 정리했다.

"또 다른 경우는 뭔데?" 제레미가 물었다.

"오스카가 탈출했다면 돔으로 들어가려고 할 거야. 그렇다면 우리도 문 근처로 갈수록 오스카와 만날 확률이 높아. 어쩌면 오스카는 이미 돔 속에……."

"아니야."

"아니라니? 무슨 소리야?" 바르트가 물었다.

비올레트는 대답 없이 파들파들 떨기만 했다. 그녀의 펜던트가 전에 없는 반응을 보이고 있었다. 문자가 파란 후광에 싸여 있었다. 비올레트의 어깨를 잡아주려던 바르트가 찌릿하는 전기 충격을 느끼고 뒤로 넘어졌다. 그는 다시 몸을 일으키며 물었다.

"비올레트, 왜 그러는 거야?"

"나의 일부가…… 무슨 말을 하고 있어……."

비올레트는 자기 손을 처음 보는 남의 손 대하듯 꺼림칙한 표정으로 내려다보았다. 그러고는 주변의 숲을 자신 없이 가리키며 이렇게 말했다.

"오스카. 나와 같은 피가 흐르는 동생……. 그 애는 저기 있어. 지금…… 괴로워해."

떨림은 멎었다. 비올레트는 왼손으로 펜던트를 꼭 쥐며 눈을 감았다. 그녀는 본능적으로 속삭였다.

"날 데려다줘."

어디선가 불어온 바람에 비올레트의 케이프가 확 부풀어 올랐다. 발랑틴, 로렌스, 오말리 형제는 비올레트의 신호에 따라 케이프 아래로 들어갔다. 비올레트가 뭐라고 중얼거리자 숲 속에 눈부신 섬광이 번쩍 일어났다.

비올레트의 어깨 위로 케이프 자락이 다시 내려앉았을 때, 그들은 작은 언덕 위에 올라와 있었다. 숲은 사방으로 끝없이 펼쳐져 있었고 오스카의 흔적은 어디에서도 보이지 않았다. 비올레트는 누군가가 자기 바짓단을 잡아당기는 느낌이 들었다.

"스플랫! 너 여기 있었구나!"

비올레트가 스플랫을 안아 올리려 했지만 강아지는 펄쩍펄쩍 날뛰며 그들을 언덕 반대편으로 이끌었다. 스플랫이 멈춰 서서 낑낑대는 곳까지 가보니 끔찍한 광경이 내려다보였다. 저 아래 언덕 중턱에 검은 옷을 입은 사람 넷이 서 있었고 또 한 사람은 나뭇가지 위에 올라앉아 있었다. 그들 사이에서 하얗게 빛나는 우리 속에 오스카가 갇혀 있었다. 궁지에 몰린 사냥감이 따로 없었다.

외마디 비명을 지르며 비올레트는 펜던트를 번쩍 쳐들었다. 펜던트에서 출렁이는 파동이 일어나 나무뿌리 아래로 파고들어, 그 일대의 땅을 들어 올리고 오스카를 적들로부터 감싸는 방어벽을 세웠다. 빛의 창살은 이내 사라져버렸다.

밴 애시의 장갑에서 붉은 광선이 솟아나 방어벽을 공격했지만 벽은 끄떡없었다. 라비니아가 주먹을 쥐었다 펴자 찌릿찌릿 붉게 빛나는 P자가 공기를 가르고 솟아올라 비올레트를 정통으로 후려쳤다. 비올레트가 쓰러진 순간, 벽은 무너졌다. 바르트가 번개처럼 반격했다. 그는 분노의 힘을 빌려 모스에게 달려들었다. 제레미도 재빨리 모스의 손을 잡고 장갑을 벗겼다. 하지만 진홍빛 광선에 어깨를 맞고 아파서 비명을 질러야 했다. 고양이처럼 날쌘 베이츠가 달려들어 제레미를 땅바닥에 쓰러뜨렸다. 그는 손바닥을 펴서 제레미의 얼굴에 가까이 가져갔다.

"안녕, 오말리, 이런 데서 만나서 반가웠……."

베이츠의 마지막 말은 에메랄드 빛 섬광 속에 사라졌다. 베이츠는 경련을 일으키며 허공으로 휙 날아갔다가 땅바닥에 얼굴부터 떨어졌다. 오스카가 제레미를 일으켜 세웠다.

"빨리 몸을 피해!"

공격 태세를 취한 예브게니아가 그의 시야에 들어왔다. 펜던트를 휘둘렀지만 한발 늦었다. 그때, 강력한 빛이 숲 속에서 튀어나와 오스카를 죽일 수도 있었던 붉은 광선의 방향을 꺾어놓았다. 누구 덕에 목숨을 구했는지 모른 채 오스카는 주위를 두리번거렸다. 하지만 다급한 비명에 금세 고개가 돌아갔다. 라비니아가 바르트의 두 손을 뒤로 붙잡고 그를 제압하고 있었다. 바르트는 온몸에 경련을 일으키다가 쓰러졌다.

"오스카! 왼쪽!" 로렌스가 외쳤다.

오스카는 밴 애시에게 펜던트를 휘둘렀지만 간발의 차로 그 공격은 빗나갔다. 밴 애시는 얼른 몸을 피했다. 라비니아는 예브게니아와 함께 수풀이 무성한 지대로 슬금슬금 물러났다. 베이츠와 모스는 이미 싸움터에서 자취를 감추고 없었다.

비올레트가 비틀거리며 일어났다. 아픔으로 일그러진 얼굴을 하고 쓰러진 바르트의 모습을 보자 그녀의 두 눈에 불꽃이 튀었다. 비올레트는 처음 느끼는 감정에 휩싸였다. 그녀가 좋아하는 사람에게 이런 짓을 한 놈들을 혼내주고 싶었다. 백 배, 천 배로 되갚아주고 싶었다. 비올레트는 도망치는 라비니아와 예브게니아를 향해 꽉 쥔 펜던트를 힘차게 쳐들었다. 짙은 구름이 비올레트의 손을 감쌌다. 엄청난 빛이 수풀을 가르고 두 여자를 후려쳤다. 그 둘은 냅다 쓰러지며 신음했다.

비올레트는 더 이상 그 악랄한 여자들을 붙잡고 늘어지지 않았다. 그 대신, 다른 친구들과 함께 비탈길을 내려와 바르트 앞에 주저앉았다.

"바르트! 바르트, 내 목소리 들려? 대답 좀 해봐! 제발! 나야, 나 비올레트야! 이제 됐어, 어서 돌아가자. 내가 구름으로 편지를 써줄게. 근심 따윈 날려버릴 바람을 일으켜줄게! 바르트!"

제레미도 형의 몸뚱이를 마구 흔들며, 목멘 소리로 부르짖었다.

"바보처럼 이러지 마. 동생 취급할 거다? 좋아, 앞으로 16년 동안은 형이 시키는 대로 말 잘 들을게. 그러니까 죽지 마, 알았어? 죽지만 말라고!"

스플랫은 초조하게 바르트의 얼굴 위로 뛰어다니고 빨빨거렸다. 녀석의 콧등이 번쩍하더니 헤파톨리아의 넥타와 같은 황갈색으로 변했다. 스플랫은 콧등을 바르트의 목덜미에 비볐다. 바르트의 몸이 순간적으로 뻣뻣해지는가 싶더니 다시 축 늘어졌다. 스플랫은 슬픈 얼굴로 저만치 물러나 낑낑대기 시작했다. 오스카가 바르트를 살펴보았다.

"숨이 붙어 있어!"

오스카는 바르트의 티셔츠를 들추고 흉측하게 타들어간 상처를 확인했다. 그의 등짝과 목덜미 아래에 쇠를 달구어 찍은 듯한 P자가 남아 있었다.

"내가 해볼게. 내가 바르트에게 들어가서 상처를 치료할게."

"나도 같이 가겠어." 상심한 비올레트가 말했다.

두 사람은 바르트의 몸을 조심스레 뒤집었다. 오스카가 펜던트를 들고 바르트의 상반신을 노려보았다. 하지만 아무런 성과가 없었다.

"들어갈 수가 없어!"

"안 될 거야. 얼마 전에 알퐁스 후작의 백과사전에서 봤는데 이미 신체 내 우주에 들어와 있는 사람의 몸에는 들어갈 수 없다고 했어." 로렌스가 힘없이 말했다.

"그럼 여기서 나가자! 내가 바르트를 플리전트빌로 데려갈게!" 비올레트가 애원했다.

"파톨로구스에게 당한 사람에게 일반적인 의술이 효과가 있을 것 같지 않아. 차라리 약속 장소까지 데려가면 어떨까. 브레이브 씨나 다른 메디쿠스들은 어떤 방법을 써야 하는지 알고 있을 거야." 발랑틴이 안타깝다는 듯이 말했다.

오스카가 일어났다. 적들은 이미 내빼고 없었다. 스플랫만 숲 속의 어느 한 점을 바라보며 왈왈 짖어대고 있었다. 오스카도 사람 그림자를 본 것 같았다. 그러나 그 그림자는 숲의 어지럽고 변화무쌍한 색조와 움직임 속에 금세 사라져버렸다. 계속 으르렁대던 스플랫도 잠잠해졌다.

오스카는 마지막으로 한 번 더 주위를 두리번거렸다. 사샤도 그들과 함께 있었을까? 험한 꼴을 당하진 않았을까? 그들의 대결을 다 지켜봤을까? 오스카는 이 불안한 의문들을 억누르고 바르트에게만 집중하려고 애썼다.

"제레미, 로렌스, 바르트의 양쪽 팔을 잡아줘. 내가 다리를 잡고 갈게. 돔 쪽으로 가자. 문은 여기서 멀지 않은 곳에 있을 것 같아."

그들은 걷기 시작했다. 레티 쿨룸 숲에 널린 장애물과 숨 막히는 더위 때문에 쉽지 않은 길이었다.

발랑틴이 오스카를 거들면서 안타까워했다.

"바르트가 너무 창백해! 이제…… 숨을 쉬는지 어떤지도 모르겠어. 서둘러야 해."

비올레트도 발길을 멈추었다. 그녀는 바르트의 얼굴을 쓰다듬고 키 큰 수풀에 가려 보이지 않는 하늘을 향해 고개를 들었다. 비올레트는 펜던트를 가슴에 대고 숲을 향해 뒤돌아서서 애원했다.

"나를 도와줘. 숲의 나무들아, 세상의 꽃들아, 땅속의 뿌리들아, 나를 좀 도와줘."

숲이 비올레트의 부름에 응답했다. 나뭇가지들이 스르르 뻗어 오더니 바르트의 몸을 들어 올렸다. 바닥에 떨어져 있던 축축한 나뭇잎들이 바르트의 몸을 감싸며 열기를 식혀주었다. 나무들은 사람 힘으로는 도저히 따라잡을 수 없을 만큼 신속하게 바르트를 옮겨주었다. 비올레트의 울음이 웃음으로 변했다. 이제 그녀와 친구들은 뛰어가고 있었다. 그들의 머리 위에서 바르트는 벌써 몇십 미터나 앞서가 있었으니까.

"별을 따라 달려가는 기분이네! 바르트, 네 말이 맞았어. 너는 나를 지켜주고 이끌어주는 별이야!" 비올레트가 중얼거렸다.

숨 가쁘게 앞서가던 바르트의 몸이 어느 한 지점에서 멈추었다. 나뭇가지들도 움직임을 그쳤다. 바르트의 몸뚱이가 조심스럽게 바닥으로 내려왔다.

"무슨 일이지? 왜 나무들이 여기서 멈춘 걸까?" 제레미가 물었다.

자기도 모른다는 뜻으로 비올레트는 도리질을 했다.

"여기서 잠깐 기다려봐." 오스카가 말했다.

오스카는 서쪽으로 잠시 가보고는 금세 친구들에게 돌아왔다.

"돔에 거의 다 왔어. 어쩌면 여기가 약속 장소일까?"

"그게 아니면 레티 쿨룸 숲이 위험을 감지했는지도 몰라. 나무들은 거짓말을 하지 않아. 절대 날 속이지 않는다고." 바르트 곁에 붙어 있던 비올레트가 말했다.

오스카는 수상한 기색이 없는지 주위를 살폈다. 새들도, 구아닌 원숭이들도 찍소리 하지 않고 있었다. 숲은 두려우리만치 고요해져 있었다. 오스카는 손짓으로 친구들을 바르트 곁으로 모았다. 비올레트와 오스카는 서로 등을 맞대고 여차하면 친구들을 보호할 태세를 취했다. 둘다 두근거리는 가슴으로 신경을 곤두세웠다. 행운은 오래가지 못했다. 나무들의 움직임이 오스카의 주의를 끌었다. 오스카는 가장 높은 나뭇가지를 향해 펜던트를 들고 공격 자세를 취했다. 죽여야 한다면 죽이겠다는 마음으로.

41

자동차는 소리 없이 아스팔트 도로를 달려 플리전트빌 북쪽 지역의 한산한 골목길로 들어섰다. 차는 아무 특색 없는 회색 초벽 건물 앞에 정차했다. 건물의 덧창들은 굳게 닫혀 있었고 빗장이 보이지 않는 철제 문 앞 화단에는 단 한 송이의 꽃도 찾아볼 수 없었다.

케이프를 걸친 구부정한 남자가 세단에서 내렸다. 왼쪽 어깨를 떨면서 그가 장갑 낀 손을 문짝에 갖다 대자 문이 저절로 열렸다. 키가 크고 챙 넓은 모자를 쓴 남자도 차에서 내려 그 집으로 따라 들어갔다.

두 사람은 아무것도 없는 어두운 방을 지나 작은 홀에 이르렀다. 스톰프가 벽에 움푹 들어가 있는 문을 열었고, 두 사람은 허술하고 위태해 보이는 나무 계단을 따라 내려갔다. 콘크리트에 썩은 물이 고인 자리를 피하며 축축한 통로를 지나 엘리베이터에 이르렀다. 엘리베이터에 오르자마자 스톰프는 철창 대문을 거칠게 홱 닫았다.

엘리베이터는 1분이 넘도록 이 도시의 가장 깊은 곳까지 내려갔다.

문이 열린 순간, 어둠의 왕자가 조급하게 스톰프를 밀어내고 앞장섰다. 그는 반원형 발코니로 걸어가 장갑 낀 손을 난간에 올려놓았다.

천장에서 비추는 붉은 빛 아래, 작업복과 마스크를 착용한 사람들이 원형의 연구실에서 분주하게 일하고 있었다. 바닥, 벽, 책상, 기계 장비, 그 모든 것이 검은색이었다. 연구실 중앙에는 바닥과 천장을 연결하는 투명한 기둥이 설치되어 있었다. 짙은 연기 속에 길게 늘어진 그림자가 발코니까지 닿아 있었다. 안면 보호대가 붙은 작업복 차림의 사내가 발코니 쪽을 쳐다보고 정중하게 고개를 숙였다. 다른 기술진들도 고개를 숙여 경의를 표했다. 맨 처음 인사한 사내가 입을 열자 벽에 보이지 않게 장착된 스피커로 말소리가 들렸다.

"오셨습니까. 이렇게 일찍 방문하실 줄은……."

스톰프가 바늘귀만 한 초소형 핀 마이크를 어둠의 왕자에게 내밀었다. 어둠의 왕자는 외투 깃에 핀 마이크를 꽂았다.

"엿새라고 했지." 그의 음성은 단조로웠다.

"네, 네, 물론입니다. 걱정 마십시오. 일정대로 가고 있습니다. 하지만……."

"한번 봐." 스카스데일이 명령했다.

기술책임자는 당황했다.

"여, 여기서요? 지금?"

스톰프가 자기 마이크에 대고 중얼거렸다. "교수 양반, 대장이 하는 말을 못 들은 거요?"

"아직 시간이 조금 더 필요합니다. 아무리 그래도 몇 시간은 있어야……. 테스트와 검증이 필요해서요."

스카스데일이 주먹으로 난간을 내리쳤다. 교수라는 사람은 한숨을 한 번 쉬고는 항복했다. 연구진들은 황급히 뒤로 물러나 연구실을 빙둘러싸고 설치된 관찰 부스로 대피했다. 교수 한 사람만 컴퓨터 시스템 데스크에서 초조하게 키보드 자판을 두들겼다.

투명 기둥이 천장 속으로 스르르 올라갔다. 원기둥 속에 갇혀 있던 짙은 안개가 흩어졌다. 스톰프도 겁이 났는지 움찔 물러섰다. 스카스데일은 그 놀라운 광경을 지켜보았다.

"풀어줘라." 스카스데일의 음성에서 조바심이 묻어났다.

교수가 말도 안 된다는 표정으로 고개를 번쩍 들었다.

"저기, 실제로 사용하시려는 곳에서 풀어놓으시는 편이……."

어둠의 왕자가 장갑 낀 손을 위협적으로 쳐들었다. 교수는 어쩔 줄 몰라 하며 명령에 복종했다. 연구진들은 겁에 질려 있었다. 기둥 속의 전기 고리들이 사라졌다. 연구실 전체에 요란한 소리가 울려 퍼졌다. 기둥 속 받침대 위에는 집채만 한 덩어리가 꿈쩍 않고 늘어져 있었다.

"보세요, 이제 그만……."

교수의 말은 고막이 찢어질 듯한 비명에 묻혀 들리지 않았다. 교수는 눈이 휘둥그레져서 고개를 홱 돌렸다. 모든 일이 눈 깜짝할 사이에 일어났다. 스카스데일이 선 자리까지 피가 튀었다. 스카스데일은 천천히 얼굴에 묻은 피를 장갑으로 닦았다. 관찰 부스 속에서 억눌린 비명과 한숨이 퍼져나갔다.

어둠의 왕자가 순식간에 최후를 맞은 교수의 연구진들에게 미소를 지었다.

"최종 검증 결과는 만족스럽군. 이제 다시 가둬라. 이만 가보겠다."

그러고는 스톰프에게 이렇게 말했다.

"노블의 몸속으로 돌아가자."

42

강력한 빛살이 오스카의 손을 때렸다. 펜던트가 저만치 날아갔다. 비올레트도 눈 깜짝할 사이에 무기를 잃었다. 두 사람은 얼른 케이프를 풀어서 친구들을 보호했다.

"나와라, 이 비겁한 놈들! 정체를 밝혀라! 베이츠, 너 따위는 맨주먹으로도 때려눕힐 수 있다!" 오스카가 고함을 쳤다.

나뭇가지들이 스르르 벌어지며 키 큰 남자가 환한 곳으로 걸어 나왔다. 그 뒤를 따라 수많은 사람들이 오스카 일행을 에워쌌다.

윈스턴 브레이브가 오스카의 펜던트를 주워 들었다. 에메랄드 빛 광채가 그랜드 마스터의 펜던트에서 오스카의 펜던트로 흘러 들어갔다. 그 두 펜던트는 절대로 깨지지 않는 관계로 묶여 있었다. 영원토록. 오스카는 그랜드 마스터의 얼굴을 쳐다보았다. 그랜드 마스터는 이 관계를 죽는 날까지 후회할 것인가? 그랜드 마스터는 멸시하듯 펜던트를 오스카에게 던져주고 비올레트에게 책망하듯 말했다.

"구아닌 문에서 만나기로 하지 않았느냐? 말을 안 듣는 것도 집안 내력인가?"

비올레트는 바르트의 몸뚱이 앞으로 나와 무릎을 꿇었다.

"제발 좀 도와주세요."

브레이브는 나뭇잎들을 치우고 바르트를 살폈다. 오스카와 제레미가 바르트의 몸을 뒤집어 라비니아가 등에 입힌 상처를 보여주었다. 상처는 보랏빛으로 변해 있었다.

"방사선 분해 P로군. 신체 내 조직을 파괴하는 광선을 뿜어내지. 어쩌면 아주 늦은 건 아닐지도 모르겠다. 이 친구의 상체를 일으켜 앉은 자세를 취하게 하고 꼭 붙들어라."

오스카와 제레미는 바르트를 일으켜 상체가 약간 앞으로 향하게 했다. 브레이브가 오른손에 펜던트를 쥐고 부상자의 가슴팍에 갖다 댔다. M자가 빛을 발하며 바르트의 상체를 꿰뚫고 등에 난 P자의 상흔에 맞닿았다. 바르트는 심한 전기 충격을 받은 것처럼 격렬하게 반응했다. 그는 미친 사람처럼 몸부림을 치더니 급기야 울부짖기 시작했다. 오스카와 제레미는 바르트를 붙잡고 있느라 진땀을 뺐다.

"절대 손을 놓으면 안 된다." 브레이브 씨가 엄포를 놓았다.

그가 바르트에게서 펜던트를 떼자 몸뚱이에서 힘이 빠져나갔다. 바르트가 헐떡이며 뒤로 뻗어버릴 때까지도 오스카와 제레미는 손을 놓지 않았다. 바르트의 혈색이 차차 돌아오고 숨소리가 차분해졌다. 드디어 그가 눈을 떴다. 오스카는 친구를 일으켜주었다. 이제 등에는 그 사악한 문자의 흉터밖에 남아 있지 않았다. 그 대신 가슴팍의 털 사이로 초록빛 M자가 문신처럼 남아 있었다.

브레이브가 비올레트에게 말했다.

"이 M이 앞으로 항상 P의 악영향을 막아주는 역할을 할 것이다. 하지만 이 친구는 앞으로 곧잘 그 두 문자의 상반된 영향에 시달릴 테지. 선과 악, 확신과 의심, 성실과 도피 사이에서 방황하게 된다는 뜻이다. 이것이 결코 지워지지 않을 두 문자의 낙인을 받은 자의 운명이다."

"바르트는 늘 올바른 선택을 할 수 있을 거예요. 전 알아요." 비올레트는 평온하게 대꾸했다.

그때 검은 옷을 입은 여자가 숨을 헐떡이며 숲 속에서 나타났다. 그녀의 옷차림은 파톨로구스를 연상케 했다. 하지만 그녀는 그랜드 마스터에게 와서 이렇게 고했다.

"돔이 파톨로구스의 안개에 싸여 있어서 도저히 지나갈 수 없습니다. 이걸로 테스트를 해봤습니다. 하마터면 끝장이 날 뻔했지요. 저도 죽을 뻔했어요!"

브레이브가 단호하게 말했다.

"트랜스퍼 라인까지 갑시다. 내가 한번 부분적으로나마 안개를 걷어보겠소."

정찰을 나갔던 여자가 이렇게 덧붙였다.

"또 다른 장애물이 있습니다. 파톨로구스들이 진을 치고 있어요. 그 일대를 빙 둘러서 간다면 시간이 이만저만 걸리지 않을 텐데요."

브레이브는 잠시 생각에 잠겼다. 여자가 좀 더 자세히 설명했다.

"그쪽은 수가 상당히 많을 겁니다. 그들이 이미 돔을 공격했다면 우리의 동지들은 꽤나 어려운 상황에 처해 있겠지요."

"그렇다면 우리도 돔으로 들어가야죠." 오스카가 한마디 했다.

"아니."

모두들 놀라서 브레이브를 쳐다보았다.

"호랑이 굴에 제 발로 걸어 들어갈 수는 없지. 그랬다간 우리도 돔에 갇힐 뿐이다. 거기서 싸우는 건 수적으로도 불리해. 파톨로구스들의 뒤통수를 기습적으로 치는 것밖에는 희망을 걸 만한 방법이 없다."

"돔 안에 있는 메디쿠스들은 포기할 겁니까?" 오스카가 분노했다.

브레이브는 얼굴이 새하얘질 정도로 화를 내며 오스카의 팔을 덥석 잡았다.

"넌 여기서 아무것도 할 일이 없다. 특히 내 옆에선 더더욱. 네가 내 명령을 어기는 게 몇 번째인지는 모르지만 그건 이 신체에서 벗어난 후에 따지겠다. 아주 끝장을 내자꾸나. 그때까지는 가급적 내 눈에 띄지 않게 얌전히 하라는 대로 하길 바란다."

그랜드 마스터는 조용한 좌중을 둘러보았다. 오스카는 뭐라고 반박할 수도 없었기에 얼굴만 창백해져서 잠자코 있었다. 브레이브가 정찰을 나갔던 여자에게 신호를 보냈다.

"갑시다."

그들은 최대한 조용히 숲을 지나갔다. 모두들 경계를 곤두세우며 검은 옷의 여자만 따라갔다.

15분쯤 기세 좋게 걸어가던 여자가 손을 번쩍 들었다. 모두 그 자리에 멈춰 섰다. 그녀는 조용히 하라고 손짓을 하고 혼자 앞으로 걸어가 보았다. 여자가 괜찮다는 신호를 보내자 브레이브는 나머지 메디쿠스들을 이끌고 나아갔다. 제레미, 발랑틴, 로렌스만 아직 기운을 추스르지 못한 바르트와 뒤쪽에 남아 있었다.

그들은 바닥에 납작하게 엎드려 저 아래 고지대의 평원을 바라보았다. 시커멓고 끈끈한 진흙을 뒤집어쓴 천막, 가건물, 전투용 차량이 끝이 보이지 않을 정도로 늘어서 있었다. 하지만 숨이 붙어 있는 것은 개미 한 마리도 보이지 않았다. 무거운 침묵이 그곳을 지배하고 있었다. 맹금 몇 마리만 허공을 불안하게 맴돌며 날고 있었다.

"나와 다른 메디쿠스 두 명이 먼저 가보죠." 여자가 말했다.

세 사람은 듬성듬성한 수풀 사이로 살금살금 다가갔다. 다른 메디쿠스들은 숨을 죽이고 상황을 지켜보았다. 세 정찰병은 진흙탕에 가서 몸과 얼굴에 흙칠을 하고 과감하게 수풀에서 벗어났다. 이제 그들과 파톨로구스군 병영 사이의 거리는 불과 50미터밖에 되지 않았다.

"저들이 공격당하면 곧장 반격할 태세를 갖추시오." 브레이브가 지시했다.

정찰병들은 병영 안으로 들어갔다. 잠깐의 시간이 한없이 길게 느껴졌다. 브레이브가 다른 메디쿠스 둘을 자기 옆으로 불렀다.

"우리가 가봅시다. 셋이 붙어 다닙시다."

그들이 일어났다. 오스카는 사샤의 얼굴이 떠오르면서 심장이 두근거렸다. 사샤도 여기 있을까? 살아 있기는 한 걸까? 지금 당장 알고 싶었다.

"저도 같이 가게 해주세요." 오스카는 애원했다.

"그렇게 말했는데도 못 알아들었느냐?" 브레이브가 쏘아붙였다.

"베이츠가 원한을 품은 상대는 저입니다. 제가 그놈을 상대해야 해요."

"중요한 시기다. 네 개인적인 일을 끌어들일 때가 아니야. 그 정도는 알아야지."

"저들이 저를 해치려고 하는 이유는 저에게서 제 아버지를 보기 때문이죠. 그렇게 해서 기사단 전체의 사기를 꺾겠다는 거예요."

"넌 여기서 꼼짝도 하면 안 돼." 브레이브는 딱 잘라 말했다.

세 명의 메디쿠스는 들판으로 내려가 파톨로구스들의 진영 사이로 사라졌다.

"무서워." 비올레트가 중얼거렸다.

"내가 있잖아. 걱정하지 마." 바르트가 말했다.

비올레트는 고개를 저었다.

"나도 누군가를 죽일 수 있다고 생각하니까 무섭다는 뜻이야. 왠지 울고 싶어."

오스카는 고개를 끄덕였다.

"누나, 누나가 꼭 그래야 할 의무는 없어. 그게 바로 그들과 우리의 차이야."

하지만 오스카는 베이츠와 모스가 생각났다. 무슨 일이 있어도 자신이 그 둘을 죽이고 말 거라는 사실을 그는 알고 있었다.

브레이브는 메디쿠스 두 사람을 데리고 적들의 진영 한복판에 우뚝 섰다. 작은 구릉 중턱에 위치한 그 고지대에서는 숲의 일부와 돔이 내려다보였다. 먼저 떠났던 정찰병들이 그들과 만났다.

"여긴 아무도 없어요." 여자가 말했다.

"최근까지 불을 피웠던 흔적이 있습니다." 다른 정찰병이 말했다.

"메디쿠스들을 모두 데려오시오." 브레이브가 지시했다.

대기 중이던 메디쿠스 일행이 조심스럽게 다가왔다.

바람이 천막과 천막 사이를 쓸고 가며 신음 소리를 냈다. 오스카는 이 병영에서 저 병영으로 뛰어다니며 적들의 흔적을 찾았다. 쥐새끼 한 마리 보이지 않았다.

"보세요! 붉은 안개가 돔 위쪽에서 흩어지고 있어요!" 누군가가 소리쳤다.

브레이브는 언덕 꼭대기를 한 번 올려다보고 이내 돔 쪽으로 시선을 옮겼다.

"이게 스카스데일의 함정이 아니라면 놈들은 이미 돔 안으로 쳐들어 갔겠지요. 저 안에 있는 메디쿠스들이 심히 걱정되는군요. 당장 합류합 시다."

"아니, 그럴 필요 없어요."

오스카가 거대한 둥근 지붕에서 시선을 떼지 않은 채 대꾸했다.

43

"저놈들, 어떻게 된 거죠?"

룸피니 부인은 더 이상 싸울 상대가 나타나지 않자 실망스러울 지경이었다.

위더스 부인은 아무 말도 하지 않았다. 타워 꼭대기에서는 파톨로구스들이 썰물 빠지듯 우르르 철수하는 모습이 한눈에 들어왔다. 이쪽 타워에서 저쪽 타워로 웅성거리는 소리가 퍼졌다. 이어서 기쁨의 함성과 환호가 터져 나왔다.

타워에서 내려온 위더스 부인은 텔로미어들과 천사들, 다른 메디쿠스들에게 합류했다. 모두들 창백하고 피곤한 얼굴, 피땀과 먼지에 절은 얼굴을 하고서도 미소를 지으며 그녀 앞을 지나갔다. 그러나 위더스 부인은 그들과 달리 마음이 놓이지 않았다. 하늘을 처다보았다. 리암의 마지막 남은 인터류킨 비행대가 순찰을 도는 모습을 보니 그나마 조금 안심이 되었다. 이제 얼떨결에 전쟁터로 끌려온 세 명의 수습 메디쿠스들, 아까 베테랑 메디쿠스들에게 맡겼던 그 셋이 어떻게 됐는지 마음이 쓰였다. 마침 모린 주베르가 아이리스 플록하트를 데리고 나타났다. 아이리스의 옷매무새와 땋은 머리는 오늘 아침 집에서 나올 때와 마찬가지로 전혀 흐트러짐이 없었다.

"얌전하게 잘 숨어 있었나 보구나. 잘했다." 위더스 부인이 말했다.

모린 주베르가 깔깔깔 웃음을 터뜨렸다.

"농담해요? 얘 때문에 죽어나간 적들이 얼마나 많은데요!"

"제 옷이 더러워질 뻔했다고요." 아이리스가 툴툴거렸다.

아이리스 바로 뒤에서 나타난 샐리가 대뜸 자랑하듯 말했다.

"일곱! 적기 일곱 대를 격추시켰어요! 바로 내가 그랬다고 그놈들에게 말해주고 싶어요!"

시커먼 얼룩과 가볍게 긁힌 상처가 가득한 얼굴을 한 샐리는 소매를 훌훌 걷어붙이고 주먹을 불끈 쥐고 있었다. 여자 람보가 따로 없었다. 샐리가 조용히 뒤에서 따라오던 에이든을 돌아보았다.

"너?"

"세어보지 않았어. 너 같은 전쟁 기계랑 함께 있으면 내가 할 일이 별로 없잖아." 에이든은 말하고 싶지 않다는 듯 대꾸했다.

"그렇다면 내가 네 목숨을 구해준 셈이로구나, 하하." 샐리는 한술 더 떴다.

"그래, 영웅이 되셔. 모르지, 세상을 너 혼자 다 구했는지도."

"아, 휴전은 오래가지 않을걸." 모린이 안타깝다는 듯 말했다.

모린은 또다시 실랑이가 일어나지 않도록 둘 사이에 나섰다. 위더스 부인은 샐리의 허세라든가 두 아이의 말다툼 같은 건 안중에도 없었다. 부인은 긴장을 늦추지 않았고 잠시 여유를 부릴 틈조차 없었다. 룸피니 백작 부인이 그녀에게 다가갔다.

"왜 그래요?"

위더스 부인은 먼 곳을 바라보며 고개를 저었다. 백작 부인은 물러서지 않았다.

"이봐요, 베레니스, 우리가 알고 지낸 지 몇 년째죠? 한 40년 됐나요? 아니, 더 됐나? 아무튼 척 보면 안다고요. 지금 불안해하고 있잖아요."

"나 역시 안나 마리아를 잘 알아요. 난 당신이 이처럼 기묘한 상황에서 안심하는 게 더 이해가 안 돼요."

"사실은 나도 당신과 같은 마음이에요. 파톨로구스들이 왜 후퇴했는지 모르겠어요. 그래도 힘들고 어려운 싸움이 끝났잖아요. 우리 편 사람들과 함께 한숨 돌리고 싶네요!"

"솔직히, 우린 한계에 다다랐고 저쪽은 승리가 코앞이었죠. 그런데 왜? 무슨 꿍꿍이일까요? 더 세게 치고 들어올 속셈일까요? 무서운 함정이 기다리고 있는 건 아닐까요?"

"저쪽도 한계에 다다랐을지 모르잖아요? 우리가 어떻게 알겠어요? 자, 잠깐만이라도 불안한 마음을 내려놓아요. 우리 모두 그럴 필요가 있어요."

룸피니 부인이 주위의 메디쿠스들을 눈으로 살폈다.

"스펜서 그 친구는 어디 갔죠? 베레니스, 우리가 그 소년을 너무 간과했어요. 그 가엾은 천사의 말대로라면 스펜서는 하이퍼사이미아 능력자예요. 세상에, 이 아이들 세대는 정말 진귀한 능력을 많이도 타고났네요!"

"용기와 활력을 회복시켜준다는 그 능력을? 아, 내게도 그 능력이 있으면 좋을 텐데! 정말 기쁜 소식이군요. 사실, 난 별로 놀랍지 않아요.

에이든은 감수성이 남다른 아이니까요."

무리 중에서 에이든은 보이지 않았다. 그때 위더스 부인과 룸피니 부인 앞에 차량이 정차했다. 투명문이 스르르 올라가고 드미가 나타났다.

"유카리아가 벙커에서 기다리고 있어요."

"고맙습니다." 유카리아가 마지못한 기색으로 말했다. 승리가 조금만 더 늦게 찾아왔어도 큰일 날 뻔했다는 투였다. "여러분이 힘을 써주셨지만 젠의 일부는 손상됐어요. 그래도 이미 복구 작업에 들어가긴 했습니다."

"그쪽이 진심과 열성을 다해 협력해주시긴 했습니다만 안타깝게도 기뻐할 수만도 없는 형편입니다. 메디쿠스 여섯이 죽고 셋은 실종됐으니까요." 위더스 부인도 차갑게 대꾸했다.

"유감스럽게 생각합니다. 하지만 사망자는 어쩔 수 없습니다. 저는 앞장서서 지휘를 해야 하는 입장이고 제네티스의 안전을 최우선으로 생각해야만 하니까요." 유카리아가 아까보다 조금 누그러진 어조로 말했다.

"센트로미어, 보십시오." 기술자 한 명이 말을 걸었다.

모두의 시선이 뉴클레오폴리스 전경을 비추는 파노라마 스크린으로 쏠렸다. 아까보다 덜 붉은 빛이 다시 도시에 떨어지고 있었다.

"안개로군요. 안개가 흩어지고 있습니다." 기술자는 외부 감시 카메라 영상을 확인하면서 말했다.

사실이었다. 돔의 정상부에서 안개가 차츰 걷히고 있었다. 위더스 부인은 화면을 보면서 당혹감을 느꼈다. 그렇다면 파톨로구스군의 퇴각이 함정이 아닐지도 모른다. 안개가 걷히고 있는 것이 그 증거 아닐까?

그래도 이해할 수 없기는 마찬가지였다.

"이제 돔에서 나가야겠군요." 위더스 부인도 마침내 결단을 내렸다.

"함정이면 어떡하죠? 제네티스를 보호할 다른 대책 없이 가시면 안 됩니다! 기드온 노블이 엿새 동안 무사해야만 유전성 질병 치료 연구가 완성된다는 사실, 잊지 마십시오. 지금 떠나시긴 너무 일러요."

"이렇게나 간곡히 저희가 남기를 원하시다니, 놀랍기도 하고 기쁘기도 하네요. 하지만 저희는 가야 합니다. 노블이 어떤 상태인지 알아야 저희도 작전을 세울 수 있어요. 스카스데일의 방해 공작에 시간을 빼앗겨선 안 되니까요."

"그리고 앨리스테어가 속히 치료를 받아야 합니다." 모린도 한마디 했다.

"스카스데일이 다시 공격해오면요?" 유카리아가 물었다.

"그때는 더 많은 메디쿠스들이 더 확실한 무기를 갖추고 돌아올 겁니다." 그렇게 말하고 위더스 부인은 떠날 채비를 했다. "미토, 우리와 함께 가서 구아닌 문을 열어주시겠어요?"

미토는 선뜻 그러마고 했다가 갑자기 유카리아의 눈치를 보았다. 유카리아는 딱딱하게 굳은 얼굴로 고개를 끄덕였다.

"그럼 전 앨리스테어를 데리러 가볼게요. 그 친구, 어여쁜 텔로미어들에게 보살핌을 받고 있을 텐데 내가 데리러 가면 무척 아쉬워하겠어요." 모린이 농담조로 말했다.

잠시 후, 모린이 돌아왔다. 앨리스테어는 모린의 팔에 기대어 아무렇지 않은 척했지만 얼굴에 핏기가 하나도 없었다. 특히 피부가 묘하게 변한 탓에 유령 같은 인상마저 주었다. 그는 다 죽어가는 목소리로 말했다.

"많이 좋아졌어요. 이제 금방 나을 겁니다."

남들처럼 쉽게 속는 법이 없는 아이리스가 앨리스테어를 머리부터 발끝까지 살피더니 늘 그렇듯 돌려 말하지 않고 딱 잘라 판결을 내렸다.

"헛소리하지 마세요. 점점 더 나빠지고 있거든요? 24시간 내에 운명할 사람 같아요."

"고맙군요, 의사 선생님. 적어도 같은 편끼리는 김새는 말 좀 하지 말자." 앨리스테어가 한숨을 쉬었다.

"돔 밖으로 걸어갈 수 있겠어요?" 위더스 부인이 크게 걱정했다.

"그럴 필요 없습니다. 제가 함께 가죠. 제가 데리고 가면 됩니다." 솔랄이 말했다.

앨리스테어도 사양하지 않았다.

"제 목을 꽉 잡으세요." 솔랄이 말했다.

메디쿠스 일행은 파톨로구스군의 공격에 손상되지 않은 차량에 몸을 싣고 구아닌 문으로 향했다. 솔랄은 튼튼한 날개 사이에 앨리스테어를 태우고 저공 비행을 하다가 부드럽게 땅으로 내려왔다. 미토가 벽으로 다가가 문자 G 아래 수직선에 자신의 활을 갖다 댔다. 그때 위더스 부인이 그를 잠시 저지하고 메디쿠스들에게 일렀다.

"일단 몸을 숨기고 있어요. 문 밖에 뭐가 있을지 모르니까."

부인의 신호가 떨어지자 미토가 다시 문을 열었다. 움직이는 기둥과 문양이 유리벽 속에 나타나고 유리가 산산이 부서지나 싶더니 문이 나타났다. 위더스 부인, 룸피니 부인, 모린 주베르가 조심조심 앞장서서 정찰을 했다. 그들은 거대한 문을 통과하고 주위를 샅샅이 살폈다.

아무것도 없었다.

원호를 그리며 끝없이 펼쳐진 돔 주위의 무성한 숲까지는 아무것도 없었다. 그때 갑옷 차림의 룸피니 부인이 고개를 들었다.

"베레니스, 저기 저 언덕, 숲이 내려다보이는 언덕 중턱을 좀 봐요."

"병영과 막사가 있군요."

"스카스데일이 이끄는 군대의 주둔지일까요?" 모린이 자기 생각을 말했다.

"아마도요. 아무래도 놈들의 눈에 띄지 않게 재빨리 숲 속으로 들어 가야겠군요."

솔랄이 맨 먼저 그들에게 다가왔다. 그가 제안했다.

"제가 날아가서 정찰하고 올까요?"

"그럼 다른 사람들은 돔에서 기다리죠. 우린 당신이 돌아올 때까지 꼼짝하지 않겠어요." 위더스 부인이 결정을 내렸다.

솔랄이 훌쩍 날아올랐다. 그는 나선을 그리며 높이 올라가 북쪽 언덕 방향으로 날아갔다. 그러고는 주둔지 위를 몇 바퀴 돌아보고 다시 세 여자들에게 돌아왔다.

"규모가 엄청난데요. 사방이 붉은색과 검정색이에요. 사람의 흔적은 보이지 않았습니다만, 워낙 높은 곳에서 관찰한 거라서 장담은 못합니다. 어쩌면 스카스데일의 군대가 천막 속에 숨어 있는지도 모르죠."

위더스 부인은 이 말을 듣고 모린에게 지시했다.

"모두 나오라고 하세요. 가봅시다."

44

"놈들의 주둔지를 통과할 생각이에요? 정말?"

레티 쿨룸의 울창한 삼림을 지나가면서 룸피니 부인이 물었다.

"아뇨. 하지만 숲을 내려다볼 수 있는 지점을 확보해야 무슨 일이 일어날지 예상할 수 있을 것 같아요. 나도 당연히 여기서 나가고 싶어요. 하지만 당신도 이미 눈치챘다시피 카뒤세가 도통 보이지 않잖아요."

위더스 부인이 대답했다.

"그래도 제네티스를 벗어날 방법을 찾아야죠. 옷을 갈아입기 위해서라도 그래야겠어요. 여긴 너무 습해서 갑옷에 녹이 슬 지경이라고요. 얇은 크리놀린 드레스면 안성맞춤일 텐데."

"주둔지에 가면 답이 나올 거예요."

"거기에 크리놀린 드레스가 있을까요?"

"아뇨, 설마요. 하지만 이 몸에서 벗어날 방법은 찾을 수 있겠죠. 스카스데일과 그 밖의 파톨로구스들도 그렇게 했으니까."

언덕 기슭에 이르른 그들은 한 시간가량 힘겹게 오르막길을 따라 걸었다. 이제 무성한 수풀 따위는 없었다. 띄엄띄엄 서 있는 나무들이 누렇게 마른 잎을 떨어뜨리고 있을 뿐이었다.

"식물들도 파톨로구스 옆에선 살 수가 없나 봐요." 모린이 말했다.

그 말을 하면서 모린은 최악의 상태에 빠진 앨리스테어를 생각했다. 앨리스테어가 얼마나 더 버틸 수 있을까?

위더스 부인이 팔을 번쩍 들자 모두 그 자리에 멈춰 섰다.

"조금만 더 가면 도착합니다. 경계를 늦추지 말고 조심하세요. 이미 너무 많은 동지를 잃었습니다."

무거운 갑옷이 거치적거려 룸피니 부인의 움직임이 느려졌다. 구름이 잔뜩 낀 하늘 아래 그녀의 모습은 너무 눈에 띄었다. 그때 천막들 사이에서 키 큰 그림자가 불쑥 나타났다.

"안나 마리아, 조심해요!" 위더스 부인이 외쳤다.

그녀와 룸피니 부인이 동시에 펜던트를 꺼내 들었다.

"안 돼!"

기골이 장대한 윈스턴 브레이브가 그들 앞을 막아섰다. 두 여자가 멈칫했다.

"윈스턴! 당신을 보고 이렇게 반가울 줄은 몰랐어요!" 위더스 부인의 솔직한 마음이 튀어나왔다.

검은 옷의 여자가 안도의 한숨을 쉬었다.

"우리는 파톨로구스 진영에 잠입하려고 검은 옷을 입은 겁니다. 하마터면 같은 편에게 죽음을 당할 뻔했네요. 반갑습니다, 위더스 부인, 룸피니 부인."

메디쿠스들이 사방에서 튀어나와 서로 합류했다. 오스카와 비올레트 일행도 에이든, 샐리, 아이리스와 조우했다.

에이든이 오스카의 어깨를 정답게 흔들며 말했다.

"그거 아냐? 여기서 널 만나니 반가워 미치겠다! 진짜 보고 싶었어."

아이리스가 끼어들었다. "과장하지 마. 그래도 네가 골치 아픈 말썽꾸러기만은 아닌 것 같아. 사실 지금까진 그렇게 생각했었거든."

"아, 말썽이라면 겪을 만큼 겪었잖아? 그런데 넌 어때? 별일 없었어?" 샐리가 말했다.

"나중에 얘기해줄게." 오스카는 대답을 회피했다.

스플랫은 좋아서 발에 용수철이라도 달린 것처럼 이 사람 저 사람 사이를 깡충깡충 뛰어다녔다.

"아니, 요 녀석도 왔어? 멍멍아, 저리 가! 감청색 옷에 개털이 묻으면 지저분하단 말이야." 아이리스가 언짢은 눈치를 보였다.

에이든은 오스카를 한쪽으로 끌고 갔다.

"넌 다리의 시험을 치르지 않았잖아? 어떻게 여기까지 온 거야?"

"다른 길을 찾았어." 오스카는 그렇게만 대답했다.

"무슨 길? 어떻게 찾았어?"

오스카는 잠시 머뭇거렸다. 주술서를 통해서 웜과 연락을 취했을 때 로렌스가 얼마나 반발했는지 새삼 떠올랐다. 악마와의 계약은 아직 끝나지 않았다. 아니, 지금부터가 시작이었다. 정말 중요한 일이 아직 남아 있었다.

"저기, 나중에 다시 얘기하자."

그러나 에이든이 오스카의 팔을 잡았다.

"날 못 믿겠어? 그런 거야?"

"아냐, 그런 얘기가 아냐."

"그런데 왜 말을 못해?"

"지금은 그럴 때가 아니니까. 넌 완전 피곤해 보이고 난……."

"시시한 변명거리라도 생각이 안 나냐?"

에이든의 표정이 확 변했다. 오스카의 팔을 잡은 손에 힘이 들어갔다. 오스카는 그 손을 거칠게 뿌리쳤다.

"그만해, 에이든. 너나 나나 힘든 일을 겪었잖아. 그러니까 좀 나중에 얘기하자고, 알았어?"

"아니, 나중에도 할 말 없어. 오스카, 넌 변했어. 너희에게서 변하지 않은 단 한 가지가 뭔지 알아? 날 장애인 보듯 하는 그 시선뿐이라고."

에이든은 자기가 내뱉은 말에 입술을 덴 것 같은 기분이 들었다. 그 말은 너무 무거운 짐, 언젠가 감당 못하고 떠안을 수밖에 없는 짐과도 같았다. 일단 한번 말이 터지니 마구 쏟아져 나왔다.

"금속 핀과 연결 쇠를 달고 다니는 불쌍한 놈, 그러니까 중요한 일을 할 때에는 깍두기 노릇이나 시켜야지. 너희가 나에 대해서 하는 생각이 이런 거잖아?"

"난 절대로 널 장애인 취급하지 않았어. 우린 친구야. 너도 잘 알잖아? 다만……."

"다만?"

"친구에게도 항상 모든 걸 얘기할 순 없어."

뒤로 물러나면서 에이든은 새삼 낯선 곳을 바라보듯 주위를 둘러보았다.

"그렇다면 네가 생각하는 우정과 내가 생각하는 우정은 다르구나."

에이든은 소란스러운 메디쿠스들의 인파 틈으로 사라졌다. 오스카도 단념하고 다른 사람들에게로 향했다.

브레이브와 위더스 부인은 따로 만나서 참담했던 이틀간의 상황을 되짚어보고 있었다.

"우린 그쪽을 기다리고 있었소. 필이 당신들이 돔에서 나오는 걸 봤거든."

"그렇다면 비올레트가 제대로 당신을 찾아갔었군요."

"내가 방금 말한 필은 남동생 쪽이오."

"오스카가? 오스카가 여기 있어요?"

위더스 부인이 눈을 들었다. 오스카와 비올레트는 주둔지가 내려다보이는 언덕 위쪽에 올라가 있었다. 두 아이가 위더스 부인을 보고 손을 흔들었다.

"어쨌든 다행이오. 당신들이 살아 있었으니." 브레이브는 다시 한 번 기쁨을 표했다.

"안타깝게도 그러지 못한 이들도 있어요. 윈스턴, 메디쿠스 여러 명이 전투에서 목숨을 잃었어요. 무척 힘겨운 싸움이었죠. 이제 보니 스카스데일과 파톨로구스군이 후퇴한 것도 당신이 지원군을 이끌고 왔기 때문이군요."

"아니오, 이 주둔지는 우리가 왔을 때 이미 비어 있었소."

주둔지를 가르며 으르렁거리는 울음소리에 두 사람의 대화가 중단되었다. 파도가 부서지는 소리, 혹은 산사태가 일어나는 소리 같기도 했다. 누군가의 외침이 울려 퍼졌다.

"윈스턴 브레이브!"

그 소리는 사방으로 한참이나 메아리쳤다. 숲이 전율하고 있었다. 수

많은 새들이 겁에 질려 후다닥 날아올랐다.

"당신을 기다렸다! 우리 모두 기다리고 있었지!"

"누가 나를 부르는지 어디 한번 보고 싶구나." 윈스턴 브레이브는 걸걸하고 힘찬 목소리로 대꾸했다.

"나는 내게 걸맞은 자리에 있다. 너희를 내려다보는 자리에!"

그 순간, 그랜드 마스터와 다른 메디쿠스들은 언덕 꼭대기에 선 세 사람의 실루엣을 보았다. 그들은 능선의 오른쪽을 차지하고 있었고 왼쪽에는 다른 세 명이 더 있었다.

"모스! 저기 오른쪽 맨 끝에 모스가 있어요!" 어안이 벙벙해진 에이든이 외쳤다.

"저 미친놈! 저 자식은 내가 언젠가 꼭 손봐주겠어! 반드시!" 샐리가 흥분했다.

"내가 진작부터 얘기했잖아. 그러니까 내 말 들으면 손해는 안 본다니까. 저런 자식은 당장, 유치원 때부터 싹을 잘라버려야 해." 아이리스가 잔소리를 했다.

"그런데 나머지는 누구지?" 로렌스가 물었다.

"나도 몰라. 거리가 너무 멀어. 하지만 모스 저 녀석은 십 리 밖에서도 알아볼 수 있어." 에이든이 말했다.

제레미가 맨 앞으로 나와서는 언덕 위의 한 사람을 손가락으로 가리켰다.

"내가 꿈을 꾸고 있는 거라고 말해줘. 저기 모스 왼쪽에 있는 머리 길고 키 큰 녀석은……."

"베이츠구나." 에이든이 중얼거렸다.

주둔지 위쪽에 비올레트와 올라가 있었던 오스카는 언덕 위에 등장한 파톨로구스들의 이름을 하나하나 속으로 불러보았다.

밴 애시, 라비니아와 예브게니아, 스톰프, 모스, 베이츠.

오스카는 숲에서 나온 이후로 한시도 잊지 못한 소녀를 찾으러 이곳까지 올라온 참이었다. 베이츠 바로 옆에 일곱 번째 인물이 등장한 순간 그는 얼어붙고 말았다. 심장에 불이 붙은 것 같았다. 그의 머리와 몸은 말없는 거센 부름에 반응하고 있었지만 사샤가 했던 말이 귓전에서 메아리쳤다. '난 너의 적이야.' 그리고 사샤는 지금 그의 적들 가운데 서 있었다.

사샤도 그를 봤을까? 그녀도 그처럼 괴로울까? 자신처럼 가슴이 찢어지는 것 같을까?

오스카는 뒤를 돌아보았다. 주둔지에 모인 메디쿠스들이 한눈에 들어왔다. 온몸의 피가 차갑게 얼어붙는 것 같았다. 오스카는 자신에게 다가올 듯하다가 떠나간 저 소녀를 위해서라면 모든 것을, 자기편과 이 세상을 다 포기하고 떠날 수도 있음을 깨달았다.

마침내 언덕 위 가장 높은 곳에 여덟 번째 인물이 등장했다. 오스카는 정신이 번쩍 들었다. 아까부터 점점 흐려지던 붉은 하늘에 번쩍하고 번개가 일어났다. 여덟 번째 인물의 두건 쓴 머리가 번갯불에 드러났다.

"드디어……." 브레이브가 중얼거렸다.

위더스 부인, 룸피니 부인, 모린이 동시에 펜던트를 쥐었다. 브레이브가 그들을 만류했다.

"아니. 저자의 말을 들어보겠소. 하고 싶은 말을 하게 놔두시오."

스카스데일이 앞으로 나서며 호탕한 웃음을 터뜨렸다.

"식은 죽 먹기였소. 최후의 통첩. 내가 당신들을 이리로 오게 했지. 이 몸속에 가두기까지 했고."

메디쿠스들이 동요했다. 브레이브는 위엄 있게 그들을 진정시켰다. 스카스데일이 이어서 말했다.

"딱한 바보들! 고작 유전성 질환 몇 건과 협박 한 번에 우르르 그물 속으로 뛰어들 줄이야. 심지어 최고 위원회 여러분까지! 아, 그 이름 정말 좋은데! 최고 위원회! 최고로 멍청한 사람들의 모임인가!"

스카스데일은 이제 웃고 있지 않았다. 마지막 말은 분노 섞인 울부짖음에 가까웠다. 저 뒤에서 임시변통으로 만든 침상에 누워 있던 앨리스테어가 일어나서 맨 앞줄의 브레이브 옆으로 비틀비틀 걸어왔다.

"언제까지 저 미친놈이 우리를 모욕하도록 내버려두실 겁니까?"

"저자가 하고 싶은 말이 뭔지 들을 때까지. 자네는 여기 있지 말게. 지금은 싸울 수 있는 상태가 아니야."

앨리스테어는 룸피니 부인과 모린 주베르 사이에 섰다. 그는 몸이 불편한데도 허리를 똑바로 펴고 위엄 있는 자세를 취했다. 스카스데일이 그에게 손가락질을 하며 고함을 쳤다.

"맥쿨리, 네 몸에 남은 나의 흔적이 여기서도, 이 먼 곳에서도 보이는구나. 무슨 꼴을 당할지 아직 모르겠나?"

드디어 브레이브의 목소리가 울려 퍼졌다. 그는 차분하게 말했다.

"네가 아무리 협박을 해봤자 아무도 겁내지 않는다. 지금 궁지에 몰린 쪽은 우리가 아니라 너다."

스카스데일이 다시 한 번 신경질적으로 몸을 흔들며 웃어댔다.

"진짜 위협은 고작 유전병 따위가 아니라는 것을 아직도 깨닫지 못했느냐?"

다시 한 번 으르렁 울음소리가 아까보다 더 거세게 울려 퍼졌다. 그 소리는 한층 가깝게 들렸다. 아까보다 더 분노에 차 있었다. 스카스데일은 정신 나간 설교자처럼 손을 마구 흔들었다.

"브레이브, 건방 떠는 것도 지금뿐이오. 세상에서 제일 잘난 사람처럼 건방을 떨었겠다? 당신은 원래 그랬어. 그러니 감히 나에게 반말을 하는 게지! 대가를 치르게 될 거다! 가장 먼저 당신이!"

마지막 말을 내뱉는 스카스데일의 목소리가 떨렸다. 브레이브는 눈썹 하나 까딱하지 않았다. 그는 속으로 생각했다. '내가 너에게 반말을 하는 게 오늘이 처음은 아니지. 그때도 너는 이미 악의 화신이었지만 그래도 난 너에게 희망을 걸었었다.'

파톨로구스들과 메디쿠스들의 중간 지점에서 또 다른 목소리가 울려 퍼졌다.

"스카스데일, 당신이 말한 '딱한 바보들'에게 이미 한 번 패배하지 않았나요? 이번에도 그렇게 될 텐데요!"

오스카와 비올레트가 모습을 드러냈다. 시커먼 땅과 잿빛 하늘 사이에서 두 사람은 당당하고 눈부시게 빛나고 있었다. 메디쿠스들의 불안한 웅성거림이, 오스카의 말에 맞장구치는 함성으로 변했다.

"하여간 저 녀석은! 또 시작이군!" 브레이브가 구시렁거렸다.

위더스 부인은 필 남매를 지그시 바라보았다. 비록 지금은 벅찬 상대와 맞서고 있을지라도 이 초라한 산중턱에서 미래는 그들 편에 있는 것 같았다. 저 두 아이는 자유, 예견된 비극을 뛰어넘는 소중한 진실의 상징이었다. 부인의 입가에 잔잔한 미소가 떠올랐다.

"이렇게 될 거라 생각했지." 그녀는 나지막하니 속삭였다.

스카스데일은 언덕의 정상에서 오스카를 노려보았다.

"물론이다, 필. 잘난 척하는 성격도 유전이구나. 네가 한 말을 취소하게 할 수도 있다만, 그보다 좀 더 재미있는 일을 벌여볼까. 어둠의 왕자에게 감히 맞선 자가 얼마나 처참한 꼴을 당하는지 너를 본보기로 삼아 온 세상에 보여주마."

스카스데일이 비켜났다. 그의 졸개들도 비켜났다. 갑자기 언덕 뒤편에서 시뻘건 붉은 빛이 치솟았다. 진홍빛을 배경으로 헐벗은 능선이 울퉁불퉁하니 드러났다. 메디쿠스들은 초조하게 브레이브의 공격 명령이 떨어지기만을 기다렸다. 그랜드 마스터는 꼼짝도 하지 않고 언덕 꼭대기만 노려보았다. 음산한 울음소리가 산비탈을 타고 내려왔다. 그때 언덕 위에 그림자가 길게 드리워졌다. 형체가 불분명한 거대한 덩어리가 모습을 드러냈다.

45

그 덩어리는 언덕을 뒤덮을 태세로 잠시 움츠렸다가 다시 몸을 일으켰다. 한없이 큰 몸집은 광택이 나는 금속처럼 번들거렸다. 드디어 다리가 나타나고 전체적인 모양새가 드러났다. 괴물은 번들번들하고 단단한 갑피에 싸여 있었고 한없이 기다란 두 팔에는 시뻘건 집게가 달려 있었다. 대가리의 형체도 드러났다. 흉측한 얼굴, 간담이 서늘해지는 아래턱까지. 겁에 질린 비명이 고지대를 휩쓸고 갔다.

"캔서★⋯⋯." 위더스 부인이 중얼거렸다.

스카스데일의 목소리가 다시 한 번 울려 퍼지며 추악한 괴물의 울음소리를 뒤덮었다.

"보았느냐, 우리의 최종 병기를. 다들 알아챘겠지? 그래, 모를 리가 없지. 하지만 이런 놈은 어디서도 못 봤을걸."

★ Khan-Cer, '암'을 뜻하는 프랑스어 'cancer'에서 만들어진 단어다.

괴물이 고개를 들고 팔을 하늘 높이 치켜들었다. 놈의 집게발에서 시뻘건 구름이 피어올랐다. 자신의 작품에 도취된 스카스데일은 계속 떠들어댔다.

"신종 캔서, 지금까지 존재했던 그 어떤 캔서보다 훨씬 더 강력하고 지독하고 포악한 변종이지. 가히 천하무적이랄까."

괴물이 울음을 토하자 제네티스의 모든 타워들이 일제히 흔들렸다.

"고맙소. 제 발로 와서 갇혀주시니 더 이상 고마울 수가 없지. 너희가 기드온 노블을 보호한답시고 설친 덕분에 이 가공할 만한 병기를 제작할 시간을 확보할 수 있었거든. 이제야 하는 말인데, 유전학자 따위가 어찌 되든 난 상관없었다고."

그렇게 말하고 스카스데일은 캔서를 귀여워죽겠다는 듯한 눈으로 바라보았다. 그는 회회낙락하면서 이렇게 말했다.

"자, 여기 당신들의 적이 있소. 캔서가 당신들을 죄다 쓸어버리면, 기드온 노블의 몸뚱이를 골수까지 잠식하고 나면, 최후 통첩이고 뭐고 없을 거요. 그러니 지금 이 자리에서 충성을 서약해야 할 거요."

캔서가 번쩍거리는 사지를 허공으로 홱 뻗으며 먹잇감을 향해 산비탈을 내려오기 시작했다. 위더스 부인은 언덕을 눈으로 살폈다. 오스카와 비올레트는 펜던트를 손에 쥔 채 여전히 메디쿠스들과 변종 괴물 사이에 서 있었다.

"안 돼. 안 된다, 오스카 필, 그러지 마……." 위더스 부인은 다급하게 중얼거렸다.

오스카는 부인의 말을 듣기라도 한 것처럼 고개를 돌렸다. 그리고 그가 부인의 말을 듣지 않을 것은 두 사람 모두 이미 알고 있는 듯했다. 오스카는 싱긋 웃으며 괴물을 향해 펜던트를 뻗었다. 광선이 솟아났다.

광선은 캔서의 몸뚱이로 쑥 들어갔다가 등으로 뚫고 나와 하늘 높이 솟았다. 몸에 난 구멍은 순식간에 아물었다. 마치 수은으로 이루어지기라도 한 것처럼 괴물은 모양새를 자유자재로 바꾸었고 어떠한 타격을 입어도 금세 회복되었다.

스카스데일이 거미가 다리를 뻗듯 캔서를 향해 한 손을 뻗었다.

"저것들을 해치워라! 둘 다 죽어버려!"

괴물은 오스카와 비올레트를 향해 산비탈로 조금 더 내려왔다. 그 광경을 지켜보던 브레이브가 성난 눈으로 위더스 부인을 쏘아보았다.

"당신이 맹목적으로 저 애를 싸고돈 탓에 이렇게 된 거요!"

브레이브는 동요하는 메디쿠스들을 향하여 돌아섰다.

"전원이 펜던트로 돌풍을 일으킨다! 괴물을 쏘지 말 것, 그건 소용없는 짓이니까!"

메디쿠스들은 너나 할 것 없이 번개처럼 지시를 따랐다. 브레이브도 자신의 펜던트를 내밀었다.

"발사!"

수십 개의 광선이 하나가 되어 캔서를 향해 날아갔다. 언덕에 번쩍 불이 일었고 사방이 연기에 휩싸여 괴물은 잠시 시야에서 사라졌다. 브레이브와 메디쿠스들이 팔을 내리고 눈부신 빛이 어느 정도 흩어졌을 때, 괴물은 하늘을 다 가릴 듯 위압적인 모습으로 다시 나타났다. 놈을 물리칠 방법은 없었다. 놈의 대가리에 씌워진 단단한 갑피가 갈라지면서 틈이 생겼다. 그 틈에서 붉은 광선이 솟아나 땅바닥을 지지직 태우며 오스카와 비올레트에게로 접근했다.

오스카는 누나를 꽉 잡았다.

"저 아래로 뛰어! 다른 메디쿠스들에게로! 빨리!"

"안 돼, 같이 가!"

"누나, 저 괴물이 우릴 죽일 거야. 같이 있으면 안 돼!"

"너만 남겨둘 순 없어."

캔서가 점점 다가왔다. 이제 곧 그들을 덮칠 태세였다.

"빨리 가!" 오스카는 고함을 지르며 누나를 힘껏 밀었다.

바람을 가르는 날카로운 소리가 오스카의 외침을 덮어버렸다. 캔서는 길게 늘려 뻗은 앞발로 바닥을 쓸어 오스카를 넘어뜨렸다. 비올레트가 비명을 지르며 켜켜이 쌓인 먹구름을 쳐다보았다. 그녀가 뭐라고 중얼중얼하자 천둥이 울렸다. 구름은 비올레트가 원하는 대로 점점 더 짙게 뭉쳤다. 우지끈하고 불길한 소리가 나면서 번갯불이 하늘을 갈랐다. 캔서가 멈칫하며 몸을 일으켰다. 그칠 줄 모르는 요란한 천둥소리에 놀란 듯했다. 놈은 번들번들한 얼굴을 들어 뭉게구름을 바라보았다.

비올레트가 펜던트를 번쩍 들었다. 바람에 그녀의 케이프와 붉은 머리칼이 휘날렸다. 발은 이제 땅에 닿아 있지 않았다. 비올레트는 두 팔을 든 채 공중 부양을 하고 있었다. 그때 두 번째 번갯불이 번쩍하고 언덕을 비추며 괴물에게 정통으로 떨어졌다. 캔서가 균형을 잃고 뒤로 벌러덩 넘어갔다.

모두가 숨을 죽이고 놀라운 힘을 지닌 메디쿠스와 흉악한 괴물의 싸움을 지켜보았다. 괴물의 숨통이 그대로 끊어지기를 간절히 바랐다. 그러나 캔서는 다시 두 발로 꿈틀꿈틀 일어섰다. 몸뚱이 표면이 지글지글대는 것이 전기가 흐르는 듯했다. 화가 머리끝까지 난 캔서는 비올레트를 허공으로 날려 보냈다.

룸피니 부인이 자신의 문자를 내밀었다.

"헤르니움★!"

탄성 있는 그물 같은 것이 쫙 펼쳐졌다. 비올레트는 그 안에 떨어져 거미줄에 걸린 곤충처럼 꼼짝 않고 있었다. 그물은 서서히 언덕 아래로 내려와 비올레트를 룸피니 부인 옆으로 데려왔다. 부인은 황급히 그물에서 비올레트를 풀어주었다.

"우리 비올레트, 괜찮니?"

비올레트는 보랏빛 눈을 크게 뜨고 좀비처럼 벌떡 일어났다.

"오스카!"

룸피니 부인이 비올레트를 잡았다.

"우리에게 맡겨라. 오스카는 우리가 돕겠다."

부인은 거대한 괴물을 혼자 상대하는 오스카에게로 고개를 돌렸다.

그사이에 오스카도 정신을 차렸다. 그는 펜던트에 온 정신을 모아 초록빛 회오리바람을 일으켰다. 캔서의 몸뚱이가 은빛 물방울처럼 산산이 흩어지며 사방으로 퍼졌다.

메디쿠스들은 아무 말도 못한 채 제자리에 돌처럼 굳어버렸다. 오스카도 자기 눈을 믿을 수 없어서 멈칫했다. 괴물의 울음소리가 다시 울려 퍼졌다. 사방으로 흩어진 파편들이 잠시 허공으로 떠오르는가 싶더니 캔서의 몸뚱이가 다친 데 하나 없는 원상태로 돌아왔다. 언덕 위에서 스카스데일의 사악한 웃음소리가 떨어졌다.

오스카는 괴물이 자기에게로 성큼 다가오는 것을 보았다. 손쓸 겨를도 없이 그의 몸이 괴물의 집게에 걸려 허공으로 붕 떠올랐다. 집게가 옆구리를 파고들었다. 오스카는 내장이 활활 타는 듯한 아픔을 느꼈다.

★ hernium, '탈장'을 의미하는 'hernia'에서 유래한 말로, 탈장이란 장기의 일부가 원래 위치에서 벗어나 튀어나오는 것을 의미한다.

어떻게든 펜던트를 써서 괴물의 손아귀에서 벗어나려고 애를 썼지만 소용없었다.

위더스 부인은 자신이 보살피는 소년이 참혹한 최후를 맞게 내버려 둘 수 없었다. 그녀는 펜던트를 쥔 손을 뻗으며 힘차게 외쳤다.

최고 위원들이여, 나에게
예전에 그랬던 것처럼
우리의 힘을 모아주기를.

신성한 집결. 위더스 부인도 실제로 이 집결을 호소하기는 난생처음이었다. 룸피니 부인이 그녀의 옆에 섰다. 모린 주베르도, 불타는 저항심에 기운을 되찾은 앨리스테어도 옆에 섰다. 네 줄기의 강력한 빛살이 한데 모였다. 뒤쪽에 모여 있던 메디쿠스들 사이에서 다섯 번째 빛살이 튀어나와 그들에게 합류했다. 위더스 부인은 누굴까 싶었지만 다닥다닥 붙어 있는 인파 속에서 그 주인공을 찾을 마음은 없었다. 지금은 조금이라도 정신이 흐트러져서는 안 되는 순간이었다. 오스카는 참을 수 없는 아픔을 가누며 손을 뻗어 자기 펜던트의 빛을 보탰다.

"머리를 겨눠요!" 위더스 부인이 외쳤다.

집중 공격을 당한 캔서는 포효하며 팔을 휘이휘이 저으면서도 오스카를 잡은 손을 풀지 않았다.

"저 괴물은 도대체 뭘로 만들었담!" 룸피니 부인이 기가 막히다는 듯 내뱉었다.

위더스 부인은 근처에 브레이브가 있지 않은지 눈으로 찾았다.

"윈스턴! 제발!"

오스카도 고개를 돌렸다. 목의 혈관이 찢어지기 일보 직전이었다. 핏발이 벌겋게 선 그의 눈과 그랜드 마스터의 눈이 마주쳤다. 두 사람 사이의 거리는 아무 상관도 없는 것처럼. 오스카의 입술이 꿈틀거리자 윈스턴 브레이브는 오스카의 말이 자기 머릿속에 울리는 것처럼 똑똑히 알아들을 수 있었다. '이렇게 두 개의 펜던트를 포개면 나는 내 펜던트를 통해 너의 펜던트까지 읽을 수 있지. 두 펜던트들이 어디에 있든지 항상 만날 수 있는 거야. 이것도 기억해두거라.'

브레이브는 본능적으로 자기 펜던트에 손을 가져갔다. 4년 전, 어린 소년에게 단 한 번 했던 말이 생생하게 되살아났다. 그 소년은 자라서 이제 청년이 다 되었다. 능력이 있지만 약점도 있는 청년, 뛰어난 자질과 일일이 셀 수 없는 결점을 지닌 청년, 그 청년이 지금 그의 눈앞에서 캔서의 집게에 눌려 죽어가고 있었다.

'기억해두거라.'

한 아이에게 했던 약속의 무게를, 말의 가치를 잊을 뻔했는가? 브레이브는 펜던트를 가슴팍에서 확 잡아 빼고는 M자에 박힌 에메랄드에 집게손가락을 얹고 오스카를 향해 내밀었다.

"나의 문자여, 동맹을 잊지 마라!" 그의 목소리는 우렁찼다.

문자가 이글이글 타올랐다. 눈부신 빛의 원반이 점점 넓어지더니 언덕 전체를, 아니 레티 쿨룸 숲을 넘어 돔까지 환하게 비추었다. 에메랄드에서 광선이 솟아났다.

혈관이 압력을 이기지 못해 터질 것 같은 와중에도 윈스턴 브레이브의 음성은 오스카의 귀에 들어왔다. 갑자기 기운이 솟았다. 그는 팔을 번쩍 들었다. 가냘픈 빛이 솟아나 그랜드 마스터의 문자에서 솟아난 빛과 만났다. 그 순간, 눈을 뜨고 똑바로 볼 수 없는 빛의 나선이 캔서를 감싸고 가차 없이 죄어들었다. 괴물의 집게에서 힘이 빠졌다. 오스카는 땅에 떨어져 몇 미터 아래로 데굴데굴 굴렀다. 브레이브는 피로를 느끼고 팔을 내렸다. 그래도 빛의 나선은 계속 괴물을 바짝 조이다가 폭발했다. 고리는 부서지고 괴물은 풀려났다. 캔서는 비틀거리기는 해도 여전히 제 발로 서 있었다.

"맙소사, 저 괴물을 처치할 방법이 없어!" 위더스 부인은 절망했다.

괴물은 비틀비틀 한 발, 또 한 발 다가왔다.

"전진하라! 어서 일어나 삼켜버려!" 스카스데일이 악에 받쳐 소리를 질렀다.

괴물은 언덕 아래 메디쿠스들을 바라보고 다시 고개를 돌려 언덕 위의 주인을 바라보았다. 놈의 목구멍에서 무시무시한 소리가 끓어올랐다. 괴물은 쓰러진 채 헐떡이는 오스카를 발견했다. 놈이 오스카를 덮치는 모습은 흡사 건물이 무너져 내리는 것 같았다. 비명이 여기저기서 터졌다.

"오스카!" 비올레트가 외쳤다.

그녀는 캔서에게 냅다 뛰어갔다. 캔서는 심하게 경련하고 있었다. 비올레트가 홱 돌아서자 케이프가 풀썩 들리면서 거센 바람기둥이 치솟았다. 그녀는 펜던트를 쥐고 그 태풍을 캔서에게 쏘았다. 산만 한 몸뚱이가 허공으로 날아갔다가 땅에 떨어졌다. 캔서는 뱀처럼 땅바닥에서 꿈틀거렸다. 비올레트는 미친 사람처럼 사방을 휘젓고 다녔다. 바르트, 제레미, 발랑틴, 샐리, 에이든이 비올레트에게 달려갔다. 옆구리에 부상을 입은 로렌스까지 이내 합류했다.

아무리 찾아도 오스카는 보이지 않았다.

비올레트는 동생을 죽인 더러운 괴물에게로 홱 돌아섰다. 두 눈이 분노와 절망으로 활활 타올랐다. 비올레트는 울지 않았다. 평화를 사랑하는 비올레트, 공상 속에서 사는 비올레트는 오늘 이런 감정을 벌써 두 번째 느끼고 있었다. 부숴버리겠어, 죽여버릴 거야. 그 외에는 아무 생각도 할 수 없었다. 그녀는 친구들의 손길을 뿌리치고 신음하는 괴물을 향해 펜던트를 내밀었다.

"안 돼!" 위더스 부인이 외쳤다.

복수심에 정신이 나가버린 비올레트에게는 그 말이 들리지 않는 듯했다. 위더스 부인이 말려야 했다. 부인은 캔서를 가리켰다.

"저걸 봐."

뻣뻣하게 경직된 몸뚱이에 이리저리 금이 가고 있었다. 금이 간 자리마다 이상한 빛이 새어 나왔다. 캔서는 이제 서서히 녹아가는 금속 심장, 용암이 분출하는 화산의 쩍쩍 갈라지는 분화구에 불과해 보였다. 위더스 부인은 황급히 비올레트를 뒤로 잡아당겨 자신의 케이프로 감쌌다. 다른 친구들도 얼른 케이프 속에 숨었다.

아무도 본 적 없는 대폭발이 일어났다. 캔서의 파편들은 한순간 허공에 떠 있나 싶더니 다시 합쳐지지 못하고 사방팔방으로 멀리멀리 날아갔다. 괴물이 조금 전까지 서 있던 자리에는 불덩어리만이 남아 있었고, 그나마도 서서히 쪼그라들었다. 그 한복판에 한 청년이 케이프로 몸을 감싼 채 웅크리고 있었다. 출렁이는 에메랄드 빛 케이프 가장자리에는 반짝이는 은실로 수가 놓여 있었다. 그가 고개를 들었다. 비올레트는 미친 듯이 달려가 그 앞에 주저앉았다. 그러고는 그의 어깨에 떨리는 손을 올려놓았다.

46

"오스카."

비올레트는 그저 동생의 이름만 불렀다. 그녀는 해와 달과 별의 빛을 한 몸에 받은 듯이 환하게 빛나고 있었다.

모든 메디쿠스들이 말없이 걸어와 남매를 에워쌌다. 위더스 부인만 이 벅찬 감격을 가누지 못해 그냥 뒷전에 물러나 있었다. 그녀는 눈을 감고 중얼거렸다.

"페너트랜스★ 메디쿠스라니. 고마워요, 비탈리 필, 당신이 남긴 이 은밀한 유산에 감사해요."

오스카가 일어섰다. 그는 훌쩍 성장한 것 같았다. 변신의 자취인지, 은은한 후광이 아직까지 그에게 남아 있었다. 오스카는 언덕 꼭대기를 올려다보았다. 어둠의 왕자는 꿈쩍도 하지 않고 그곳에 서 있었다. 오

★ Penetrans, '뚫고 들어가는, 침투하는'이라는 뜻을 가진 프랑스어 'pénétrant'에서 유래한 단어로, 여기서 는 다른 메디쿠스나 파톨로구스의 몸속에 들어갈 수 있는 능력을 말한다.

스카가 주먹을 번쩍 들어 보였다.

"너의 최종 병기가 고작 이 정도냐?"

스카스데일은 잠시 침묵을 지켰다. 극도로 긴장해 있던 그가 마침내 폭발했다.

"필요하다면 캔서를 백 마리, 천 마리, 백만 마리라도 풀어야지! 사람들에게 파고들어 한없이 번식하고, 신체 내 우주와 그곳의 주민들을 잡아먹고 망가뜨려야지! 네가 그 사람들 모두를 구할 수 있을 성싶으냐?"

스카스데일은 두건을 뒤집어쓴 머리를 절레절레 흔들었다. 고함을 지르고 나니 마음이 진정된 듯했다.

"넌 네 아비와 똑같은 길을 걷게 될 것이다, 오스카 필. 너 또한 네 아비처럼 싸움에서 한 번 이겼다고 온갖 찬사를 받고 자만심에 빠지겠지. 그러나 이 전쟁의 승자는 나다. 너는 네 아비처럼 어둠과 수치에 싸여 죽어갈 것이다."

오스카는 더 이상 듣지 않았다. 그는 펜던트를 들고 어둠의 왕자를 향해 쏘았다. 그러나 광선이 과녁에 닿기도 전에 언덕 꼭대기에서 번쩍하고 폭발이 일어났다. 오스카의 광선이 붉은 보호막에 부딪혀 다른 쪽에 서 있던 파톨로구스에게로 날아간 것이다. 공격을 당한 이는 두 팔을 벌리고 고개를 쳐들며 잠시 뻣뻣하게 굳어 있다가—마치 시간이 잠시 멈춘 듯—획 고꾸라지며 아래로 데굴데굴 굴러떨어졌다.

오스카의 영혼 깊은 곳에서 비명이 터져 나왔다.

"사샤!"

제정신을 잃은 오스카는 미친 듯이 언덕을 올라갔다. 그러고는 축 늘어진 사샤의 몸뚱이 앞에 주저앉았다. 뒤집어진 사샤를 돌려보았다. 피가 철철 흐르는 그 얼굴은 돌에 긁히고 흙투성이였는데도 가슴 시리도록 아름다웠다. 오스카는 몸을 숙였다. 숨소리가 들리지 않았다. 그는 사샤의 가슴에 손을 얹었다. 손가락이 사샤의 몸을 관통했다. 페너트랜스 메디쿠스만이 내뿜을 수 있는 후광이 사샤의 몸속으로 흘러 들어갔다. 사샤는 부르르 떨다가 거세게 몸부림쳤다. 오스카가 손을 떼자 사샤는 다시 쓰러졌다. 오스카는 에너지를 쏟아붓고 기진맥진한 채로 심장 소리를 다시 확인했다. 그러나 심장은 여전히 뛰지 않았다. 오스카는 슬픔에 잠겨 고개를 들었다.

그의 앞에 베이츠가 서 있었다. 당장이라도 튀어나올 것 같은 눈을 한 베이츠가 떨리는 손을 펴서 오스카의 얼굴에 내밀었다.

"내 아버지를 죽인 것도 모자라서 사샤까지!"

처음으로 오스카는 베이츠의 분노에 가려진 깊은 슬픔을 헤아릴 수 있었다.

"사샤가 아니라 나를 겨냥했었나? 그런 거야? 실패했구나, 오스카 필. 난 이렇게 살아 있고 넌 죽을 거니까. 나를 봐라. 내가 널 죽이는 모습을 똑똑히 보란 말이야!"

오스카는 베이츠를 바라보았다. 베이츠는 사랑이라는 것을 느낄 수 없는 인간이었다. 이기심과 미움, 그 외에는 아무것도 없었다. 머지않아 사샤의 죽음 따위는 까맣게 잊을 놈이었다. 오스카는 한 손으로 케이프 자락을 들어 올리며 다른 손으로 펜던트를 내밀었다. 은빛 구름이 일어나더니 베이츠를 감쌌다. 검은 장갑이 활활 타올랐다. 베이츠는 비명을 지르며 장갑을 벗었다. 그의 손바닥에서 P자가 강력한 산에 입은 화상처럼 연기를 뿜어냈다. 베이츠는 의식을 잃고 쓰러졌다.

차가운 분노밖에 남지 않은 오스카가 쓰러진 베이츠에게 문자를 겨누었다. 바로 옆에 있던 비올레트의 목소리도, 브레이브 씨의 힘찬 음성이나 위더스 부인의 외침도 들리지 않았다. 그는 딴 세상에 가 있었다. 그에겐 자신의 괴로움과 억누를 수 없는 복수심밖에 없었다. 그때 등 뒤에서 가냘픈 목소리가 들려왔다.

"안 돼, 오스카……."

오스카는 사샤 앞에 무릎을 꿇었다. 그녀를 한없이 다정하게 끌어안았다. 사샤가 크고 검은 눈을 떴다. 그녀의 손이 오스카의 얼굴을 쓰다듬을 것처럼 올라갔다가 힘없이 툭 떨어졌다.

"살아 있었구나."

오스카는 사샤를 껴안고 중얼거렸다. 난생처음으로 자신이 지닌 능력이 의미 있고 쓸모 있게 느껴졌다. 이 눈빛을 다시 볼 수 있다면 어떻게 되든 좋았다. 메디쿠스로서 최악의 운명으로 전락한대도 상관없을 것 같았다.

"베이츠를 죽이지 마. 이 기적을 망치지 말아줘." 사샤가 속삭였다.

"베이츠를 좋아해? 말해봐. 그러면 베이츠를 살려줄게……. 그리고 널 잊을게."

이번에는 사샤의 손이 그의 뺨을 부드럽게 스쳤다. 오스카는 눈을 감았다.

"내가 좋아하는 사람은 너야. 그러니까 베이츠를 살려줘야 해. 오스카, 우리 사이의 수많은 장벽들을 봐. 모든 것이 너와 나 사이를 가로막고 있어."

"네 곁에 있을게. 장벽은 하나하나 쓰러뜨리면 돼. 넌 아무것도 걱정할 필요 없어. 이번엔 널 보내지 않겠어."

사샤는 힘겹게 고개를 돌려 메디쿠스들을 바라보았다.

"넌 지금 착각하는 거야. 저들은 제물을 원해. 모든 파톨로구스들을 대신해 죽을 파톨로구스를. 반대로 어둠의 왕자가 너를 잡았다면 네가 모든 메디쿠스들을 대신해서 희생됐을걸."

은빛 장식이 들어간 자신의 케이프를 보이며 오스카가 말했다.

"봐, 난 강해. 매일매일 조금씩 더 강해지고 있어. 내가 널 안전하게 지켜줄게. 아무도 네 머리카락 한 올 건드리지 못해. 설령 그랜드 마스터라고 해도."

"네가 원하는 게 그런 거야? 너도 네 아버지와 똑같은 소리를 듣고 싶어? 네 아버지가 어둠의 왕자와 비밀리에 내통했다는 소문처럼?"

사샤는 눈으로 베이츠를 찾았다. 베이츠는 이제 정신을 차리고 끙끙대며 일어서고 있었다.

"오스카, 정말로 날 다시 만나고 싶다면 베이츠가 날 데려가게 내버려둬."

오스카는 고개를 저었다.

"제발, 이번만은 그렇게 못해, 사샤. 나랑 있자. 우리 한번 해보자. 그래야 해."

사샤는 오스카의 얼굴을 두 손으로 감쌌고 오스카는 그녀의 얼굴을 끌어당겼다. 두 사람은 입을 맞춘 채 한참이나 떨어질 줄 몰랐다. 피와 눈물이 섞인 맛, 마지막 키스의 맛이 오스카의 입안에 확 끼쳤다. 두 사람이 떨어졌다. 이제 사샤의 얼굴은 냉정하거나 무심하지 않았다. 그 얼굴에는 미래에 대한 희망이 어려 있었다. 체념한 오스카가 사샤의 뜻을 따르기로 한 순간, 한없는 슬픔이 치밀어 올랐다. 이번에도 사샤 말이 옳았다. 나중에, 언젠가는 좀 더 따뜻하고 지속적인 관계가 가능할지도 모른다. 그렇게 생각하니 문득 마음이 가라앉고 아픔이 조금 누그러지는 것 같았다.

오스카는 사샤를 꼭 끌어안았다. 그의 손이 그녀의 살갗을 더듬었다. 이 기억이 오래갈 수 있도록. 오스카는 사샤의 이마와 눈꺼풀과 목에 키스했다. 그녀의 체취, 그녀의 마음이 온전히 자신에게 배어들도록.

베이츠가 일그러진 얼굴로 숨을 헐떡이며 서 있었다. 오스카도 사샤를 부축하며 일어났다. 그녀는 너무나 가벼웠지만 너무나 존재감이 컸다. 오스카는 베이츠에게 다가갔다.

"이 여자는 널 사랑한다는구나. 데려가."

베이츠는 사샤를 품에 안고도 오스카에게서 눈을 떼지 않았다.

"착각 따윈 하지 마라. 이런다고 너와 나 사이가 달라지지는 않아."

"당연하지. 달라질 것이 있다면 다음에는 이 여자가 말려도 듣지 않을 거라는 것뿐이다. 다음엔 널 죽이고 말 거야."

사샤는 떠나보내야 하는 이의 얼굴을 바라보며 소리 없이 눈물을 흘렸다. 사샤가 자기 장갑을 베이츠의 손바닥에 갖다 대자 붉은 구름이 두 사람을 감쌌다. 언덕에 번쩍 섬광이 일고 불빛들이 비처럼 쏟아졌다. 그 비가 그치고 난 후에 언덕 위에는 아무도 없었다.

오스카는 다른 봉우리 쪽으로 잠시 걸어 올라갔다. 다른 메디쿠스들을 만나고 싶지 않았다. 그들의 시선을 받고 싶지 않았다. 사샤의 입술과 체취를 기억하며 조금만 더 그녀와 함께하고 싶었다. 그는 막막하고 한없는 외로움을 느꼈다.

그때 오스카의 등에 부드럽게 와 닿는 것이 있었다. 동생을 뒤에서 끌어안은 비올레트가 동생의 목덜미에 머리를 기대고 있었다.

"당분간 그 애의 꿈을 꿀 수 있을 거야."

누군가가 오스카의 팔을 잡았다. 에이든도 비올레트를 따라 올라왔던 것이다. 내면의 기묘한 부름을 받은 에이든은 자못 달라져 있었다.

마치 오스카의 절망이 에이든의 마음속에 큰 울림을 낳고 이곳으로 인도한 것 같았다. 에이든의 손이 닿는 순간, 오스카는 새로운 기운이 솟아나 머리와 가슴으로 몰리는 것을 느꼈다. 갑자기 절망 속에서 한 줄기 빛이, 희망이 보였다. 그제야 오스카는 아주 긴 울음소리, 답답한 속을 풀어놓는 소리, 고통과 불가능한 사랑과 분노가 녹아든 소리를 토할 수 있었다.

　틸라는 자기 방 침대에서 로넌 모스의 주술서를 덮었다.

　그날 오전 이 책에서 로넌과 오스카의 모습을 발견하고 로넌의 집에서 후다닥 달려 나온 후부터 틸라에겐 오로지 한 가지 생각밖에 없었다. 꿈을 꾼 게 아니며, 이 책은 모스의 짓궂은 장난에 지나지 않음을 확인하고 싶었다. 그러나 모스는 계속 코빼기도 보이지 않았다. 오스카네 엄마 눈치를 보건대, 아무래도 오스카 역시 행방이 묘연한 것 같았다. 이 책은 현실을 보여준 걸까? 하지만 어떻게 그런 일이?

　그러자 유혹이 다가왔다. 틸라는 주술서를 다시 펼쳐서 거기에 적힌 주문 같은 것을 읽었다. M자 모양의 상처가 화끈 달아올랐다. 틸라가 질문을 던지자 책 속에서 영상이 나타났다. 배경은 무시무시하고 하늘은 거무튀튀했지만 모스, 오스카, 그 밖에도 낯익은 몇몇 얼굴들을 알아볼 수 있었다. 판타지 영화에나 나올 법한 괴물과의 싸움, 살 떨리는 무서운 장면들이 이어졌다.

　이제 틸라는 미친 여자 취급을 받더라도 당장 경찰서에 달려가 자신이 본 것을 다 말해야겠다는 생각마저 들었다. 그러나 다음에 이어진 장면에 비하면 그딴 것들은 하나도 중요하지 않게 됐다. 언덕 꼭대기에서의 마지막 장면, 그 장면이 불에 달군 쇠처럼 틸라의 가슴에 흔적을 남겼다.

오스카와 베이츠, 그리고 그 여자애.

오스카의 눈빛, 손짓……. 입맞춤. 그 후의 가슴 먹먹한 절망.

침대에 누워 천장을 노려보며 틸라는 숨을 가쁘게 몰아쉬었다. 온몸의 피가 얼어붙는 것 같았다. 틸라는 이 감정을 익히 잘 알고 있었다. 그녀는 곧잘 질투심에 이성을 잃곤 했으니까. 아니, 아무에게도 말하면 안 된다. 지금 틸라가 원하는 것을 갖다 바칠 사람은 아무도 없었다. 직접 나서야만 했다.

그녀는 유혹에 일가견이 있었다. 지금은 잃었던 것을 되찾을 때였다.

47

위더스 부인은 이제 막 알게 된 사실의 충격에서 헤어나지 못한 채 여전히 뒷전에 물러나 있었다. 그러다 문득 인기척을, 친근한 그림자를 느꼈다. 위더스 부인은 뒤돌아보지 않고 미소 지었다.

"기다리고 있었어요."

"무엇을?"

"당신이 사과하기를요. 그동안의 내 판단이 옳았다고 인정하세요."

"베레니스, 난 이렇게 잘난 척하는 당신이 익숙지 않구려."

위더스 부인이 호탕하게 웃었다. 이렇게 웃는 게 얼마 만일까? 그녀도 알 수 없었다.

"괜히 기운 빼지 말고 당신의 실수를 인정해요, 윈스턴."

"내가 그 아이의 특별한 저력을 믿지도 않으면서 그토록 오랫동안 당신의 변덕에 넘어가준 거라고 생각하시오?"

"억세게 운이 좋은 줄 아세요. 당신 심술은 내가 당신에게 느끼는 애정에 비견할 만하니까.”

위더스 부인은 윈스턴의 팔을 잡고 편안하게 기댔다.

“윈스턴, 오스카 필이 페너트랜스 메디쿠스라니요. 당신은 실감이 나요? 페너트랜스 메디쿠스가 마지막으로 출현한 때가 언제였죠?”

“두 세기 전일 거요.”

“그게 뭔데요?”

위더스 부인과 윈스턴 브레이브가 뒤돌아섰다. 에이든이 오스카를 둘러싼 무리 틈에서 벗어나 그들의 대답을 기다리며 서 있었다.

“다른 메디쿠스나 파톨로구스의 몸에 들어갈 수 있는 독보적인 능력의 소유자란다. 캔서는 오스카를 잡아먹었던 게 아니야. 오스카가 캔서의 몸에 들어갔던 거지. 그런 식으로 페너트랜스가 밝혀지기는 처음이야. 이제 다른 능력들도 수면 위로 떠오를 거다, 차츰차츰……. 게다가 오스카만 비범한 능력을 지닌 것도 아니지.” 이 말을 마치고 위더스 부인은 빙그레 미소를 지었다. “너에게 얘기를 해야겠구나. 에이든, 어디 가니? 내 말 아직 안 끝났어!”

에이든은 위더스 부인의 말을 듣지도 않고 저만치 걸어갔다. 오스카가 비범한 능력을 타고났다고 그가 기뻐해야만 할까? 물론 부정할 순 없었다. 오스카가 없어졌을 때 에이든은 슬퍼서 미칠 것 같았다. 하지만 오스카는 강했다. 변종 캔서도 상대가 되지 않을 만큼. 오스카는 남들보다 꼭 살아야 할 이유가 하나 더 늘었다. 그리고 에이든에게는 오스카의 발끝에도 미치지 못한다는 자괴감에 시달릴 이유가 하나 더 는 셈이다.

하지만 에이든은 모린 주베르의 불안한 외침에 정신을 차리고 주둔지 한복판으로 돌아갔다.

"윈스턴! 빨리요!"

브레이브와 위더스 부인이 앨리스테어를 보러 달려왔다. 환자의 상태가 심각했다.

"이 몸에서 나가야 합니다. 파톨로구스들이 떠났으니 놈들이 걸어놓은 주술도 풀렸겠지요. 앨리스테어를 치료할 수 있는 곳은 하나밖에 없습니다. 불멸의 방으로 갑시다." 윈스턴 브레이브가 말했다.

"잠깐만요."

모두 말없이 비켜섰다. 오스카가 앨리스테어에게 다가갔다.

"제가 가볼게요. 제가 한번 그를 구해보겠습니다."

"신체 내에서는 다른 신체에 들어갈 수 없잖아." 로렌스가 말했다.

"그건 케이프에 이 은빛 자수가 나타나기 전 얘기야."

그렇게 말하고서 오스카는 윈스턴 브레이브를 쳐다보았다.

"저도 드디어 이 기사단에서 쓸모 있는 사람이 됐군요."

그는 그랜드 마스터에게 손을 내밀었다. 그랜드 마스터가 잠시 머뭇거렸다.

"어쩔 생각이냐?"

"제가 그걸 가져가면 되지 않겠습니까?"

브레이브와 위더스 부인이 시선을 주고받았다. 위더스 부인 외에는 그 누구도 이 시선의 의미를 파악하지 못했다. 브레이브는 자기 펜던트를 풀어서 오스카에게 내밀었다. 오스카가 덥석 펜던트를 받는 순간, 브레이브가 오스카의 팔을 잡았다.

"다섯 번째 우주를 제외한 네 곳에서만이다. 그 외에는 어림없다."

오스카는 고개를 끄덕이고 두 개의 펜던트를 손에 쥐었다. 에메랄드 빛 선이 그의 손바닥을 관통했다. 오스카는 앨리스테어를 향해 고개를 숙였다. 모두들 어안이 벙벙해서 두 세기 만에 일어난 사건을 관찰했다. 메디쿠스가 메디쿠스의 몸속에 들어가는 진풍경을.

"페너트랜스라……. 진짜 살아 숨 쉬는 페너트랜스를 만나다니 나도 어지간히 오래 살았군."

오스카는 미트라 여왕 앞에서 정중하게 머리를 조아렸다. 여왕이 옥좌에서 일어나 걸어왔다.

"일어나시오."

키가 크고 도도한 여왕이 계단을 몇 칸 내려왔다. 그녀는 유리벽 너머를 가리키며 이렇게 말했다.

"보세요, 이런 형편이니 무슨 기대를 품을 수 있겠어요?"

유리벽을 통해서 바라본 폼페이 바다의 심해는 흡사 그대로 굳어버린 수족관 같았다. 미트라 여왕은 침통하게 말을 이었다.

"빌어먹을 붉은 안개가 바닷물을 응고시켰죠. 시간이 갈수록 상태가 악화되고 있어요. 동굴이 제대로 수축되지 않으니 피가 통 돌지를 않아요. 혈구 잠수정들은 마비 상태고……. 이제 곧 신체 내 우주들에 산소가 공급되지 않을 거예요. 우리 모두 질식해 죽을 겁니다. 앨리스테어도 마찬가지고요."

"저를 동굴로 안내해주십시오."

미트라는 친히 오스카를 수중 궁궐의 미로 속으로 데려갔다. 두 사람은 크고 어두운 방에 이르렀다. 작업복과 모자를 갖춘 인부 수백 명이 어떻게든 거대한 피스톤들을 작동시키려고 비지땀과 시커먼 기름을 흘려가며 용을 쓰고 있었다.

"여기가 심실 벽이에요. 동굴이 수축할 때 압력은 최대치가 되지요.

그런데 이 정도로는 혈액을 하천으로 보낼 수가 없어요. 내가 어떻게든 해보라고 명령을 하면 저들은 목숨이 다하도록 애를 쓰겠지요. 하지만 앨리스테어의 심장은 결국 멎고 말 거예요.”

“여기서 바다로 나가는 문은 없습니까?”

“하나 있긴 해요. GRIU의 압력을 완화하는 배출구가 있죠.”

“그 배출구를 열어주십시오.”

“미쳤어요? 우리 모두 익사하고 말 거예요!”

“바닷물이 응고됐다면 밀려 들어오지 않을 겁니다. 어쨌거나 다른 방도가 없잖습니까?”

미트라는 구불구불한 트랩을 지나 잠금장치가 달린 문 앞에 이르렀다. 오스카는 가방에서 플루이딜★을 꺼냈다. 그는 불룩 튀어나온 알약처럼 생긴 무기를 펜던트에 부착했다.

“이 문 밖에 감압실이 있어요. 그 감압실에 문이 하나 더 있는데, 그 문을 열면 바로 폼페이 바다예요. 정말 갈 생각이에요? 당신 목숨이 위태로운 일이에요.” 미트라 여왕이 말했다.

“이런 쪽으로는 일가견이 있습니다.”

“그럼, 행운을 빌어요.”

미트라가 문에 자신의 왕홀을 갖다 댔다. 문짝이 경첩에서 홱 돌아가며 감압실이 드러났다. 오스카가 들어가자 묵직한 문이 도로 닫혔다.

심해에 둘러싸인 반투명한 구 안에 오스카는 들어 있었다. 정면에 보이는 또 하나의 문은 핸들로 잠가놓은 창문 같은 모습이었다. 오스카는 그 핸들을 돌렸다. 4분의 1바퀴만 더 돌리면 열리겠구나 싶은 순간,

---

★ Fluidyl, '액체 상태나 유동성 있는 상태'를 뜻하는 프랑스어 'fluide'에서 나온 단어다.

그는 크게 숨을 들이마시고 사샤라는 이름의 천사에게 자신을 보살펴 달라고 기도했다. 그 후 핸들을 마저 돌리자 문이 열렸다.

바다는 젤리 상태로 굳어 있었다. 오스카는 그 붉고 치밀한 덩어리를 향해 펜던트를 내밀었다. 플루이딜을 통과한 펜던트의 광선이 서서히 바다를 용해시키기 시작했다. 불과 몇 초 만에 물줄기가 오스카의 발치까지 흘러 들어왔다. 그래도 오스카는 계속해서 바다를 녹이는 데에만 집중했다. 이제 아주 먼 곳까지 녹기 시작했다. 다시 액체 상태로 돌아온 피가 동굴의 수축에 반응하며 흘러 들어가기 시작했다. 혈구들도 다시 움직임이 자유로워졌다.

아직도 굳어 있는 얇은 층을 향해 오스카는 펜던트를 내밀었다. 이제 그 부분도 금세 녹아버릴 터였다. 바닷물이 들어와 오스카를 뒤로 밀어 냈다. 오스카는 핸들을 잡고 온 힘을 다해 매달렸다. 삽시간에 수위가 높아졌다. 짧은 심호흡을 하고 잠수를 할 시간밖에 없었다. 그는 창을 닫고 핸들을 돌렸다. 공기가 부족한 탓에 폐가 활활 타는 것 같았다. 핸들을 끝까지 돌리고 나자 정신을 잃을 것 같았지만 아까 그 첫 번째 문을 향해 헤엄쳤다. 기운이 다하려는 바로 그때, 감압실의 물이 빠졌다. 오스카는 허겁지겁 숨을 들이마시고 물을 토해냈다. 문이 열리고 두 남자가 급히 와서 오스카를 감압실에서 끌어냈다. 오스카는 물을 뚝뚝 흘리며 무릎을 꿇고 숨을 돌렸다. 위기에서 벗어난 것이다.

"당신 같은 메디쿠스를 만나게 되어 얼마나 기쁜지! 나의 왕국은 그대를 환영하며 앞으로도 영원히 그러할 것입니다!" 미트라가 오스카의 공을 치하했다.

오스카는 브레이브의 펜던트를 거머쥐었다. 여기에서 나가기 전에 마지막으로 들러야 할 곳이 있었다. 오스카는 여왕에게 인사를 하고 금빛 섬광과 함께 사라졌다.

잠시 후, 오스카는 고개를 들고 돔의 내부를 바라보았다. 그가 기드온 노블의 신체 내에서는 가보지 못했던 곳이었다. 바람이 거세게 불었다. 기묘한 비행선들이 날카로운 소리를 내며 날아다녔고 저 멀리 마흔여섯 개의 타워들은 희한한 나선형 궤도에 따라 상승하고 있는 것처럼 보였다.

오스카 바로 옆에서 파닥파닥 날갯짓 소리가 들렸다. 천사가 부드럽게 그의 곁으로 내려왔다.

"아주 특별한 메디쿠스에게는 아주 특별한 트로피가 필요하겠지. 그래서 여기 온 것 아닌가?"

오스카는 가장 높고 가장 눈부신 타워를 쳐다보았다. 에메랄드 빛을 사방으로 뿜어내며 눈부시게 빛나는 타워를. 천사가 허리를 구부리자 오스카는 그에게 업히며 그 타워를 손가락으로 가리켰다.

"저 타워 꼭대기로 데려다줘." 오스카는 일말의 망설임도 없었다.

앨리스테어가 눈을 떴다. 그는 자신에게 고개를 숙인 그 얼굴을 단박에 알아보았다. 오스카가 그의 손을 꼭 잡았다. 그들은 처음부터 마음이 잘 맞았고 이런 관계가 오스카에게는 참으로 소중했다. 오스카는 사샤에 대해서, 자신의 의심과 과오에 대해서, 노블의 몸에서 나가자마자 무슨 짓을 저지를 지에 대해서 고백하고 싶었다. 하지만 지금은 둘만 있는 게 아니었다.

"고맙다." 앨리스테어는 그렇게만 말했다.

아직도 축축하게 젖어 있는 오스카의 케이프에서 물방울이 뚝뚝 떨어졌다. 바닥에 떨어진 물이 아무도 감히 기대하지 못한 그것을 그려냈다. 카뒤세가 나타난 것이었다.

　잠깐 사이에 눈부신 섬광이 몇 번 일어났고 기드온 노블의 네 번째 우주는 더 이상 기진맥진한 메디쿠스들을 가두어놓지 못했다.

제3부
카오스

48

"내가 또 만날 거라고 했잖아."

루이즈는 비올레트와 다른 친구들이 없을 때를 기다려 오스카 앞에 나타났다. 2년 만에 다시 만난 오스카는 그녀를 혼란스럽게 했다. 외모도 루이즈가 상상했던 것보다 더 남자답고 근사하게 변해 있었지만, 무엇과도 비교할 수 없는 눈빛에서는 결연한 힘이 느껴졌다. 루이즈의 심장 박동이 빨라지고 신경이 날카로워졌다. 그녀는 이런 자신이 맘에 들지 않았다. 그냥 피곤해서 그런 거라고 생각하고 싶었다. 하지만 마음을 고쳐먹었다. 사랑의 주사위가 이미 던져졌는데 어쩌겠는가. 루이즈는 머리를 쓸어 넘기며 자신의 가장 예쁜 모습—눈부신 미소—을 보여주었다.

"루이즈!" 오스카가 깜짝 놀랐다.

오스카는 루이즈를 정답게 끌어안았다. 적극적으로 포옹하지는 못하고 루이즈는 눈을 감았다. 마음속에서 '알겠니? 오스카는 널 그냥 친구로서 껴안은 거야'라고 외치는 목소리가 들렸다. 루이즈가 멈칫하는 기색을 느낀 오스카는 어색하게 물러났다.

"맞아, 네가 전에 그랬었지. 나도 이렇게 될 거라 생각했어. 플리전트 빌에서 좀 더 지내다 갈 거니?"

"우리 아빠 결정에 달렸지. 이쪽 일정을 봐서. 음, 메디쿠스들의 일정 말이야."

"며칠 더 있다 가면 좋을 텐데."

위더스 부인이 그들의 대화를 중단시켰다.

"오스카, 너를 애타게 기다리는 사람이 있단다."

오스카는 위원회 사람들을 따라 서재로 들어갔다.

"오스카!"

셀리아가 기드온 노블의 손을 떨어뜨렸다. 그녀는 아들을 와락 끌어안았다.

"이제 익숙해질 때도 됐다는 거 알아. 하지만 이번에는 정말 걱정했단다. 어쩌면 엄마에게 한마디도 안 하고 그렇게 사라져버릴 수가 있니? 오스카, 이틀이야, 이틀. 이틀이나 자식들이 감감무소식인 게 엄마로서 얼마나 힘든 일인지 아니?"

"죄송해요, 몇 시간 안에 돌아올 수 있을 줄 알았어요."

"비올레트는 어디 있니?"

"옆방에요. 바르트와 함께 있어요. 아무 일도 없었으니까 너무 걱정 마세요."

크게 숨을 들이마시고 셀리아는 머리칼을 뒤로 넘겼다. 피곤이 역력한 얼굴이 드러났다. 그녀는 앨리스테어를 바라보았다.

"당신도 좋아 보이네요."

"나는 셀리아의 얼굴만 봐도 기운이 펄펄 나거든요."

모두들 이 대담한 발언에 놀라서 앨리스테어를 쳐다보았다. 여자들 앞에서 숙맥이고 소심하기로 유명한 앨리스테어 아니었던가. 셀리아는 얼굴이 새빨개졌다.

"우리 애들은 없었지만 기드온 덕분에 헌신적인 엄마 노릇을 할 수 있었죠. 기드온이 가엾게도 큰 병 앓는 어린애처럼 몹시 아팠거든요."

기드온 노블이 눈을 깜박거렸다. 셀리아와 앨리스테어도 피곤해 보였지만 기드온은 보기가 겁날 정도였다. 얼굴에 핏기가 하나도 없고 눈 주위가 시꺼멨다. 헤파톨리아와 네 번째 우주에서 그 난리가 났으니 죽다 살아났다 해도 과언이 아니었다.

"내…… 속은 다 원상 복구된 겁니까?"

기드온이 자기 몸을 살짝 두들기며 물었다.

"그럼요. 조금만 있으면 아무렇지도 않을 거예요." 위더스 부인이 기드온을 안심시켰다.

브레이브는 자신의 전용 좌석 카롤루스 마그누스에 다가가 자리를 잡고 앉았다.

"딱한 양반, 저 때문에 별의별 고초를 다 겪으셨습니다. 그동안 제가 건강을 잘 보살펴드렸어야 했는데 그러지 못했군요. 어떻게 감사해야 할까요?"

"글쎄요. 날 풀어주신다면 좋겠습니다만……." 기드온 노블의 목소리가 갑자기 확 달라졌다. 말투도 느릿느릿하게 변해 있었다. 묘하게 친숙한 목소리였다.

오스카도 깜짝 놀라서 가까이 다가갔다. 브레이브는 기드온 노블의 목에 덮인 실리콘 같은 것을 떼어내기 시작했다. 기드온의 안면 피부가 갈기갈기 찢어지면서 벗겨진 정수리까지 떨어져 나갔다. 그와 동시에 기드온은 셔츠 아랫부분에서 불룩한 쿠션을 꺼냈다. 오스카는 어안이 벙벙했다.

"그래, 자네를 다시 만나서 기쁘네, 이 사람아." 브레이브가 말했다.

49

"본즈!" 오스카가 외쳤다.

오스카뿐만 아니라 셀리아도 깜짝 놀랐다.

"그렇잖아도 기드온이라는 '친척'은 지나치게 체면을 차린다 생각했어요. 솔직히 아무리 먼 친척이라 해도 그 정도는 아니잖아요. 이보세요, 본즈 씨, 저의 정성 어린 간병을 받으니 어떠셨어요?"

"정말 좋았습니다. 진심으로 감사드립니다, 필 부인."

반쯤 감은 눈과 영국식 억양, 이제 그는 틀림없는 본즈였다.

"앞으로 쿠미데스 서클에서 너무 힘들 때에는 가끔 저희 집에 와서 쉬었다 가세요."

"정말 친절하시군요, 필 부인."

오스카는 이 깍듯한 대화를 중간에 자르고 끼어들었다.

"이 코미디는 다 뭐죠? 설명 좀 해주시죠?"

"코미디라고? 그보다는 사태를 원만하게 수습한 결정적 묘안이라고 해야겠지. 스카스데일이 나를 아주 물로 봤던 모양이다. 진짜 기드온 노블의 몸에 들어갈 기회가 그리 쉽게 생길 것 같으냐?" 브레이브가 냉담하게 쏘아붙였다.

"스카스데일의 계획을 간파하고 계셨습니까? 메디쿠스들을 제네티스에 가두고 포위한 후 공격할 거라는 사실을요?"

"아니, 그것까진 몰랐다. 하지만 노블이 너희 집에 있다는 소식이 그자의 귀에 들어가지 않을까 우려하긴 했지."

이렇게 말하고 브레이브는 잠시 사이를 두었다. 오스카는 그 자리에서 꼼짝도 않은 채 다른 위원들의 시선을 피하며 오로지 브레이브의 시선만 정면으로 받아냈다.

"따라서 놈의 계획을 잘 모르긴 했지만 그 계획을 좌절시킬 방법이 필요했다. 본즈가 고맙게도 용기를 내어 가짜 기드온 역할을 해주었지. 자기 목숨이 달린 일이었는데도 말이다. 기사단은 그에게 빚을 진셈이다."

오스카는 본즈를 바라보았다. 셀리아는 여전히 노망난 늙은이 달래듯 본즈의 손을 정답게 토닥토닥하고 있었다. '이 상황을 이용하지 마요, 본즈.' 오스카는 속으로 생각했다. 그제야 발랑틴의 이야기가 생각났다. 로렌스가 헤파톨리아에서 그의 가족들을 만난 사연이 이해가 되기 시작했다. 발랑틴과 로렌스는 원래 본즈의 신체 내 우주에서 살던 아이들이 아닌가.

"그러면 진짜 기드온 노블은 어디 있어요?"

"아무도 범접하지 못하는 곳. 이 위태로운 시기에 유일하게 안전한 곳에 있지."

브레이브가 초상화들이 걸린 벽으로 다가가 주문을 외웠다. 벽이 홀연히 사라지고 불멸의 방이 나타났다.

오스카는 처음에 그 방을 알아보지 못했다. 불멸의 방은 완전히 딴판이 되어 있었다. 최첨단 장비가 갖추어진 그곳에서 하얀 가운을 입고 마스크와 장갑을 착용한 연구원 10여 명이 일하고 있었다. 탁자와 불멸의 조상들의 의자 몇 개만 한쪽 구석에 남아 있을 뿐 그 방은 노블 교수의 연구실로 변해 있었다. 진짜 노블 교수가 메디쿠스들을 보고 함박웃음을 지었다.

"메디쿠스가 아니면 불멸의 방에서 살 수 없지 않나요?" 오스카가 의문을 표했다. 그는 2년 전 파리에서 루이즈, 발랑틴, 로렌스가 불멸의 방에서 거의 죽었다 살아난 일을 생생히 기억하고 있었다.

"예외적인 상황에서는 예외적인 조처가 필요하지. 불멸회에서 유전학자들을 위해서 자리를 내어주셨다."

최고 위원회 사람들이 기드온 노블 교수에게 인사를 했다. 교수는 신이 나 있었다.

"잘되고 있습니다. 잘 풀리고 있어요. 이제 거의 다 됐습니다."

"교수님, 안타깝게도 이번 작업이 과학에는 크게 이바지하겠지만 우리가 애초에 생각했던 일에는 쓰이지 않을 것 같습니다."

노블은 눈살을 찡그렸다. 다른 연구원들도 컴퓨터 모니터에서 고개를 번쩍 들었다.

"무슨 뜻입니까?"

"놈들의 위협은 유전학적인 것이 아니라 다른 종류의 것이었습니다. 스카스데일이 괴물을 만들어냈어요. 현재의 치료 수단이 전혀 듣지 않는 신종 암입니다. 아주 특별한 메디쿠스만이 그 괴물을 처리할 수 있습니다." 이렇게 말하면서도 브레이브는 오스카에게 눈길 한번 주지 않았다.

노블이 땅이 꺼져라 한숨을 쉬었다.

"우리가 이 연구에 얼마나 오래 매달렸는지 아십니까. 지난 한 주간은 밤낮을 잊고 일했습니다. 그게 다 무엇 때문이었습니까? 그런데 이제 필요 없다 이겁니까?"

좌중에 무거운 침묵이 감돌았다.

"어쩌면 그렇지 않을지도요."

노블 교수가 오스카를 쳐다봤다.

"무슨 말인가, 젊은이? 좀 더 자세한 얘기를 듣고 싶네."

"저에게 더 좋은 방법이 있습니다."

오스카는 허리띠의 네 번째 가방을 조심스레 열었다. 그 안에서 매우 섬세하게 조각된 작은 물체가 나왔다. 찬란한 에메랄드 빛을 발하는 그것은 예술 작품을 방불케 했다.

"네 번째 우주의 트로피입니다. 그것도 보통 사람의 네 번째 우주가 아니죠."

오스카는 앨리스테어를 돌아보고 웃었다.

"천사를 타고 타워 꼭대기에서 내려오면서 폴리메라아제들에게서 가져온 거예요. 참 감격스럽기도 하고 자랑스럽기도 하네요, 앨리스테어. 이건 다름 아닌 앨리스테어에게서 나온 거니까요."

오스카는 자신의 트로피를 모두에게 보여줬다. 매트릭스 한가운데서 M자가 자유롭게 춤추고 있었다. 오스카가 트로피를 앨리스테어에게 내밀었다.

"메디쿠스의 유전자 매트릭스라는 거냐?" 앨리스테어는 믿을 수 없다는 듯한 표정을 지었다.

오스카는 고개를 끄덕였다.

"이 조그마한 것에 우리의 모든 힘이 집약되어 있다니…… 정말 신기하구나." 앨리스테어가 말했다.

오스카는 트로피를 노블 교수에게 내밀었다.

"이걸로 그 신종 암을 치료할 무기를 만들 수 있을까요?"

"그래, 네 말마따나 이 매트릭스를 기반으로 유전자를 복제해서 변종 암에 걸린 사람들의 몸에 주입하는 시험약을 만들 수 있을 것 같구나. 이건 유전자 치료의 기본 원칙이지. 우리는…… 인공적으로 메디쿠스들을 만들어낼 수도 있을 거야."

"캔서는 메디쿠스의 몸에는 침입할 수 없도록 설계되어 있죠. 그러니까 변종 암도 배겨내지 못하겠군요." 위더스 부인도 흥분했다.

이 연구의 중요성에 압도된 노블 교수는 잠시 말을 잇지 못했다.

"사람들이 변종 암에 걸릴 때까지 기다릴 필요 없잖아요? 그냥 이 유전자를 배아에 주입해서 복제하면 어때요?" 오스카가 제안했다.

"우리의 목표는 어떤 병에도 끄떡없는 '완전체'를 만들어내는 게 아니다, 오스카. 능력이 지나치면 도덕을 망각하기 십상이다. 이게 무슨 뜻인지 너도 차차 알게 될 거다." 위더스 부인이 말했다.

"너 자신의 능력을 경계하려무나." 브레이브가 충고했다.

오스카는 트로피를 노블 박사에게 넘겨주었다. 브레이브는 불멸의 방을 도로 닫았다. 오스카는 아무 말 없이 문 쪽으로 걸어갔다. 브레이브가 그를 불러 세웠다.

"우리가 아직 해야 할 얘기가 남아 있다. 얼굴을 마주 보고 차분히 앉아서 할 얘기다."

"저도 먼저 처리해야 할 일이 있어서요."

뒤돌아보지도 않고 오스카는 문을 열고 홀로 나갔다.

오스카는 헉헉대며 자전거에서 내려와 눈 덮인 땅에 발을 내딛었다.

철창 대문 위에 소복이 쌓인 눈을 제외하면 사방이 눈 녹은 물로 질척거렸다. 우물쭈물하던 오스카는 펜던트를 꺼내 들고 M자를 거꾸로 돌려 철창 대문에 새겨진 복잡한 문양 속의 W자에 끼웠다. 삐걱 소리와 함께 철창 대문이 열렸다. 오스카는 자신의 펜던트와 W자를 번갈아 바라보았다. 동맹은 미처 생각지 못했던 형태로 나아갈 것인가? 그 동맹이 오스카의 인생, 메디쿠스로서의 삶을 차츰 잠식할 것인가? 그는 문자를 다시 M자처럼 보이게 돌려놓고 있는 힘껏 꼭 쥐었다. 불끈 솟아난 기운이 팔을 타고 가슴까지 전해지면서 그를 달래주었다. 오스카는 자전거를 나무에 기대어놓고 정원의 오솔길을 따라 걸었다.

물웅덩이의 살얼음이 부서지는 바람에 발이 시커먼 흙탕물에 빠졌다. 바람이 헐벗은 나뭇가지 사이를 스치며 신음 소리를 냈다. 오스카는 미끄러운 계단을 올라가 현관문에 매달린 문고리로 노크를 했다.

문을 열어준 젊은 하녀는 오스카의 얼굴을 알아보고 뒤로 흠칫 물러났다. 지난번에 웜과 함께 이 여자의 신체에 강제 침입할 때의 기억이 떠올랐다. '우리가 한 짓도 어떻게 보면 몸을 범하는 거나 다름없지.' 그런 생각이 들자 오스카는 그녀를 보는 것이 부끄럽고 미안했다. 그녀가 겁먹지 않도록 오스카는 일부러 거리를 두었다. 여자가 황급히 말했다.

"주인어른은 안 계신데요."

"집주인을 만나러 온 게 아닙니다."

50

오스카는 널따란 홀의 검정색 대리석 타일, 시커먼 격자 장식으로 뒤 덮인 천장, 흑단 세공 장식 따위를 잠시 둘러보았다. 늘 그렇듯 굳게 닫 힌 높은 창들은 커튼으로 가려져 있었다. 이 집의 모든 것이 그에게 적 대적이었다. 하녀의 안내를 따라 들어선 통로에서 그의 앞을 가로막은 이 무뚝뚝한 여자도 마찬가지였다. 이 성은 빨리 나가고 싶은 마음이 들게끔 설계해놓은 것 같았다. 한없이 낯선 기분을 느끼든가, 아니면 아예 그곳에서 살든가(살아남든가) 둘 중 하나일 것만 같았다.

"마님은 편찮으십니다." 여자 집사가 말했다.

"시간을 오래 빼앗지 않을 거라고 말씀드려주세요. 저는 웜 씨가 보 내서 온 겁니다."

여집사는 믿을 수 없다는 듯이 오스카를 쳐다보다가, 그에게서 시선 을 떼지 않은 채 뒤로 물러나 방으로 들어갔다. 잠시 후, 여집사가 나와 서 문을 열어주고 물러났다. 오스카가 문지방을 넘는 순간, 여집사는 일러둘 필요가 있다는 듯이 이렇게 덧붙였다.

"마님은 몸조리를 하셔야 해요."

오스카는 여집사의 초췌한 피부, 가볍게 떨리는 턱, 동요하는 눈썹을 가까이에서 눈여겨보았다. 이 여자는 마님을 보살피는 협력자인 셈일까? 아니면 독재자 남편의 손아귀에 갇혀 있는 마님의 감시자일까? 여집사는 소리 없이 문을 닫았다.

오스카는 가구와 천들이 어수선하게 들어찬 작은 방을 바라보았다. 방은 천장에서 바닥까지 떨어지는 두툼한 진홍색 커튼으로 공간이 나뉘어 있었다. 커튼 너머의 한숨 소리가 웜 부인이 그곳에 있음을 알려주었다.

"나에게 뭘 원하는 거죠?" 웜 부인은 화내는 기색 없이 그렇게 물었다.

"저는 오스카 필입니다. 남편분께서 저에게 부인을 만나보라고 하셨습니다."

도자기처럼 하얀 손이 커튼을 젖혔다.

클레어 웜은 손과 구두밖에 보이지 않는 길고 검은 옷을 입고 의자에 앉아 있었다. 차이나 칼라로 여전히 긴 목을 가리고 있었다. 창백한 피부와 뒤로 쪽 찌어 올린 머리 때문에 예쁜 얼굴이 엄격해 보였다. 흡사 아름답고 위엄 넘치는 과부와도 같은 모습이었다.

"거짓말."

오스카는 흠칫 놀라서 시선을 거두었다. 클레어 웜의 입술은 움직이지 않았는데 목소리가 분명히 들렸다. 그녀가 생각만 해도 말이 전달되는 듯했다.

클레어 자신도 놀랐는지 읽고 있던 책을 떨어뜨렸다.

"드, 들었나요?"

이번에도 그녀는 입을 다문 채였다.

"네." 오스카가 대답했다.

"페너트랜스 메디쿠스." 이번에는 클레어가 큰 소리로 말했다.

질문이 아니라 알고 있는 걸 확인하는 말투였다. 새로운 능력을 발견한 오스카는 얼떨떨했다. 다른 사람의 생각을 고스란히 자기 머릿속에서 들을 수 있다니. 오스카는 클레어 웜의 검은 눈을 뚫어져라 바라보았다. 하지만 이번에는 침묵만 돌아왔다. 클레어는 궤짝을 잠그듯 자기 생각에 빗장을 치고 다시 책을 들었다. 과연 클레어 웜의 명성은 헛것이 아니었다. 오스카도 그 명성을 듣고 여기 오지 않았는가. 희한한 능력을 지닌 예언자, 과거와 미래를 읽을 수 있을 뿐만 아니라 자신의 생각을 다스려 남들에게 감출 수도 있는 여자.

"당신이 필요해요."

"전 당신을 모르는데요."

"제 아버지 얘기는 들으셨겠지요."

"들어보긴 했어요. 그런데 이제 그만 나가주실래요? 저는 무척 바쁘답니다."

오스카는 주위를 둘러보았다. 이 방의 모든 것이 그녀처럼 무기력해 보였다. 클레어 웜에게 무슨 할 일이 있을까? 오스카는 어깨에 둘러멘 가방을 열고 케이프를 꺼냈다.

"이 케이프에는 옛 주인이 있었죠. 이 케이프에 깃들어 있는 기억을 저에게 보여주시겠습니까?"

오스카가 케이프를 내밀자 클레어 웜이 고개를 확 돌렸다.

"다른 이들이 어떻게 살았든 나랑은 상관없죠."

"그 사람의 삶은 저하고 상관이 있습니다. 꼭 알고 싶어요."

"어째서?"

"모두가 저를 그에게서 떼어놓으려 합니다. 그가 정말로 어떤 사람이었는지 숨기려고만 하죠. 마치 당신을 억지로 세상에서 떼어놓으려 하는 것처럼요."

클레어 웜은 화장대에 달린 거울에 고개를 숙이고 거기에 비친 자신의 얼굴을 보았다. 그녀는 생각했다. '고독. 감금. 모든 것이 낯설어지지. 나 자신조차도.'

"난 이곳에서 잘 지내. '그'를 원망하지 않는다고." 클레어 웜은 그 숨막히는 방에 자기 혼자 있기라도 한 것처럼 중얼거렸다.

"다른 사람들의 진실에는 관심이 없으십니까?"

"나 자신의 진실만으로도 버거우니까요."

클레어는 오스카를 다시 쳐다보았다. 어색하지만 익숙해져야만 하는 사람을 주시하는 것처럼.

"저의 진실은 제 아버지의 진실과 이어져 있습니다."

그렇게 말하고 오스카는 다시 케이프를 내밀었다. 망설이면서 오스카를 한참 쳐다보던 클레어는 이윽고 자리에서 일어났다. 그녀는 간이 침대에 앉아 케이프를 손에 들고 드러누웠다. 그러고는 두 손을 입술에 가져가며 숨을 크게 들이마셨다. 케이프에서 에메랄드 빛 광채가 흘러나와 클레어의 입으로 들어갔다. 그녀의 머리통 전체가 크리스털 볼처럼 투명해지며 내부의 불빛이 뿜어져 나왔다. 그녀의 가슴속에서부터 저음의 목소리가 올라왔다.

"그는 모든 것을 가졌죠. 남들이 탄복할 이유와 두려워할 이유 모두를. 그 또한 그랜드 마스터가 될 거예요. 사람들이 생각했던 것보다 더 빨리. 하지만 그는 지나쳤어요. 너무 빨리, 너무 일찍 올라왔어요. 그는 모두를 구하느라 자신을 위험에 내던졌죠. 기득권을 쥔 사람들, 야심가들에게 그는 위협이자 장애물이죠."

오스카는 심장이 거세게 뛰다 못해 머리가 울리는 기분이었다. 아버지의 불분명했던 존재가 이처럼 강렬하게 다가오기는 처음이었다. 그와 동시에 아버지의 부재가 이처럼 생생하고 고통스럽게 되살아나기도 처음이었다. 말을 하고 있는 클레어 웜의 몸속에 아버지가 살아 있을 것만 같았다. 다시 클레어의 목소리가 울려 퍼졌다.

"그는 영리해요. 그도 다 알아요. 자신이 수호 기사 노릇을 한다고 해서 무사할까요. 아니, 그 반대예요. 뛰어난 활약을 했기에 그는 그 활약에 발목을 잡힐 거예요. 야심가들은 그에게 정정당당하게 맞서서는 승산이 없다는 걸 알게 되니까."

클레어 웜이 갑자기 입을 다물었다. 오스카가 흥분했다.

"아버지에게 무슨 일이 일어났죠? 계속 말해봐요!"

"모두가 보는 앞에서 쓰러뜨리기에 너무 강한 적은 은밀하게 상대해야 하는 법이죠. 의혹을 심어야 해요. 절대로 무너지지 않을 거라고 생각했던 부분을 공격해서 상처를 입혀야 해요. 당사자조차도 전혀 예상하지 못했던 부분, 바로 그의 평판이었죠. 그는 적을 제압했어요. 그런데 만약 그 적이 그 사람이라면?"

클레어 웜의 숨소리가 더욱 크고 거칠어졌다.

"바로 그 사람이 배신자였어요. 그걸 증명해야 했어요. 편지들. 돈을 좋아하고 위조꾼들을 잘 아는 사람. 그는 같은 편이지만 사악하죠. 그의 마음속 깊은 곳은 온통 사악하기만 해요. 그의 아들이 그렇듯이. 아내와 딸들은 착해요. 하지만 그 여자들은 두려움과 횡포에 이기지 못하고 살아갈 뿐이죠. 그래도 딸 하나가 반항을 하는군요."

충격을 받은 오스카는 자기도 모르게 뒷걸음질을 쳤다. 식은땀이 얼굴을 타고 흘러내렸다. 사악한 아버지와 아들. 아내와 딸들은 순종적이지만 딸 하나는 그렇지 않다? 큰 소리로 그 이름을 입 밖에 낼 뻔했지만, 클레어의 신묘한 영감을 깨뜨릴까 봐 꾹 참았다.

"당신의 그 사람도 알아요, 자신을 노리는 음모가 있다는 것을. 누가 그 음모를 사주하고 편지를 위조한 자들에게 돈을 주었는지, 누가 그 편지를 이용해서 자신을 무너뜨릴지 그는 다 알아요. 그는 알아요. 주사위가 던져지면 자신은 죽고 말 거라는 것을. 승산은 없으며 그는 이미 죽은 거나 다름없다는 것을. 지금 그의 바람은 가족을 지키는 것뿐이죠. 그러니까 저주받고 배척당하더라도 받아들일 거예요. 그는 죽어야 해요. 보이지 않는 곳에서 끄나풀을 조종하는 자에게 아내, 특히 그의 자식들이 위험 인물로 찍혀선 안 되니까."

오스카는 얼굴이 창백해져서 벌떡 일어났다.

"그자가 누굽니까?"

클레어 웜의 입술은 꼼짝달싹하지 않았다. 문득 그녀의 두 눈동자가 두 개의 검은 구멍처럼 한껏 팽창했다. 오스카는 클레어 웜의 어깨를 잡고 흔들었다.

"설명해봐요! 누가 보이는지 말해요! 이름을 말하란 말이에요!"

클레어가 좀비처럼 벌떡 일어났다. 그녀는 케이프가 화상을 입히는 불이라도 되는 듯 펄쩍 뛰며 밀어내더니 비틀대며 일어났다. 이미 본래 얼굴—아까보다 더 창백하긴 했지만—과 본래 목소리가 돌아와 있었다.

"이제 그만 날 놓아주세요. 아무도 자신의 진실을 마주할 준비가 되어 있지 않군요."

클레어 웜은 나가려 했다. 오스카가 그 앞을 가로막았다.

"제발! 부탁입니다!"

클레어 웜이 처음으로 언성을 높였다.

"아뇨, 이제 됐어요! 나도 더는 몰라요, 그 이상은 못 봤다고요."

기진맥진해진 그녀는 얼굴을 두 손에 묻었다. 오스카는 그녀를 꼼짝 못하게 붙잡고 검은 눈동자를 들여다보았다.

"안 돼! 들어오지 마, 들어오지 마요! 당신이 뭔데!" 클레어 웜이 비명을 질렀다.

이번만은 클레어 웜도 자기 생각을 감출 여력이 없었다. 오스카가 억지로 생각의 문을 밀고 들어와도 저지할 기력이 없었다. 오스카는 클레어의 몸에서 손을 떼고 물러섰다. 난생처음 경험한 이 결투에서 승리한 그는 벽에 기대어 있었다. 그들은 묘하게 차분한 분위기 속에서 조용히 서로를 마주 보았다.

이제 오스카도 알아버렸다.

클레어도 회한 따위는 없었다. 비명에 놀란 여집사가 문을 벌컥 열고 들어왔을 때도. 오스카가 케이프를 들고 증오와 복수심에 불타는 얼굴로 나갈 때조차도, 심지어 이 폭로가 어떤 결과를 불러올 것인가를 생각하면서도. 그랬다, 클레어는 일말의 후회도 느끼지 않았다.

51

오스카의 등 뒤에서 철창 대문이 닫혔다.

잿빛 하늘에도, 매서운 추위에도 아랑곳하지 않고 오스카는 재킷을 벗었다. 바람을 쐬고 몸을 움직일 필요가 있었다. 그는 자전거를 타고 도로로 나섰다. 바로 그 순간, 나무 뒤에서 누군가가 튀어나오는 바람에 오스카는 멈출 수밖에 없었다. 깜짝 놀란 오스카는 한 발로 땅을 짚었다.

"에이든? 여기서 뭐 해?"

에이든은 오스카를 매섭게 노려보며 그의 질문을 무시했다.

"이번에는 무슨 말을 꾸며내서 해명을 피할 건데?"

"그런 것 없어. 난 변명할 이유가 없어. 비켜." 오스카가 자전거 안장에 다시 올라탔다.

"그렇다면 내가 묻는 말에 대답을 해보시지. 왜 이 집 문이 네 펜던트에 열리는 거야? 왜 네가 이 집을 친구 집 드나들듯 하는 거야? 그 밖에도 묻고 싶은 게 많지만 일단 이 정도만 대답해봐.”

화를 내지 않으려고 오스카는 초인적인 노력을 기울였다. 끝까지 이 일을 발설하지 말 것, 그것도 계약의 일부였다. 어쨌거나 그가 화를 내고 원한을 곱씹을 상대는 에이든이 아니었다. 그는 최대한 차분하게 말했다.

“네가 본 것만 가지고 이러지 마. 네가 모르는 게 많이 있어. 제발 날 믿어줘.”

“그러니까 말하라고, 얼마든지 들어줄게. 내 머리는 폼으로 달린 게 아냐. 타당한 이유를 댄다면 나도 얼마든지 이해할 수 있어.”

오스카의 인내심이 바닥났다. 바람이 거세게 불었고 이제 뼈가 시릴 정도로 추웠다. 그는 페달을 밟고 힘차게 달릴 준비를 했다. 에이든은 여전히 길을 가로막고 서서 펜던트를 꺼냈다.

“너 뭐 하는 거야? 날 위협이라도 하겠다는 거야?” 오스카가 물었다.

“네가 배신자가 아니라고 말해. 모두가 너희 아버지에 대해서 잘못 알았던 것처럼, 나도 지금 잘못 알고 있는 거라고. 말해봐!”

오스카는 상황을 무마하려고 애썼다.

“좋아, 다 털어놓겠다고 약속할게. 하지만 지금은 안 돼. 날 그만 보내줘.”

에이든은 앙상한 두 다리로 아스팔트 도로에서 버티고 섰다.

“지금 말해! 모든 진실을 말해보라고! 2년 전에 무슨 일이 있었는지, 누가 너를 쿠미데스 서클에 드나들지 못하게 했는지까지 다 말해봐!”

“왜 나를 못 믿어? 언젠가 다 말하겠다고 했잖아?”

“브레이브 씨조차도 너를 경계하는데 내가 왜?”

오스카는 자전거를 땅바닥에 내동댕이치고 에이든과 정면으로 대치

했다. 잎이 다 떨어지고 말라비틀어진 가로수들이 늘어선 길에는 에이든과 오스카밖에 없었다. 이제 사내 태가 나는 두 소년, 그들의 우정이 흔들리고 있었다. 오스카는 더 이상 회피할 수 없었다.

"호수 때문이야."

에이든은 말없이 계속 이야기하라는 신호만 보냈다.

"쿠미데스 서클 정원 구석에 금지된 호수가 있어. 난 그 호수에 갔지. 거기에서 브레이브 씨가 숨기고 있던 것을 봐버렸어."

"그게 뭔데?"

"브레이브 씨의 아내와 딸은 물에 빠져 죽었지. 그들의 혼이 있었어. 호수 밑바닥에 잠긴 시신 속에 혼이 깃들어 있었다고. 그리고 브레이브 씨가 알아버렸어. 그는 날 결코 용서하지 않았어."

펜던트를 내려놓고 실의에 빠진 멍한 얼굴로 에이든은 주위를 두리번거렸다.

"그리고 난 네가 여기 온 걸 알아버렸지."

"네가 놀라는 것도 무리가 아니라고 생각해."

"놀라는 것도 무리가 아니다?"

"에이든, 이상한 생각하지 마."

"오스카, 조금 전에 너는 플레처 웜의 집에서 나왔잖아, 젠장! 이게 당연한 거냐?"

"젠장, 나는 임무 수행 중이야! 이제 됐어?"

"임무? 무슨 임무?"

"사흘 전이었어. 이번 일이 있기 전에, 쿠미데스 서클의 브레이브 씨 집무실에 불려갔지. 너희는 모두 제네티스로 떠난 후였어."

"저도 다른 친구들과 함께 네 번째 우주에 가게 해주세요. 어제 친구들이 소환됐죠. 저는 그 애들이 쿠미데스 서클로 가는 모습을 지켜보기만 했어요. 그들이 이미 떠날 날을 받았다는 것도 알고 있어요." 오스카가 애원했다.

"그들의 트로피 캘린더가 그렇게 정했으니까."

"제 캘린더도 그랬을 텐데요."

"네 펜던트가 알려주더냐?"

오스카는 대답하지 않았다. 애초에 펜던트끼리 이어진 사이이니, 그 답은 그랜드 마스터가 누구보다 잘 알고 있을 터였다. 오스카는 포기하지 않았다.

"그랜드 마스터는 모든 메디쿠스들을 긴급히 필요로 하시죠. 전 이제 어린애가 아니고 지금 세상에 무슨 일이 일어나는지 알아요. 많은 사람과 동물이 전염병에 시달리고 있죠. 돼지 독감, 조류 독감, 신종 플루 같은……. 물론 다 파톨로구스들의 소행이에요. 다른 사람들은 몰라도 우리는 진실을 알죠. 그 증거로 이런 전염병들은 갑자기 나타났다 갑자기 물러나요. 과학은 딱히 손을 쓰지도 못하고 있는데 말이에요. 전 세계 곳곳에서 우리 기사단이 애쓰고 있기 때문이죠."

오스카는 위더스 부인에게 확인을 요구하듯 말했다.

"맞게 보았다. 지난 1년간 우리가 싸우지 않은 날은 단 하루도 없었지." 오스카의 멘토인 노부인이 말했다.

그랜드 마스터는 성큼성큼 창가로 걸어갔다. 그는 위더스 부인의 수작을 모르지 않았다. 그녀는 계속 오스카를 두둔해왔다. 그랜드 마스터는 말없이 그냥 서 있었다. 시간도 그의 결정을 기다리며 멈춘 듯했다. 오스카는 심장이 두근대다 못해 터질 것 같았다. 위더스 부인조차 인내심을 잃었다.

"윈스턴, 너무 그러지 마요. 말을 하세요."

자동차 소리가 침묵을 깨뜨렸다. 브레이브는 창밖에서 벌어진 일에 정신이 팔린 듯했다. 그는 잠시 집중하더니 뒤로 돌아섰다. 결심이 선 표정, 입가에 희미하게 감도는 미소는 결과를 이미 말해주고 있었다.

"오스카 필, 네가 그런 생각을 하다니 희한하구나. 세상은 너 없이도 잘 돌아갈 수 있다. 너도 네 번째 트로피 없이 얼마든지 잘 살 수 있고. 난 허락하지 않겠다."

찍소리도 못하고 오스카는 방에서 나갈 채비를 했다.

"다만……"

오스카가 문고리에서 손을 놓고 뒤돌아섰다.

"다만 네가 내 제안을 받아들인다면 또 모르지."

말없이 걸어 들어온 오스카는 귀를 기울였다. 그랜드 마스터가 그를 붙잡았는데 그의 말을 경청하지 않을 수 있겠는가?

"너에게 네 번째 우주행을 허락하겠다."

"조건은 무엇입니까? 분명히 그 대가로 저에게 기대하시는 바가 있을 테지요?" 오스카는 조바심을 냈다.

"너는 혼자 떠나게 될 것이다."

오스카는 미심쩍은 표정으로 그랜드 마스터를 쳐다보았다.

"그것뿐입니까?"

"아니. 혼자이되 먼 곳에 같은 편을 두게 될 것이다. 미처 기대치 않았던…… 동맹이랄까. 이례적인 동맹이지."

브레이브는 다시 창가로 얼굴을 내밀었다.

"웜이다."

"웜이라고요? 아니……, 웜이 왜 제가 제네티스까지 가는 걸 도와주겠습니까?"

"그는 너의 제안을 거절하지 못할 테니까. 그에게 도움을 받는 대가로 기드온 노블의 은신처를 알려주는 거다."

오스카는 당황해서 브레이브의 작전이 과연 무엇인지, 자기가 그 작전에서 어떤 역할을 해야 하는지 알아내려고 머리를 굴렸다. 자신이 체스판에서 요리조리 옮겨지는 말이라면, 그 판에서 어떤 역할을 해야 하는지 알아야 했다.

"그다음은요?"

"그다음부터는 일이 알아서 풀리겠지. 가급적 수시로 웜과 접선해라. 필요하다면 다른 약속들도 내걸되, 실제로 그 약속들을 지키지는 마라. 너라면 그런 것, 할 수 있지 않느냐?"

이 말에 숨어 있는 가시를 오스카는 모르는 체했다. 브레이브는 한껏 목소리를 낮추어 말을 이었다.

"이제 너는 몹시 화가 난 얼굴로 이곳을 박차고 나가는 거다. 성질부리는 것도 네 전문 아니냐? 행운을 빈다, 오스카 필. 언젠가 쿠미데스 서클의 문이 너에게 다시 활짝 열리기를 바란다면, 우리를 실망시키지 마라."

오스카는 땅바닥에 쓰러진 자전거를 일으켜 세웠다.

"자, 이제 다 알았지? 이제 됐냐?"

에이든은 아무 말 없이 펜던트를 꺼내 들었다.

"또 뭐야? 아직도 내 말 못 믿겠다는 거야?" 오스카는 열불이 났다.

그 순간, 오스카는 에이든이 더 이상 자기를 보고 있지 않다는 것을

알았다. 에이든의 시선은 그의 어깨 너머에, 그의 뒤쪽 어느 한 지점에
가 있었다.

"나는 널 믿었다."

오스카의 등 뒤에서 기분 나쁜 목소리가 들렸다.

52

"그리고 난 우리의 약속도 믿었다."

웜이 다시 한 번 말했다. 그는 울타리 안쪽, 자신의 성으로 이어진 오솔길 한복판에 서 있었다.

그가 펜던트를 들자 철창 대문이 열렸다.

"나이가 든다고 실수를 피할 수 있는 건 아니구나. 게다가 필가 사람을 믿는 실수를 하다니."

"양심에 찔리는 부분은 없습니다. 당신도 우리의 계약을 충실히 이행했다고 볼 순 없으니까요. 사실상 도와준 것도 없잖습니까?"

"끝까지 잘난 체하기는. 레티 쿨룸 숲에서 에브게니아 시귀가 너를 죽이려던 순간, 광선을 쏘아 너를 구해준 사람이 누구라고 생각하느냐? 네가 변종 캔서의 손아귀에서 버둥델 때 메디쿠스들의 인파 속에서 최고 위원들에게 힘을 보태준 사람이 누구라고 생각하느냐? 누구일 것 같으냐, 오스카 필?"

웜은 좁은 어깨를 흔들며 소리 없이 킬킬댔다.

"죽든지 말든지 내버려뒀어야 했는데. 그러나 옳은 일을 하기에 너무 늦은 때란 없는 법."

"옳으신 말씀입니다. 가짜 편지나 음모 따위로는 저를 죽일 수 없을 겁니다. 이번만은 비겁한 수작을 집어치우고 정정당당하게 부딪쳐야 할걸요. '정정당당하게'가 무슨 뜻인지는 아십니까? 아니면, 당신 사전에 이런 말은 없나요?"

에이든이 오스카 옆에 붙었다. 그는 단호하게 선언했다.

"당신은 우리와 싸워야 할 겁니다."

"당신을 응징할 겁니다, 웜. 내 아버지를 위해서, 우리 가족을 위해서, 그리고 나 자신을 위해서. 그다음에는 루퍼스 모스를 처단할 겁니다. 나이를 먹었어도 죗값은 치러야죠. 정의를 실현하기에 너무 늦은 때란 없으니까요."

"기사단의 수장 자리는 내 것이었다. 윈스턴이 내 자리를 빼앗아갔어. 그것도 모자라 자기가 보살피는 필에게 그 자리를 물려줄 속셈이었지. 네 아버지는 오만 방자하고 미숙한 풋내기에 지나지 않았는데 말이야."

"당신들 모두를 스카스데일의 손아귀에서 구한 사람인데도? 안타깝네요, 우리 아버지가 당신이 스카스데일에게 죽을 때까지 기다렸더라면 좋았을 텐데."

"널 처음 봤을 때부터 그 잘난 체하는 애송이를 쏙 뺐다는 걸 알았지. 나는 그와 관련된 자들은 죄다 쓰러뜨릴 작정이다."

웜은 한 손으로 자기 눈을 가린 후, 다른 쪽 손으로 펜던트를 휘둘렀다.

"이것이 정의다, 필! 나의 정의!"

오스카는 에이든을 옆으로 홱 밀고 땅바닥에 납작하게 엎드렸다. 광선은 두 사람 모두에게서 엇나갔다.

"뛰어!"

그렇게 외치며 오스카는 손가락으로 동그라미를 그려 보였다. 에이든은 무슨 뜻인지 단박에 알아차렸다.

벌떡 일어난 오스카는 웜에게 광선을 쏘았다. 웜은 케이프로 광선을 막아냈다.

오스카와 에이든은 웜 캐슬의 울타리를 따라서 서로 반대 방향으로 질주했다. 웜이 중얼중얼 주문을 외우자 펜던트의 광선이 두 쪽으로 갈라졌다. 두 갈래 광선은 제각기 오스카와 에이든을 따라갔다. 광선이 웜과 표적들 사이의 금속 창살들을 스치며 지나갈 때마다 초록빛 불꽃이 타닥타닥 일어났다.

오스카와 에이든은 헐벗은 숲 속으로 뛰어 들어갔다. 둘은 거대한 원 둘레의 절반에 해당하는 거리를 각기 달려와 반대편 지점에서 다시 만났다.

"다쳤어?" 오스카가 에이든을 걱정했다.

"괜찮아, 아무렇지도 않아." 에이든이 속삭였다.

오스카는 친구의 손을 치웠다. 에이든의 허벅지에 시커먼 구멍이 나 있었다. 피가 무섭게 흘렀다.

"내가 들어가서 치료할게." 오스카가 말했다.

에이든은 얼굴을 찡그리며 상처를 꾹 눌렀다. "말도 안 돼. 괜찮다고 했잖아. 지금 그런 걸 염려할 때가 아니야. 차라리 웜의 몸속에 들어가서 저자를 죽여!"

오스카는 고개를 숙이고 웜이 숲 속으로 들어오는 모습을 주시했다. 이제 웜은 자기 집 울타리에서 벗어나 있었다.

"불가능해. 일반적인 신체 내 잠입과 달리, 메디쿠스나 파톨로구스는 눈을 보아야만 들어갈 수 있다고."

"웜도 그걸 알고 있어. 그래서 자기 눈을 가리는 거야."

날카로운 휘파람 소리가 연달아 울렸다. 두 사람은 고개를 들었다. 구름이 자욱한 하늘에 폭죽 비슷한 빛살들이 쭉쭉 뻗어 나가고 있었다. 조금 있으니 휘파람 소리나 빛살은 사라졌지만 이상한 냄새가 나기 시작했다. 뒤를 돌아보니 나무들이 불에 타고 있었다.

"우리를 몰려고 숲에 불을 질렀어! 사냥감 몰듯이!" 에이든이 소리를 질렀다.

오스카는 황급히 무기 가방을 열고 크리요제닉스★를 꺼내 펜던트에 부착했다. 에이든도 오스카가 하는 대로 했다. 두 줄기 광선이 아직 불이 붙지 않은 나무들에게로 날아갔다. 순식간에 그 나무들은 뿌리까지 꽁꽁 얼어붙었다. 그 일대의 땅까지 얼어버렸다.

"저 얼음 바리케이드가 얼마나 버텨줄지 모르겠군." 오스카가 중얼거렸다.

에이든이 오스카의 팔을 잡았다.

"저것 봐! 우리 앞쪽에도 불을 질렀어!"

에이든은 크리요제닉스를 쓰려 했지만 오스카가 말렸다.

"아니, 그랬다가는 얼음 바리케이드 사이에서 샌드위치가 되고 말아. 도리어 우리 위치가 노출된다고."

★ cryogenix, '저온 생성의'라는 뜻의 프랑스어 동사 'cryogène'에서 유래한 단어다.

에이든은 뒤를 돌아보았다.

"아직 불이 번지지 않았어. 어서 가."

"너 미쳤냐? 말도 안 돼, 난 여기 있을 거야. 웜을 내 손으로 죽이고 말 거야, 알겠어? 우리 둘이 힘을 합치면 할 수 있어!"

"실패하면? 기사단과 세상의 안위보다 개인의 복수를 앞세우겠다고? 그래서는 우리도 다른 사람들과 다를 게 없어. 비참한 바보로 죽어가는 거라고."

에이든은 고개를 흔들며 말을 이었다.

"아니, 그건 너도 알 거야. 넌 지금 날 두고 갈 수 없는 거지? 웜에게 나는 한입 거리도 안 된다고 생각하는 거지? 오스카, 그렇지 않아. 내가 알아서 할 수 있어. 네가 그랜드 마스터에게 알릴 때까지 웜을 붙잡아 놓을 수 있어."

오스카는 에이든의 목덜미를 붙잡고 억지로 자기 얼굴을 보게 했다.

"친구를 두고 가기 싫은 거라고, 그것뿐이야. 말을 하면 좀 알아먹어. 널 인정 안 한다며 또 징징댈 참이야?"

에이든이 빙그레 웃었다. 그러고는 자기 허벅지를 가리키며 이렇게 말했다.

"웜이 원한을 품은 상대는 너야. 나는 어차피 이 상태로 오래 못 가. 얼른 가, 난 내가 알아서 할게. 빨리 가란 말이야! 나 지금 장난치는 거 아니거든? 금방 올 거지?"

오스카는 한숨을 쉬었다. 에이든은 그를 밀쳤다.

"일 분 일 초가 아쉬워, 어서 가."

웜과 그들 사이의 불길은 위태롭게 점점 다가오고 있었다. 바람이 그들 쪽으로 불자, 매캐한 연기에 숨을 쉬기도 버거워졌다. 오스카는 케이프를 풀어서 에이든에게 내밀었다.

"이거 받아. 네 것보다 방어하기 좋을 거야."

에이든은 오스카의 케이프를 받고 자기 것을 건넸다.

"난 내 케이프를 좋아해. 은빛 자수 장식은 없지만 말이야. 그러니 함부로 다루면 안 돼. 앞으로 오래오래 써야 한다고."

"약속할게. 그럼 이것도 받아." 오스카는 허리띠에서 팔로마 센터의 무기 가방을 떼어냈다. "이 두 가지가 있으면 좀 더 오래 버틸 수 있겠지. 저 악당, 살살 다뤄라. 우리가 돌아와서 저놈 얼굴을 알아볼 수 있을 정도로만 해."

저만치 갔다가 오스카는 다시 돌아왔다.

"뭐 하는 거야? 불에 좀 그슬려봐야 정신 차릴래?" 에이든이 성질을 냈다.

오스카는 에이든을 꼭 끌어안았다. 에이든은 정신을 하나로 모았다. 기운찬 에너지가 에이든에게서 오스카에게 흘러 들어갔다. 오스카는 갑자기 희망이 부풀어 올랐다.

"난 자신 있어. 모든 일이 결국은 잘될 거라는 걸 알아."

"그럼 어서 가!" 감상에 젖기 싫어서 에이든은 큰 소리로 외쳤다.

오스카는 뿌연 연기를 뚫고 배배 뒤틀린 나무들 사이로 달려갔다. 에이든은 놀라서 자기 손을 내려다보았다. 얼마 전부터 그의 손은 사람들의 심리에 기묘한 영향을 끼치고 있었다. 고집쟁이 오스카를 설득한 것이 특히 뿌듯하게 느껴졌다. '무슨 조화로 내게도 이런 능력이 있는지 모르겠지만 나 자신에게도 효과가 있었으면 좋겠군. 나야말로 기운을 차려야 하는데.'

기침이 나올 뻔했지만 웝에게 들키지 않으려고 참았다. 그는 크게 심호흡을 하고 무기 가방부터 살폈다. 한동안 시간을 벌어야 했다. 그래, 버틸 것이다. 버텨야만 하니까. 에이든은 몇 미터 앞에서 뭔가가 스쳐 지나가는 것을 보았다. 초록색 옷자락을 언뜻 펄럭이며, 무언가 쏜살같이 지나갔다. 에이든은 자세를 낮추고 상처의 아픔도 잊은 채 두 개의 무기 가방을 살피며 얼어붙은 나무들을 따라 길 쪽으로 조금씩 나아갔다. 그러다 나무 한 그루를 등지고 쪼그려 앉아 무기 가방 하나를 뒤졌다. 그는 초록색 젤리 같은 것을 꺼내어 손가락으로 주물렀다. 젤리가 차츰 단단해지며 점점 더 환하게 빛을 뿜었다. 바로 지척에서 나뭇가지 부러지는 소리가 났다. 에이든은 침착한 태도를 잃지 않았다. '조금만 더, 자, 조금만. 이쪽으로 가까이 와라.' 에이든이 고개를 돌렸다. 웝은 아마도 꼼짝 않고 서서 주위를 살피고 있을 터였다. 에이든이 젤리 볼을 웝 쪽으로 던지면서 펜던트를 휘둘렀다. 초록 광선이 푸미톡스★에 명중하자 기관지에 흘러 들어가면 참을 수 없는 통증을 유발하는 가스가 확 퍼졌다. 에이든은 그리 멀지 않은 곳에서 콜록콜록하는 격렬한 기침 소리를, 이어서 황급히 저쪽으로 뛰어가는 발소리를 들었다. 오스카의 케이프가 유독 가스를 걸러주는 역할을 해서 에이든은 아무렇지도 않았다. 일단 이 가스가 다 날아가기 전까지 웝은 접근할 수 없을 터였다.

"이제 잘 생각해보자. 그리고 싸워. 싸우는 거야." 성이 난 에이든은 나직하게 중얼거렸다.

숨이 넘어갈 기세로 오스카가 블루 파크에 도착했다. 자전거를 휙 내

★ Fumitox, '연기나 냄새를 풍기다'라는 뜻의 프랑스어 'fumer'에서 유래한 단어다.

동댕이치고 철문으로 달려가 동그란 문장에 새겨진 M에 펜던트를 갖다 댔다. 철창 대문은 열리지 않았다.

"본즈! 체리! 브레이브 씨!"

오스카는 신경질적으로 철창 대문 앞을 왔다 갔다 하다가 담장을 따라 달리기 시작했다. 이윽고 친숙한 나무 하나가 눈에 들어왔다.

"지주! 나야, 나! 나 들어가야 해, 빨리! 제발!"

지주는 망설이지도 않고 정원 가장자리까지 한달음에 달려와 가장 높은 가지를 바닥까지 늘어뜨려주었다. 오스카는 그 가지를 타고 담장을 가뿐히 넘었다. 그다음에는 테라스까지 다다다 달려가 말 그대로 주방 문짝을 몸으로 밀어붙였다. 그 바람에 체리 아줌마가 문질러 닦던 냄비를 떨어뜨렸다.

"세상에, 오스카, 무슨 일인데 그러니?"

오스카는 미친 사람처럼 홀로 뛰어갔다. 응접실 문이 열리고 루이즈, 발랑틴, 로렌스, 비올레트가 걱정스러운 얼굴로 달려 나왔다. 다른 사람들도 속속들이 홀로 나왔다.

"오스카! 왜 그래?"

오스카는 미처 대답할 시간도 없었다. 3층까지 한달음에 올라갔다. 요동치는 양탄자를 피해서 복도를 달려가 그랜드 마스터의 집무실 문을 열어젖혔다.

브레이브가 준엄한 얼굴로 일어났다. 위더스 부인도 화들짝 놀라서 뒤를 돌아보았다.

"웜이……."

오스카는 헐떡대느라 이 말만 겨우 뱉었다.

"이게 무슨 짓이냐!" 브레이브가 노발대발했다.

"배신자예요." 그 말을 하고 오스카는 배를 움켜쥐었다.

"그럴 줄 알았다. 본즈 건에 대해 모르고 있었던 사람은 웜밖에 없었으니까. 어둠의 왕자와 그 군대를 본즈의 몸에 불러들인 장본인은 그 사람일 수밖에."

"웜이 우릴 공격했어요. 에이든이…… 혼자 있습니다……. 웜 캐슬에 빨리…… 가야 합니다."

위더스 부인과 브레이브는 오스카와 함께 서둘러 복도를 지나 아래 층으로 내려왔다. 응접실에 모여 있었던 수습 메디쿠스들과 그 친구들은 여전히 현관홀에 서 있었다. 운전수 제리 아저씨도 헐레벌떡 문을 밀고 나왔다.

"당장 출발하게!" 브레이브의 지시가 떨어졌다.

53

    에이든은 최종 무기를 사용하여 뚫어놓은 분화구를 확인하기 위해 고개를 숙였다. 모든 것이 마침내 잠잠해진 듯했다. 한순간이지만 자신이 이겼다고 믿고 싶었다. 기진맥진해진 에이든은 바닥에 주저앉아 나무 둥치에 기댔다.

    케이프로 몸을 감쌌는데도 피와 흙탕물로 온몸이 엉망진창이었다. 내가 승리를 독차지해버리면 오스카가 실망할 텐데……. 에이든은 웃음이 났다. 자기보다 약한 파트너에게 뼈다귀나 좀 던져주듯이 오스카에게 웜의 껍데기만 던져주게 생겼다.

    문득 무엇인가 스치는 소리가 났다. 에이든은 숨을 죽였다. 바로 옆에서 흙더미가 약간 무너졌다. 에이든은 다시 자세를 낮추었다.

    분화구 가장자리에 웜이 고개를 숙인 채 서 있었다. 웜도 말짱해 보이지만은 않았다. 거칠고 힘든 싸움이었으니까. 어쨌든 그는 서 있었다. 살아 있었다.

에이든은 이를 악물고 오스카의 무기 가방을 열었다. 이제 가방은 텅 비어 있었다. 에이든의 가방은 아까부터 텅 빈 채 바닥에 뒹굴고 있었다. 그는 숨을 깊이 들이마시고 일어섰다. 이긴 줄 착각하다니, 머리가 어떻게 됐던 걸까? 차라리 껄껄 웃고 싶었다. 태어난 순간부터 지금까지, 쉽게 얻은 것이 있었던가? 그의 팔자가 바뀔 이유는 아무것도 없었다. 싸움, 다시 싸움. 그의 인생은 '싸움'이라는 한마디로 요약될 수 있었다. 자기 자신과의 싸움은 끝이 없었고 승리는 아주 드물게, 그것도 값비싼 대가를 치르고서만 얻을 수 있었다. 이렇게 엄청난 적을 상대하는 지금, 적어도 지금은 이런 상황을 받아들이기가 오히려 수월하게 느껴졌다.

에이든은 방어할 생각도 하지 않고 걸어갔다. 주위를 둘러봤다. 숲은 불에 타서 무참히 파괴되었고 바닥은 파헤쳐졌다. 바로 옆, 웜 캐슬의 담장과 철창 대문도 뒤로 넘어가 있었다. 웜과 에이든이 벌인 가차 없는 싸움의 흔적은 주변의 모든 것에 남아 있었다. 황폐한 전쟁터가 따로 없었다. 그들이 싸운 지 얼마나 됐을까? 알 수 없었다. 에이든은 난생처음 왠지 모를 뿌듯함에 젖었다. 하지만 이제 끝장을 내야만 하는 때였다. 어떤 식으로든.

에이든이 드디어 밝은 곳으로, 숯덩이가 다 된 나무들 틈새로 비치는 희끄무레한 빛 속으로 나섰다. 얼굴을 가리고 있던 케이프 자락마저 치워버렸다. 웜이 놀란 표정으로 에이든을 바라보았다.

"필은 어디 있지?"

"그런 게 무슨 상관이죠? 내가 여기 있는데."

두 사람이 동시에 펜던트를 번쩍 치켜들었다. 광선과 광선이 허공에서 부딪쳤다. 마치 두 개의 문자가 빛의 무지개로 연결된 것처럼. 에이든은 다른 쪽 손으로 주먹을 불끈 쥐었다. 오스카가 맨 먼저 생각났다. 이어서 다른 얼굴이 떠올랐다. 에이든이 기운을 차리고 싶을 때, 싸울 힘을 얻고 싶을 때마다 남몰래 떠올리곤 했던 그 얼굴이. 호탕하게 웃음을 터뜨리는 소녀의 얼굴. 에이든의 얼굴에도 슬그머니 미소가 떠올랐다. 에이든의 광선이 한층 거세어졌다. 반대편에서 힘차게 아치를 그리며 뻗어 오던 웜의 광선이 주춤거릴 만큼. 웜은 정신을 하나로 모으고 다시 총공세에 나섰다. 에이든이 뒷걸음질했다. 온몸이 후들거렸지만 결코 포기하지는 않았다. 웜이 한쪽 손을 케이프 아래 넣었다. 날카로운 칼날이 공기를 갈랐다. 그 칼은 에이든의 허벅지 상처에 정통으로 꽂혔다. 참을 수 없는 고통이 퍼졌다. 에이든은 숨이 턱 멎어 펜던트를 떨어뜨렸다. 그는 자기 펜던트의 광선에 가슴팍을 맞고 나무들 사이로 저만치 날아갔다.

웜이 숲의 가두리까지 걸어왔다. 에이든은 가시 돋친 키 작은 나무 위에 매달려 두 팔을 축 늘어뜨리고 있었다. 가느다란 가지는 배, 어깨, 그의 몸 군데군데를 꿰뚫었다. 에이든의 입가에서 한 줄기 피가 흘렀다. 탈구된 한쪽 다리는 힘없이 늘어져 있었다. 심장은 약하게나마 뛰고 있었다. 에이든이 실눈을 떴다.

웜은 주위를 두리번거렸다. 필의 흔적은 보이지 않았다. 그는 욕을 퍼부었다.

그때, 사근사근한 목소리가 들렸다.

"브라보! 역사에 길이 남을 싸움이구먼! 부상까지 입은 반병신 꼬맹이를 제압하셨구려!"

웜은 대꾸하지 않았다. 고개조차 돌리지 않았다.

그의 옆으로 길게 그림자가 드리웠다. 한겨울 북풍보다 매서운 숨결이 그를 엄습했다.

"여기는 웬일이오?"

"당신을 찾아왔소. 동맹끼리 찾아오는 게 뭐가 어떻소?" 스카스데일이 말했다.

"나는 받아들이지 않겠소."

"참 까다로운 사람이구면. 희소식을 알리러 온 것이기도 하오."

윔은 말없이 스카스데일이 그 소식을 전하기를 기다렸다.

"변종 캔서들이 퍼지고 있소. 이제 온 세상이 목숨만 살려 달라며 애걸복걸할 거요."

"그들도 변종 캔서를 치료할 방법을 찾았소."

"그럼 또 다른 변종들이 나와서 설칠 테지. 새로운 병기들도 속속들이 나올 거고. 노블 같은 유전학자들이 몇 명이나 된다고 그런 것들을 다 상대하겠소? 새로운 시대가 도래할 거요, 윔. 물론 당신에게도 새로운 시대가 열릴 테지."

"기사단은 건드리지 마시오."

윔은 부탁한다기보다 요구 사항이라도 전달하듯 말하고는 이렇게 덧붙였다.

"그리고 내가 당신과 공조하여 기사단을 다스릴 것이오."

"나는 한 입으로 두말하지 않소. 브레이브는 어쩔 셈인지?"

"내가 알아서 하리다."

"그럼 당신도 약속을 지키시오."

플레처 윔은 본능적으로 물러났다. 그는 내심 다음 말이 나오지 않기를 바라고 있었다. 다른 얘기가 화제에 올랐으면 했다. 그 말만 아니라면 뭐든 좋았다. 모든 말을 들을 준비가 되어 있었고 그것만 아니면 무엇이든 양보할 수 있었다. 하지만 스카스데일은 그의 희망을 무참하게 박살냈다.

"나는 기둥들을 원하오, 웜."

자동차 세 대가 시커멓게 타버린 숲 근처에서 속도를 늦추고 서행했다.

맨 앞에서 달리던 벤틀리가 멈춰 섰다. 바로 뒤따라오던 차에서 앨리스테어가 차를 세우기도 전에 오스카는 조수석을 박차고 나왔다. 그는 숲 속을 미친 듯이 달렸다.

"기다려!" 브레이브가 외쳤지만 소용없었다.

위더스 부인도 발걸음을 재촉했다. 앨리스테어가 바람처럼 튀어나왔고 바르트, 비올레트, 그 밖의 친구들이 그 뒤를 따랐다. 그들은 사방으로 흩어져 에이든의 이름을 외쳤다. 그동안 브레이브, 룸피니 부인, 모린은 뒤로 넘어간 철창 대문을 지나 쥐 죽은 듯 고요한 웜 캐슬에 조심스레 다가갔다.

샐리는 나뭇가지를 짓밟고 장애물을 마구 헤치며 미친 듯이 에이든을 찾아다녔다. 그녀가 왼손에 꼭 쥐고 있던 펜던트가 빛을 내기 시작하더니 화상을 입힐 만큼 뜨겁게 달아올랐다. 에이든의 펜던트와 이어진 샐리의 펜던트가 위험을 알리고 있었다. 무슨 일이 일어난 것이 틀림없었다. 아주 심각한 일이.

오스카는 좌우를 살피며 에이든과 마지막으로 함께 있었던 자리를 찾으려 애썼다. 그는 바닥에 널린 나뭇가지들을 뒤집거나 파헤치거나 밀어냈다. 그는 깊게 파인 분화구를 빙 둘러 가다가 빈터를 지나서 다시 나무들 사이로 파고들었다. 비올레트, 루이즈, 제레미, 발랑틴은 오스카를 따라왔다. 오스카가 맨 먼저 피범벅이 된 손을 발견했다.

"에이든! 에이든!"

그는 친구의 축 늘어진 몸뚱이를 향해 달려갔다. 덤불에서 나타난 바르트가 오스카와 함께 에이든을 부축했다. 오스카는 차가운 땅바닥에 케이프를 깔고 에이든을 눕혔다.

모두들 그쪽으로 달려와 말없이 빙 둘러섰다. 바르트가 일어나서 뒤로 물러났다. 비올레트가 냅다 그의 품에 안겼다. 브레이브 씨와 위더스 부인도 그쪽으로 왔지만 뒤에 가만히 물러나 있었다. 그들의 모습을 본 오스카는 다 끝났구나 싶었다. 하지만 포기하고 싶지는 않았다. 오스카는 친구의 얼굴을 자기 쪽으로 돌려 그의 눈을 바라보고 신체 잠입을 시도하려 했다. 에이든이 희미하게 신음했다.

"에이든! 눈을 떠봐, 제발! 조금만 노력해봐! 눈을 뜨라고!"

"와, 왔구나……. 좀 늦었네……." 에이든은 중얼거리며 미소를 지어 보이려 했지만 잘 되지 않았다.

"안 돼!"

목이 눌린 듯한 소리가 뒤쪽에서 일어났다.

샐리가 바들바들 떨면서 앞으로 나왔다. 발랑틴은 샐리를 붙잡으려 했지만 샐리는 발랑틴을 홱 밀고 에이든에게 다가갔다. 오스카는 에이든의 머리를 한없이 부드럽게 바닥에 내려놓고 일어났다. 이제는 그도 물러날 수밖에 없었다. 루이즈는 오스카의 손을 꼭 잡아주었다.

샐리가 풀썩 주저앉았다. 에이든이 마침내 눈을 떴다.

"너…… 진짜 너야?…… 아니면…… 내가 헛것을 보나?"

차마 말을 잇지 못하고 샐리는 에이든의 상반신을 일으켜주려 했다. 하지만 에이든은 창백한 손을 들어 샐리의 팔을 잡았다. 그는 마지막 남은 힘을 다해 눈물범벅이 된 샐리의 뺨을 어루만졌다. 에이든이 힘겹게 토막토막 말을 뱉었다.

"우는구나……. 나 때문은 아니었으면 하는데……. 난 너를…… 웃게 해주고 싶었어."

샐리는 뭐라고 대꾸하려 했지만 눈물이 앞을 가려 그럴 수 없었다.

"춥다." 에이든이 중얼거렸다.

샐리가 그를 안고 자신의 체온으로 따뜻하게 품어주었다.

"원래는…… 남자가…… 여자를 안아줘야 하는데……. 좋아한다고 말하면서……."

에이든은 숨을 고르고 이 말을 덧붙였다.

"……뭐, 내 꿈에서는 그랬지……. 너를 생각하면서…… 참 많이도 꿨던 꿈인데……."

샐리는 울음을 참지 못하고 에이든을 다시 케이프에 내려놓았다. 그녀는 에이든의 입술에 입을 맞추고 한참이나 가만히 있었다. 그러고는 자신도 에이든 옆에 나란히 누워 그를 꼭 안고 머리를 기댔다.

"그래, 이랬었지……. 내 상상 속에서도……."

머리 위 하늘에서 갑자기 번쩍하고 빛이 일어났다. 샐리는 한없이 사랑하는 소년의 가슴속에서 심장이 뛰는 소리를 들었다. 머릿속이 두들겨 맞은 듯 복잡하고 지끈거렸다. 감정에 솔직하지 못하고 사사건건 시비만 걸었던 일들이 후회되어 견딜 수 없었다. 세상에 무서운 게 없는, 용감한 샐리였지만 그렇게밖에 표현하지 못했다. 관심을 표현하는 법을 몰라서 늘 에이든을 도발했었다. 다정한 말을 할 줄 몰라서 늘 놀리곤 했다. 그러다 혼자 있을 때면 그런 자신이 바보 같아서 견딜 수 없었다.

샐리의 얼굴 바로 옆, 에이든의 가슴에서 한 줄기 에메랄드 빛이 솟아나 하늘로 올라갔다. 샐리는 황급히 셔츠에 손을 넣고 자신이 늘 지니고 다니는 목걸이를 꺼냈다. 그녀는 눈물이 그렁그렁한 눈을 하고 얼른 일어나 목걸이에 매달린 보석을 그 밝고 환한 에메랄드 빛 광채를 향해 뻗었다. 그 빛이 보석으로 옮겨 왔다. 샐리는 보석에 입을 맞추고 다시 에이든의 시신에 찰싹 달라붙었다.

샐리의 뺨에 맞닿은 가슴 속에서 심장 소리가 멎었다. 모두가 샐리와 함께 주저앉아 눈물을 흘렸다.

54

철창 대문은 활짝 열려 있었다.

도시 곳곳에서 사람들이 찾아왔다. 그들은 손짓 혹은 속삭임으로 인사를 건네며 쿠미데스 서클로 속속히 모였다. 모두 흰옷을 입고 에메랄드 빛 리본을 손목이나 팔에 두르거나 머리칼이나 외투에 핀으로 꽂았다.

정원에는 하얀 천막이 처져 있었고 자갈이 깔린 길을 따라 나무들이 정원 한복판까지 죽 늘어서 있었다. 고운 싸락눈이 내리기 시작했다. 겨울에도 이상하리만치 푸르른 그랜드 마스터의 정원은 새하얀 막으로 뒤덮였다. 나이를 불문한 각양각색의 사람들, 중대한 자리가 아니면 얼굴을 보이지 않는 거물들까지도 이곳저곳에서 나타났다.

테라스가 열렸다. 오스카, 바르트, 그리고 한 남자가 나타났다. 세 사람은 메디쿠스의 케이프의 깃과 양쪽 자락을 각기 붙잡고 넓게 펼쳐 들었다. 그 위에 흰 천에 싸인 에이든의 시신이 누워 있었다. 천에 박아 넣은 펜던트가 보였다. 비올레트, 루이즈, 발랑틴, 로렌스, 아이리스, 제레미가 그 뒤를 따라 나왔다. 그들은 친형제를 잃은 것처럼 상심에 젖어 있었다.

아이리스가 발랑틴의 팔을 꽉 잡았다. 잘 들리진 않았지만 아이리스는 울먹거리며 이렇게 말한 것 같았다.

"내 마음을 다스릴 수 없어. 눈물을 참을 수 없어. 에이든이 죽다니, 화가 나서 못 견디겠어!"

행렬은 계단을 내려와 자갈길로 접어들었다. 조문객들은 말없이 묵념했다. 이따금 여기저기서 흐느낌이 터져 나왔다. 행렬이 천막에 도착하자 오스카가 에이든의 부모님 앞으로 나왔다. 에이든의 부모는 슬픔을 이기지 못하고 서로 부둥켜안고 있었다. 오스카는 위로의 말을 건네려 했으나 스펜서 씨는 오스카를 보고 싶지 않다는 듯 고개를 돌렸다. 스펜서 부인은 그를 힐책하듯 노려보았다. 오스카는 억장이 무너졌다. 그는 천막을 한 바퀴 돌아 에이든의 시신을 기다란 석판 위에 조심스럽게 내려놓았다.

오스카는 친구들과 함께 천막 뒤로 물러났다. 그는 장례식에 참석한 사람들을 차근차근 살폈다. 위더스 부인 옆에 앉아 있는 엄마, 앨리스테어와 모린 주베르, 심지어 레오니드 스미스까지 보였다. 그때 스치듯 지나간 사람, 또 다른 친근한 얼굴이 시선을 사로잡았다. 오스카는 안심했다. 샐리가 나무 뒤에 숨어서 장례식을 지켜보며 말로 다 할 수 없는 슬픔을 달래고 있었다. 샐리에게 가고 싶었지만 비올레트와 발랑틴이 그를 말렸다.

"내버려둬. 샐리가 원해서 저러는 거야. 어쩌면 저럴 수밖에 없는지도 몰라."

윈스턴 브레이브가 인파를 헤치고 천막으로 걸어갔다. 그의 손아귀에서 쿠미데스 서클의 영원한 불이 쏟아지는 눈송이도 무색하게 춤을 추고 있었다. 그는 기사단의 전통에 따라 불꽃이 든 잔을 에이든의 발치에 내려놓고 고인의 얼굴을 가린 천을 벗겼다. 스펜서 부부가 울음을 터뜨리자, 여러 사람이 부부를 부축했다. 오스카는 샐리를 눈으로 찾았다. 그녀는 이제 나무 뒤에 서 있지 않았다.

윈스턴 브레이브가 입을 열었다.

"여러분은 에이든 스펜서에게 존경과 애정을 표하고자 이 자리에 모였습니다. 그가 이루어낸 일과 그의 싸움을 아는 이들은 그를 존경할 것이요, 생전에 그를 아는 행운을 누렸던 이들은 애정을 느끼지 않을 수 없을 것입니다."

그랜드 마스터조차 감정이 북받치는지 목소리가 쉬어 있었다. 그는 잠시 침묵을 지켰다가 다시 이렇게 말했다.

"제가 바로 그러한 특별한 혜택을 누렸습니다. 그가 메디쿠스로서 첫걸음을 떼기 시작한 지 얼마 안 되어 저는 그의 용기와 신의를 일찌 감치 눈여겨보았습니다. 결국 그의 능력은 전쟁과 그의 고통이 계기가 되어 발현되었지만요. 우리 모두의 능력보다 한층 귀하고 참으로 미묘한 능력, 바로 하이퍼사이미아로서의 능력이었죠. 스펜서처럼 포용력 있고 비범한 감수성을 지닌 메디쿠스만이 그 능력을 물려받을 수 있었습니다. 그렇기 때문에, 또한 그 외의 모든 이유에서 에이든 스펜서는 가문의 자랑, 우리 기사단의 자랑, 그의 친구들과 우리 모두의 자랑입니다."

브레이브는 시신을 바라보았다. 에이든 한 사람에게만 은밀히 말을 건네듯 그의 음성이 한결 부드러워졌다.

"네가 보고 싶을 거다, 에이든. 사무치도록 보고 싶을 거야. 너를 잊지 않겠다."

장례식이라는 상황이 무색하게 비올레트는 두 손을 번쩍 들었다. 그녀는 눈물을 머금고 정원을 바라보았다. 눈이 그쳤다. 식물의 줄기들이 다시 일어나고 싹을 틔우더니 어느새 꽃망울을 터뜨렸다. 수천, 수만 장의 알록달록한 꽃잎들이 떨어지고 날아올라 에이든의 시신에 소복하게 쌓였다. 룸피니 부인은 비올레트에게 키스를 보내고는 자수가 놓인 손수건으로 연신 뺨을 훔쳤다. 여기저기서 사람들의 얼굴에 미소가 피어올랐다. 심지어 울다가 쿡쿡 웃는 이들도 있었다.

브레이브는 작은 크리스털 약병을 꺼내어 빛나는 내용물을 에이든의 시신에 뿌렸다. 그러고는 잔을 들고 그 안의 불꽃을 가까이 가져갔다.

"이 불이 너에 대한 기억을 영원히 남겨주기를."

오스카와 비올레트는 물론, 친구들 모두가 억장이 무너지는 심정으로 고개를 돌렸다. 이제 잠시 후면 에이든의 시신은 연기가 되어 날아갈 것이요, 시신을 태우고 남은 재는 메디쿠스들의 팡테옹에 안치될 터였다. 그랜드 마스터가 유족들에게 그렇게 제안했고, 유족들은 이를 명예롭게 여겨 받아들였다. 그때 정원 반대편 끝에서 번쩍하고 섬광이 일어났다. 브레이브가 멈칫했다. 손님들이 일제히 고개를 돌렸다.

쿠미데스 서클의 한쪽 벽이 사라지고 그곳에 흐릿한 집단의 실루엣이 등장했다. 불멸회가 전에 없이 옷을 갖춰 입고 전원 참석해 있었다. 불멸의 조상들을 알아본 손님들이 웅성거리며 몇몇 이름을 거론했다. 그중 가장 나이가 많아 보이는 조상이 가상의 벽 앞까지 걸어 나왔다.

"지기스문트?" 그를 알아본 브레이브가 깜짝 놀랐다.

제1대 그랜드 마스터이자 불멸회의 수장인 지기스문트 브레이브가 펜던트를 번쩍 들어 올렸다. 에메랄드 빛 연기가 가상의 벽을 넘어 장례식에 참석한 손님들 위로 날아와 에이든의 시신을 감쌌다. 시신이 번쩍 들려 불멸회에게로 넘어갔다. 안락의자에 시신이 앉혀지고 하얀 천이 스르르 벗겨졌다. 에이든은 그저 잠들어 있는 것처럼 보였다.

투명한 벽으로 다가온 지기스문트가 소리 없이 입술을 달싹거렸다. 그는 엄숙하게 두 손을 들고 소리 없이 무엇인가를 선포하는 듯했다.

샐리가 숨어 있던 곳에서 자갈 깔린 오솔길 쪽으로 걸어왔다. 그녀는 어둠 속의 한 점 불빛을 바라보듯 지기스문트만을 똑바로 쳐다보면서 그 길을 따라 걸었다. 흐느껴 울면서도 가상의 벽 바로 앞까지 꿋꿋하게 다가왔다. 샐리는 축 늘어진 에이든을 향해 손짓을 하려다가 그만두었다. 그녀는 지기스문트를 쳐다보았다. 지기스문트가 샐리를 격려하듯 고개를 끄덕거렸다. 그러자 마치 에이든의 특별한 능력이 발휘되기라도 한 것처럼 샐리는 커다란 위안이 몸속으로 흘러 들어오는 느낌을 받았고 속에만 담아두었던 슬픔도 그제야 풀어놓을 수 있었다. 그녀는 숨을 크게 들이마시고 눈물을 거두었다. 떨리는 팔을 들고 으스러져라 쥐고 있던 주먹도 풀었다. 손안에서 목걸이의 보석 장식이 빛나고 있었다. 벽 너머의 지기스문트에게로 손을 뻗어 자신의 펜던트를 그 장식 위에 올려놓았다. 번쩍하고 섬광이 일면서 보석에 깃들었던 빛이 풀려나왔다. 에이든의 혼은 잠시 샐리 위에 머물다가 벽을 넘어 시신이 앉은 안락의자로 향했다. 혼은 서서히 내려와 에이든의 심장 부근에서 시신 속으로 들어갔다.

에이든의 몸이 꿈틀거렸다. 몸이 투명하게 변하나 싶은 바로 그 순간, 에이든이 살아났다. 그는 눈을 번쩍 떴다.

최고 위원들과 오스카를 비롯한 수습 메디쿠스들을 데리고 가상의 벽 가까이 와 있던 위더스 부인이 자기 가슴에 손을 얹었다. 그녀는 감격에 젖었다.

"불멸회에 새로운 일원이 합류했구나. 우리 기사단에게는 아주 특별한 순간이자, 놀라운 희망의 메시지야! 에이든은 위대한 불멸의 조상이 될 거다. 그의 소중한 능력이 그랜드 마스터들에게 대대손손 삶의 기쁨과 미소를 일깨워줄 수 있기를!"

에이든이 고개를 들고 놀란 얼굴로 두리번거렸다. 그는 의자에서 일어나 벽으로 다가왔다. 정원에 모인 사람들이 환호했다. 모두들 에이든을 향해 펜던트를 번쩍 들었다. 문자들이 환하게 빛을 발했다. 에이든은 수줍게 웃으며 눈을 내리깔았다. 인파는 사라졌다. 불멸의 방도, 정원도, 하늘조차 보이지 않았다. 오직 한 사람만이 보일 뿐이었다.

샐리가 에이든에게 다가갔다. 또다시 눈물이 북받쳐 올랐지만 웃으면서 벽에 손을 얹었다. 에이든도 벽에 손을 포갰다. 은은한 후광이 마주한 두 손을 감쌌다. 샐리는 잠시 눈을 감았다. 언제 또 이렇게 만날 수 있을까? 어쩌면 영원히 그럴 수 없을지도 모를 일이었다. 샐리가 눈을 떴다. 에이든은 여전히 그 자리에서 그녀에게 미소 지으며 말하고 있었다. 그러나 그의 목에서는 아무런 목소리도 나오지 않았다. 에이든은 뭐라도 해보려 했다. 샐리가 여전히 쥐고 있는 목걸이 장식에서는 광채가 사라졌다. 에이든이 벽에 훅 하고 숨을 불자 초록빛 소용돌이가 벽을 넘어 그 장식에 깃들었다. 샐리는 목걸이를 다시 목에 둘렀다. 되살아난 보석 장식에서 정다운 온기가 전해졌다. 에이든의 품속처럼 따뜻한 기운이었다. 샐리의 마음을 이렇게 훈훈하게 데워줄 수 있는 것은 세상에 달리 없을 터였다. 샐리와 에이든은 벽을 사이에 두고 이마를 마주 댔다. 장례식이 시작되고 나서 처음으로 샐리의 말문이 터졌다.

"네가 목소리를 잃어서 안타깝다, 그렇지? 우린 서로 할 말이 있었잖아……. 말을 하려면 할 수 있는 시간이 무려 4년이나 있었지.”

울다 말고 샐리는 웃음을 터뜨렸다. 그녀의 뒤에서 친구들도 울다가 웃다가 했다. 샐리는 소매로 눈물을 훔치고 에이든의 얼굴을 어루만지 듯 정답게 벽을 쓰다듬었다.

“괜찮아. 그래도 잘될 거야. 서로 마음을 전할 방법이 생기겠지.”

에이든이 고개를 끄덕거렸다. 샐리는 덧붙여 이렇게 말했다.

“이제 영원히 함께일 텐데, 뭐.”

55

"오스카!"

이 목소리를 단박에 알아들은 오스카는 발걸음을 멈출까 말까 잠시 고민했다. 하지만 결국은 다른 친구들이 먼저 제레미 시장에 들어가도록 옆으로 비켜서며 걸음을 멈췄다. 오늘은 학교 친구들 모두가 마지막으로 에이든을 추억하기 위해 모이기로 한 날이었다. 오스카는 뒤를 돌아보았다.

"에이든 일은 나도 정말 유감이야. 너랑은 아주 각별한 친구였잖아. 저기…… 나도 말하고 싶었어. 네 생각 많이 했다고."

"왜? 우린 친구도 아니잖아?"

틸라가 한숨을 쉬었다.

"여기선 싸우지 말자. 이제 곧 추도 모임이 시작될 텐데."

"그래, 옳은 말이야. 이러고 있을 시간도 없어. 잘 가, 틸라."

그렇게 말하고 오스카는 뒤로 물러났다. 틸라가 그의 팔을 붙잡고 매달렸다.

"잠깐만. 내 얘기 좀 들어봐. 내가…… 늘 바르게 행동하지만은 않았지. 그건 나도 인정해. 어쩌면……. 한두 번은 에이든에게 좀 못되게 굴었을지도 몰라. 그래서 반성하고 있어. 진심이야."

오스카는 틸라를 뿌리쳤다.

"네가 못되게 굴었던 사람이 에이든 하나뿐이야? 도대체 무슨 말을 하고 싶은데?"

"에이든이 죽고…… 나 정말 생각 많이 했어. 우리 다시 만날 수 없을까? 처음부터 다시 잘해볼 수 없을까? 우리도 이제 많이 컸잖아, 많이 변했잖아……. 그렇게 생각하지 않니?"

심장이 두근거렸다. 이런 순간을 얼마나 오랫동안 기다려왔던가. 오스카는 눈을 감았다. 한 얼굴이 떠올랐다. 세상 그 어떤 소녀의 얼굴보다 아름답고 강인하며 진실한 그 얼굴이.

"아니, 난 그런 생각 안 들어. 그러고 싶지도 않고."

틸라의 얼굴이 확 굳어졌다. 그녀의 말투가 오만하게 변했다.

"나, 원래 한 남자에게 두 번 매달리는 여자 아니거든."

오스카는 틸라를 빤히 바라보았다. 마음속에서 무엇인가가 갈라지더니 산산이 부서졌다. 지금 눈앞에 선 거만하고 못된 소녀의 이상화된 이미지, 거짓 이미지가 산산이 조각났던 것이다. 오스카가 몇 년 전부터 만들어내고 가슴속에 고이 간직했던 그 이미지는 이제 온데간데없었다. 오스카는 갑자기 홀가분해졌다. 그 어느 때보다 후련했다.

"아예 처음부터 매달리지 말지 그랬어. 그랬으면 내가 지난 2년을 구질구질하게 보내지 않았을 텐데."

틸라가 킬킬대고 웃었다.

"그럼, 네가 원하는 게 뭔데? 산꼭대기에 서 있던 그 여자애? 걔한테 매달리는 꼴이 정말 안쓰럽더라!"

오스카는 할 말을 잃었다. 흥분한 틸라는 다른 아이들이 우르르 몰려와 구경 난 것처럼 쳐다보는데도 마구 떠들어댔다.

"난 다 알아! 로넌이나 너에 대해서 다 안다고……. 그 책에서 봤어! 로넌이 그러더라! 원수로 삼고 싸워야 할 여자애한테 홀딱 빠졌다며? 아, 가엾은 오스카, 딱 보면 모르겠니? 너랑 그 여자는 잘될 수가 없어! 걔는 베이츠를 좋아해, 분명히!"

틸라의 폭로와 로넌의 또 다른 배신에 충격을 받은 오스카는 가까스로 정신을 수습했다.

"그럼 쓰레기 같은 네 남자 친구가 어떤 꼴을 당해 마땅한지도 알겠구나. 로넌에게 돌아가. 가서 얌전히 숨어 있는 게 좋을 거라고 전해."

화가 머리끝까지 난 틸라가 물러났다.

"확실히 로넌 말이 맞구나. 넌 네 명을 재촉하는 짓만 골라서 하고 있어."

그러고는 다시 오스카에게 바짝 다가와 독기를 품고 선언했다.

"나랑 함께하든가 내 적이 되든가 둘 중 하나야."

"그런 거라면 내 선택이 옳다고 확신할 수 있지. 얼른 꺼져."

틸라는 오스카를 경멸하듯 노려보다가 홱 돌아섰다. 오스카는 틸라가 멀어져 가는 모습을 바라보았다. 적이 한 명 늘었다. 분명히 가볍게 여길 적은 아니었다. 그 점만 제외하면 오스카는 이제 전혀 마음이 쓰이지 않았다.

56

불안한 마음이 거센 파도처럼 일어났다.

산케이는 고개를 쳐들고 바짝 긴장했다. 그의 꿰뚫는 듯한 시선이 킬리만자로를 이루는 세 개의 봉 가운데서도 가장 높은 키보 봉으로 향했다.

닷새 전에 그는 마을 주민들을 대표해서 마을이 들어선 땅보다 한결 비옥한 고지대의 평원으로 소 떼를 몰고 출발했다. 마사이 족의 젊은 전사들, 일명 '모란'들은 이렇게 원정을 다니면서 이를 학습과 훈련의 기회로 삼았다. 열심히 수련하고 많이 돌아다녀봐야 가족을 챙길 만한 어엿한 성인 마사이가 된다. 가축이 주위의 풀을 죄다 뜯어먹었기 때문에 목초지를 찾으려면 점점 더 멀리까지 이동해야 했다. 이제 조금 있으면 가옥을 불태우고 좀 더 살기 좋은 고장으로 거처를 옮겨야 할 터였다. 하지만 산케이는 아직 확실히 결정을 내리지 않았다. 아기를 낳은 지 얼마 안 되어 몸조리가 필요한 여자들이 여럿 있었다. 몇 달 후면 몰라도, 산케이는 지금 당장 떠날 생각이 없었다. 게다가 마을의 현재 위치도 은밀하니 괜찮았다. 산의 서쪽 사면, 마지막 남은 숲 너머에 마을은 절묘하게 숨어 있었다. 적들을 피할 수 있는 위치였다.

모든 적들을.

어제도 산케이는 그 귀중한 꾸러미를 이시나에게 맡기길 잘한 걸까 하고 생각했다. 이시나는 산케이의 아내로, 한 남자가 아내를 여럿 두는 마사이 족의 관습을 따르지 않고 오직 그녀 한 사람만을 아내로 택했을 만큼 그가 사랑하는 여인이었다. 강인한 이시나는 산케이와 다른 남자들이 없을 때에도 마을을 잘 이끌어나갔다. 그녀가 잘 챙기고 간수할 거라 생각했기에 산케이는 그가 그 한없이 귀한 물건을 가지고 가지 않는 편이 낫다고 판단했다. 못된 놈들이 가축 떼를 노릴지도 모르고 다른 부족들과의 싸움도 드물지 않았다. 자칫 그걸 빼앗길 위험을 무릅쓸 수는 없었다. 어쨌든 이시나도 혼자가 아니었다. 장남 레마얀, '복 받은 자'라는 뜻의 이름을 지닌 아들이 함께 있었다. 산케이의 뒤를 이어 마을을 다스리게 될 레마얀은 젊고 용감하며 분별력도 있었다. 레마얀이 가축을 이끌고 갔다 돌아오는 원정에 참여하려 하지 않았을 때 산케이는 좀 놀랐지만, 아들이 마을에 남아 모친과 여동생을 지킬 거라 생각하니 되레 안심이 되었다.

어쨌거나 귀로에 오르게 된 산케이는 기분이 나쁘지 않았다. 이제 삼십 분만 가면 숲의 장막 너머에서 몇몇 집들이 보이기 시작할 터였다.

하지만 바로 그 순간, 저 멀리 치솟는 연기 기둥이 보였다. 산케이는 어제의 불길한 예감이 틀리지 않았다는 걸 깨달았다.

산케이는 다친 송아지를 치료하다 말고 벌떡 일어났다. 불안하게 치솟는 잿빛 기둥에서 시선을 떼지 않은 채 손을 들어 올렸다. 그는 주렁

주렁 달린 목걸이 틈을, 흑단처럼 검은 피부에 새겨 넣은 문신과 어울리는 진홍색 옷 아래를 더듬었다. 언제나 몸에 지니고 다니는 금빛 고리 속의 M자 펜던트를 꼭 쥐었다. 문자가 어찌나 뜨거운지 손을 금방 뗄 수밖에 없었다. 손바닥 위에서 M자가 범상치 않게 빛났다. 자신의 능력을 발견하고 이 펜던트를 받은 때부터 지금까지 문자가 이런 색깔로 빛난 적은 한 번도 없었다. 활활 타는 듯한 진홍빛, 최악을 예고하는 가장 두려운 빛깔. 산케이는 온몸의 피가 싹 빠지는 듯한 기분이 들었다. 그는 이를 악물었다.

산케이만큼 체격이 좋고 젊은 전사 한 명이 다가왔다.

"무슨 일인가요?"

산케이는 대답하지 않았다. 그 대신 창을 움켜쥐고 무시무시한 비명을 토해냈다. 부하들과 가축들이 질겁했다. 족장의 고함 소리는 가장 끔찍한 싸움의 시작을 알리고 있었다. 산케이가 달리기 시작했다.

울퉁불퉁한 길도, 다리를 매섭게 후려치고 할퀴는 풀도, 앞길을 가로막고 꾸물대는 짐승들도 문제가 되지 않았다. 그는 최대한 빨리, 치타보다도, 바람보다도 빠르게 내달렸다. 바람의 방향이 바뀌면서 구역질나는 연기가 산케이 쪽으로 날아왔다. 숨이 차고 다리에 힘이 빠졌지만 산케이는 가족들에게로 향하는 발걸음을 결코 늦추지 않았다.

드디어 마냐타★들이 보였다. 마냐타는 보기보다 훨씬 견고하고 더위를 잘 막아주지만 불에는 속수무책이었다.

'그놈들'에게는 더욱더 속수무책이었다.

★ 마사이 족의 전통 가옥, 혹은 그러한 가옥들이 모여서 형성된 정착지.

이시나에게 직감 따윈 필요 없었다. 이시나는 미친 듯이 날뛰는 새끼 염소와 죽어라 짖어대는 개를 달래다가 저 멀리 뙤약볕 아래 피어오르는 아지랑이 속에서 시커먼 놈들이 마을을 향해 다가오는 것을 보았다. 그녀는 대번에 알 수 있었다. 그래서 마을 한복판에 밤이나 낮이나 불을 피워놓는 곳으로 달려가 미친 듯이 깜부기불을 불어 잉걸불을 살렸다. 이시나는 눈 깜짝할 사이에 여자와 아이들을 모아 가장 크고 안전한 자신의 집으로 대피시켰다. 그녀는 딸의 등을 밀었다.

"너도 같이 가거라."

"엄마는요?" 어린 딸은 지평선을 불안하게 바라보며 물었다.

"걱정하지 마라. 힘을 내고 꿋꿋하게 행동해라. 너는 마사이 족 족장의 딸이야."

딸이 고개를 들었다. 엄마는 딸의 얼굴을 어루만지며 잠시 이 아이를 낳았던 때를 떠올렸다. 딸의 이름은 '운 좋은 아이'라는 뜻에서 '란케누아'라고 붙였다. 오늘 자신과 남편이 그 이름을 잘 붙인 것이기를 바랐다. 그녀는 마을을 향해 전진하는 적들을 향해 고개를 들었다. 화장과 알록달록한 장신구로 치장한 아름다운 얼굴에는 조금도 흔들림이 없었다.

검정색 지프차가 두 집을 연결하는 울타리를 부수고 들어와 끼익하는 타이어 소리와 먼지를 일으키며 이시나 앞에 멈추었다. 지옥에서 나타난 것 같은 네 명의 덩치가 차에서 내렸다. 흙투성이 군홧발에 돌멩이들이 부서져 내렸다. 다섯 번째 인물이 천천히 차에서 내려 이시나를 향해 걸어왔다. 이시나는 그를 머리부터 발끝까지 훑어보고 다시 목깃을 쳐다보았다. 핏빛으로 가장자리를 감친 검정색 깃을. 남자의 얼굴은 두건에 가려져 있었다. 그의 뒤쪽에 있던 다른 사람들은 두건을 넘겨 얼굴을 드러냈다.

"이시나, 변하지 않았군."

"당신도 마찬가지야. 우리 땅에는 무슨 일이지? 당신의 땅에서 이렇게 먼 곳까지……. 물론 당신 땅이 있다면 말이지만."

스카스데일이 한숨을 쉬었다. 이시나는 얼핏 그의 얼굴에서 미소를 본 것 같았다.

"이쪽으로 오면서 생각했지. 그래, 남편도 마을을 비웠는데 당신에게서 무거운 짐을 덜어줘야겠다고 생각했어. 마사이 족은 여자들에게 감당하기 어려운 일을 맡기곤 하지."

이 말이 자기를 부르는 소리라도 되는 듯 라비니아가 스카스데일에게 다가와 착 달라붙었다. 스카스데일은 그녀에게 눈길 한번 주지 않았다. 라비니아는 원망스러운 눈초리로 저만치 물러났다.

"당신 곁에서 지내는 여자들이 부럽진 않아. 뭐, 당신 옆에 있는 여자들이 그렇고 그렇겠지……." 마사이 족 여인이 라비니아를 돌아보며 말했다. "딱 보기에도 자존심이 없는 여자들이지."

라비니아가 이시나에게 달려들려 했다. 스카스데일이 라비니아를 저지했다.

"지금은 우리가 싸울 때가 아니지. 우린 다른 목적이 있어서 왔거든. 주인장께서 우리에게 건네주실 물건. 지금 당장."

스카스데일이 미친 듯이 손을 흔들었다. 이시나는 그가 극도로 신경이 날카로워져 있음을 감지했다. 라비니아조차 멀찌감치 비켜났다. 스카스데일이 일단 화가 나면 언제 갑자기 폭발할지 몰랐다. 그가 손을 번쩍 들어 이시나에게 손바닥을 보였다. 검은 천에 붉은 실로 새겨진 그 문자를 굳이 확인할 필요도 없었다. 그녀는 상대의 얼굴에 드리워진 그림자를 가만히 바라보았다.

"무슨 말을 하는지 모르겠는데."

스카스데일이 왼쪽 관자놀이를 박박 긁었다. 머릿속에 깊이 파고든 아픔을 끄집어내려는 것처럼.

"나에게 넘겨."

이시나는 남편이 빨리 돌아오기를 빌었다. 레마얀은? 큰아들은 어디 갔을까? 어째서 그 아이가 나타나지 않는 걸까? 그 애답지 않은 일이었다. 이시나는 레마얀이 벌써 놈들의 손에 쓰러진 것이 아니기만을 빌었다.

"다시 한 번 말하지만 무슨 얘기를 하는지 모르겠어."

"그럼 확실히 알아듣도록 도와줘야겠네."

이시나는 남편이 가르쳐준 싸움의 요령을 떠올렸다. '당장 당하겠구나 싶으면 상대가 공격할 때까지 기다리지 마. 먼저 치는 거야. 상대보다 먼저.' 그녀는 맨발로 가볍게 몸을 한 바퀴 휙 틀며 손을 목으로 가져갔다. 다시 스카스데일과 마주하게 됐을 때에는 이미 그녀의 손에서 펜던트가 빛나고 있었다. 에메랄드 빛 광선이 두건 속의 얼굴로 날아갔다. 상대도 손을 번쩍 들었다. 광선은 거울에 반사되기라도 하듯 장갑에 맞고 다시 이시나를 향해 날아갔다. 이시나는 잽싸게 몸을 날렸지만 광선을 어깨에 맞고 말았다. 그녀는 비명을 지르며 쓰러졌다. 그녀가 입은 충격에 화답하듯 집 안에서 겁에 질려 우는 소리가 일어났다. 이시나는 아픔을 참고 일어났다.

"나에게 그걸 넘겨." 인내심이 바닥난 어둠의 왕자가 재촉했다.

집 안에서 이시나의 딸이 외쳤다. "엄마!"

마사이 족 여인은 그 부름을 못 들은 체했다. 스카스데일도 그 소리를 못 들었기만을 바랐다. 이시나는 펜던트로 커다란 원호를 그려 빛나는 방어막으로 집과 자신을 에워쌌다.

스카스데일이 눈을 감고 이를 악물었다.

"처리해라, 꾸물대지 말고."

스톰프가 주인을 따라 물러나자, 다른 세 명의 파톨로구스가 앞으로 나섰다. 그들은 일제히 방어막을 향해 손바닥을 내밀었다. 세 개의 P자에서 일어난 불꽃이 마사이 족 마을을 파고들었다. 이시나도 에메랄드빛 방어막 안쪽에서 두 팔을 뻗고 필사적으로 대항했다. 호리호리한 그녀의 몸이 힘에 부친듯 자꾸 기울어졌다. 이시나는 펜던트에서 뿜어 나오는 구름으로 집과 자신의 머리 위쪽까지 보이지 않게 막았다. 그리고는 적들이 듣지 못하게 조용히 지시를 내렸다.

"나와요! 빨리!"

겁에 질린 마사이 족 사람들이 우물쭈물 걸어 나왔다.

"이 막이 걷히자마자 숲 속으로 뛰어가요, 알았어요?"

한 여자가 울음을 터뜨린 여자아이를 껴안았다. 아이가 울부짖었다.

"엄마! 엄마!"

"입 다물어! 엄마가 하라는 대로 해! 아줌마들이랑 같이 떠나!"

마사이 족 여자들은 집 뒤쪽으로 돌아가 도망칠 태세를 취했다. 이시나가 힘이 빠져 팔을 내린 순간, 방어막이 흐려졌다. 이시나는 뒤를 돌아보았다. 사람들이 울창한 숲을 향하여 미친 듯이 뛰고 있었다. 저 숲이 피에 취한 어둠의 왕자에게서 저들을 보호해줄 수도 있을 터였다. 이제 방어막이 완전히 걷히고 나면 이시나는 파톨로구스들의 불꽃에 목숨을 잃고 말 것이다. 그래도 상관없었다. 그녀는 존엄하게, 남편과 그랜드 마스터에 대한 신의를 다한 채 죽을 것이다. 이시나는 딸의 울부짖음을 잊으려 애썼다. 딸을 데려간 그 여자는 자기 친딸에게 하듯 정성을 다해 그 아이를 키워줄 터였다.

　이시나는 눈을 감았다. 하지만 눈을 감고서도 번쩍하는 빛을 감지할 수 있었다. 그녀는 크고 검은 눈을 떴다. 그토록 기다리던 남편이 눈앞에 서 있었다. 라비니아와 예브게니아는 바닥에서 힘겹게 몸을 일으키는 중이었고, 배를 움켜쥔 밴 애시는 멧돼지처럼 씩씩대고 있었다. 어둠의 왕자만이 꼿꼿하게 서 있었다. 산케이가 펜던트를 들었다. 생각할 겨를 없이 이시나도 그렇게 했다. 두 개의 문자 사이에 초록빛 무지개가 찌릿찌릿 전기가 일듯 일어나 스카스데일과 그 부하들을 덮쳤다. 스톰프가 무릎을 꿇고 주저앉았다. 어둠의 왕자는 잠시 비틀거렸지만 이내 정신을 차렸다. 그가 왼손을 오므리는가 싶더니 심한 경련을 일으켰다. 손에서 일어난 파장이 땅으로 퍼졌다. 땅이 마구 흔들렸다. 땅이 쩍 갈라지고 산케이와 이시나는 그 구렁 속으로 떨어졌다. 라비니아와 예브게니아가 땅 속으로 떨어지지 않으려고 풀쩍 뛰어올랐다. 그 두 사람이 일제히 손을 뻗자 갈라진 양쪽 지반이 차츰 좁혀들었다. 산케이와 이시나는 구렁 속에서 납작하게 눌려 죽을 판국이었다.

　어둠의 왕자가 그들에게 다가왔다. 두 사람은 이제 머리만 겨우 밖에 나와 있었다.

　"기둥을, 기둥을 넘겨라. 목숨만은 살려주마."

　"저, 절대 안 돼, 거짓말이잖아." 이시나가 숨을 몰아쉬며 대꾸했다.

　"여자는 풀어줘라…… 아내를 보내고 나면 그때…… 원하는 것을 넘겨주겠다." 산케이가 이를 악물고 말했다.

　"안 돼! 산케이, 차라리…… 죽는 게 나아……." 이시나가 겨우 이 말만 외쳤다.

라비니아와 예브게니아가 지반을 조금 더 좁혔다. 산케이와 이시나는 숨이 막혔다. 그들은 온몸을 죄어오는 고통을 잊으려고 애썼다. 그때 산케이의 시선이 파톨로구스들 뒤쪽의 움직임에 머물렀다. 지금 너무 아파서 헛것이 보이는 걸까? 질식할 듯한 열기 때문에? 아니면 이것이야말로 기적인 건가? 훤칠하고 익숙한 사내의 실루엣, 황갈색, 붉은색 문신을 새긴 반들반들한 검은 피부가 그의 시야에 들어왔다.

"레마얀! 네 펜던트를! 어서! 뭐 하는 거냐? 왜……."

이시나도 아들을 알아보았다. 그러나 그녀의 입에서는 한마디도 나오지 않았다. 숨이 막혀서만은 아니었다. 느릿느릿, 자신 있게 걸어오는 레마얀의 얼굴이 너무나 무표정했기 때문이다. 아들은 부모의 적에게로 걸어오고 있었다. 그러고는 멈춰 서서 아버지와 어머니를 물끄러미 내려다보았다. 레마얀은 목에 걸린 펜던트를 홱 낚아채서 땅바닥에 내동댕이쳤다.

"아들아……." 산케이는 믿을 수가 없었다.

스카스데일과 그 졸개들의 공격이 입힌 아픔에 비할 수 없는 아픔이었다. 레마얀, 그의 자랑스러운 장남, 언젠가 그의 뒤를 이어야 할 아들이 배신자라니……. 이시나는 신음 소리를 내며 눈을 감았다.

"아들이 아비어미보다 머리가 잘 돌아가는군." 스카스데일이 웃으며 말했다.

레마얀은 잠시 머리를 조아렸다가 다시 일어났다. 그는 부모의 시선을 회피하며 그저 이렇게만 말했다.

"아버지 어머니는…… 상황이 어떻게 돌아가는지 제대로 보지 못했어요. 저도 안타까워요."

마을 중앙의 불가로 달려간 레마얀은 부지깽이를 잡았다.

"레마얀! 아직은 너의 자부심을 되찾을 수 있다! 마사이 족의 자부심을! 제발 그러지 마라!" 이시나가 울부짖었다.

아들은 어머니를 한 번 바라보고는 자신이 없는 듯 크게 심호흡을 했다. 그는 부지깽이의 손잡이를 잡고 잉걸불을 마구 휘저었다. 불꽃 속에서도 타지 않는 에메랄드 빛 보자기 꾸러미가 드러났다. 레마얀은 그 꾸러미를 꺼내 가지고 와서 스카스데일에게 건넸다. 절망에 빠진 부모는 아무 말도 못한 채 경악했다.

산케이는 마지막 남은 힘을 끌어 모아 호통을 쳤다.

"레마얀! 네가 모든 것을 망쳤다. 너의 가족…… 너의 부족…… 기사단마저도. 너에게……."

"안 돼요, 산케이! 안 돼……. 우리 아들이에요……." 이시나가 헐떡거리며 남편을 말렸다.

"너에게 저주가 있을 것이다!"

마사이 족의 족장이 내뱉은 마지막 말이었다.

스카스데일은 라비니아가 재촉하듯 계속 시선을 보내자 고개를 끄덕였다. 라비니아와 그 동생이 정신을 집중하고 손을 앞으로 내밀었다. 땅이 다시 죄어들었다. 뚝뚝 뼈 부러지는 소리가 이어지더니 두 사람의 고개가 옆으로 힘없이 떨어졌다. 산케이의 입가에서 흘러나온 피가 그의 뺨 바로 옆에 에메랄드 빛 웅덩이를 이루었다. 기사단의 카뒤세, 뱀에 휘감긴 잔 모양과 그 위의 M자가 나타났다가 마른 땅이 핏자국을 빨아들이자 금세 사라졌다. 산케이의 몸에서 홀연히 솟아오른 빛은 바람에 실려 날아갔다.

"어머니는…… 아직 살아 있나요?"

레마얀은 어머니의 몸 앞에 꼼짝 않고 서 있었다.

"오래가진 못할걸."

밴 애시가 이시나를 내려다보며 대꾸했다.

그러거나 말거나 스카스데일은 무심했다. 그는 조심스레 보따리를 풀기 바빴다. 마지막 자락까지 넘기고 나자 눈부신 빛, 그야말로 폭발적인 빛이 확 퍼졌다. 그 빛은 마을을 넘고, 숲을 넘고, 저 멀리 평원 끝까지 퍼졌다. 모두들 시선을 돌리거나 눈을 가리지 않고는 견딜 수 없었다. 단 한 사람, 어둠속에 얼굴을 감추고 있던 스카스데일만은 꿈쩍하지 않았다. 그는 홀린 듯이 그 정교하고 진귀한 펜던트를 향해 손을 뻗었다.

"기원의 문자." 그가 중얼거렸다. "초대 그랜드 마스터의 문자이자 첫 번째 기둥. 내 안의 힘."

스카스데일이 메디쿠스 기사단의 첫째 기둥에 해당하는 경구를 읊조리며 손으로 그 빛을 막았다. 펜던트는 갑자기 붉은 광선의 힘에 뒤로 넘어가면서 빛을 잃었다. 마치 빛나는 다이아몬드가 흙탕물에 처박힌 것처럼. 어둠의 왕자는 기원의 문자를 다시 보따리로 쌌다.

"너는 빛을 발할 것이다. 너의 두 친구들도 속히 데려와주마. 그때 너는 다시 빛을 발할 테지. 나를 위하여."

어둠의 왕자가 소중한 전리품을 쓰다듬었다.

57

"아무것도 못 찾았습니다. 각국의 위원회에 조사해보라고 연락을 했습니다만 웜에 대한 소식은 전혀 얻지 못했어요. 완전히 증발해버렸네요." 앨리스테어가 솔직히 말했다.

모두들 쿠미데스 서클의 빈자리, 웜의 전용 좌석만 바라보고 있었다. 에이든의 장례식을 치른 지도 일주일이 지났다. 하늘도 에이든의 죽음이 안타까운지 그날부터 주구장창 눈만 내렸다.

"그 사람의 재산이나 인맥을 동원하면 오대륙 어디에든 피난처를 마련할 수 있겠죠." 위더스 부인이 안타까워했다.

"웜 캐슬 쪽은요? 뭐 알아낸 거 없어요?" 모린이 물었다.

"클레어 웜은 말 많은 여자가 아니지요. 본인은 아무것도 모른다고 합니다. 나는 그 말을 믿습니다." 윈스턴 브레이브가 대답했다.

"딱한 여자예요. 그렇게나 예쁜 여자가 으스스한 성에 갇혀 지내다니요. 그렇잖아도 살맛이 안 날 텐데." 안나 마리아가 탄식했다.

위더스 부인은 치어리더로 분장한 백작 부인의 형광 분홍색 미니스커트와 운동화에 슬쩍 눈길을 주었다. 클레어 웜과는 정반대로 안나 마리아 룸피니는 어떤 시련에 부딪히든 늘 너무 살맛이 나서 문제인 것 같았다. 웜이 종적을 감추었다는 사실이 어떤 의미인지 생각은 하고 있는 걸까? 떠들썩하고 특이한 것을 좋아하는 안나 마리아였지만, 이렇게 말한 것을 보면 사태를 분명히 보고 있는 듯했다.

"이제 플레처 웜을 우리의 적으로 봐야 하나요?"

문이 벌컥 열렸다. 플레처 웜이 서재로 들어와 한 사람 한 사람을 노려보았다.

"누가 적인지 착각하지 마시오." 그의 목소리는 냉담했다.

브레이브가 맨 먼저 나섰다. 그는 자리에서 일어나 펜던트를 들었다.

"웜, 자네는 죗값을 치러야 할 걸세. 기사단을 배신한 죄, 스펜서를 죽인 죄. 당장 펜던트를 내놓게."

다른 위원들도 모두 일어나 그랜드 마스터를 돕기 위해 펜던트를 들었다. 웜은 차분하게 한 사람 한 사람의 얼굴을 바라보더니 진정하라는 손짓을 해 보였다.

"도우려고 온 사람을 대역 죄인 다루듯 하다니……. 윈스턴, 당신은 내가 중죄를 저질렀다고 말했소. 확실한 증거를 보여주시오."

"원한다면 오스카 필의 증언을 듣게 해주지. 그 전에……."

"필!" 웜이 킬킬댔다. "배신자의 아들 따위……. 내가 그 녀석의 증언을 별로 신뢰하지 않는 것도 당연하지요. 여러분도 그러시는 게 좋을 텐데요. 도대체 누가 필의 말을 믿을까요?"

"최고 위원회에서 본즈가 노블로 위장했다는 사실을 모르고 있었던 사람은 자네뿐이었네. 그래서 자네는 기사단을 배신하고 본즈의 몸에 적들을 잠입시켰지. 그 점에 대해서는 뭐라고 말할 건가?"

"참 단순하게 생각하시는군요. 어둠의 왕자가 직접 심판장에서 내가 기드온 노블, 아니 본즈의 소재지를 가르쳐줬다고 증언한다면 또 모를까. 당신이 나에게 본즈가 어디 있는지 숨겼는데 내가 어떻게……."

웜은 자신의 말을 들은 최고 위원들이 어떤 표정을 짓는지 살펴보고는 이 말을 덧붙였다.

"다시 한 번 말하겠습니다. 누가 적인지 똑바로 아십시오."

"우리에게 한 명의 이름은 알려줄 수 있을 텐데요, 웜." 앨리스테어가 빈정거렸다.

"나는 증거를 쥐고 있습니다. 진짜 증거, 구체적인 증거죠. 피할 수 없는 증거입니다."

그는 펜던트를 책장의 어느 칸으로 내밀었다. 책 한 권이 광선에 맞고 튀어나와 탁자 위에 떨어졌다.

"웜! 언제부터 신체 밖에서 이렇게 힘을 쓰게 됐죠? 계속 이런 식이니까 우리가 당신을 못 믿는 겁니다!" 위더스 부인이 발끈했다.

"훈계는 그만두고 제 얘기나 잘 들어보시죠."

책이 펼쳐지고 글씨들이 후다닥 사라졌다. 낯선 이가 서재의 책을 자기 멋대로 읽으려고 할 때와 마찬가지 반응이었다.

"브레이브, 이 책의 저자에게 내용을 보여주라고 해요."

"나에게 명령조로 말하지 마시오." 그랜드 마스터가 위협적으로 중얼거렸다.

"좋습니다. 그게 그렇게 중요하다면 격식을 갖추어 청하지요. 친애하는 윈스턴, 시시비비를 공정하게 가리기 좋아하는 분이시니 내게도 자기 변호의 수단을 허락하시지요."

브레이브는 이 말을 들어주었다.

"보이드, 내용을 보여주시게."

책이 꿈틀거렸다. 『파톨로구스 선집』의 고약한 저자 빌리 보이드가 책 속에서 구시렁대기라도 하는 것 같았다. 아무렇게나 휘갈겨 쓴 글씨들과 군데군데 떨어진 잉크 얼룩들이 나타났다. 웜은 자기 쪽으로 책을 끌어당기고는 좌중을 향해 미소 지으며 말했다.

"옛 사람들의 기억을 되살려 존경하는 우리 위원회의 젊은 사람들을 조금 가르쳐볼까 합니다. 안타깝게도 이제는 모두가 잊어버린 이야기, 아무에게도 가르쳐주지 않는 이야기를 읽어드리려고요. 참으로 유익한 이야기인데 말입니다."

"무슨 수작이오?" 브레이브가 경계하며 물었다.

"우리 둘 다 아주 좋아하는 거죠. 수수께끼 놀이입니다. 다만, 이 수수께끼에서는 답을 아는 사람이 판돈을 잃는다는 차이점이 있지요."

제이슨은 재주가 뛰어난 젊은 메디쿠스였다. 그는 다른 젊은이 한 사람 그리고 젊은 여자 한 사람과 매우 돈독한 사이였다. 그들의 우애와 남다른 능력은 범상치 않았다. 하여, 두 젊은이는 머지않아 그 여자를 동시에 사랑하게 되었다. 그러나 여자의 마음을 차지한 사람은 제이슨이었고—적어도 그는 그렇게 믿었다—그녀는 열여덟 살의 어린 나이로 제이슨의 아이를 갖게 되었다. 하지만 두 사내의 우정은 변치 않았다.

그들은 함께 성장했고 메디쿠스로서 두 사람의 운명은 단단하게 얽히고설켜 있었다. 그런데 둘째 우주를 여행하던 중에 제이슨은 문득 친구의 코를 납작하게 해주고 싶었다. 그들은 도전 과제를 내걸고 내기를 했다. 제이슨이 어느 바이러스군을 발견했다. 친구는 만류했다.

"기다려, 저쪽은 수가 너무 많은데……."

"상관 마! 네가 선수 치려는 걸 모를까 봐? 네가 사냥감을 더 많이 잡고 싶어서 그러지? 웃기지 마, 오늘 저녁에 네가 내 아내를 붙잡고 무용담을 늘어놓을 일은 없을걸!"

이 말을 남기고 제이슨은 바이러스들에게 달려들었다.

"너는 끼지 마. 난 너를 잘 알아. 나중에 자기 덕분에 이긴 거라고 우기겠지."

싸움은 순식간에 벌어졌다. 제이슨이 먼저 바이러스 한 마리, 그리고 또 한 마리를 죽였지만 다른 두 놈이 그를 덮쳤다. 웃으면서 지켜보던 친구의 표정이 금세 변했다. 제이슨의 고함 소리는 사기를 북돋우는 함성도, 놀라서 지르는 비명도 아니었다. 바이러스군이 승기를 잡자 제이슨은 도움을 청했다. 친구는 제이슨을 도우러 달려들었다. 그가 친구를 겨우 끌어냈을 때 제이슨은 숨만 겨우 붙어 있었고, 결국 친구의 품에서 눈을 감았다. 그들은 신체 내에 있었다. 친구는 제이슨의 무모함이 치르게 될 대가를 알았다. 제이슨의 혼은 다른 사물에 깃들지 못하고 영원히 소멸했다.

제이슨을 보낸 슬픔과 허무함이 가시고 난 후, 친구는 그 여인에게 마음을 고백하고 자기 아내로 맞아들였다. 여인의 배 속에 있는 제이슨의 아이도 자신이 친아들처럼 키우기로 했다.

다섯 달 후에 비고가 태어났다.

비고는 커갈수록 내성적이고 침울하며 화를 잘 내는 아이가 되었다. 그 아이는 잠시도 어머니와 떨어져 있으려 하지 않았다. 그는 자신의 출생에 얽힌 비밀을 몰랐지만 양아버지와의 관계는 금세 껄끄러워졌다. 더는 한집에 살 수 없는 지경으로 관계가 악화되자 비고는 하숙집이나 기숙사를 전전했다.

비고가 열여섯 살 되던 때에 그의 인생을 송두리째 뒤흔들 사건이 터졌다.

부모는 그토록 바라던 둘째를 보았다. 비고의 여동생이 태어난 것이다. 아이는 밝고, 잘 웃고, 통통 튀는 재치로 금세 모든 이의 사랑을 독차지했다. 그 바람에 비고는 성격이 한층 더 어두워졌고 여동생을 몹시 미워하기에 이르렀다. 최악의 사태는 그다음에 왔다. 여동생이 태어난 그해, 비고는 여름 내내 가족과 함께 지냈다. 그는 묘한 충동에 휩싸여 수시로 집 안을 돌아다녔고 어쩌다 아버지의 개인적인 물품들까지 뒤져보게 되었다. 그리하여 비고는 아버지가 감추어왔던 사실을 알게 되었다. 그의 친부는 그가 태어나기 전에 죽었다는 사실, 그리고 양아버지가 그 무시무시한 죽음에서 친구를 구해주지 못했다는 더욱더 끔찍한 사실까지도. 비고는 자기 처지를 견딜 수 없었다. 양아버지에 대한 경멸은 이제 깊은 원한과 증오로 탈바꿈했다. 그리하여, 비고는 자기에게서 어머니의 사랑을 빼앗아간 여동생을 죽도록 미워했다. 또한 그는 아버지를 그토록 빨리 잊고 자신에게 진실을 숨긴 어머니를 용서할 수 없었다.

그 무렵에 비고는 메디쿠스 양친으로부터 물려받은 능력을 나타내기 시작했다. 인체에 들어가 돌아다닐 수 있게 된 것이다. 비고는 여기에서 위안을 얻어 신체적, 정신적 한계에 얽매이지 않고 마음껏 자신의 능력을 연마했다. 그는 신체 내 잠입을 이용하여 자신을 모욕한 친구에게 복수하고, 지나치게 엄격한 선생을 벌주고, 자신의 호의를 거절한 여자아이를 혼내주기도 했다. 그러나 부모에게는 자신의 능력에 대해 말하지 않았다.

가정을 산산조각 내고 아버지와 아들을 철천지원수로 만든 그 사건은 그로부터 3년 후에 일어났다.

비고는 스무 살, 여동생은 네 살이었다. 비고는 집에서 수백 킬로미터나 떨어진 학교에 진학했으나, 어머니의 성화에 못 이겨 가끔 주말에는 집에 돌아왔다.

"네 얼굴을 못 본 지 몇 달은 됐구나!"

"그게 뭐 어때서요? 지난번엔 그보다 더 오랜만에 갔었지만 어머니는 아무렇지도 않았잖아요."

"비고, 알잖니, 네가 그런 말을 하면 엄마는 마음이 아파. 왜 엄마에게 상처가 되는 말만 골라서 하니? 너도 항상 엄마를 보고 싶어 하잖아. 그러면서 매주 집에 오지 않으려고 핑계를 찾고 있구나."

"어머니가 제가 아니라 아버지와 사는 쪽을 선택한 거죠."

"엄마가 사랑하는 사람이야. 아버지는 너도 사랑한단다."

어머니가 끈질기게 졸랐기에 비고도 가끔은 집에 오겠다고 했다.

그날은 소풍을 가기로 되어 있었다. 비고와 어머니와 여동생은 물가에 있었다. 아버지는 비고와 어머니가 오붓한 시간을 보내라는 뜻에서 함께 가지 않았다. 비고는 자기 주위를 맴돌며 관심을 끌려고 하는 여동생을 냉담하게 노려보았다. 그는 키 큰 버드나무들이 우거진 호숫가로 아이를 데려갔다. 아이는 오빠를 놀라게 하고 싶었다. 그래서 호수를 향해 수평으로 뻗은 나뭇가지를 밟고 한참을 걸어갔다. 비고는 그런 여동생을 보면서도 말리지 않았다. 여동생은 결국 비명을 지르며 떨어졌고 물에 빠져 죽어갔지만 비고는 꼼짝도 않고 멀거니 보고만 있었다. 여동생이 강물에 가라앉자 무거운 짐이 어깨에서 떨어져 나간 듯 홀가분하기까지 했다. 비명 소리를 듣고 어머니가 달려왔다. 어머니는 기겁히며 딸을 구하러 물에 뛰어들었다. 그러나 옷자락에 몸이 휘감겨 흙탕물 속으로 자꾸 빨려 들어갔다. 어머니는 손을 내밀었지만 아들은 그 손을 잡지 않았다. 그러나 이번에는 일부러 그랬다기보다는 겁에 질려 몸이 굳어진 것이었다. 그는 악몽으로 변해버린 현실을 보면서 눈이 휘둥그레졌다. 이 비극을 믿지 않았다. 믿고 싶지 않았다. 어머니는 죽으면 안 된다. 정신을 차려야 했다. 비고는 눈을 감았다. 그 사이에 어머니는 딸이 잠든 호수 밑바닥으로 가라앉고 말았다.

아버지가 창백한 얼굴로 나타났을 때에는 너무 늦었다. 그는 호수에서 시신 두 구를 건져냈다. 그는 슬픔을 가누지 못해 이 비극에 책임이 있는 아들에게 달려들어 처음으로 손찌검을 했다. 비고의 왼쪽 관자놀이가 불에 탄 듯 화끈거렸다. 아버지의 손에 들린 M자는 아직도 하얗게 달아올라 있었다. 아버지는 분노와 고통으로 눈에 뵈는 게 없었다. 그는 계속 폭력을 휘둘렀다. 비고는 비쩍 말랐지만 힘이 세고 자신도 그 사실을 알고 있었다. 비록 상대는 되지 않았지만 비고도 아버지와 맞서 싸웠다. 집사와 하녀가 달려와 겨우겨우 두 사람을 떼어놓았다.

집을 나간 비고는 그 후 다시는 집으로 돌아가지 않았다. 아버지가 후회하며 백방으로 수소문했지만 그의 행방은 묘연했다. 그에 대한 비고의 앙심은 더욱 커졌다. 그 사람 때문에 친아버지가 죽었을 뿐만 아니라, 자신은 졸지에 어미를 죽인 자식이 됐으니까.

아버지는 끔찍한 사고가 일어나서 사랑하는 아내와 자식 둘이 모두 죽었다고 외부에 알렸다. 그들의 시신은 찾지 못했다고 말하고 그냥 추도식만 치렀다.

비고는 재수 없는 양아버지 따위는 아예 없는 사람으로 여겼다. 그는 이름을 바꾸고 성도 친아버지의 성을 따랐다. 집에서 뛰쳐나온 후부터 제이슨 스카스데일의 아들 라즐로로 살았다. 미움의 화신이자 복수에 목마른 고아로서.

"누가 이 이야기를 기억하고 있나요?" 웜이 책을 덮으면서 물었다.

그는 무거운 침묵이 깔리기를 기다렸다가 그랜드 마스터에게로 고개를 돌렸다.

"아마도 당신은 기억하겠지요, 윈스턴."

브레이브는 이야기가 시작된 후부터 계속 한곳만 노려보고 있었다. 그의 얼굴에 차차 핏기가 가셨다. 마치 석상으로 변해서도 숨만 겨우 붙어 있는 사람 같았다.

"이해합니다. 이 경악할 비밀을 그토록 오랜 세월 간직하느라 얼마나 버거우셨습니까? 매일매일, 밤낮으로 생각했겠지요. 당신 집무실 창에서 내려다보기만 해도 아내와 딸의 영혼이 사는 금지된 호수가 보이잖습니까? 하지만 가장 가혹한 부분은 아마도 이미 당신 인생을 망친 그…… '아들'과 대적해야 한다는 거겠죠?"

"닥치시오." 브레이브가 나지막이 중얼거렸다.

웜은 입을 다물고 지팡이 머리 장식을 만지작거리며 최고 위원들이 이 무서운 폭로에 반응하기를 기다렸다. 위더스 부인이 눈을 감고 자기 손을 브레이브의 차가운 손 위에 올려놓았다. 브레이브는 위더스 부인의 손을 홱 뿌리쳤다. 앨리스테어가 당황하며 물었다.

"윈스턴, 거짓말이죠? 호수니, 영혼이니…… 아들이니 하는 얘기 다 거짓말이죠?"

안나 마리아 룸피니가 분홍색 응원용 수술로 탁자를 홱 내리치며 성질을 냈다.

"사실이라고 쳐도 그게 우리랑 무슨 상관이죠, 뭐? 당신은 라즐로 스카스데일이 야비한 인간이고, 남의 사생활을 건드리는 당신도 그보다 별로 나을 게 없다는 걸 증명했을 뿐이죠. 정말 구역질 나네요."

"맞습니다, 백작 부인." 웜은 냉소적으로 대꾸했다. "나랑은 상관없는 사생활이죠. 하지만 기사단이나 온 세상과도 상관이 없을까요? 메디쿠스들의 그랜드 마스터가 과거에 대한 후회에 찌들어 자격 없는 아버지, 무책임한 남편으로서의 과오를 되돌리고 싶어 한다면요? 차마 죽이지도 못하는 아들을 위해서 자기네 편을 배신할 가능성도 있지 않을까요?"

자신의 가정을 들먹거리자 윈스턴 브레이브가 일어났다. 눈에 불꽃이 일었다. 웜은 그가 반박할 겨를도 주지 않고 지팡이로 그를 겨누었다.

"브레이브, 당신을 고발합니다. 비탈리 펠에게 어둠의 왕자를 살려주라고 부탁하고 나서 그를 제거한 죄, 그리고 본즈의 몸에 최고 위원들과 어둠의 왕자 군대를 함께 보내 기사단을 배신한 죄! 다음에는 무슨 죄를 또 저지르시려나요? 말해보시지요, 또 무슨 사단이 일어날지 우리도 알아야겠습니다!"

웜의 입에서 이 말이 단두대의 칼날처럼 떨어지는 동안 천장이 삐걱거렸다. 모두 위를 쳐다보았다. 서재의 거대한 크리스털 샹들리에가 흔들리고 술 장식들이 서로 맞부딪쳤다.

그때, 쿠미데스 서클의 바닥과 벽이 진동하기 시작했다.

58

샐리가 현관 계단참에 멈춰 섰다.

"에이든이 있을 것 같니?"

이 물음에 오스카는 샐리를 빤히 바라보았다. 일주일 만에 샐리는 얼굴이 반쪽이 되고 기운이 쑥 빠졌다. 짙은 다크서클도 그렇고, 아무렇게나 뻗친 머리도 그렇고, 이렇게 될 대로 되라는 식의 샐리는 처음 보았다. 장례식에서의 감격, 에이든을 다시 만날 수 있는 희망은 이미 사라졌다. 샐리는 어쩌다 잠깐 나타나는 유령 같은 존재만으로는 결코 공허감을 달랠 수 없다는 것을 깨달았다. 그러고 나서부터 샐리는 에이든을 보러 오지 않고 자신의 슬픔 속에 더 깊이 틀어박혔다. 그래도 친구들이 쿠미데스 서클에 같이 가자고 하자 샐리의 눈이 반짝였다. 비올레트가 샐리를 설득했다.

"에이든이 너보다 더 슬플 거야. 모르겠어? 에이든은 허깨비가 됐어. 그런데 네 쪽에서 모습을 감추다니!"

비올레트는 샐리의 손을 잡고 최면을 거는 듯한 보랏빛 눈동자로 정면에서 그녀를 바라보았다.

"게다가 내가 듣기로 불멸회는 잠도 자지 않고 외출도 하지 않는대. 한숨도 못 자고, 파란 하늘도 한 뼘 못 보고, 구름을 가지고 놀 수도 없다니⋯⋯. 에이든이 어떻게 꿈을 꾸겠어? 그러니까 네가 가서 에이든 몫까지 두 배로 꿈을 꾸겠다고 말해줘, 샐리."

한숨을 쉬고 샐리가 현관문을 노크했다. 본즈가 문을 열어주고 아무 말 없이 비켜섰다. 오스카, 비올레트, 바르트, 제레미, 아이리스는 샐리를 따라 안으로 들어갔다.

"에이든이 보고 싶다. 미리 말해두는데, 에이든이 불멸의 방에 없으면 너희들 가만 안 둘 거야." 아이리스가 말했다.

샐리는 아이리스를 홱 잡아끌었다.

"이번만은 너랑 나랑 한마음이구나. 나도 울고불고 난리 피울 거야."

2층에서 내려온 루이즈, 발랑틴, 로렌스가 그들을 응접실로 데리고 들어갔다.

"서재에서 최고 위원회가 열리고 있어."

서재에서 크게 오가는 말소리가 아이들에게까지 들렸다. 모두들 무슨 일인가 싶어 서로 얼굴을 바라보았다. 본즈가 아이들을 응접실로 밀어 넣었다.

"서재를 쓸 수 있게 되면 바로 알려드리죠."

본즈가 문을 닫자마자 집이 한 번 흔들렸다. 장식장 위의 꽃병이 떨어졌다. 식당의 의자들과 식탁도 위태위태하게 흔들렸다. 비올레트가 비틀거리며 가까스로 소파 팔걸이를 붙잡았다. 유리창 두 개가 박살났다.

"왜 이러지?" 오스카가 소리 질렀다.

"지진이야! 얼른 나가야 해! 전원 밖으로!" 제레미가 외쳤다.

제리와 본즈가 허겁지겁 홀로 나왔다. 제리는 얼른 주방으로 뛰어 들어가 아내를 끌고 나왔다. 체리가 허우적댔다.

"가벼운 지진 정도로 전부 다 두고 대피할 순 없어요! 브레이브 씨는 어디 계시죠?"

"입 다물고 얼른 나가기나 해!" 제리 아저씨가 체리 아줌마의 등을 밀었다.

그들은 바깥으로 나와서야 무시무시한 사실을 깨달았다.

"지진은 쿠미데스 서클에만 일어난 거야!" 루이즈가 외쳤다.

창틀의 기둥이 위험하게 쩍쩍 갈라졌다. 오스카는 다시 집 안으로 들어가 홀을 가로질렀다. 그러고는 서재 문을 벌컥 열었다.

그는 눈앞의 광경에 돌처럼 굳어졌다.

천장에서 샹들리에가 떨어져 요란하게 부서졌다. 벽에는 쫙쫙 금이 갔고 가구들은 마룻바닥 위에서 심하게 요동치며 덜컹거렸다.

"브레이브, 무슨 짓을 한 겁니까! 지기스문트의 초상화를 봐요!" 웜이 고함을 질렀다.

가까운 벽에 걸린 커다란 초상화 속의 지기스문트 브레이브는 완전히 뻗어 있었다. 그 옆의 백합꽃은 시들었고 줄기도 누렇게 변해서 축 늘어져 있었다. 물 썩는 냄새가 서재에 온통 퍼졌다.

"기사단이 위태롭습니다! 그 책임이 이자에게 있습니다! 실토하시오! 무슨 짓을 했기에 이 집이 흔들리는 거요?" 웜이 호통을 쳤다.

모린 주베르가 비명을 지르며 뒤로 넘어졌다. 벽에 머리를 부딪히며, 그녀는 그대로 기절했다.

바닥이 한층 더 세게 흔들리는 바람에 브레이브가 균형을 잃는 순간, 웜이 펜던트를 꺼내어 광선으로 그의 목에 걸린 체인을 정확히 맞추었다. 그랜드 마스터의 문자가 저 멀리 나가떨어졌다. 웜이 다시 주문을 외우자 브레이브는 감옥으로 끌려가는 죄인처럼 꽁꽁 묶인 신세가 되었다. 위더스 부인이 재빨리 펜던트를 꺼내 응수했으나 그녀의 광선은 목표물에 닿기도 전에 꺼져버렸다. 그 자리에 있던 다른 메디쿠스들도 문자가 말을 듣지 않기는 마찬가지였다. 오스카는 다른 문자들처럼 쓸모없이 변해버린 자신의 문자를 떨어뜨렸다. 뒤늦게 달려온 친구들과 함께 그는 무력하니 그 비극을 구경만 하고 있어야 했다.

웜이 아무 억양도 없는 목소리로 읊조렸다. 그러는 동안 그의 펜던트도 차츰 빛을 잃어가고 있었다.

"우리를 우리 힘의 요체에 이르게 할 수 있는 것은 단 하나지. 바로 기둥들······."

세 남자가 서재에 난입했다. 오스카는 맨 먼저 들어온 자의 얼굴을 알아보았다. 루퍼스 모스였다. 웜이 사슬에 묶인 브레이브를 가리키며 그들에게 말했다.

"저자는 자네들이 맡게."

룸피니 부인과 앨리스테어가 나섰지만 소용없었다. 사내들이 두 사람을 제압했다.

"윈스턴 브레이브, 당신은 돌이킬 수 없는 죄를 지었다. 기사단의 기둥들을 우리의 적에게 맡겨 인류를 위험에 몰아넣은 죄다. 그러니 죗값을 치르도록. 끌고 가시오!"

브레이브가 문 쪽으로 끌려갔다. 그는 상체를 거칠게 흔들어 사내들을 밀치고 웜을 쏘아보았다.

"자네가 치러야 할 죗값은 어마어마하겠군."

"윈스턴! 내가 꼭 구해줄게요! 약속해요!" 위더스 부인이 외쳤다.

웜은 위더스 부인을 죽일 듯이 노려보았다.

"베레니스, 적의 편에 서겠다는 거요? 그렇다면 당신도 적으로 간주할 수밖에 없소."

"이제 당신 자체가 적이야. 잘 들어, 웜, 당신을 죽이고 말 거야!" 앨리스테어가 길길이 날뛰었다.

"나에게 감히 맞서다니, 기사단의 권위를 우습게 보는가? 그렇다면 자네도 브레이브와 함께 몽누아르에 가시게나."

이렇게 말하고 웜은 자기 졸개들을 바라보았다. 룸피니 부인이 여배우처럼 과장되게 까르르 웃음을 터뜨렸다.

"당신이 뭐? 기사단의 권위? 하극상도 유분수지, 더러운 음모나 꾸미는 독사 주제에! 펜던트는 없지만 따끔하게 혼내주고 싶군요!"

"이런 정신머리 없고 무모한 여편네가! 충고하는데, 이제 내 명령에 고분고분 따르는 게 좋을 거요."

"웃기지 마! 똑똑히 들어둬! 그럴 일은 없어!"

창가로 달려간 룸피니 부인은 떨어져 나간 창틀을 잡고 점점 더 심해지는 지진 속에서 간신히 몸을 가누었다.

"쿠미데스 서클의 나무들아, 내게로!"

이 말이 떨어지기 무섭게 떡갈나무 한 그루가 가지를 뻗어 룸피니 부인의 몸을 둘둘 말았다. 앨리스테어가 모린을 일으켜 세우자 다른 나뭇가지가 뻗어 와 그 두 사람도 들어 올렸다.

룸피니 부인이 오스카와 그 친구들에게 외쳤다.

"도망쳐라, 애들아! 우린 꼭 다시 만날 거다!"

창을 넘던 룸피니 부인은 비로소 지주가 최고 위원회의 일원 한 사람을 빠뜨렸다는 것을 깨달았다.

"베레니스!"

"저 여자를 잡아!" 웜이 졸개들에게 명령했다.

그때 서재 바닥이 두 쪽으로 쩍 갈라졌다. 벽에 딱 붙어 있던 위더스 부인과 다른 메디쿠스들 사이에 널따란 구덩이가 파였다. 오스카가 그 구덩이 가장자리까지 달려 나와 손을 내밀었다.

"위더스 부인, 뛰세요! 얼른요!"

잠깐 사이에 나타난 깊은 구덩이 밑바닥에서는 시뻘건 마그마가 펄펄 끓고 있었다. 위더스 부인이 붙어 있는 벽이 무너지면서 그녀는 벽에 깔려 죽을 뻔했다. 숨 막히는 열기가 올라왔다. 떡갈나무가 다시 힘껏 가지를 들이밀어 보았지만 나뭇잎이 벌겋게 타들어가자 가지를 움츠릴 수밖에 없었다.

웜은 주위를 둘러보았다. 불안해하는 눈치였다. 그는 마침내 세 명의 부하들에게 명령했다.

"가자."

웜이 브레이브를 밀었다. 브레이브는 홀로 끌려간 후 곧 보이지 않았다. 웜은 수습 메디쿠스들과 활활 타는 불구덩이를 사이에 두고 떨어져 있는 위더스 부인을 한번 돌아보았다.

오스카는 케이프를 단단하게 경직시켜 임시로 다리를 놓아보려고 했지만 잘 되지 않았다. 아이들은 위더스 부인을 격려하며 구덩이를 뛰어넘으라고 재촉했다. 벽에 딱 붙은 위더스 부인의 모습이 연기 너머로 이지러져 보였다.

"제발요, 위더스 부인, 하셔야 해요. 뛰세요. 우리가 잡아드릴게요.

더는 기다릴 수 없어요. 구덩이가 점점 더 벌어진다고요!" 오스카가 애원했다.

위더스 부인이 선 자리가 갈라지기 시작했다. 그녀는 오스카를 지그시 바라보며 이렇게 말했다.

"네 번째 기둥을 찾아라, 오스카."

"뭐라고요?"

"네 번째 기둥을 찾아! 필요하다면 땅을 뒤엎어서라도! 반드시 찾아야 한다!" 위더스 부인은 집이 무너져 내리는 꽝음 속에서 고래고래 소리를 질렀다.

그녀가 선 바닥의 균열이 조금 더 벌어졌다. 그녀는 중얼거렸다.

"예언이 실현되기를……. 미래가 네 손에 달렸단다."

바닥이 더욱 길게 갈라지면서 콘크리트 덩어리가 떨어져 나갔다. 위더스 부인이 내민 손이 오스카의 손가락을 스쳤다. 그녀는 허공으로 떨어지고 말았다.

"안 돼! 위더스 부인! 안 돼에에에!" 오스카는 울부짖었다.

한 발짝 뒤로 물러난 웜은 문 뒤로 자취를 감추었다. 정원에서 들려오던 룸피니 부인과 앨리스테어의 고함 소리도 우당탕하는 요란한 울림 속에 묻혀버렸다. 바르트는 당장이라도 구덩이로 뛰어내리려는 오스카를 뒤로 잡아끌고 허리를 단단히 붙잡았다.

"바보 같으니, 너도 죽을 참이야? 그런 게 위더스 부인의 원한을 갚고 기사단을 돕는 일인 줄 알아?" 제레미가 버럭 화를 냈다.

오스카는 발버둥 칠 기운도 잃고 실의에 빠졌다. 루이즈가 그를 위로하며 귀에 대고 속삭였다.

"부인이 부탁하신 일이 있잖아. 네가 그걸 해야지."

오스카는 참담한 심정으로 다시 일어났다. 그의 수호 천사가 이제 막 사라졌다. 그는 위더스 부인을 구하지 못했다. 루이즈의 말이 옳았다. 최소한 위더스 부인의 유언이라도 제대로 받들어야 할 터였다.

"이리 와, 여기서 나가야 해! 빨리!" 제레미가 외쳤다.

샐리는 황급히 초상화들이 걸린 벽으로 달려갔다. 그녀는 펜던트를 쥐고 주문을 외웠다. 문자가 빛을 발하고 벽이 사라졌다. 불멸의 조상들은 열린 새장 속의 새처럼 빠져나와 숨 막히는 연기 사이로 자취를 감추었다. 한 사람이 다가와 샐리 앞에 섰다. 샐리는 손을 내밀었지만 에이든은 고개를 저으며 뒤로 물러났다.

"그래, 널 만질 순 없어. 하지만 적어도 말은 해줬으면 해."

에이든의 입술이 달싹거렸다. 샐리가 듣고 싶었던 단 한마디였다.

"나도 그래. 그것만 알았으면 됐어. 이제 다른 사람들에게 가렴. 우린 꼭 다시 만날 거야."

에이든은 홀연히 날아올라 친구들의 머리 위로 지나갔다. 그는 미소 짓고 있었다. 친구들도 주위의 아수라장을 잠시 잊고 감격에 겨워 인사했다. 에이든의 입술이 다시 달싹거렸다.

"'내가 너희를 지켜줄게'라고 했어."

비올레트가 에이든의 입술 모양을 보고 말했다. 그녀는 에이든에게 키스를 보냈다.

에이든은 샐리에게서 눈을 떼지 못한 채 잠시 머물러 있었다.

"빨리 가, 안 그럼 나 울어버릴지도 몰라." 그녀의 목소리는 다정했다.

에이든이 홀쩍 사라졌다. 오스카는 에이든이 사라지는 모습을 지켜보면서 언젠가 사샤도 만날 수 있기를 바랐다. 그는 생각했다. '난 알아, 우리도 꼭 다시 만날 거야.'

"다들 진짜 이 집에 깔려 죽고 싶어? 빨리 좀 움직여, 젠장!" 제레미가 입에 거품을 물며 소리쳤다.

그들은 헐레벌떡 집에서 빠져나와 거리에 모인 인파 속으로 파고들었다. 벌써 소방차의 사이렌 소리가 가까워지고 있었다.

오스카는 대문의 창살을 움켜쥐었다. 그때 대지가 갈라지면서 지진과 불길 속에서도 굳건히 버티던 그랜드 마스터의 저택이 서서히 기묘한 분화구 속으로 가라앉기 시작했다. 망연자실한 오스카는 누군가가 그의 팔을 잡아채는 바람에 정신을 차렸다.

"오빠, 빨리 가야 해. 우리 아빠가 오스카 오빠에 대해서 하는 말을 들었어. 그들이……." 캐리 모스가 숨을 헐떡이며 말했다.

캐리는 그다음은 말하지 않았다. 오스카의 눈에서 분노의 불꽃이 튀었기 때문이다.

"아……, 아빠 때문에 나도 부끄러워. 오빠 일도 그렇고……."

캐리는 목이 메었다. 한숨을 쉬며 시선을 피하던 그녀는 이내 오스카의 눈을 바라보며 이렇게 말했다.

"얼른 가. 빨리 숨어. 절대로 지지 마. 그럼 나도 기쁠 거야."

캐리는 잽싸게 뛰어갔다. 그녀는 길모퉁이에서 마지막으로 한 번 더 뒤를 돌아보고는 그대로 사라졌다.

오스카는 윈스턴 브레이브의 저택으로 다시 걸어갔다.

구조 차량이 도착하고 소방관들과 구급 요원들이 나타났을 때, 웅장한 저택은 이미 땅 속으로 꺼지고 땅이 갈라진 자리는 원래대로 맞붙었을 뿐만 아니라 잡초까지 무성했다. 그토록 아름답던 정원은 아무도 발을 들이지 못할 정글로 변해 있었다.

누가 그곳에 들어가기도 전에 철창 대문이 굳게 닫혔다. 그곳에 들어간 수 있는 것은 아무것도 없었다. 이제 쿠미데스 서클은 침범할 수 없는 야생의 땅, 무너진 기사단의 파편과 비밀들이 묻혀 있는 땅에 지나지 않았다.

59

허허벌판에 우뚝 선 급수탑에서 스카스데일은 사방으로 펼쳐진 눈밭을 바라보았다. 오후도 저물어갈 무렵, 부옇던 하늘이 서서히 개었다. 그는 파톨로구스의 상징이 새겨진 검정색 양탄자를 밟고 지나가 소파에 앉았다. 스카스데일은 다리를 꼬고서 그 큰 방 한가운데서 꼼짝도 않고 있던 플레처 웜을 쳐다보았다. 웜은 외투를 벗지도, 지팡이를 내려놓지도 않고 있었다.

스카스데일이 마침내 입을 열었다.

"이리 오시오. 도망치고, 숨고, 축축한 지하 동굴에 처박힌 세월이 16년이오. 그러나 내가 얻은 것에 비하면 그런 고생은 아무것도 아니지."

그는 일어나서 방 반대쪽 끝으로 걸어갔다. 가장자리의 붉은 선을 제외하면 온통 까만색으로 옻칠한 탁자 위에 세 개의 물건이 놓여 있었다. 스카스데일은 말 그대로 홀린 듯이 그것들을 바라보았다.

"드디어 다 모았구나. 내가 이 순간을, 이 복수를 얼마나 기다려왔던가……."

윔은 아무 반응도 보이지 않았다. 그는 기사단의 기둥들을 일부러 외면한 채, 주위를 둘러싼 거대한 통유리창 너머 어느 한 점을 뚫어져라 바라보았다.

"내 안의 앎, 내 안의 힘, 내 안의 결단."

스카스데일은 주문을 외듯 읊조리며 장갑을 낀 손으로 황금 카뒤세, 기원의 문자, 지식의 성소를 하나씩 어루만졌다. "이게 없으면 그들은 아무것도 아니지! 그렇지 않소? 아무것도 아니라고!"

그는 탁자를 주먹으로 쾅 내리쳤다. 그러고는 수염에 가려진 관자놀이를 어루만지며 중얼거렸다.

"당신이 나를 비난하고, 나를 빌주고, 나를 때리던 그 시절은 이미 오래전이라고!"

그때 에메랄드 빛 광선이 스카스데일을 스치고 지나가 검정색 벨벳 의자에 맞았다. 어둠의 왕자가 홱 뒤를 돌아보았다.

"이게 대체 어떻게 된 거지? 메디쿠스들의 힘이 이 기둥 속에 있다고 생각했는데?"

"그 말은 맞소. 당신이 기둥들을 손에 넣음으로써 우리의 힘은 약화되었소. 그 덕분에 내가 오늘 아침 쿠미데스 서클에서 브레이브를 잡아올 수 있었던 거요. 하지만 메디쿠스의 힘 자체를 없애지는 못할 거요." 윔이 말했다.

"어째서? 이 기둥들을 파괴하면 되겠소?"

"아니오. 그저…… 네 번째 기둥을 차지하면 될 거요."

"무슨 말을 하는 거요? 네 번째 기둥은 이미 사라졌을 텐데."

"나도 그렇게 알고 있었소. 오늘 아침까지는……."

베레니스 위더스가 한 말이 웜의 머릿속에 메아리쳤다. 그는 혼잣말을 했다.

"베레니스가 필에게 당부를 남겼지. 왜 그랬을까?"

"필? 그 자식이 네 번째 기둥을 갖고 있소?"

"아니오. 하지만 어쩌면 놈에게 그 기둥을 찾을 방법이 있을지도 모르겠소."

어둠의 왕자가 손을 들자 한쪽 구석에서 시커먼 그림자가 튀어나왔다. 스톰프는 머리를 조아리고 어깨를 달달 떨며 출구로 걸어갔다.

"내가 알아서 할 수 있소. 나도 그 녀석에게 청산할 빚이 있으니까." 웜이 말했다.

"저 녀석에게 맡겨두시오, 일 하나는 확실히 하는 녀석이니까."

"잠깐만. 필을 확실히 꺾고 싶다면 그 녀석에게 가장 소중한 것을 공략해야 하오."

스톰프가 고개를 들고 무슨 뜻이냐는 표정으로 웜을 바라보았다.

"말해보시오." 어둠의 왕자도 조바심을 냈다.

"그 전에, 약속을 지켜주시오."

"무슨 약속?"

"기사단의 지휘권."

"지휘권은 당신 거요."

"그렇다면 저 기둥들도 내게 넘겨주시오."

스카스데일이 망설이는 기색을 보였다.

"내가 그 정도로 당신을 믿을 것 같소? 브레이브가 그랬던 것처럼 당신이 나와 맞서지 않는다는 보장이 어디 있소?"

"당신의 양아버지가 그랬던 데에는 이유가 있었잖소. 당신이 그의 아내와 딸을 죽였으니까."

바로 그 순간, 진홍빛 바람이 거세게 일어나 웜을 지푸라기처럼 훅 쓸어버렸다.

"다시는 그 따위 말을 지껄이지 마시오."

스카스데일의 목소리는 분에 못 이겨 떨리고 있었다.

웜은 겨우겨우 몸을 일으켰다. 스카스데일은 이렇게 덧붙였다.

"당신 말에 일리가 있소. 당신쯤이야 기둥이 있건 없건 내가 마음만 먹으면 언제라도 해치울 수 있지. 그러니 기둥들을 마음대로 차지하고 기사단을 장악하시오. 내가 나머지 놈들을 청산하고 나면, 그리 하시구려. 이제 필을 꼼짝 못하게 할 방법이나 말해주시오."

"필의 가족이오." 웜이 대꾸했다.

60

셀리아는 잡동사니가 널브러진 아들의 방에서 고개를 들었다. 터지기 일보 직전인 장롱에서 오스카의 물건들을 꺼내어 다시 정리해보려고 애쓰는 중이었다. 이미 백번도 더 시도해보았지만 성과가 없었던 일이었다.

밖에서 무슨 소리가 난 것 같았다. 셀리아는 창밖으로 고개를 내밀었다. 정원에는 아무도 없었다. 또 소리가 났다. 이번에는 모기장이 획 들리는 소리가 분명히 났다. 누가 문고리를 잡고 낑낑대고 있었다. 셀리아는 계단참으로 나와 난간에서 몸을 내밀었다.

"오스카? 비올레트? 너희 왔니?"

그녀는 무슨 일인가 싶어 아래층으로 내려갔다. 창문을 겸하는 문짝에 늘어진 얇은 커튼 너머로 세 사람의 실루엣이 비쳤다. 셀리아가 도망쳐야겠다는 생각도 하기 전에 그 문이 벌컥 열렸다.

61

　그들은 집 안으로 들어와 이 방 저 방으로 흩어졌다.

　라비니아는 거실에서 튀어나와 계단으로 쏜살같이 올라갔다. 그녀는 문이란 문은 죄다 열어보고 돌아왔다. 예브게니아는 주방을 수색하고 화덕에 얹힌 냄비를 살짝 건드려보았다. 냄비는 아직도 뜨뜻했다. 문짝을 몸으로 밀고 지하실로 후다닥 내려갔던 밴 애시도 다시 올라왔다.

　세 사람은 누런 벽지에 그림엽서와 사진이 잔뜩 붙은 현관홀에 다시 모였다.

　집에는 아무도 없었다.

62

셀리아는 운전석을 한 번 보고 다시 뒷좌석으로 고개를 돌렸다.

"어디로 가는지 이젠 좀 알려주지 않겠어요?"

"나야 기꺼이 근사한 식당으로 모시고 싶죠. 하지만 안타깝게도 상황이 정말 여의치 않네요." 앨리스테어가 대답했다.

"도대체 왜 내가 그런 초대를 받아들일 거라고 생각하는 거죠?"

"제가 그러고 싶으니까요. 진짜 배가 고파 죽겠어요." 룸피니 부인과 나란히 앉아 있던 모린 주베르가 말했다.

"남자 친구를 불러도 좋아요. 내 친구가 아주 괜찮은 중국 음식점을 운영하는데요. 주문을 하면 쥐약으로 양념한 개고기 요리도 만들어준답니다."

"바보 같은 소리 그만하고 지금 어디로 가는 건지나 말해요."

"셀리아, 당신의 안전을 위해서예요." 룸피니 부인이 말했다.

"우리 집은 안전해요."

"웜과 스카스데일이 오스카를 공격하기 위해서 가족을 이용할까 봐 걱정이 돼요. 그래서 만약을 위해 우선 거처를 옮기는 게 좋다고 생각했어요."

"오스카와 비올레트는 어디 있죠?" 셀리아가 걱정스럽게 물었다.

"걔들도 곧 데려올 거예요. 걱정하지 마요." 앨리스테어가 말했다.

"그래도…… 나도 내 생활이 있고 직장이 있다고요!" 셀리아가 푸념했다.

룸피니 부인이 셀리아에게 얼굴을 바짝 들이밀었다.

"아무것도 걱정하지 마요. 우리가 가는 곳에서도 누구나 할 일은 있어요. 너무 일이 많아서 문제죠."

셀리아는 입을 다물고 그들이 떠나는 도시를 하염없이 바라보았다. 그녀가 심각한 목소리로 말했다.

"그런 건가요? 드디어 전쟁인가요? 이제 시작됐군요?"

앨리스테어가 서글픈 미소를 띠고 대꾸했다.

"이미 우리는 저항군 신세랄까요."

63

오스카는 금속판을 들어 올리고 팔 힘으로 수도관에서 빠져나오려
용을 썼다.

주위를 둘러보았다. 이따금 컹컹 개 짖는 소리가 들릴 뿐, 사방이 고
요했다. 해 저물 무렵의 불그스름한 하늘을 보니 온 세상에 닥친 위기
가 새삼 실감났다.

오스카는 드럼통에 앉은 사람에게 다가갔다. 앨리스테어가 고개를
돌렸다.

"결심이 섰어?"

오스카가 고개를 끄덕였다.

"엄마만 잘 지켜주시면 될 거예요. 누나는 알아서 할 수 있어요. 누나
걱정은 안 해요."

"온 힘을 다해 보살필 거야. 날 믿어."

오스카는 씩 웃으며 앨리스테어를 슬쩍 팔꿈치로 밀었다.

"엄마를 잘 부탁합니다."

"내 마음만으로 되는 일은 아닌데……."

"엄마 마음에 달린 일도 아니죠. 엄마는 우리가 태어난 다음부터는 자식 돌보기에 바빠서 자기 인생이고 뭐고 다 잊어버렸어요. 그 재수 없는 배리 아저씨랑도 그래서 끝난 거고요."

"너희 엄마가 힘들어할까 봐 참았지. 그 자식은 내가 진작에 혼쭐을 내주고 싶었어……. 뭐, 그랬다면 떳떳한 기분은 아니었겠지."

"억지로라도 엄마가 다른 사람에게 관심을 갖게 만들어야 해요. 이왕이면 그 사람이 앨리스테어였으면 좋겠네요. 뭐, 그렇다고 앨리스테어에게 이래라저래라 하고 싶진 않아요."

"충고 고맙다! 하여간 세상이 거꾸로 돌아가는구나!"

앨리스테어는 담배를 한 개비 물었다. 바로 그 근처에 있던 집에서 비명이 터졌다. 창문을 쾅 닫는 소리, 덧문 내리는 소리가 나더니 다시 잠잠해졌다.

"담배 끊은 줄 알았는데요." 오스카가 나무라듯이 지적했다.

"이래라저래라 하고 싶지 않다면서?"

"마음대로 하세요. 하지만 우리 엄마는 담배 피우는 사람 싫어해요."

"못된 녀석, 이제 그만 가거라. 아픈 데를 골라서 찌르다니, 어떻게 그럴 수가 있냐?"

앨리스테어는 물이 흘러가도록 파인 도랑에 담배를 홱 던졌다.

"어디로 갈 거냐?" 그의 목소리에서 걱정이 묻어났다.

"모르겠어요. 일단 빨리 떠나야 한다는 생각밖에 없어요."

"네 번째 기둥을 찾는 사람이 너 하나만은 아닐 텐데."

"알아요."

그들은 잠시 아무 말도 없었다. 오스카는 평화를 느껴본 지가 얼마나 오래됐는지 이제 기억조차 나지 않았다.

"네 번째 기둥은 어떻게 생겼어요?"

"나도 전혀 몰라. 그 기둥에 대해 아는 사람은 그랜드 마스터와 위더스 부인뿐이었어."

오스카는 가슴이 미어졌다. 그들의 빈자리가 새삼 너무 컸다. 두 사람이 없는데, 그들의 미래는 도대체 어떻게 되려나?

"위더스 부인이 보고 싶을 거예요. 브레이브 씨마저 보고 싶어질 것 같아요."

"살아야 한다. 뭐, 우리에겐 포기할 권리조차 없긴 하지만."

멀리서 구급차의 사이렌 소리가 울려 퍼지다가 황혼 속으로 잠겨 들어갔다. 앨리스테어가 고개를 들었다.

"내 생각에는 저 구급차들은 앞으로 일이 끊이지 않을 거다. 도저히 감당할 수 없을 정도로 일이 폭주할걸."

오스카는 그 말을 듣고 문득 깨달았다. 이제 가야 할 때였다.

"가족들에게 인사 안 해? 친구들에게도?"

"안 해요. 반드시 돌아올 거니까요."

"우린 여기 없을 거다. 이제 우리가 도망 다니고 숨어야 할 신세가 됐으니까."

"모두가 사라졌다고 믿었던 네 번째 기둥을 제가 찾는다면 우린 다시 만날 거예요."

앨리스테어가 일어나 오스카의 어깨를 잡았다.

"천 번은 물어본 것 같은데 마지막으로 한 번만 더 물을게. 정말 혼자 가고 싶어?"

"천 번을 물어봐도 제 대답은 똑같아요. 그래도 물어봐줘서 고마워요, 앨리스테어."

오스카는 자기 가방을 내려다보았다. 안에서 희미하게 낑낑대는 소리가 새어 나왔다. 잠시 후, 조그마한 잭 러셀 테리어의 얼굴이 가방에서 튀어나왔다.

"사실은 혼자가 아니죠."

앨리스테어가 스플랫을 쓰다듬었다.

"주인님을 잘 보살펴라. 안 그럼 둘 다 재미없다? 알았지?"

대답 대신 스플랫은 앨리스테어의 손을 날름 핥았다. 앨리스테어는 오스카에게로 고개를 돌렸다.

"기사단의 명맥은 끊어지지 않았어. 네가 가는 길에 은밀하게 너를 도와줄 같은 편이 있을 거야."

"적들도 있을 거고요. 우리 편과 적을 제대로 알아볼 수 있도록 노력해야죠."

앨리스테어는 오스카를 으스러져라 껴안았다.

오스카는 가방을 둘러매고 잠시 머뭇거리다가 왼쪽으로 난 길을 택했다. '오른손은 힘, 왼손은 마음.' 그 언젠가 위더스 부인이 그렇게 말하지 않았던가. 오스카는 결연하게 마음을 택했다.

그는 은신처에서 나온 후 처음으로 겨울 저녁의 매서운 추위를 느꼈다. 티셔츠 위로 펜던트를 만져보았다. 펜던트는 은은한 온기로 화답했다. 오스카는 지퍼를 끝까지 올리고 뒤도 돌아보지 않고 걸었다.

'혼자만의 마지막 여행이구나.' 그 여행의 끝에는 죽음 아니면 구원이 있으리라. 어쩌면 그의 뇌리에서 떠나지 않는 크고 검은 눈의 아름다운 얼굴, 진홍빛 안개 속에서 또렷이 떠오르는 그 얼굴도 그의 눈앞에 나타날지 모른다. 길고 끝없는 밤의 한 줄기 빛.

앨리스테어는 바로 옆에서 인기척을 느꼈다. 그는 소녀의 어깨에 손을 얹었다.

"왜인지는 몰라도……. 저 녀석에겐 믿음이 가. 너도 그렇지 않니? 오스카는 돌아올 거다."

루이즈는 오스카가 희미한 가로등 불빛 아래 지저분한 건물 모퉁이를 돌아 자취를 감출 때까지 눈을 떼지 않았다.

"그래요, 오스카는 돌아올 거예요."

5권에서 계속됩니다.